D1732569

射雕英雄传

贰

金庸作品集 6

金庸 著

图书在版编目（CIP）数据

射雕英雄传/金庸著. 一广州：广州出版社，2011.10（2023.11重印）

ISBN 978-7-5462-0561-8

Ⅰ.①射…　Ⅱ.①金…　Ⅲ.①侠义小说—中国—当代　Ⅳ.①I247.5

中国版本图书馆CIP数据核字（2011）第136503号

广东省版权局版权合同登记图字：19-2012-016号

本书版权由著作权人授权广州市朗声图书有限公司在中国大陆（不包括香港、澳门、台湾地区）专有使用

敬告读者

为了维护读者、著作权人和出版发行者的合法权益，本书采用了新型数码防伪技术。正版图书的定价标示处及外包装盒上均贴有完好的防伪标签。刮开涂层，可见到一组数码，您可以通过两种途径查验真伪。

1. 拨打全国免费电话4008301315，按语音提示从左到右依次输入相应数码并按#键结束。
2. 扫描防伪标上的二维码，按提示输入相应数码。

读者如发现盗版图书，可向当地"扫黄打非"办公室、新闻出版局、公安机关、市场监督管理局等部门举报，或直接与我们联系。

联系电话：020-34297719　13570022400

我们对举报盗版、盗印、销售盗版图书等侵权行为的有功人员将予以重奖。

广州市朗声图书有限公司

衬页印章／齐白石「要知天道酬勤」。

左图／八大山人《双鹰图》∷朱耷（1626年生，卒年不详），明宗室，江西人，明亡后出家为僧∷号八大山人、雪个等，署名「八大山人」四字似「哭之笑之」，意为哭笑不得。其画气势雄阔，凝重浑厚，清初写意派大画家。

1

通判阁下懐学士洪井

墨色只候学笔乃便如长沙矣

些有雨雪乘及

平雪学记甚佳可勤诤

名但已情之誉为為

陳批听宜当諫万三

飛

飛

飛

岳飞尺牍三通：宋时收入秘帖，清书法家王铎获原拓摹勒流传，后刻于岳飞庙壁。

飞沿目启上

通利学士尊日伏惟尊候清胜

惠翰慰感岁迫披傺愿言

宠渥凡百切冀为国事而璮

不宣

飞 沿目再拜

長生明德真君

長真韞德真君

丹陽普化帝君

重陽開化帝君

4

長春明應真君

玉陽普度真君

廣寧太古真君

王重陽及全真七子圖：錄自《金闕玄元太上老君八十一化圖說》，此書為元初全真教道士所創作，講述老子歷世降生顯化的事跡。

右上图／宋「靖康元宝」钱

左上图／岳飞官印：杭州岳忠武墓祠藏，印文为「武胜定国军节度使开府仪同三司湖北京西路宣抚使兼营田大使岳飞印」。岳飞任此官职时年三十七岁。

左下图／宋官印：「鄜延路兵马钤辖之印」。宋代「钤辖」总管军旅、屯戍、营房、守御之政令，相当于今军区司令。

右上图／金官印：「多厓掴山谋克之印」。「谋克」是金军的军官名称，约相当于今之团营长；有时为民政官，相当于县长。

右下图／金官印：「行军第三万户之印」，铸于明昌七年，早于郭靖诞生四年。于郭靖之时此印自必仍在使用。「万户」是军长、总司令级的高级军官。

左上图／金章宗「泰和重宝」钱：金泰和元年至八年，时郭靖两岁至九岁。

左下图／金国文字篆书官印。

金宣宗「兴定宝泉」钞票：金兴定元年至六年，时郭靖十八岁至二十三岁，这类钞票他一定曾经使用。

興定寶泉

貳貫　省聞

字料　南京

字號　路京

奏准印造興定
寶泉並同見錢行用不限年
月流轉通行

偽造者斬賞陸伯貫人家產
興定六年二月　日
尚書戶部勾當官

目录

到第八天上，郭靖竟然攀上了崖顶，伸手将黄蓉也拉了上去。两人在崖上欢呼跳跃，喜悦若狂，手挽手的又从瀑布中溜了下来。

第十一回　长春服输

沙通天见师弟危殆，跃起急格，挡开了梅超风这一抓，两人手腕相交，都感臂酸心惊。这时左边嗤嗤连声，彭连虎的连珠钱镖也已袭到。梅超风顺手把侯通海身子往钱镖上掷去，"啊唷"一声大叫，侯通海身上中镖。黄蓉百忙中叫道："三头蛟，恭喜发财，得了这么多铜钱！"沙通天见这一掷势道十分劲急，师弟撞到地下，必受重伤，倏地飞身过去，伸掌在他腰间向上一托。侯通海犹如纸鹞般飞了起来，待得再行落地，那已是自然之势，他一身武功，这般摔一交便毫不相干。只不过左手给这股势道甩了起来，挥拳打出，手臂长短恰到好处，又是重重的打在三个肉瘤之上。

梅超风掷人、沙通天救师弟，都只是眨眼间之事，侯通海肉瘤上刚刚中拳，彭连虎的钱镖又已陆续向梅超风打到，同时欧阳克、梁子翁、沙通天从前、后、右三路攻来。

梅超风听音辨形，手指连弹，只听得铮铮铮铮一阵响过，数十枚钱镖分向欧阳、梁、沙、彭四人射去。她同时问道："什么叫做攒簇五行？"郭靖道："东魂之木、西魄之金、南神之火、北精之水、中意之土。"梅超风道："啊哟，我先前可都想错了。什么叫做和合四象？"郭靖道："藏眼神、凝耳韵、调鼻息、缄舌气。"梅超风喜道："原来如此。那什么叫五气朝元？"郭靖道："眼不视而魂在肝、耳不闻而精在肾、舌不吟而神在心、鼻不香而魄在肺、四肢不动而意在脾，是为五气朝元。"

"和合四象"、"五气朝元"这些道家修练的关键性行功，在《九阴真经》中一再提及，然而经中却未阐明行功的法门，梅超风苦思十余年而不解的秘奥，一旦得郭靖指点而恍然大悟，教她如何不喜？当下又问："何为三花聚顶？"她练功走火，关键正在此处，是以问了这句话后，凝神倾听。郭靖道："精化为气、气化为神……"

梅超风留神了他的话，出手稍缓。前后敌人都是名家高手，她全神应战，时候稍长都要落败，何况心有二用？郭靖刚只说得两句，梅超风左肩右胁同时中了欧阳克和沙通天的一掌，她虽有一身横练功夫，也感剧痛难当。

黄蓉本拟让梅超风挡住各人，自己和郭靖就可溜走，哪知郭靖却被她牢牢缠住，变作了她上阵交锋的一匹战马，再也脱身不得，心里又着急，又生气。梅超风再拆数招，已全然落于下风，情急大叫："喂，你哪里惹了这许多厉害对头来？师父呢？"这时心情甚是矛盾，既盼师父立时赶到，亲眼见她救护师妹，随即出手打发了这四个厉害的对头，但想到师父的为人处事，又不禁毛骨悚然，但愿永远不再遇到他。

黄蓉道："他马上就来。这几个人怎是你的对手？你就是坐在地下，他们也动不了你一根寒毛。"只盼梅超风受了这奉承，要强好胜，果真放了郭靖。哪知梅超风左支右绌，早已有苦难言，每一刹那间都能命丧敌手，如何还能自傲托大？何况她心中尚有不少内功的疑难要问，说什么也不肯放开郭靖。

再斗片刻，梁子翁长声猛喝，跃在半空。梅超风觉到左右同时有人袭到，双臂横挥出去，猛觉头上一紧，一把长发已被梁子翁拉住。黄蓉眼见势危，发掌往梁子翁背心打去。梁子翁右手回撩，勾她手腕，左手却仍拉住长发不放。梅超风挥掌猛劈。梁子翁只觉劲风扑面，只得松手放开她头发，侧身避开。

彭连虎和她拆招良久，早知她是黑风双煞中的梅超风，后来见黄蓉出手助她，骂道："小丫头，你说不是黑风双煞门下，撒的瞒天大谎。"黄蓉笑道："她是我师父？教她再学一百年，也未必能够。"彭连虎见她武功家数明明与梅超风相近，可是非但当面不认，而且言语之中对梅超风全无敬意，不知是什么缘故，不禁大感诧异。

沙通天叫道："射人先射马！"右腿横扫，猛往郭靖踢去。梅超风大惊，心想："这小子武艺低微，不能自保，只要给他们伤了，我行动不得，立时会被他们送终。"一声低啸，伸手往沙通天脚上抓去，这一来身子俯低，欧阳克乘势直上，一掌打中她背心。梅超风哼了一声，右手一抖，蓦地里白光闪动，一条长鞭挥舞开来，登时将四人远远逼开。

彭连虎心想："不先毙了这瞎眼婆子，要是她丈夫铜尸赶到，麻烦可大了！"原来陈玄风死在荒山之事，中原武林中多不知闻。"黑风双煞"威名远震，出手毒辣，无所不至，纵是彭连虎这等凶悍之徒，向来也是对之着实忌惮。

梅超风的毒龙银鞭本是厉害之极，四丈之内，当者立毙，但沙通天、彭连虎、梁子翁、欧阳克均非易与，岂肯就此罢手？跃开后各自察看鞭法。突然之间，彭连虎几声唿哨，着地滚进。梅超风舞鞭挡住了三人，已顾不到地下，耳听郭靖失声惊叫，心想大势去矣，左臂疾伸，向地下拍击。

黄蓉见郭靖遇险，想要插手相助，但梅超风已将长鞭舞成一个银圈，却哪里进得了鞭圈？然见她单手抵挡彭连虎，实在招架不住，形势极为危急，只得高声大叫："大家住手，我有话说。"彭连虎等哪里理睬？

她正待提高嗓子再叫，忽听得围墙顶上一人叫道："大家住手，我有话说。"黄蓉回头看时，只见围墙上高高矮矮的站着六个人，黑暗之中却看不清楚面目。彭连虎等知道来了旁人，但不知是友是敌，此时恶斗方酣，谁都住不了手。

墙头两人跃下地来，一人挥动软鞭，一人举起扁担，齐向欧阳克打去。那使软鞭的矮胖子叫道："采花贼，你再往哪里逃？"

郭靖听得语声，心中大喜，叫道："师父，快救弟子！"

这六人正是江南六怪。他们在塞北道上与郭靖分手，跟踪白驼山的八名女子，当夜发觉欧阳克率领姬妾去掳劫良家女子。江南六怪自是不能坐视，当即与他动起手来。欧阳克武功虽高，但六怪十余年在大漠苦练，功夫已大非昔比。六个围攻他一人，欧阳克吃了柯镇恶一杖，又被朱聪以分筋错骨手扭断了左手的小指，只得抛下已掳到手的少女，落荒而逃，助他为恶的姬妾却被南希仁与全金发分别打死了一人。六怪送了那少女回家，再来追寻欧阳克。哪知他好生滑溜，绕道而行，竟是找他不着。六怪知道单打独斗，功夫都不及他，不敢分散围捕，好在那些骑白驼的女子装束奇特，行迹极易打听，六人一路追踪，来到了赵王府。

黑夜中欧阳克的白衣甚是抢眼，韩宝驹与南希仁一见之下，立即上前动手，忽听到郭靖叫声，六人都是又惊又喜，朱聪等凝神再看，见圈子中舞动长鞭的赫然竟是铁尸梅超风，她坐在郭靖肩头，看来郭靖已落入她掌握之中。这一下自是大惊失色，韩小莹当即挺剑上前，全金发滚进鞭圈，一齐来救郭靖。

彭连虎等忽见来了六人，已感奇怪，而这六人或斗欧阳、或攻铁尸，是友是敌，更是分不清楚。彭连虎住手不斗，仍以地堂拳法滚出鞭圈，喝道："大家住手，我有话说。"这一下吆喝声若洪钟，各人耳中都是震得嗡嗡作响。梁子翁与沙通天首先退开。

柯镇恶听了他这喝声，知道此人了得，当下叫道："三弟、七妹，别忙动手！"韩宝驹等听得大哥叫唤，均各退后。

梅超风也收了银鞭，呼呼喘气。黄蓉走上前去，说道："你这次立的功劳不小，爹爹必定喜欢。"双手向郭靖大打手势，叫他将梅超风身子掷开。

郭靖会意，知道黄蓉逗她说话是分她之心，叫道："三花聚顶是精化为气，气化为神，神化为虚，好好记下了。"梅超风潜心思索，问道："如何化法？"忽觉身子腾空而起。却是郭靖乘她凝思内功诀窍之际，双手使力，将她抛出数丈，同时提气拔身，向后跃开。他身未落地，只见明晃晃、亮晶晶，一条生满倒钩的毒龙银鞭已飞到眼前。韩宝驹叫声："不好！"软鞭倒卷上去，双鞭相交，只觉虎口剧震，手中软鞭已被毒龙鞭强夺了去。

梅超风身子将要落地，伸手一撑，轻轻坐下。她听了柯镇恶那声呼喝，再与韩小莹等一过招，知是江南七怪到了，心中又恨又怕，暗想："我到处找他们不到，今日却自行送上门来，若是换了另日，那正是谢天谢地，求之不得，但眼下强敌环攻，我本已支持不住，再加上这七个魔头，今日是有死无生了。"牙齿一咬，打定了主意："梁老怪等和我并无仇怨，今日决意与七怪同归于尽，拼得一个是一个。"手握毒龙鞭，倾听七怪动静，寻思："七怪只来了六怪，另一个不知埋伏在哪里？"她可不知笑弥陀早已被她丈夫害死。

江南六怪与沙通天等都忌惮她银鞭厉害，个个站得远远地，不敢近她身子四五丈之内，一时寂静无声。

朱聪低声问郭靖道："他们干么动手？你怎么帮起这妖妇来啦？"郭靖道："他们要杀我，是她救了我的。"朱聪等大惑不解。

彭连虎叫道："来者留下万儿，夜闯王府，有何贵干？"柯镇恶冷冷的道："在下姓柯，我们兄弟七人，江湖上人称江南七怪。"彭连虎道："啊，江南七侠，久仰，久仰。"

沙通天怪声叫道："好哇，七怪找上门来啦。我老沙正要领教，瞧瞧七怪到底有什么本事。"他听得七怪的名字，立即触起四徒受辱之恨，身形一晃，抢上前来。他见柯镇恶眼瞎、韩小莹是个女子、全金发身材瘦削、韩宝驹既矮且胖、朱聪却又文诌诌的不似武林人物，只有南希仁气概轩昂，他不屑与余人动手，呼的一掌，径向南希仁头顶劈下。南希仁把扁担往地下一插，出掌接过，数招一交，便见不敌。韩小莹挺着长剑，全金发举起秤杆，上前相助。

彭连虎大喝一声，飞身而起，来夺全金发手中的秤杆。全金发秤杆上的招数变化多端，见彭连虎夹手来夺兵刃，当下秤杆后缩，两端秤锤秤钩同时飞出。饶是彭连虎见多识广，这般怪兵刃倒也没有见过，使了招"怪蟒翻身"避开对方左右打到的兵刃，喝道："这是什么东西？市侩用的调调儿也当得兵器！"全金发道："我这杆秤，正是要秤你这口不到三斤重的瘦猪！"彭连虎大怒，猱身直上，双掌虎虎风响，全金发哪里拦阻得住？韩宝驹见六弟势危，他虽失了软鞭，但拳脚功夫也是不凡，挥拳飞足，与全金发双战彭连虎。但以二对一，兀自抵敌不住。

柯镇恶抡动伏魔杖，朱聪挥起白折扇，分别加入战团。柯朱二人武功在六怪中远超余人，以三敌一，便占上风。

那边侯通海与黄蓉也已斗得甚是激烈。侯通海武功本来较高，但想到这"臭小子"身穿软猬甲，连头发中也装了厉害之极的尖刺，拳掌不敢碰向她身子，更是再也不敢去抓她头髻。黄蓉见他畏怯，便仗甲欺人，横冲直撞。侯通海连连倒退，大叫："不公平，不公平。你脱下刺猬甲再打。"黄蓉道："好，那么你割下额头上三个瘤儿再打，否则也不公平。"侯通海怒道："我这三个瘤儿又不会伤人。"黄蓉道："我见了恶心，你岂不是大占便宜？一、二、三，你割瘤子，我脱软甲。"侯通海怒道："不割！"黄蓉道："你还是割了，多占便宜。"侯通海怒道："我不上你当，说什么也不割！"

欧阳克见战况不利，寻思："先杀了跟我为难的这六个家伙再说。那妖妇反正无法逃走，慢慢收拾不迟。"他存心要炫耀武功，双足一点，展开家传"瞬息千里"上乘轻功，斗然间已欺到了柯镇恶身旁，喝道："多管闲事，叫你瞎贼知道公子爷的厉害。"右手进身出掌，柯镇恶抖起杖尾，哪知右脑旁风响，打过来的竟是他左手的反手掌。柯镇恶低头避过，一杖"金刚护法"，猛击过去，欧阳克早在另一旁与南希仁交上了手。他东窜西跃，片刻之间竟向六怪人人下了杀手。

梁子翁的眼光自始至终不离郭靖，见欧阳克出手后六怪转眼要败，当下双手向郭靖抓去。郭靖急忙抵挡，却哪里是他对手，数招一过，胸口已被拿住。梁子翁右手抓他小腹。郭靖情急中肚子疾向后缩，嗤的一声，衣服撕破，怀中十几包药给他抓了去。梁子翁闻到气息早知是药，随手放在怀里，第二下跟着抓来。

郭靖奋力挣脱他拿在胸口的左手五指，向梅超风奔去，叫道："喂，快救我。"梅超风心想："玄门内功之中，我还有许许多多未曾明白。"当下喘气道："过来抱住我腿，不用怕这老怪。"郭靖却知抱住她容易，再要脱身可就难了，不敢走近，只是绕着她身子急奔。

梁子翁见郭靖已进了梅超风长鞭所及的范围，仍然紧追不舍，只是提防长鞭袭击。梅超风听明了郭靖的所在，银鞭抖处，蓦地往他双脚卷去。

黄蓉虽与侯通海相斗，但占到上风之后，一半心思就在照顾郭靖，先前见他被梁子翁拿住，只是相距过远，相救不得，心中焦急无比，后来见他奔近，梅超风长鞭着地飞来，郭靖无法闪避，情急之下，飞身扑向鞭头。梅超风的银鞭遇物即收，乘势回扯，已把黄蓉拦腰缠住，将她身子甩了起来。黄蓉在半空喝道："梅若华，你敢伤我？"

梅超风听得是黄蓉声音，吃了一惊："我鞭上满是尖利倒钩，这一下伤了小丫头，师父更加不能饶我。一不做，二不休，左右是背逆师门，杀了小丫头再说。"抖动长鞭，将黄蓉拉近身边，放在地下，满以为鞭上倒钩已深入她肉里，哪知鞭上利钩只撕破了她外衫，并未伤及她身子分毫。黄蓉笑道："你扯破我衣服，我要你赔！"梅超风听她语声中毫无痛楚之音，不禁一怔，随即会意："啊，师父的软猬甲自然给了她。"心中一宽，便道："是我的不是，定要好好赔还给小妹子一件新衫。"

黄蓉向郭靖招手，郭靖走近身去，离梅超风丈许之外站定。梁子翁忌惮梅超风厉害，不敢逼近。

那边江南六怪已站成一个圈子，背里面外，竭力抵御沙通天、彭连虎、欧阳克、侯通海的攻击，这是六怪在蒙古练成的阵势，遇到强敌时结成圆阵应战，不必防御背后，威力立时增强半倍。但沙、彭、欧阳三人武功实在太强，六怪远非敌手，片刻间已然险象环生。不久韩宝驹肩头受伤，他知若是退出战团，圆阵便有破绽，六兄弟和郭靖性命难保，只得咬紧牙关，勉力支持。彭连虎出手最狠，对准韩宝驹连下毒手。

郭靖眼见势危，飞步抢去，双掌"排云推月"，猛往彭连虎后心震去。彭连虎冷笑一声，挥掌掠开，只三招间，郭靖便已情势紧迫。黄蓉见他无法脱身，情急之下，忽然想起了"匹夫无罪，怀璧其罪"那句话来，大声叫道："梅超风，你盗去了我爹爹的《九阴真经》，快快交给我去送还爹爹！"

梅超风一凛，却不回答。欧阳克、沙通天、彭连虎、梁子翁四人不约而同的一齐转身向梅超风扑去。四人都是一般的心思："《九阴真经》是天下武学至高无上的秘笈，原来果然是在黑风双煞手中。"这时四人再也顾不到旁的，只盼杀了梅超风，夺取《九阴真经》到手。

梅超风舞动银鞭，四名好手一时之间却也欺不进鞭圈。黄蓉见只一句话便支开了四名强敌，一拉郭靖，低声道："咱们快走！"

便在此时，忽见花木丛中一人急步而来，叫道："各位师傅，爹爹有要事请各位立即前去相助。"那人头顶金冠歪在一边，语声极为惶急，正是小王爷完颜康。

彭连虎等一听，均想："王爷厚礼聘我等前来，既有急事，如何不去？"当即跃开。但对《九阴真经》均是恋恋不舍，目光仍是集注于梅超风身上。完颜康轻声道："我母亲……母亲给奸人掳了去，爹爹请各位相救，请大家快去。"原来完颜洪烈带领亲兵出王府追赶王妃，奔了一阵不见踪影，想起彭连虎等人神通广大，忙命儿子回府来召。完颜康心下焦急，又在黑夜之中，却没见到梅超风坐在地下。

彭连虎等都想："王妃被掳，那还了得？要我等在府中何用？"随即又都想到："原来六怪是行调虎离山之计，将众高手绊住了，另下让人劫持王妃。《九阴真经》什么的，只好以后再说。这里人人都想得经，凭我的本事，决难独败群英而独吞真经，还是日后另想计较的为是。"当下都跟了完颜康快步而去。

梁子翁走在最后，对郭靖体内的热血又怎能忘情？救不救王妃，倒也不怎么在意，只是人孤势单，只得恨恨而去。郭靖叫道："喂，还我药来！"梁子翁怒极，回手一扬，一枚透骨钉向他脑门打去，风声呼呼，劲力凌厉。

朱聪抢上两步，折扇柄往透骨钉上敲去，那钉落下，朱聪左手抓住，在鼻端一闻，道："啊，见血封喉的子午透骨钉。"

梁子翁听他叫破自己暗器名字，一怔之下，转身喝道："怎么？"朱聪飞步上前，左掌心中托了透骨钉，笑道："还给老先生！"梁子翁坦然接过，他知朱聪功夫不及自己，也不怕他暗算。朱聪见他左手袖子上满是杂草泥沙，挥衣袖给他拍了几下。梁子翁怒道："谁要你讨好？"转身而去。

郭靖好生为难，就此回去罢，一夜历险，结果伤药仍未盗到；若是强去夺取，又不是敌人对手，正自踌躇，柯镇恶道："大家回去。"纵身跃上围墙。五怪跟着上墙。韩小莹指着梅超风道："大哥，怎样？"柯镇恶道："咱们答应过马道长，饶了她的性命。"

黄蓉笑嘻嘻的并不与六怪厮见，自行跃上围墙的另一端。梅超风叫道："小师妹，师父呢？"黄蓉格格笑道："我爹爹当然是在桃花岛。你问来干么？想去桃花岛给他老人家请安吗？"梅超风又怒又急，不由得气喘连连，停了片刻，喝道："你刚才说师父即刻便到？"黄蓉笑道："他老人家本来不知你在这里，我去跟他一说，他自然就会来找你了。放心好了，我不会骗你的。"

梅超风怒极，双手一撑，忽地站起，脚步蹒跚，摇摇摆摆的向黄蓉冲去。原来她强练内功，一口真气行到丹田中竟然回不上来，下半身就此瘫痪。她愈是强运硬拼，那股真气愈是阻塞，这时急怒攻心，浑忘了自己下身动弹不得，竟发足向黄蓉疾冲，一到了无我之境，一股热气猛然涌至心口，两条腿忽地又变成了自己身子。

黄蓉见她发足追来，大吃一惊，跃下围墙，一溜烟般逃得无影无踪。梅超风突然想起："咦，我怎么能走了？"此念一起，双腿忽麻，一交跌倒，晕了过去。

六怪此时要伤她性命，犹如探囊取物一般，但因曾与马钰有约，当下携同郭靖，跃出王府。韩小莹最是性急，抢先问道："靖儿，你怎么在这儿？"郭靖把王处一相救、赴宴中毒、盗药失手、地洞遇梅等事略述一遍，杨铁心夫妻父子等等关目，一时也未及细说。朱聪道："咱们快瞧王道长去。"

杨铁心和妻子重逢团圆，说不出的又喜又悲，抱了妻子跃出王府。

他义女穆念慈正在墙下焦急等候，忽见父亲双臂横抱着个女子，心中大奇："爹，她是谁？"杨铁心道："是你妈，快走。"穆念慈大奇，道："我妈？"杨铁心道："悄声，回头再说。"抱着包惜弱急奔。

走了一程，包惜弱悠悠醒转，此时天将破晓，黎明微光中见抱着自己的正是日思夜想的丈夫，实不知是真是幻，犹疑身在梦中，伸手去摸他脸，颤声道："大哥，我也死了么？"杨铁心喜极而涕，柔声道："咱们好端端地……"

一语未毕，后面喊声大振，火把齐明，一彪人马忽剌剌的赶来，当先马军刀枪并举，大叫："莫走了劫持王妃的反贼！"

杨铁心见四下并无隐蔽之处，心道："天可怜见，教我今日夫妻重会一面，此时就死，那也是心满意足了。"叫道："孩儿，你来抱住了妈。"

包惜弱心头蓦然间涌上了十八年前临安府牛家村的情景：丈夫抱着自己狼狈逃命，黑夜中追兵喊杀，此后是十八年的分离、伤心和屈辱。她突觉昔日惨事又要重演，搂住了丈夫的脖子，牢牢不肯放手。

杨铁心眼见追兵已近，心想与其被擒受辱，不如力战而死，当下拉开妻子双手，将她交在穆念慈怀里，转身向追兵奔去，挥拳打倒一名小兵，夺了一枝花枪。他一枪在手，登时如虎添翼。亲兵统领汤祖德腿上中枪落马，众亲兵齐声发喊，四下逃走。杨铁心见追兵中并无高手，心下稍定，只是未夺到马匹，颇感可惜。

三人回头又逃。这时天已大明，包惜弱见丈夫身上点点滴滴都是血迹，惊道："你受伤了么？"杨铁心经她一问，手背忽感剧痛，原来刚才使力大了，手背上被完颜康抓出的十个指孔创口迸裂，流血不止，当时只顾逃命，也不觉疼痛，这时却双臂酸软，竟是提不起来。包惜弱正要给他包扎，忽然后面喊声大振，尘头中无数兵马追来。

杨铁心苦笑道："不必包啦。"转头对穆念慈道："孩儿，你一人逃命去吧！我和你妈就在这里……"穆念慈甚是沉着，也不哭泣，将头一昂，道："咱们三人在一块死。"包惜弱奇道："她……怎么是我们孩儿？"

杨铁心正要回答，只听得追兵愈近，猛抬头，忽见迎面走来两个道士。一个白须白眉，神色慈祥；另一个长须如漆，神采飞扬，背上负着一柄长剑。杨铁心一愕之间，随即大喜，叫道："丘道长，今日又见到了你老人家！"

那两个道士一个是丹阳子马钰，一个是长春子丘处机。他二人与玉阳子王处一约定在中都聚会，共商与江南七怪比武之事。师兄弟匆匆赶来，不意在此与杨铁心夫妇相遇。丘处机内功深湛，驻颜不老，虽然相隔一十八年，容貌仍与往日并无大异，只两鬓颇见斑白而已。他忽听得有人叫唤，注目看去，却不相识。

杨铁心叫道："十八年前，临安府牛家村一共饮酒歼敌，丘道长可还记得吗？"丘处机道："尊驾是……"杨铁心道："在下杨铁心。丘道长别来无恙。"说着扑翻地就拜。丘处机急忙回礼，心下颇为疑惑。原来杨铁心身遭大故，落魄江湖，风霜侵蚀，容颜早已非复旧时模样。

杨铁心见他疑惑，而追兵已近，不及细细解释，挺起花枪，一招"凤点头"，红缨抖动，枪尖闪闪往丘处机胸口点到，喝道：

"丘道长，你忘记了我，不能忘了这杨家枪。"枪尖离他胸口尺许，凝住不进。丘处机见他这一招枪法确是杨家正宗嫡传，立时忆起当年雪地试枪之事，蓦地里见到故人，不禁又悲又喜，高声大叫："啊哈，杨老弟，你还活着？当真谢天谢地！"杨铁心收回铁枪，叫道："道长救我！"

丘处机向追来的人马一瞧，笑道："师兄，小弟今日又要开杀戒啦。您别生气。"马钰道："少杀人，吓退他们就是。"丘处机纵声长笑，大踏步迎上前去，双臂长处，已从马背上揪下两名马军，对准后面两名马军掷去。四人相互碰撞，摔成一团。丘处机出手似电，如法炮制，跟着又手掷八人，撞倒八人，无一落空。余兵大骇，纷纷拨转马头逃走。

突然间马军后面窜出一人，身材魁梧，满头秃得油光晶亮，喝道："哪里来的杂毛？"身子晃动，已窜到丘处机跟前，举掌便打。丘处机见他身法快捷，举掌挡格，拍的一声，两人各自退开三步。丘处机心下暗惊："此人是谁？武功竟然如此了得？"

岂知他心中惊疑，鬼门龙王沙通天手臂隐隐作痛，更是惊怒，厉吼声中，抢拳直上。丘处机不敢怠慢，双掌翻飞，凝神应敌。战了十余合，沙通天光头顶上被丘处机五指拂中，留下了五条红印。他自己虽然见不到红印，但头顶热辣辣的微感疼痛，知道空手非这道士之敌，当即从背上拔出铁桨，器沉力劲，一招"苏秦背剑"，向丘处机肩头击去。丘处机施开空手入白刃之技，要夺他兵刃。可是沙通天在这铁桨上已有数十载之功，陆毙猛虎，水击长蛟，大非寻常，一时竟也夺他不了。

丘处机暗暗称奇，正要喝问姓名，忽听得左首有人高声喝道："道长是全真派门下哪一位？"这声音响如裂石，威势极猛。丘处机向右跃开，只见左首站着四人，原来彭连虎、梁子翁、欧阳克、侯通海已一齐赶到。丘处机拱手道："贫道姓丘，请教各位的万儿。"

丘处机威名震于南北，沙通天等互相望了一眼，均想："怪不得这道士名气这样大，果然了得。"彭连虎心想："我们已伤了王处一，与全真派的梁子总是结了。今日合力诛了这丘处机，正是扬名天下的良机！"提气大喝："大家齐上。"尾音未绝，已从腰间取出判官双笔，纵身向丘处机攻去。他知对方了得，一出手就使兵刃，痛下杀手，上打"云门穴"，下点"大赫穴"。这两下使上了十成力，竟无丝毫留情之处。

丘处机心道："这矮子好横！身手可也当真不凡。"刷的一声，长剑在手，剑尖刺向彭连虎右手手背，剑身已削向沙通天腰里，长剑收处，剑柄撞向侯通海胁肋要穴的"章门穴"，一招连攻三人，剑法精绝。沙彭二人挥兵刃架开，侯通海却险被点中穴道，好容易缩身逃开，但臀上终于给重重踹了一脚，俯身扑倒，说也真巧，三个肉瘤刚好撞正在地下。梁子翁暗暗心惊，猱身上前夹攻。

欧阳克见丘处机被沙通天和彭连虎缠住，梁子翁又自旁夹攻，这便宜此时不拣，更待何时？左手虚扬，右手铁扇咄咄咄三下，连点丘处机背心"陶道"、"魂门"、"中枢"三穴，眼见他已难以闪避，突然身旁人影闪动，一只手伸过来搭住了扇子。

马钰一直在旁静观，忽见同时有这许多高手围攻师弟，甚是诧异，见欧阳克铁扇如风，疾攻师弟，当即飞步而上，径来夺他铁扇。他三根手指在铁扇上一搭，欧阳克便感一股浑厚的内力自扇柄上传来，心下惊讶，立时跃后退开。马钰也不追击，说道："各位是谁？大家素不相识，有什么误会，尽可分说，何必动粗？"他语音柔和，但中气充沛，一字字清晰明亮的钻入各人耳鼓。

沙通天等斗得正酣，听了这几句话不禁都是一凛，一齐罢手后跃，打量马钰。

欧阳克问道："道长尊姓？"马钰道："贫道姓马。"彭连虎道："啊，原来是丹阳真人马道长，失敬，失敬。"马钰道："贫道微末道行，'真人'两字，岂敢承当？"

彭连虎口中和他客套，心下暗自琢磨："我们既与全真教结了梁子，日后总是难以善罢。这两人是全真教主脑，今日乘他们落单，我们五人合力将他们料理了，将来的事就好办了。只不知附近是否还有全真教的高手？"四下一望，只杨铁心一家三口，并无道人，说道："全真七子名扬当世，在下仰慕得紧，其余五位在哪里，一起请出来见见如何？"

马钰道："贫道师兄弟不自清修，多涉外务，浪得虚名，真让各位英雄见笑了。我师兄弟七人分住各处道观，难得相聚，这次我和丘师弟来到中都，是找王师弟来着，不意却先与各位相逢，也算有缘。天下武术殊途同归，红莲白藕，原本一家，大家交个朋友如何？"他生性忠厚，全没料到彭连虎是在探他虚实。

彭连虎听说对方别无帮手，又未与王处一会过面，见马钰殊无防己之意，然则不但能倚多取胜，还可乘虚而袭，笑咪咪的道："两位道长不予嫌弃，真是再好没有。兄弟姓三，名叫三黑猫。"马钰与丘处机都是一愕："这人武功了得，必是江湖上的成名人物。三黑猫的名字好怪，可从来没听过。"

彭连虎将判官笔收入腰间，走近马钰身前，笑吟吟的道："马道长，幸会，幸会。"伸出右手，掌心向下，要和他拉手。马钰只道他是善意，也伸出手来。两人一搭上手，马钰突感手上一紧，心想："好啊，试我功力来啦。"微微一笑，运起内劲，也用力捏向彭连虎手掌，突然间五指指根一阵剧痛，犹如数枚钢针直刺入内，大吃一惊，急忙撒手。彭连虎哈哈大笑，已倒跃丈余。马钰提掌看时，只见五指指根上都刺破了一个小孔，深入肌肉，五缕黑线直通了进去。

原来彭连虎将判官笔插还腰间之际，暗中已在右手套上了独门利器毒针环。这针环以精钢铸成，细如麻线，上装五枚细针，喂有剧毒，只要伤肉见血，五个时辰内必得送命。这毒针环戴在手上，原本是在与人动手时增加掌上威力，教人中掌后挨不了半天。他又故意说个"三黑猫"的怪名，乘马钰差愕沉吟之际便即上前拉手，好教他不留意自己手上的花样。武林中人物初会，往往互不佩服，可是碍着面子却不便公然动手，于是伸手相拉，似乎是结交亲近，实则便是动手较量，武功较差的被捏得手骨碎裂、手掌瘀肿，或是痛得忍耐不住而大声讨饶，也是常事。马钰只道他是来这套明显亲热、暗中较劲的江湖惯技，怎料得到他竟然另有毒招，两人同时使力，刹那间五枚毒针刺入手掌，竟是直没针根，伤及指骨，待得蓦地惊觉，左掌发出，彭连虎早已跃开。

丘处机见师兄与人好好拉手，突地变脸动手，忙问："怎地？"马钰骂道："好奸贼，毒计伤我。"跟着扑上去追击彭连虎。丘处机素知大师兄最有涵养，十余年来未见他与人动手，这时一出手就是全真派中最厉害的"三花聚顶掌法"，知他动了真怒，必有重大缘故，当即长剑挥动，绕左回右，窜到彭连虎面前，刷刷刷就是三剑。

这时彭连虎已将双笔取在手里，架开两剑，还了一笔，却不料丘处机左手掌上招数的狠辣殊不在剑法之下，反手撩出，当判官笔将缩未缩的一瞬之间，已抓住笔端，往外急崩，喝道："撒手！"这一崩内劲外吐，含精蓄锐，非同小可，不料对方也真了得，手中兵刃竟然未给震脱。丘处机跟着长剑直刺，彭连虎只得撒笔避剑。丘处机右剑左掌，绵绵而上。彭连虎失了一枝判官笔，右臂又是酸麻难当，一时折了锐气，连连退后。

这时沙通天与梁子翁已截住马钰。欧阳克与侯通海左右齐至，上前相助彭连虎。丘处机劲敌当前，精神大振，掌影飘飘，剑光闪闪，愈打愈快。他以一敌三，未落下风，那边马钰却支持不住了。他右掌肿胀，麻痒难当，毒质渐渐上来。他虽知针上有毒，却料不到毒性竟如此厉害，知道越是使劲，血行得快了，毒气越快攻心，当即盘膝坐地，左手使剑护身，以内力阻住毒素上行。

梁子翁所用的兵刃是一把掘人参用的药锄，横批直掘、忽扫忽打，招数变幻多端。沙通天的铁桨更是沉重凌厉。数十招之后，马钰呼吸渐促，守御的圈子越缩越小，内抗毒质，外挡双敌，虽然功力深厚，但内外交征之下，时候稍长，大感神困力疲。

丘处机见师兄坐在地下，头上一缕缕热气袅袅而上，犹如蒸笼一般，心中大惊，待要杀伤敌人，前去救援，但被三个敌手缠住了，哪能缓招救人？侯通海固然较弱，欧阳克却内外双修，出招阴狠怪异，武功尤在彭连虎之上。瞧他武学家数，宛然便是全真教向来最忌惮的"西毒"一路功夫，更是骇异。他心中连转了几个念头："此人是谁？莫非是西毒门下？西毒又来到中原了吗？不知是否便在中都？"这一来分了精神，竟尔迭遇险招。

杨铁心自知武功与这些人差得甚远，但见马丘二人势危，当即挺起花枪，往欧阳克背心刺去。丘处机叫道："杨兄别上，不可枉送了性命！"语声甫毕，欧阳克已起左脚踢断花枪，右脚将杨铁心踢倒在地。

正在此时，忽听得马蹄声响，数骑飞驰而至。当先两人正是完颜洪烈与完颜康父子。

完颜洪烈遥见妻子坐在地下，心中大喜，抢上前去，突然金刀劈风，一柄刀迎面砍来。完颜洪烈侧身避开，见使刀的是个红衣少女。他手下亲兵纷纷拥上，合战穆念慈。

那边完颜康见了师父，暗暗吃惊，高声叫道："是自家人，各位别动手！"连唤数声，彭连虎等方才跃开。众亲兵和穆念慈也各住手。完颜康上前向丘处机行礼，说道："师父，弟子给您老引见，这几位都是家父礼聘来的武林前辈。"

丘处机点点头，先去察看师兄，只见他右掌全黑，忙拎起他袍袖，只见黑气已通到了上臂中部，不由得大惊："怎地剧毒如此？"转头向彭连虎道："拿解药来！"彭连虎心下踌躇："眼见此人就要丧命，但得罪了小王爷可也不妥，却救他不救？"马钰外敌一去，内力专注于抗毒，毒质被阻于臂弯不再上行，黑气反有渐向下退之势。

完颜康奔向母亲，道："妈，这可找到你啦！"包惜弱凛然道："要我再回王府，万万不能！"完颜洪烈与完颜康同时惊问："什么？"包惜弱指着杨铁心道："我丈夫并没有死，天涯海角我也随了他去。"

完颜洪烈这一惊非同小可，嘴唇向梁子翁一努。梁子翁会意，右手扬处，打出了三枚子午透骨钉，射向杨铁心的要害。

丘处机眼见钉去如飞，已不及抢上相救，而杨铁心势必躲避不了，自己身边又无暗器，情急之下，顺手抓起赵王府一名亲兵，在梁子翁与杨铁心之间掷去。只听得"啊"的一声大叫，三枚铁钉全打在亲兵身上。梁子翁自恃这透骨钉是生平绝学，三枚齐发，决无不中之理，哪知竟被丘处机以这古怪法门破去，当下怒吼一声，向丘处机扑去。

彭连虎见变故又起，已决意不给解药，知道干爷心中最要紧的是夺还王妃，忽地窜出，来抓包惜弱手臂。

丘处机飕飕两剑，一刺梁子翁，一刺彭连虎，两人见剑势凌厉，只得倒退。丘处机向完颜康喝道："无知小儿，你认贼作父，胡涂了一十八年。今日亲父到了，还不认么？"

完颜康听了母亲之言，本来已有八成相信，这时听师父一喝，又多信了一成，不由得向杨铁心看去，只见他衣衫破旧，满脸风尘，再回头看父亲时，却是锦衣玉饰，丰度俊雅，两人直有天渊之别。完颜康心想："难道我要舍却荣华富贵，跟这穷汉子浪迹江湖？不，万万不能！"他主意已定，高声叫道："师父，莫听这人鬼话，请你快将我妈救过来！"丘处机怒道："你仍是执迷不悟，真是畜生也不如。"

彭连虎等见他们师徒破脸，攻得更紧。完颜康见丘处机情势危急，竟不再出言劝阻。丘处机大怒，骂道："小畜生，当真是狼心狗肺。"完颜康对师父十分害怕，暗暗盼望彭连虎等将他杀死，免为他日之患。又战片刻，丘处机右臂中了梁子翁一锄，虽然受伤不重，但已血溅道袍，一瞥眼间，只见完颜康脸有喜色，更是恼得哇哇大叫。

马钰从怀里取出一枚流星，晃火折点着了，手一松，一道蓝焰直冲天空。彭连虎料想这是全真派同门互通声气的讯号，叫道："老道要叫帮手。"又斗数合，西北角不远处也是一道蓝焰冲天而起。丘处机大喜，叫道："王师弟就在左近。"剑交左手，左上右落，连使七八招杀手，把敌人逼开数步。马钰向西北角蓝焰处一指，道："向那边走！"杨铁心、穆念慈父女使开兵刃，护着包惜弱急向前冲，马钰随在其后。丘处机挥长剑独自断后，且战且走。沙通天连使"移步换形"身法，想闪过他而去抢包惜弱过来，但丘处机剑势如风，始终抢不上去。

行不多时，一行已来到王处一所居的小客店前。丘处机心中奇怪："怎么王师弟还不赶出来接应？"刚转了这个念头，只见王处一拄着一根木杖，颤巍巍的走过来。师兄弟三人一照面，都是一惊，万料不到全真派中武功最强的三人竟会都受了伤。

丘处机叫道："退进店去。"完颜洪烈喝道："将王妃好好送过来，饶了你们不死。"丘处机骂道："谁要你这金国狗贼饶命？"大声叫骂，奋剑力战。彭连虎等眼见他势穷力绌，却仍是力斗不屈，剑势如虹，招数奇幻，也不由得暗暗佩服。

杨铁心寻思："事已如此，终究是难脱毒手。可别让我夫妇累了丘道长的性命。"拉了包惜弱的手，忽地窜出，大声叫道："各位住手，我夫妻毕命于此便了。"回过枪头，便往心窝里刺去，噗的一声，鲜血四溅，往后便倒。包惜弱也不伤心，惨然一笑，双手拔出枪来，将枪柄拄在地上，对完颜康道："孩儿，你还不肯相信他是你亲生的爹爹么？"涌身往枪尖撞去。完颜康大惊失色，大叫一声："妈！"飞步来救。

丘处机等见变起非常，俱各罢手停斗。

完颜康抢到母亲跟前，见她身子软垂，枪尖早已刺入胸膛，当下放声大哭。丘处机上来检视二人伤势，见枪伤要害，俱已无法挽救。完颜康抱住了母亲，穆念慈抱住了杨铁心，一齐伤心恸哭。丘处机向杨铁心道："杨兄弟，你有何未了之事，说给我听，我一力给你承办就是。我……我终究救你不得，我……我……"心中酸痛，说话已哽咽了。

便在这时，众人只听得背后脚步声响，回头望时，却是江南六怪与郭靖匆匆赶来。

江南六怪见到了沙通天等人，当即取出兵刃，待到走近，却见众人望着地下一男一女，个个脸现惊讶之色，一转头，突然见到丘处机与马钰，六怪更是诧异。

　　郭靖见杨铁心倒在地下，满身鲜血，抢上前去，叫道："杨叔父，您怎么啦？"杨铁心尚未断气，见到郭靖后嘴边露出一丝笑容，说道："你父当年和我有约，生了男女，结为亲家……我没女儿，但这义女如我亲生一般……"眼光望着丘处机道："丘道长，你给我成就了这门姻缘，我……我死也瞑目。"丘处机道："此事容易。杨兄弟你放心。"

　　包惜弱躺在丈夫身边，左手挽着他手臂，惟恐他又会离己而去，昏昏沉沉间听他说起从前指腹为婚之事，奋力从怀里抽出一柄匕首，说道："这……这是表记……"又道："大哥，咱俩终于死在一块，我……我好欢喜……"说着淡淡一笑，安然而死，容色仍如平时一般温婉妩媚。

　　丘处机接过匕首，正是自己当年在牛家村相赠之物，匕首柄上刻着"郭靖"两字。杨铁心向郭靖道："盼你……你瞧在你故世的爹爹份上，好好待我这女儿……"郭靖道："我……我不……"丘处机道："一切有我承当，你……安心去罢！"杨铁心本来只道再也找不着义兄郭啸天的后人，这才有穆念慈比武招亲之事。这一天中既与爱妻相会，又见到义兄的遗腹子长大成人，义女终身有托，更无丝毫遗憾，双眼一闭，就此逝世。

　　郭靖又是难过，又是烦乱，心想："蓉儿对我情深义重，我岂能另娶他人？"突然转念，又是一惊："我怎么却把华筝忘了？大汗已将女儿许配于我，这……这……怎么得了？"这些日来，他时时记起好友拖雷，却极少念及华筝。朱聪等虽觉此中颇有为难，但见杨铁心是垂死之人，不忍拂逆其意，当下也未开言。

　　完颜洪烈千方百计而得娶了包惜弱，但她心中始终未忘故夫，十余年来自己对她用情良苦，到头来还是落得如此下场，眼见她虽死，脸上兀自有心满意足、喜不自胜之情，与她成婚一十八年，几时又曾见她对自己露过这等神色？自己贵为皇子，在她心中，可一直远远及不上一个村野匹夫，不禁心中伤痛欲绝，掉头而去。

沙通天等心想全真三子虽然受伤，但加上江南六怪，和己方五人拼斗起来，胜负倒也难决，既见王爷转身，也就随去。

丘处机喝道："喂，三黑猫，留下了解药！"彭连虎哈哈笑道："你寨主姓彭，江湖上人称千手人屠，丘道长失了眼罢？"丘处机心中一凛："怪不得此人武功高强，原来是他。"眼见师兄中毒甚深，非他独门解药相救不可，喝道："管你千手万手，不留下解药，休得脱身。"运剑如虹，一道青光向彭连虎刺去。彭连虎虽只剩下一柄判官笔，却也不惧，当即挥笔接过。

朱聪见马钰坐在地下运气，一只右掌已全成黑色，问道："马道长，你怎么受了伤？"马钰叹道："这姓彭的和我拉手，哪知他掌中暗藏毒针。"朱聪道："嗯，那也算不了什么。"回头向柯镇恶道："大哥，给我一只菱儿。"柯镇恶不明他用意，便从鹿皮囊中摸出一枚毒菱，递了给他。朱聪接过，见丘彭两人斗得正紧，凭自己武功一定拆解不开，又道："大哥，咱俩上前分开他两人，我有救马道长的法子。"柯镇恶点了点头。朱聪大声叫道："原来是千手人屠彭寨主，大家是自己人，快快停手，我有话说。"一拉柯镇恶，两人向前窜出，一个持扇，一个挥杖，把丘彭二人隔开。

丘处机和彭连虎听了朱聪的叫唤，都感诧异："怎么又是自己人了？"见两人过来，也就分开，要听他说到底是怎么样的自己人。

朱聪笑吟吟的向彭连虎道："江南七怪与长春子丘处机于一十八年前结下梁子，我们五兄弟都曾被长春子打伤，而名震武林的丘道长，却也被我们伤得死多活少。这梁子至今未解……"转头对丘处机道："丘道长，是也不是？"丘处机怒气勃发，心想："好哇，你们要来乘人之危。"厉声喝道："不错，你待怎样？"

朱聪又道："可是我们与沙龙王却也有点过节。江南七怪一个不成器的徒儿，独力打败了沙龙王的四位高足。听说彭寨主与沙龙王是过命的交情。我们得罪了沙龙王，那也算得罪了彭寨主啦。"彭连虎道："嘿嘿，不敢。"朱聪笑道："既然彭寨主与丘道长都跟江南七怪有仇，那么你们两家同仇敌忾，岂不成了自己人么？哈哈，还打什么？那么兄弟跟彭寨主可不也是自己人了么？来，咱们亲近亲近。"伸出手来，要和他拉手。

彭连虎听他疯疯癫癫的胡说八道，心道："全真派相救七怪的徒弟，他们显是一党，我可不上你的当。要想骗我解药，难上加难。"见他伸手来拉，正中下怀，笑道："妙极，妙极！"把判官笔放回腰间，顺手又戴上了毒针环。

丘处机惊道："朱兄，小心了。"朱聪充耳不闻，伸出手去，小指轻勾，已把彭连虎指上毒针环勾了下来。彭连虎尚未知觉，已和朱聪手掌相握，两人同时使劲，彭连虎只觉掌心微微一痛，急忙挣脱，跃开举手看时，见掌心已被刺了三个洞孔，创口比他毒针所刺的要大得多，孔中流出黑血，麻痒痒的很是舒服，却不疼痛。他知毒性愈是厉害，愈不觉痛，只因创口立时麻木，失了知觉。他又惊又怒，却不知道如何着了道儿，抬起头来，只见朱聪躲在丘处机背后，左手两指提着他的毒针环，右手两指中却捏着一枚黑沉沉的菱形之物，菱角尖锐，上面沾了血渍。

须知朱聪号称妙手书生，手上功夫出神入化，人莫能测，拉脱彭连虎毒针环，以毒菱刺其掌心，于他只是易如反掌的末技而已。

彭连虎怒极，猱身扑上。丘处机伸剑挡住，喝道："你待怎样？"

朱聪笑道："彭寨主，这枚毒菱是我大哥的独门暗器，中了之后，任你彭寨主号称'连虎'，就算你连狮连豹、连猪连狗，连尽普天下的畜生，也活不了两个时辰。"侯通海道："彭大哥，他在骂你。"沙通天斥道："别多说，难道彭大哥不知道？"朱聪又笑嘻嘻的道："好在彭寨主有一千只手，我良言相劝，不如斩去了这只手掌，还剩下九百九十九只。只不过阁下的外号儿得改一改，叫作'九九九手人屠'。"彭连虎这时感到连手腕也已麻了，心下惊惧，也不理会他的嘲骂讥讽，不觉额现冷汗。

朱聪又道："你有你的毒针，我有我的毒菱，毒性不同，解药也异，你如舍不得这'千手人屠'的外号，反正大家是自己人，咱哥儿俩就亲近亲近，换上一换如何？"彭连虎未答，沙通天已抢着道："好，就是这样，拿解药来。"朱聪道："大哥给他罢。"柯镇恶从怀里摸出两小包药，朱聪接过，递了过去。丘处机道："朱兄，莫上他当，要他先拿出来。"朱聪笑道："大丈夫言而有信，不怕他不给。"

彭连虎左手伸入怀里一摸，脸上变色，低声道："糟了，解药不见啦。"丘处机大怒，喝道："哼，你还玩鬼计！朱兄，别给他。"朱聪笑道："拿去！我们是君子一言，快马一鞭，说给就给。全真七子，江南七怪，说了的话自然算数。"

沙通天知他手上功夫厉害，怕又着了他道儿，不敢伸手来接，横过铁桨，伸了过来。朱聪把解药放在桨上，沙通天收桨取药。旁观众人均各不解，不明白朱聪为什么坦然给以解药，却不逼他交出药来。沙通天疑心拿过来的解药不是真物，说道："江南七侠是响当当的人物，可不能用假药害人？"

朱聪笑道："岂有此理，岂有此理。"把毒菱还给柯镇恶，再慢吞吞的从怀里掏出一件件物事，只见有汗巾、有钱镖、有几锭碎银子、还有一个白色的鼻烟壶。彭连虎愕然呆了："这些都是我的东西，怎么变到了他身上？"原来朱聪右手和他拉手之际，左手妙手空空，早已将他怀中之物扫数扒过。朱聪拔开鼻烟壶塞子，见里面分为两隔，一隔是红色粉末，另一隔是灰色粉末，说道："怎么用啊？"

彭连虎虽然悍恶，但此刻命悬一线，不敢再弄奸使诈，只得实说："红色的内服，灰色的外敷。"朱聪向郭靖道："快取水来，拿两碗。"

郭靖奔进客店去端了两碗净水出来，一碗交给马钰，服侍他服下药粉，另用灰色药粉敷在他掌上伤口，另一碗水要拿去递给彭连虎。朱聪道："慢着，给王道长。"郭靖一怔，依言递给了王处一。王处一也是愕然不解，顺手接了。

沙通天叫道："喂，你们两包药粉怎么用啊？"朱聪道："等一下，别心急，一时三刻死不了人。"却从怀里又取出十多包药来。郭靖一见大喜，叫道："是啊，是啊，这是王道长的药。"一包包打开来，拿到王处一面前，说道："道长，哪些合用，您自己挑罢。"王处一认得药物，拣出田七、血竭等四味药来，放入口中咀嚼一会，和水吞下。

梁子翁又是气恼，又是佩服，心想："这肮脏书生手法竟是如此了得。他伸手给我拍一下衣袖上的尘土，就把我怀里的药物都偷了去。"转过身来，提起药锄一挥，喝道："来来来，咱们兵刃上见个输赢！"朱聪笑道："这个么，兄弟万万不是敌手。"

丘处机道："这一位是彭连虎寨主，另外几位的万儿还没请教。"沙通天嘶哑着嗓子一一报了名。丘处机叫道："好哇，都是响当当的字号。咱们今日胜败未分，可惜双方都有人受了伤，看来得约个日子重新聚聚。"彭连虎道："那再好没有，不会会全真七子，咱们死了也不闭眼。日子地段，请丘道长示下罢。"丘处机心想："马师兄、王师弟中毒都自不轻，总得几个月才能完全复原。谭师哥、刘师哥他们散处各地，一时也通知不及。"便道："半年之后，八月中秋，咱们一边赏月，一边讲究武功，彭寨主你瞧怎样？"

彭连虎心下盘算："全真七子一齐到来，再加上江南七怪，我们可是寡不敌众，非得再约帮手不可。半年之后，时日算来刚好。赵王爷要我们到江南去盗岳飞的遗书，那么乘便就在江南相会。"说道："中秋佳节以武会友，丘道长真是风雅之极，那总得找个风雅的地方才好，就在江南七侠的故乡吧。"丘处机道："妙极，妙极。咱们在嘉兴府南湖中烟雨楼相会，各位不妨再多约几位朋友。"彭连虎道："一言为定，就是这样。"

朱聪说："这么一来，我们江南七怪成了地头蛇，非掏腰包请客不可。你们两家算盘可都精得很，千不拣、万不拣，偏偏就拣中了嘉兴，定要来吃江南七怪的白食。好好好，难得各位大驾光临，我们这个东道也还做得起。彭寨主，你那两包药，白色的内服，黄色的外敷。"这时彭连虎已然半臂麻木，适才跟丘处机对答全是强自撑持，再听朱聪唠唠叨叨的说个没了没完，早已怒气填膺，只是命悬人手，不敢稍出半句无礼之言，好容易听到他最后一句话，忙将白色的药粉吞下。柯镇恶冷冷的道："彭寨主，七七四十九天之内不能喝酒，不能近女色，否则中秋节烟雨楼头少了你彭寨主，可扫兴得紧哪。"彭连虎怒道："多谢关照了。"沙通天将药替他敷上手掌创口，扶了他转身而去。

完颜康跪在地下，向母亲的尸身磕了四个头，转身向丘处机拜了几拜，一言不发，昂首走开。丘处机厉声喝道："康儿，你这是什么意思？"完颜康不答，也不与彭连虎等同走，自个儿转过了街角。

丘处机出了一会神，向柯镇恶、朱聪等行下礼去，说道："今日若非六侠来救，我师兄弟三人性命不保。再说，我这孽徒人品如此恶劣，更是万万不及令贤徒。咱们学武之人，品行心术居首，武功乃是末节。贫道收徒如此，汗颜无地。嘉兴醉仙楼比武之约，今日已然了结，贫道甘拜下风，自当传言江湖，说道丘处机在江南七侠手下一败涂地，心悦诚服。"

江南六怪听他如此说，都极得意，自觉在大漠之中耗了一十八载，终究有了圆满结果。当下由柯镇恶谦逊了几句。但六怪随即想到了惨死大漠的张阿生，都不禁心下黯然，可惜他不能亲耳听到丘处机这番服输的言语。

众人把马钰和王处一扶进客店，全金发出去购买棺木，料理杨铁心夫妇的丧事。丘处机见穆念慈哀哀痛哭，心中也很难受，说道："姑娘，你爹爹这几年来怎样过的？"

穆念慈拭泪道："十多年来，爹爹带了我东奔西走，从没在一个地方安居过十天半月，爹爹说，要寻访一位……一位姓郭的大哥……"说到这里,声音渐轻,慢慢低下了头。

丘处机向郭靖望了一眼道:"嗯。你爹怎么收留你的?"穆念慈道:"我是临安府荷塘村人氏。十多年前,爹爹在我家养伤,不久我亲生的爹娘和几个哥哥都染瘟疫死了。这位爹爹收了我做女儿,后来教我武艺,为了要寻郭大哥,所以到处行走,打起了……打起了……'比武……招亲'的旗子。"丘处机道:"这就是了。你爹爹其实不姓穆,是姓杨,你以后就改姓杨罢。"穆念慈道:"不,我不姓杨,我仍然姓穆。"丘处机道:"干么?难道你不信我的话?"穆念慈低声道:"我怎敢不信?不过我宁愿姓穆。"丘处机见她固执,也就罢了,以为女儿家忽然丧父,悲痛之际,一时不能明白过来,殊不知不能明白过来却是他自己。穆念慈心中另有一番打算,她自己早把终身付托给了完颜康,心想他既是爹爹的亲生骨血,当然姓杨,自己如也姓杨,婚姻如何能谐?

王处一服药之后,精神渐振,躺在床上听着她回答丘处机的问话,忽有一事不解,问道:"你武功可比你爹爹强得多呀,那是怎么回事?"穆念慈道:"晚辈十三岁那年,曾遇到一位异人。他指点了我三天武功,可惜我生性愚鲁,没能学到什么。"王处一道:"他只教你三天,你就能胜过你爹爹。这位高人是谁?"穆念慈道:"不是晚辈胆敢隐瞒道长,实是我曾立过誓,不能说他的名号。"

王处一点点头,不再追问,回思穆念慈和完颜康过招时的姿式拳法,反覆推考,想不起她的武功是什么门派,愈是想着她的招术,愈感奇怪,问丘处机道:"丘师哥,你教完颜康教了有八九年吧?"丘处机道:"整整九年零六个月,唉,想不到这小子如此混蛋。"王处一道:"这倒奇了!"丘处机道:"怎么?"王处一沉吟不答。

柯镇恶问道:"丘道长,你怎么找到杨大哥的后裔?"

丘处机道:"说来也真凑巧。自从贫道和各位订了约会之后,到处探访郭杨两家的消息,数年之中,音讯全无,但总不死心,这年又到临安府牛家村去查访,恰好见到有几名公差到杨大哥的旧居来搬东西。贫道跟在他们背后,偷听他们说话,这几个人来头不小，竟是大金国赵王府的亲兵，奉命专诚来取杨家旧居中一切家私物品，说是破凳烂椅，铁枪犁头，一件不许缺少。贫道起了疑心，知道其中大有文章，便一路跟着他们来到了中都。"

郭靖在赵王府中见过包惜弱的居所，听到这里，心下已是恍然。

丘处机接着道："贫道晚上夜探王府，要瞧瞧赵王万里迢迢的搬运这些破烂物事，到底是何用意。一探之后，不禁又是气愤，又是难受，原来杨兄弟的妻子包氏已贵为王妃。贫道大怒之下，本待将她一剑杀却，却见她居于砖房小屋之中，抚摸杨兄弟铁枪，终夜哀哭；心想她倒也不忘故夫，并非全无情义，这才饶了她性命。后来查知那小王子原来是杨兄弟的骨血，隔了数年，待他年纪稍长，贫道就起始传他武艺。"

柯镇恶道："那小子是一直不知自己的身世的了？"

丘处机道："贫道也曾试过他几次口风，见他贪恋富贵，不是性情中人，是以始终不曾点破。几次教诲他为人立身之道，这小子只是油腔滑调的对我敷衍。若不是和七位有约，贫道哪有这耐心跟他穷耗？本待让他与郭家小世兄较艺之后，不论谁胜谁败，咱们双方和好，然后对那小子说明他的身世，接他母亲出来，择地隐居。岂料杨兄弟尚在人世，而贫道和马师哥两人又着了奸人暗算，终究救不得杨兄弟夫妇的性命，唉！"

穆念慈听到这里，又掩面轻泣起来。

郭靖接着把怎样与杨铁心相遇、夜见包惜弱等情由说了一遍。各人均道包惜弱虽然失身于赵王，却也只道亲夫已死，到头来殉夫尽义，甚是可敬，无不嗟叹。

各人随后商量中秋节比武之事。朱聪道："但教全真七子聚会，咱们还担心些什么？"马钰道："就怕他们多邀好手，到时咱们不免寡不敌众。"丘处机道："他们还能邀什么好手？这世上好手当真便这么多？"

马钰叹道："丘师弟，这些年来你虽然武功大进，为本派放一异彩，但年青时的豪迈之气，总是不能收敛……"丘处机接口笑道："须知天外有天，人上有人。"马钰微微一笑，道："难道不是么？刚才会到的那几个人，武功实不在我们之下。要是他们再邀几个差不多的高手来，烟雨楼之会，胜负尚未可知呢。"丘处机豪气勃发，说道："大师哥忒也多虑。难道全真派还能输在这些贼子手里？"马钰道："世事殊难逆料。刚才不是柯大哥、朱二哥他们六侠来救，全真派数十年的名头，可教咱师兄弟三人断送在这儿啦。"

柯镇恶、朱聪等逊谢道："对方使用鬼蜮伎俩，又何足道？"

马钰叹道："周师叔得先师亲传，武功胜我们十倍，终因恃强好胜，至今十余年来不明下落。咱们须当以此为鉴，小心戒惧。"丘处机听师兄这样说，不敢再辩。江南六侠不知他们另有一位师叔，听了马钰之言，那显是全真派颇不光采之事，也不便相询，心中却都感奇怪。王处一听着两位师兄说话，一直没有插口，只是默默思索。

丘处机向郭靖与穆念慈望了一眼，道："柯大哥，你们教的徒弟侠义为怀，果然好得很。杨兄弟有这样一个女婿，死也瞑目了。"

穆念慈脸一红，站起身来，低头走出房去。王处一见她起身迈步，脑海中忽地闪过一个念头，纵身下炕，伸掌向她肩头直按下去。这一招出手好快，待得穆念慈惊觉，手掌已按上她右肩。他微微一顿，待穆念慈运劲抗拒，劲力将到未到之际，在她肩上一扳。铁脚仙玉阳子王处一是何等人物，虽然其时重伤未愈，手上全无内力，但这一按一扳，正拿准了对方劲力断续的空档，穆念慈身子摇晃，立时向前俯跌下去。王处一左手伸出，在她左肩轻轻一扶。穆念慈身不由主的又挺身而起，睁着一双俏眼，惊疑不定。

王处一笑道："穆姑娘别惊，我是试你的功夫来着。教你三天武功的那位前辈高人，可是只有九个手指、平时作乞丐打扮的么？"穆念慈奇道："咦，是啊，道长怎么知道？"王处一笑道："这位九指神丐洪老前辈行事神出鬼没，真如神龙见首不见尾一般。姑娘得受他的亲传，当真是莫大的机缘。委实可喜可贺。"穆念慈道："可惜他老人家没空，只教了我三天。"王处一叹道："你还不知足？这三天抵得旁人教你十年二十年。"穆念慈道："道长说得是。"微一沉吟，问道："道长可知洪老前辈在哪里么？"王处一笑道："这可难倒我啦。我还是二十多年前在华山绝顶见过他老人家一面，以后再没听到过他的音讯。"穆念慈很是失望，缓步出室。

韩小莹问道："王道长，这位洪老前辈是谁？"王处一微微一笑，上炕坐定。丘处机接口道："韩女侠，你可曾听见过'东邪、西毒、南帝、北丐、中神通'这句话么？"韩小莹道："这倒听人说过的，说的是当世五位武功最高的前辈，也不知是不是。"丘处机道："不错。"柯镇恶忽道："这位洪老前辈，就是五高人中的北丐？"王处一道："是啊。中神通就是我们的先师王真人。"

江南六怪听说那姓洪的竟然与全真七子的师父齐名，不禁肃然起敬。

丘处机转头向郭靖笑道："你这位夫人是大名鼎鼎的九指神丐之徒，将来又有谁敢欺侮你？"郭靖胀红了脸，要想声辩，却呐呐的说不出口。

韩小莹又问："王道长，你在她肩头一按，怎么就知她是九指神丐教的武艺？"

丘处机向郭靖招手道："你过来。"郭靖依言走到他身前。丘处机伸掌按在他肩头，斗然间运力下压。郭靖曾得马钰传授过玄门正宗的内功，十多年来跟着六怪打熬气力，外功也自不弱，丘处机这一下竟按他不倒。丘处机笑道："好孩子！"掌力突然松了。郭靖本在运劲抵挡这一按之力，外力忽松，他内劲也弛，哪知丘处机快如闪电的乘虚而入，郭靖前力已散，后力未继，被丘处机轻轻一扳，仰天跌倒。他伸手在地下一捺，随即跳起。众人哈哈大笑。朱聪道："靖儿，丘道长教你这一手高招，可要记住了。"郭靖点头答应。

丘处机道："韩女侠，天下武学之士，肩上受了这样的一扳，倘若抵挡不住，必向后跌，只有九指神丐的独家武功，却是向前俯跌。只因他的武功刚猛绝伦，遇强愈强。穆姑娘受教时日虽短，却已习得洪老前辈这派武功的要旨。她抵不住王师弟的一扳，但决不随势屈服，就算跌倒，也要跌得与敌人用力的方向相反。"

六怪听了，果觉有理，都佩服全真派见识精到。朱聪道："王道长见过这位九指神丐演过武功？"王处一道："二十余年之前，先师、九指神丐、黄药师等五位高人，在华山绝顶论剑。洪老前辈武功卓绝，却极贪口腹之欲，华山绝顶没什么美食，他甚是无聊，便道谈剑作酒，说拳当菜，和先师及黄药师前辈讲论了一番剑道拳理。当时贫道随侍先师在侧，有幸得闻妙道，好生得益。"柯镇恶道："哦，那黄药师想是'东邪西毒'中的'东邪'了？"

丘处机道："正是。"转头向郭靖笑道："马师哥虽然传过你一些内功，幸好你们没师徒名份，否则排将起来，你比你夫人矮着一辈，那可一世不能出头啦。"郭靖红了脸道："我不娶她。"丘处机一愕，问道："什么？"郭靖重复了一句："我不娶她！"丘处机沉了脸，站起身来，问道："为什么？"

韩小莹爱惜徒儿，见他受窘，忙代他解释："我们得知杨大爷的后嗣是男儿，指腹为婚之约是不必守了，因此靖儿在蒙古已定了亲。蒙古大汗成吉思汗封了他为金刀驸马。"

丘处机虎起了脸，对郭靖瞪目而视，冷笑道："好哇，人家是公主，金枝玉叶，岂是寻常百姓可比？先人的遗志，你是全然不理的了？你这般贪图富贵，忘本负义，跟完颜康这小子又有什么分别？你爹爹当年却又如何说来？"

郭靖很是惶恐，躬身说道："弟子从未见过我爹爹一面。不知我爹爹有什么遗言，我妈也没跟我说过，请道长示下。"

丘处机哑然失笑，脸色登和，说道："果然怪你不得。我就是一味卤莽。"当下将十八年前怎样在牛家村与郭杨二人结识、怎样杀兵退敌、怎样追寻郭杨二人、怎样与江南七怪生隙互斗、怎样立约比武等情由，从头至尾说了一遍。郭靖此时方知自己身世，不禁伏地大哭，想起父亲惨死，大仇未复，又想起七位师父恩重如山，真是粉身难报。

韩小莹温言道："男子三妻四妾，也是常事。将来你将这情由告知大汗，一夫二女，两全其美，有何不可？我瞧成吉思汗自己，一百个妻子也还不止。"

郭靖拭泪道："我不娶华筝公主。"韩小莹奇道："为什么？"郭靖道："我不喜欢她做妻子。"韩小莹道："你不是一直跟她挺好的么？"郭靖道："我只当她是妹子，是好朋友，可不要她做妻子。"

丘处机喜道："好孩子，有志气，有志气。管他什么大汗不大汗，公主不公主。你还是依照你爹爹和杨叔叔的话，跟穆姑娘结亲。"不料郭靖仍是摇头道："我也不娶穆姑娘。"

众人都感奇怪，不知他心中转什么念头。韩小莹是女子，毕竟心思细密，轻声问道："你可是另有意中人啦？"郭靖红了脸，隔了一会，终于点了点头。韩宝驹与丘处机同声喝问："是谁？"郭靖嗫嚅不答。

韩小莹昨晚在王府中与梅超风、欧阳克等相斗时，已自留神到了黄蓉，见她眉目如画，丰姿绰约，当时暗暗称奇，此刻一转念间，又记起黄蓉对他神情亲密，颇为回护，问道："是那个穿白衫子的小姑娘，是不是？"郭靖红着脸点了点头。

丘处机问道："什么白衫子、黑衫子，小姑娘、大姑娘？"韩小莹沉吟道："我听得梅超风叫她小师妹，又叫她爹爹作师父……"

丘处机与柯镇恶同时站起，齐声惊道："难道是黄药师的女儿？"

韩小莹拉住郭靖的手，问道："靖儿，她可是姓黄？"郭靖道："是。"韩小莹一时茫然无言。柯镇恶喃喃的道："你想娶梅超风的师妹？"

朱聪问道："她父亲将她许配给你么？"郭靖道："我没见过她爹爹，也不知她爹爹是谁。"朱聪又问："那么你们是私订终身的了？"郭靖不懂"私订终身"是什么意思，睁大了眼不答。朱聪道："你对她说过一定要娶她，她也说要嫁你，是不是？"郭靖道："没说过。"顿了一顿，又道："用不着说。我不能没有她，蓉儿也不能没有我。我们两个心里都知道的。"

韩宝驹一生从未尝过情爱滋味，听了这几句话怫然不悦，喝道："那成什么话？"韩小莹心中却想起了张阿生："我们江南七怪之中，五哥的性子与靖儿最像，可是他一直在暗暗喜欢我，却从来只道配我不上，不敢稍露情意，怎似靖儿跟那黄家小姑娘一般，说什么'两个心里都知道，我不能没有她，她不能没有我'？要是我在他死前几个月让他知道，我其实也不能没有他，他一生也得有几个月真正的欢喜。"

朱聪温言道："她爹爹是个杀人不眨眼的大魔头，你知道么？要是他知道你偷偷跟他女儿相好，你还有命么？梅超风学不到他十分之一的本事，已这般厉害。那桃花岛主要杀你时，谁救得了你？"郭靖低声道："蓉儿这样好，我想……我想她爹爹也不会是恶人。"韩宝驹骂道："放屁！黄药师恶尽恶绝，怎会不是恶人？你快发一个誓，以后永远不再和这小妖女见面。"江南六怪因黑风双煞害死笑弥陀张阿生，与双煞仇深似海，连带对他们的师父也一向恨之入骨，均想黑风双煞用以杀死张阿生的武功是黄药师所传，世上若无黄药师这大魔头，张阿生自也不会死于非命。

郭靖好生为难，一边是师恩深重，一边是情深爱笃，心想若不能再和蓉儿见面，这一生怎么还能做人？只见几位师父都是目光严峻的望着自己，心中一阵酸痛，双膝跪倒，两道泪水从面颊上流下来。

韩宝驹踏上一步，厉声道："快说！说再也不见那小妖女了。"

突然窗外一个清脆的女子声音喝道："你们干么这般逼他？好不害臊！"众人一怔。那女子叫道："靖哥哥，快出来。"

郭靖一听正是黄蓉，又惊又喜，抢步出外，只见她俏生生的站在庭院之中，左手牵着汗血宝马。小红马见到郭靖，长声欢嘶，前足跃起。韩宝驹、全金发、朱聪、丘处机四人跟着出房。郭靖向韩宝驹道："三师父，就是她。她是蓉儿。蓉儿不是妖女！"

黄蓉骂道："你这难看的矮胖子，干么骂我是小妖女？"又指着朱聪道："还有你这肮脏邋遢的鬼秀才，干么骂我爹爹，说他是杀人不眨眼的大魔头？"

朱聪不与小姑娘一般见识，微微而笑，心想这女孩儿果然明艳无俦，生平未见，怪不得靖儿如此为她颠倒。韩宝驹却勃然大怒，气得唇边小胡子也翘了起来，喝道："快滚，快滚！"黄蓉拍手唱道："矮冬瓜，滚皮球，踢一脚，溜三溜；踢两脚……"郭靖喝道："蓉儿不许顽皮！这几位是我师父。"黄蓉伸伸舌头，做个鬼脸。韩宝驹踏步上前，伸手向她推去。黄蓉又唱："矮冬瓜，滚皮球……"突然间伸手拉住郭靖腰间衣服，用力一扯，两人同时骑上了红马。黄蓉一提缰，那马如箭离弦般直飞出去。韩宝驹身法再快，又怎赶得上这匹风驰电掣般的汗血宝马？

等到郭靖心神稍定，回过头来，韩宝驹等人面目已经看不清楚，瞬息之间，诸人已成为一个个小黑点，只觉耳旁风生，劲风扑面，那红马奔跑得迅速之极。

黄蓉右手持缰，左手伸过来拉住了郭靖的手。两人虽然分别不到半日，但刚才一在室内，一在窗外，都是胆战心惊，苦恼焦虑，惟恐有失，这时相聚，犹如劫后重逢一般。郭靖心中迷迷糊糊，自觉逃离师父大大不该，但想到要舍却怀中这个比自己性命还亲的蓉儿，此后永不见面，那是宁可断首沥血，也决计不能屈从之事。

小红马一阵疾驰，离燕京已数十里之遥，黄蓉才收缰息马，跃下地来。郭靖跟着下马，那红马不住将头颈在他腰里挨擦，十分亲热。两人手拉着手，默默相对，千言万语，不知从何说起。但纵然一言不发，两心相通，相互早知对方心意。

隔了良久良久，黄蓉轻轻放下郭靖的手，从马旁革囊中取出一块汗巾，到小溪中沾湿了，交给郭靖抹脸。郭靖正在呆呆的出神，也不接过，突然说道："蓉儿，非这样不可！"黄蓉给他吓了一跳，道："什么啊？"郭靖道："咱们回去，见我师父们去。"黄蓉惊道："回去？咱们一起回去？"

郭靖道："嗯。我要牵着你的手，对六位师父与马道长他们说道：蓉儿不是妖女……"一面说，一面拉着黄蓉的小手，昂起了头，斩钉截铁般说着，似乎柯镇恶、马钰等就在他眼前："师父对我恩重如山，弟子粉身难报，但是，但是，蓉儿……蓉儿可不是小妖女，她是很好很好的姑娘……很好很好的……"他心中有无数言辞要为黄蓉辩护，但话到口头，却除了说她"很好很好"之外，更无别语。

黄蓉起先觉得好笑，听到后来，不禁十分感动，轻声道："靖哥哥，你师父他们恨死了我，你多说也没用。别回去吧！我跟你到深山里、海岛上，到他们永远找不到的地方去过一辈子。"郭靖心中一动，随即正色道："蓉儿，咱们非回去不可。"黄蓉叫道："他们一定会生生拆开咱们。咱俩以后可不能再见面啦。"郭靖道："咱俩死也不分开。"

黄蓉本来心中凄苦，听了他这句胜过千言信誓、万句盟约的话，突然间满腔都是信心，只觉两颗心已牢牢结在一起，天下再没什么人、什么力道能将两人拆散，心想："对啦，最多是死，难道还有比死更厉害的?"说道："靖哥哥，我永远听你话。咱俩死也不分开。"郭靖喜道："本来嘛，我说你是很好很好的。"

黄蓉嫣然一笑，从革囊中取出一大块生牛肉来，用湿泥裹了，找些枯枝，生起火来，说道："让小红马息一忽儿，咱们打了尖就回去。"

两人吃了牛肉，那小红马也已吃饱了草，两人上马从来路回去，未牌稍过，已来到小客店前。郭靖牵了黄蓉的手，走进店内。

那店伴得过郭靖的银子，见他回来，满脸堆欢的迎上，说道："您老好，那几位都出京去啦。跟您张罗点儿什么吃的?"郭靖惊道："都去啦? 留下什么话没有?"店伴道："没有啊。他们向南走的，走了不到两个时辰。"郭靖向黄蓉道："咱们追去。"

两人出店上马，向南追寻，但始终不见三子六怪的踪影。郭靖道："只怕师父们走了另一条道。"于是催马重又回头。那小红马也真神骏，虽然一骑双乘，仍是来回奔驰，不见疲态。一路打听，途人都说没见到全真三子、江南六怪那样的人物。

郭靖好生失望。黄蓉道："八月中秋大伙儿在嘉兴烟雨楼相会，那时必可见到你众位师父。你要说我'很好，很好'，那时候再说不迟。"郭靖道："到中秋节足足还有半年。"黄蓉笑道："这半年中咱俩到处玩耍，岂不甚妙？"郭靖本就生性旷达，又是少年贪玩，何况有意中人相伴，不禁心满意足，当下拍手道好。

两人赶到一个小镇，住了一宵，次日买了一匹高头白马。郭靖一定要骑白马，把红马让给黄蓉乘坐。两人按辔缓行，一路游山玩水，乐也融融，或旷野间并肩而卧，或村店中同室而居，虽然情深爱笃，但两小无猜，不涉猥亵。黄蓉固不以为异，郭靖亦觉本该如此。

这一日来到京东西路袭庆府泰宁军地界，时近端阳，天时已颇为炎热。两人纵马驰了半天，一轮红日直照头顶，郭靖与黄蓉额头与背上都出了汗。大道上尘土飞扬，黏得脸上腻腻的甚是难受。黄蓉道："咱们不赶道了，找个阴凉的地方歇歇罢。"郭靖道："好，到前面镇甸，泡一壶茶喝了再说。"

说话之间，两乘马追近了前面一顶轿子、一匹毛驴。见驴上骑的是个大胖子，穿件紫酱色熟罗袍子，手中拿着把大白扇不住挥动，那匹驴子偏生又瘦又小，给他二百五六十斤重的身子压得一跛一拐，步履维艰。轿子四周轿帷都翻起了透风，轿中坐着个身穿粉红衫子的肥胖妇人，无独有偶，两名轿夫竟也是一般的身材瘦削，走得气喘吁吁。轿旁有名丫鬟，手持葵扇，不住的给轿中胖妇人打扇。黄蓉催马前行，赶过这行人七八丈，勒马回头，向着轿子迎面过去。郭靖奇道："你干什么？"黄蓉叫道："我瞧瞧这位太太的模样。"

凝目向轿中望去，只见那胖妇人约莫四十来岁年纪，髻上插一枝金钗，鬓边戴了朵老大红绒花，一张脸盆也似的大圆脸，嘴阔眼细，两耳招风，鼻子扁平，似有若无，白粉涂得厚厚地，却给额头流下来的汗水划出了好几道深沟。她听到了黄蓉那句话，竖起一对浓眉，恶狠狠地瞪目而视，粗声说道："有什么好瞧？"黄蓉本就有心生事，对方自行起衅，正是求之不得，勒住小红马拦在当路，笑道："我瞧你身材苗条，可俊得很哪！"突然一声吆喝，提起马缰，小红马蓦地里向轿子直冲过去。两名轿夫大吃一惊，齐叫："啊也！"当即摔下轿杠，向旁逃开。轿子翻倒，那胖妇人骨碌碌的从轿中滚将出来，摔在大路正中，扠手舞腿，再也爬不起来。黄蓉却已勒定小红马，拍手大笑。

她开了这个玩笑，本想回马便走，不料那骑驴的大胖子挥起马鞭向她猛力抽来，骂道："哪里来的小浪蹄子！"那胖妇人横卧在地，口中更是污言秽语滔滔不绝。黄蓉左手伸出，抓住了那胖子抽来的鞭子顺手一扯，那胖子登时摔下驴背。黄蓉提鞭夹头夹脑的向他抽去。那胖妇人大叫："有女强盗啊！打死人了哪！女强人拦路打劫啦！"黄蓉一不做、二不休，拔出蛾眉钢刺，弯下腰去，嗤的一声，便将她左耳割了下来。那胖妇人登时满脸鲜血，杀猪似的大叫起来。

这一来，那胖子吓得魂飞魄散，跪在地下只叫："女大王饶命！我……我有银子！"黄蓉板起了脸，喝道："谁要你银子？这女人是谁？"那胖子道："是……是我夫人！我……我们……她回娘家……回娘家探亲。"黄蓉道："你们两个又壮又胖，干么自己不走路？要饶命不难，只须听我吩咐！"那胖子道："是，是，听姑娘大王吩咐。"

黄蓉听他管自己叫"姑娘大王"，觉得挺是新鲜，噗哧一笑，说道："两个轿夫呢？还有这小丫鬟，你们三个都坐进轿子去。"三人不敢违拗，扶起了倒在路中心的轿子，钻了进去。好在三人身材瘦削，加起来只怕还没那胖妇人肥大，坐入轿中却也不如何挤迫。这三人连同郭靖和那胖子夫妇，六对眼睛都怔怔的瞧着黄蓉，不知她有何古怪主意。黄蓉道："你们夫妻平时作威作福，仗着有几个臭钱便欺压穷人。眼下遇上了'姑娘大王'，要死还是要活？"这时那胖妇人早就停了叫嚷，左手按住了脸畔伤口，与那胖子齐声道："要活，要活，姑娘大王饶命！"

黄蓉道："好，今日轮到你们两个做做轿夫，把轿子抬起来！"那胖妇人道："我……我只会坐轿子，不会抬轿子！"黄蓉将钢刺在她鼻子上平拖而过，喝道："你不会抬轿子，我可会割鼻子。"那胖妇人只道鼻子又已给她割去，大叫："哎唷，痛死人啦！"黄蓉喝道："你抬不抬？"那胖子先行抬起了轿杠，说道："抬，抬！我们抬！"那胖妇人无奈，只得矮身将另一端轿杠放上肩头，挺身站起。这对财主夫妇平时补药吃得多了，身子着实壮健，抬起轿子迈步而行，居然抬得有板有眼。黄蓉和郭靖齐声喝采："抬得好！"

黄郭二人骑马押在轿后。直行出十余丈，黄蓉这才纵马快奔，叫道："靖哥哥，咱们走罢！"两人驰出一程，回头望来，只见那对胖夫妇兀自抬轿行走，不敢放下，两人都是忍不住哈哈大笑。

黄蓉道："这胖女人如此可恶，生得又难看，本来倒挺合用。我原想捉了她去，给丘处机做老婆，只可惜我打不过那牛鼻子。"郭靖大奇，问道："怎么给丘道长做老婆？他不会要的。"黄蓉道："他当然不肯要。可是他却不想想，你说不肯娶穆姑娘，他怎地又硬逼你娶她？哼，等哪一天我武功强过这牛鼻子老道了，定要硬逼他娶个又恶又丑的女人，叫他尝尝被逼娶老婆的滋味。"

郭靖哑然失笑，原来她心中在打这个主意，过了半晌，说道："蓉儿，穆姑娘并不是又丑又恶，不过我只娶你。"黄蓉嫣然一笑，道："你不说我也知道。"

正行之间，忽听得一排大树后水声淙淙。黄蓉纵马绕过大树，突然欢声大叫。郭靖跟着过去，原来是一条清可见底的深溪，溪底是绿色、白色、红色、紫色的小圆卵石子，溪旁两岸都是垂柳，枝条拂水，溪中游鱼可数。

黄蓉脱下外衣，扑通一声，跳下水去。郭靖吓了一跳，走近溪旁，只见她双手高举，抓住了一尾尺来长的青鱼。鱼儿尾巴乱动，拼命挣扎。黄蓉叫道："接住。"把鱼儿抛上岸来。郭靖施展擒拿法抓去，但鱼儿身上好滑，立即溜脱，在地下翻腾乱跳。

黄蓉拍手大笑，叫道："靖哥哥，下来游水。"郭靖生长大漠，不识水性，笑着摇头。黄蓉道："下来，我教你。"郭靖见她在水里玩得有趣，于是脱下外衣，一步步踏入水中。黄蓉在他脚上一拉，他站立不稳，跌入水里，心慌意乱之下，登时喝了几口水。黄蓉笑着将他扶起，教他换气划水的法门。

游泳之道，要旨在能控制呼吸，郭靖于内功习练有素，精通换气吐纳的功夫，练了半日，已略识门径。当晚两人便在溪畔露宿，次日一早又是一个教、一个学。黄蓉生长海岛，自幼便熟习水性。黄药师文事武学，无不精深，只水中功夫却是远远不及女儿。郭靖在明师指点之下，每日在溪水中浸得四五个时辰，七八日后已能在清溪中上下来去，浮沉自如。

这一日两人游了半天，兴犹未尽，溯溪而上，游出数里，忽然听得水声渐响，转了一个弯，眼前飞珠溅玉，竟是一个十余丈高的大瀑布，一片大水匹练也似的从崖顶倾倒下来。

黄蓉道："靖哥哥，咱俩从瀑布里窜到崖顶上去。"郭靖道："好，咱们试试。你穿上防身的软甲罢。"黄蓉道："不用！"一声吆喝，两人一齐钻进了瀑布之中。那水势好急，别说向上攀援，连站也站立不住，脚步稍移，身子便给水流远远冲开。两人试了几次，终于废然而退。郭靖心中不服，气鼓鼓的道："蓉儿，咱们好好养一晚神，明儿再来。"黄蓉笑道："好！可也不用生这瀑布的气。"郭靖自觉无理，哈哈大笑。

次日又试，竟然爬上了丈余，好在两人轻身功夫了得，每次被水冲下，只不过落入下面深潭，也伤不了身子。两人揣摸水性，天天在瀑布里窜上溜下。到第八天上，郭靖竟然攀上了崖顶，伸手将黄蓉也拉了上去。两人在崖上欢呼跳跃，喜悦若狂，手挽手的又从瀑布中溜了下来。

这般十余天一过，郭靖仗着内力深厚，水性已颇不弱，虽与黄蓉相较尚自远逊，但黄蓉说道，却已比她爹爹好得多了。两人直到玩得尽兴，这才纵马南行。

这日来到长江边上，已是暮霭苍茫，郭靖望着大江东去，白浪滔滔，四野无穷无尽，上游江水不绝流来，永无止息，只觉胸中豪气干云，身子似与江水合而为一。观望良久，黄蓉忽道："要去就去。"郭靖道："好！"两人这些日子共处下来，相互间不必多言，已知对方心意，黄蓉见了他的眼神，就知他想游过江去。

郭靖放开白马缰绳，说道："你没用，自己去吧。"在红马臀上一拍，二人一马，一齐跃入大江。小红马一声长嘶，领先游去。郭靖与黄蓉并肩齐进。游到江心，那红马已遥遥在前。

天上繁星闪烁，除了江中浪涛之外，更无别般声息，似乎天地之间就只他们二人。

再游一阵，突然间乌云压天，江上漆黑一团，接着闪电雷轰，接续而至，每个焦雷似乎都打在头顶一般。郭靖叫道："蓉儿，你怕么？"黄蓉笑道："和你在一起，不怕。"

夏日暴雨，骤至骤消，两人游到对岸，已是雨过天青，朗月悬空。郭靖找些枯枝来生了火。黄蓉取出包裹中两人衣服，各自换了，将湿衣在火上烤干。

小睡片刻，天边渐白，江边农家小屋中一只公鸡振吭长鸣。

黄蓉打了个呵欠醒来，说道："好饿！"发足往小屋奔去，不一刻腋下已挟了一只肥大公鸡回来，笑道："咱们走远些，别让主人瞧见。"两人向东行了里许，小红马乖乖的自后跟来。

黄蓉用蛾眉钢刺剖了公鸡肚子，将内脏洗剥干净，却不拔毛，用水和了一团泥裹在鸡外，生火烤了起来。烤得一会，泥中透出甜香，待得湿泥干透，剥去干泥，鸡毛随泥而落，鸡肉白嫩，浓香扑鼻。

完颜康恍然而悟："她是对我说，我们两人之间并无骨肉渊源。"伸手去握住她的右手，微微一笑。穆念慈满脸通红，轻轻一挣没挣脱，也就任他握着，头却垂得更低了。

第十二回　亢龙有悔

黄蓉正要将鸡撕开，身后忽然有人说道："撕作三份，鸡屁股给我。"

两人都吃了一惊，怎地背后有人掩来，竟然毫无知觉，急忙回头，只见说话的是个中年乞丐。这人一张长方脸，颏下微须，粗手大脚，身上衣服东一块西一块的打满了补钉，却洗得干干净净，手里拿着一根绿竹杖，莹碧如玉，背上负着个朱红漆的大葫芦，脸上一副馋涎欲滴的模样，神情猴急，似乎若不将鸡屁股给他，就要伸手抢夺了。郭黄两人尚未回答，他已大马金刀的坐在对面，取过背上葫芦，拔开塞子，酒香四溢。他骨嘟骨嘟的喝了几口，把葫芦递给郭靖，道："娃娃，你喝。"

郭靖心想此人好生无礼，但见他行动奇特，心知有异，不敢怠慢，说道："我不喝酒，您老人家喝罢。"言下甚是恭谨。那乞丐向黄蓉道："女娃娃，你喝不喝？"

黄蓉摇了摇头，突然见他握住葫芦的右手只有四根手指，一根食指齐掌而缺，心中一凛，想起了当日在客店窗外听丘处机、王处一所说的九指神丐之事，心想："难道今日机缘巧合，逢上了前辈高人？且探探他口风再说。"见他望着自己手中的肥鸡，喉头一动一动，口吞馋涎，心里暗笑，当下撕下半只，果然连着鸡屁股一起给了他。

那乞丐大喜，夹手夺过，风卷残云的吃得干干净净，一面吃，一面不住赞美："妙极，妙极，连我叫化祖宗，也整治不出这般了不起的叫化鸡。"黄蓉微微一笑，把手里剩下的半边鸡也递给了他。那乞丐谦道："那怎么成？你们两个娃娃自己还没吃。"他口中客气，却早伸手接过，片刻间又吃得只剩几根鸡骨。

他拍了拍肚皮，叫道："肚皮啊肚皮，这样好吃的鸡，很少下过肚吧？"黄蓉噗哧一笑，说道："小女子偶尔烧得叫化鸡一只，得入叫化祖宗的尊肚，真是荣幸之至。"那乞丐哈哈大笑，说道："你这女娃子乖得很。"从怀里摸出几枚金镖来，说道："昨儿见到有几个人打架，其中有一个可阔气得紧，放的镖儿居然金光闪闪。老叫化顺手牵镖，就给他牵了过来。这枚金镖里面是破铜烂铁，镖外撑场面，镀的倒是真金。娃娃，你拿去玩儿，没钱使之时，倒也可换得七钱八钱银子。"说着便递给郭靖。郭靖摇头不接，说道："我们当你是朋友，请朋友吃些东西，不能收礼。"他这是蒙古人好客的规矩。

那乞丐神色尴尬，搔头道："这可难啦，我老叫化向人讨些残羹冷饭，倒也不妨，今日却吃了你们两个娃娃这样一只好鸡，受了这样一个天大恩惠，无以报答。这……这……"郭靖笑道："小小一只鸡算什么恩惠？不瞒你说，这只鸡我们也是偷来的。"黄蓉笑道："我们是顺手牵鸡，你老人家再来顺口吃鸡，大家得个'顺'字。"那乞丐哈哈大笑，道："你们两个娃娃挺有意思，可合了我脾胃啦。来，你们有什么心愿，说给我听听。"

郭靖听他话中之意显是要伸手帮助自己，那仍是请人吃了东西收受礼物，便摇了摇头。黄蓉却道："这叫化鸡也算不了什么，我还有几样拿手小菜，倒要请你品题品题。咱们一起到前面市镇去好不好？"那乞丐大喜，叫道："妙极，妙极！"郭靖道："您老贵姓？"那乞丐道："我姓洪，排行第七，你们两个娃娃叫我七公罢。"黄蓉听他说姓洪，心道："果然是他。不过他这般年纪，看来比丘道长还小着几岁，怎会与全真七子的师父齐名？嗯，我爹爹也不老，还不是一般的跟洪七公他们平辈论交？定是全真七子这几个老道不争气，年纪都活在狗身上了。"丘处机逼迫郭靖和穆念慈结亲，黄蓉心中一直恼他。

三人向南而行，来到一个市镇，叫做姜庙镇，投了客店。黄蓉道："我去买作料，你爷儿俩歇一阵子吧。"

洪七公望着黄蓉的背影，笑咪咪的道："她是你的小媳妇儿罢？"郭靖红了脸，不敢说是，却也不愿说不是。洪七公呵呵大笑，眯着眼靠在椅上打盹。直过了大半个时辰，黄蓉才买了菜蔬回来，入厨整治。郭靖要去帮忙，却给她笑着推了出来。

又过小半个时辰，洪七公打个呵欠，嗅了两嗅，叫道："香得古怪！那是什么菜？可有点儿邪门。情形大大不对！"伸长了脖子，不住向厨房探头探脑的张望。郭靖见他一副迫不及待、心痒难搔的模样，不禁暗暗好笑。

厨房里香气阵阵喷出，黄蓉却始终没有露面。

洪七公搔耳摸腮，坐下站起，站起坐下，好不难熬，向郭靖道："我就是这个馋嘴的臭脾气，一想到吃，就什么也都忘了。"伸出那只剩四指的右掌，说道："古人说：'食指大动'，真是一点也不错。我只要见到或是闻到奇珍异味，右手的食指就会跳个不住。有一次为了贪吃，误了一件大事，我一发狠，一刀将指头给砍了……"郭靖"啊"了一声，洪七公叹道："指头是砍了，馋嘴的性儿却砍不了。"

说到这里，黄蓉笑盈盈的托了一只木盘出来，放在桌上，盘中三碗白米饭，一只酒杯，另有两大碗菜肴。郭靖只觉得甜香扑鼻，说不出的舒服受用，只见一碗是炙牛肉条，只不过香气浓郁，尚不见有何特异，另一碗却是碧绿的清汤中浮着数十颗殷红的樱桃，又飘着七八片粉红色的花瓣，底下衬着嫩笋丁子，红白绿三色辉映，鲜艳夺目，汤中泛出荷叶的清香，想来这清汤是以荷叶熬成的了。

黄蓉在酒杯里斟了酒，放在洪七公前面，笑道："七公，您尝尝我的手艺儿怎样？"

洪七公哪里还等她说第二句，也不饮酒，抓起筷子便夹了两条牛肉条，送入口中，只觉满嘴鲜美，绝非寻常牛肉，每咀嚼一下，便有一次不同滋味，或膏腴嫩滑，或甘脆爽口，诸味纷呈，变幻多端，直如武学高手招式之层出不穷，人所莫测。洪七公惊喜交集，细看之下，原来每条牛肉都是由四条小肉条拼成。

洪七公闭了眼辨别滋味，道："嗯，一条是羊羔坐臀，一条是小猪耳朵，一条是小牛腰子，还有一条……还有一条……"黄蓉抿嘴笑道："猜得出算你厉害……"她一言甫毕，洪七公叫道："是獐腿肉加兔肉揉在一起。"黄蓉拍手赞道："好本事，好本事。"郭靖听得呆了，心想："这一碗炙牛条竟要这么费事，也亏他辨得出五般不同的肉味来。"

洪七公道："肉只五种，但猪羊混咬是一般滋味，獐牛同嚼又是一般滋味，一共有几般变化，我可算不出了。"黄蓉微笑道："若是次序的变化不计，那么只有二十五变，合五五梅花之数，又因肉条形如笛子，因此这道菜有个名目，叫作'玉笛谁家听落梅'。这'谁家'两字，也有考人一考的意思。七公你考中了，是吃客中的状元。"

洪七公大叫："了不起！"也不知是赞这道菜的名目，还是赞自己辨味的本领，拿起匙羹舀了两颗樱桃，笑道："这碗荷叶笋尖樱桃汤好看得紧，有点不舍得吃。"在口中一辨味，"啊"的叫了一声，奇道："咦？"又吃了两颗，又是"啊"的一声。荷叶之清、笋尖之鲜、樱桃之甜，那是不必说了，樱桃核已经剜出，另行嵌了别物，却尝不出是什么东西。洪七公沉吟道："这樱桃之中，嵌的是什么物事？"闭了眼睛，口中慢慢辨味，喃喃的道："是雀儿肉！不是鹧鸪，便是班鸠，对了，是班鸠！"睁开眼来，见黄蓉正竖起了大拇指，不由得甚是得意，笑道："这碗荷叶笋尖樱桃班鸠汤，又有个什么古怪名目？"

黄蓉微笑道："老爷子，你还少说了一样。"洪七公"咦"的一声，向汤中瞧去，说道："嗯，还有些花瓣儿。"黄蓉道："对啦，这汤的名目，从这五样作料上去想便是了。"洪七公道："要我打哑谜可不成，好娃娃，你快说了吧。"黄蓉道："我提你一下，只消从《诗经》上去想就得了。"洪七公连连摇手，道："不成，不成。书本上的玩意儿，老叫化一窍不通。"

黄蓉笑道："这如花容颜，樱桃小嘴，便是美人了，是不是？"洪七公道："啊，原来是美人汤。"黄蓉摇头道："竹解心虚，乃是君子。莲花又是花中君子。因此这竹笋丁儿和荷叶，说的是君子。"洪七公道："哦，原来是美人君子汤。"黄蓉仍是摇头，笑道："那么这斑鸠呢？《诗经》第一篇是：'关关雎鸠，在河之洲，窈窕淑女，君子好逑'。是以这汤叫作'好逑汤'。"

洪七公哈哈大笑，说道："有这么希奇古怪的汤，便得有这么一个希奇古怪的名目，很好，很好，你这希奇古怪的女娃娃，也不知是哪个希奇古怪的老子生出来的。这汤的滋味可真不错。十多年前我在皇帝大内御厨吃到的樱桃汤，滋味可远远不及这一碗了。"黄蓉笑道："御厨有什么好菜，您说给我听听，好让我学着做了孝敬您。"

洪七公不住口的吃牛条，喝鲜汤，连酒也来不及喝，一张嘴哪里有半分空暇回答她问话，直到两只碗中都只剩下十之一二，这才说道："御厨的好东西当然多啦，不过没一样及得上这两味。嗯，有一味鸳鸯五珍脍是极好的，我可不知如何做法。"

郭靖问道："是皇帝请你去吃的么？"洪七公呵呵笑道："不错，皇帝请的，不过皇帝自己不知道罢啦。我在御厨房的梁上躲了三个月，皇帝吃的菜每一样我先给他尝一尝，吃得好就整盘拿来，不好么，就让皇帝小子自己吃去。御厨房的人疑神疑鬼，都说出了狐狸大仙啦。"郭靖和黄蓉都想："这人馋是馋极，胆子可也真大极。"

洪七公笑道："娃娃，你媳妇儿煮菜的手艺天下第一，你这一生可享定了福。他妈的，我年轻时怎么没撞见这样好本事的女人？"言下似乎深以为憾。

黄蓉微微一笑，与郭靖就着残菜吃了饭。她只吃一碗也就饱了。郭靖却吃了四大碗，菜好菜坏，他也不怎么分辨得出。洪七公摇头叹息，说道："牛嚼牡丹，可惜，可惜。"黄蓉抿嘴轻笑。郭靖心想："牛爱吃牡丹花吗？蒙古牛是很多，可没牡丹，我自然没见过牛吃牡丹。却不知为什么要说'可惜，可惜'？"

洪七公摸摸肚子，说道："你们两个娃娃都会武艺，我老早瞧出来啦。女娃娃花尽心机，整了这样好的菜给我吃，定是不安好心，叫我非教你们几手不可。好罢，吃了这样好东西，不教几手也真说不过去。来来来，跟我走。"负了葫芦，提了竹杖，起身便走。

郭靖和黄蓉跟着他来到镇外一座松林之中。洪七公问郭靖道："你想学什么？"

郭靖心想："武学如此之广，我想学什么，难道你就能教什么？"正自寻思，黄蓉道："七公，他功夫不及我，常常生气，他最想胜过我。"郭靖道："我几时生气……"黄蓉向他使了个眼色，郭靖就不言语了。洪七公笑道："我瞧他手脚沉稳，内功根基不差啊，怎会不及你？来，你们两个娃娃打一打。"

黄蓉走出数步，叫道："靖哥哥，来。"郭靖尚自迟疑，黄蓉道："你不显显本事，他老人家怎么个教法？"郭靖一想不错，向洪七公道："晚辈功夫不成，您老人家多指点。"洪七公道："稍稍指点一下不妨，多指点可划不来。"郭靖一怔，黄蓉叫道："看招！"抢近身来，挥掌便打。郭靖起手一架，黄蓉变招奇速，早已收掌飞腿，攻他下盘。洪七公叫道："好，女娃子，真有你的。"

黄蓉低声道："用心当真的打。"郭靖提起精神，使开南希仁所授的南山掌法，双掌翻合，虎虎生风。黄蓉审高纵低，用心抵御，拆解了半晌，突然变招，使出父亲黄药师自创的"落英神剑掌"来。这套掌法的名称中有"神剑"两字，因是黄药师从剑法中变化而得。只见她双臂挥动，四方八面都是掌影，或五虚一实，或八虚一实，真如桃林中狂风忽起、万花齐落一般，妙在姿态飘逸，宛若翩翩起舞，只是她功力尚浅，未能出掌凌厉如剑。郭靖眼花缭乱，哪里还守得住门户，不提防拍拍拍拍，左肩右肩、前胸后背，接连中了四掌，黄蓉全未使力，自也不觉疼痛。黄蓉一笑跃开。郭靖赞道："蓉儿，真好掌法!"

洪七公冷冷的道："你爹爹这般大的本事，你又何必要我来教这傻小子武功?"

黄蓉吃了一惊，心想："这路落英神剑掌法是爹爹自创，爹爹说从未用来跟人动过手，七公怎么会识得?"问道："七公，您识得我爹爹?"

洪七公道："当然，他是'东邪'，我是'北丐'。我跟他打过的架难道还少了?"黄蓉心想："他和爹爹打了架，居然没给爹爹打死，此人本领确然不小，难怪'北丐'可与'东邪'并称。"又问："您老怎么又识得我?"

洪七公道："你照照镜子去，你的眼睛鼻子不像你爹爹么?本来我也还想不起，只不过觉得你面相好熟而已，但你的武功却明明白白的露了底啦。桃花岛武学家数，老叫化怎会不识得?我虽没见过这路掌法，可是天下也只有你这鬼灵精的爹爹才想得出来。嘿嘿，你那两味菜又是什么'玉笛谁家听落梅'，什么'好逑汤'，定是你爹爹给安的名目了。"

黄蓉笑道："你老人家料事如神。你说我爹爹很厉害，是不是?"洪七公冷冷的道："他当然厉害，可也不见得是天下第一。"黄蓉拍手道："那么定是您第一啦。"

洪七公道："那倒也未必。二十多年前，我们东邪、西毒、南帝、北丐、中神通五人在华山绝顶比武论剑，比了七天七夜，终究是中神通最厉害，我们四人服他是天下第一。"黄蓉道："中神通是谁呀?"

洪七公道："你爹爹没跟你说过么?"黄蓉道："没有。我爹爹说，武林中坏事多，好事少，女孩儿家听了无益，因此他很少跟我说。后来我爹爹骂我，不喜欢我，我偷偷逃出来啦。以后他永远不要我了。"说到这里，低下头来，神色凄然。洪七公骂道："这老妖怪，真是邪门。"黄蓉愠道："不许你骂我爹爹。"洪七公呵呵笑道:"可惜人家嫌我老叫化穷,没人肯嫁我,否则生下你这么个乖女儿,我可舍不得赶你走。"黄蓉笑道:"那当然!你赶我走了,谁给你烧菜吃?"

洪七公叹了口气,道:"不错,不错。"顿了一顿,说道:"中神通是全真教教主王重阳,他归天之后,到底谁是天下第一,那就难说得很了。"

黄蓉道:"全真教?嗯,有一个姓丘、一个姓王,还有一个姓马的,都是牛鼻子道士,我瞧他们也稀松平常,跟人家动手,三招两式之间便中毒受伤。"洪七公道:"是吗?那都是王重阳的徒弟了。听说他七个弟子中丘处机武功最强,但终究还不及他们师叔周伯通。"黄蓉听了周伯通的名字微微一惊,开口想说话,却又忍住。

郭靖一直在旁听两人谈论,这时插口道:"是,马道长说过他们有个师叔,但没有提到这位前辈道长的名号。"洪七公道:"周伯通不是全真教的道士,是俗家人,他武功是王重阳亲自传授的。嘿,你这楞家伙笨头笨脑,你岳父聪明绝顶,恐怕不见得喜欢你罢?"郭靖从没想到自己的"岳父"是谁,登时结结巴巴的答不上来。黄蓉微笑道:"我爹爹没见过他。您老要是肯指点他一些功夫,我爹爹瞧在您老面上,就会喜欢他啦。"

洪七公骂道:"小鬼头儿,爹爹的功夫没学到一成,他的鬼心眼儿可就学了个十足十。我不喜欢人家拍马屁、戴高帽,老叫化从来不收徒弟,这种傻不楞的小子谁要?只有你,才当他宝贝儿似的,挖空心思,磨着我教你傻女婿的武功。嘿嘿,老叫化才不上这个当呢!"

黄蓉低下了头,不由得红晕满脸。她于学武并不专心,自己有这样武功高强的爹爹,也没好好跟着学,怎会打主意去学洪七公的功夫?只是眼见郭靖武艺不高,他那六个师父又口口声声骂自己为"小妖女",恰好碰上了洪七公这样一位高人,只盼他肯传授郭靖些功夫,那么郭靖以后见了六位师父和丘处机一班臭道士,也用不着耗子见猫那样怕得厉害。不料洪七公馋嘴贪吃,似乎胡里胡涂,心中却着实明白，竟识破了她的私心。只听他唠唠叨叨的骂了一阵，站起身来，扬长而去。

隔了良久，郭靖才道："蓉儿，这位老前辈的脾气有点与众不同。"黄蓉听得头顶树叶微响，料来洪七公已绕过松树，窜到了树上，便道："他老人家可是个大大的好人，他本事比我爹爹要高得多。"郭靖奇道："他又没有显功夫，你怎知道？"黄蓉道："我听爹爹说过的。"郭靖道："怎么说？"黄蓉道："爹爹说，当今之世，武功能胜过他的就只有九指神丐洪七公一人，可惜他行踪无定，不能常与他在一起切磋武功。"

洪七公走远之后，果然施展绝顶轻功，从树林后绕回，纵在树上，窃听他两人谈话，想查知这二人是否黄药师派来偷学他的武功，听得黄蓉如此转述她父亲的言语，不禁暗自得意："黄药师嘴上向来不肯服我，岂知心里对我甚是佩服。"

他怎知这全是黄蓉捏造出来的，只听她又道："我爹爹的功夫我也没学到什么，只怪我从前爱玩，不肯用功。现下好容易见到洪老前辈，要是他肯指点一二，岂不是更加胜过我爹爹亲授？哪知我口没遮拦，说错了话，惹恼了他老人家。"说着呜呜咽咽的哭将起来，她起初本是假哭，郭靖柔声细语的安慰了几句，她想起母亲早逝，父亲远离，竟然弄假成真，悲悲切切的哭得十分伤心。洪七公听了，不禁大起知己之感。

黄蓉哭了一会，抽抽噎噎的道："我听爹爹说过，洪老前辈有一套武功，当真是天下无双、古今独步，甚至全真教的王重阳也忌惮三分，叫做……叫做……咦，我怎么想不起来啦！明明刚才我还记得的，我想求他教你，这套拳法叫做……叫做……"其实她哪里知道，全是信口胡吹。洪七公在树顶上听她苦苦思索，实在忍不住了，喝道："叫做'降龙十八掌'！"说着一跃而下。

郭靖和黄蓉都是大吃一惊，退开几步。只不过两人齐惊，一个是真，一个是假。黄蓉道："啊，七公，你怎么会飞到了树上？是降龙十八掌，一点不错，我怎么想不起？爹爹常常提起的，说他生平最佩服的武功便是降龙十八掌。"

洪七公甚是开心，说道："原来你爹爹还肯说真话，我只道王重阳死了之后，他便自以为天下第一了呢。"向郭靖道："你根柢并不比这女娃娃差，输就输在拳法不及。女娃娃，你回客店去。"黄蓉知道他要传授郭靖拳法，欢欢喜喜的去了。

洪七公向郭靖正色道："你跪下立个誓，如不得我允许，不可将我传你的功夫转授旁人，连你那鬼精灵的小媳妇儿也在内。"

郭靖心下为难："若是蓉儿要我转授，我怎能拒却？"说道："七公，我不要学啦，让她功夫比我强就是。"洪七公奇道："干么？"郭靖道："若是她要我教，我不教是对不起她，教了是对不起您。"洪七公呵呵笑道："傻小子心眼儿不错，当真说一是一。这样罢，我教你一招'亢龙有悔'。我想那黄药师自负得紧，就算他心里羡慕，也不能没出息到来偷学我的看家本领。再说，他所学的路子跟我全然不同，我不能学他的武功，他也学不了我的掌法。"说着左腿微屈，右臂内弯，右掌划了个圆圈，呼的一声，向外推去，手掌扫到面前一棵松树，喀喇一响，松树应手断折。

郭靖吃了一惊，真想不到他这一推之中，居然会有这么大的力道。

洪七公道："这棵树是死的，如果是活人，当然会退让闪避。学这一招，难就难在要对方退无可退，让无可让，你一招出去，喀喇一下，敌人就像松树一样完蛋大吉。"当下把姿式演了两遍，又把内劲外铄之法、发招收势之道，仔仔细细解释了一通。虽只教得一招，却也费了一个多时辰功夫。

郭靖资质鲁钝，内功却已有根柢，学这般招式简明而劲力精深的武功，最是合式，当下苦苦习练，两个多时辰之后，已得大要。

洪七公道："那女娃娃的掌法虚招多过实招数倍，你要是跟了她乱转，非着她道儿不可，再快也快不过她。你想这许多虚招之后，这一掌定是真的了，她偏偏仍是假的，下一招眼看是假的了，她却出你不意给你来下真的。"郭靖连连点头。洪七公道:"因此你要破她这路掌法,唯一的法门就是压根儿不理会她真假虚实,待她掌来,真的也好,假的也罢,你只给她来一招'亢龙有悔'。她见你这一招厉害,非回掌招架不可,那就破了。"

郭靖问道:"以后怎样?"洪七公脸一沉道:"以后怎样?傻小子,她有多大本事,能挡得住我教你的这一招?"郭靖甚是担心,说道:"她挡不住,岂不是打伤了她?"洪七公摇头叹息,说道:"我这掌力要是能发不能收,不能轻重刚柔随心所欲,怎称得上是天下掌法无双的'降龙十八掌'?"郭靖唯唯称是,心中打定了主意:"我若不是学到了能发能收的地步,可决不能跟蓉儿试招。"洪七公道:"你不信吗,这就试试吧?"

郭靖拉开式子,挑了一棵特别细小的松树,学着洪七公的姿势,对准树干,呼的就是一掌。那松树晃了几晃,竟是不断。洪七公骂道:"傻小子,你摇松树干什么?捉松鼠么?检松果么?"郭靖被他说得满脸通红,讪讪的笑着。

洪七公道:"我对你说过:要教对方退无可退,让无可让。你刚才这一掌,劲道不弱,可是松树一摇,就把你的劲力化解了。你先学打得松树不动,然后再能一掌断树。"郭靖大悟,欢然道:"那要着劲奇快,使对方来不及抵挡。"洪七公白眼道:"可不是么?那还用说?你满头大汗的练了这么久,原来连这点粗浅道理还刚想通。可真笨得到了姥姥家。"又道:"这一招叫作'亢龙有悔',掌法的精要不在'亢'字而在'悔'字。倘若只求刚猛狠辣,亢奋凌厉,只要有几百斤蛮力,谁都会使了。这招又怎能教黄药师佩服?'亢龙有悔,盈不可久',因此有发必须有收。打出去的力道有十分,留在自身的力道却还有二十分。哪一天你领会到了这'悔'的味道,这一招就算是学会了三成。好比陈年美酒,上口不辣,后劲却是醇厚无比,那便在于这个'悔'字。"

郭靖茫然不解,只是将他的话牢牢记在心里,以备日后慢慢思索。他学武的法门,向来便是"人家练一朝,我就练十天",当下专心致志的只是练习掌法，起初数十掌，松树总是摇动，到后来劲力越使越大，树干却越摇越微，自知功夫已有进境，心中甚喜，这时手掌边缘已红肿得十分厉害，他却毫不松懈的苦练。

洪七公早感厌闷，倒在地下呼呼大睡。

郭靖练到后来，意与神会，发劲收势，渐渐能运用自如，丹田中吸一口气，猛力一掌，立即收劲，那松树竟是纹丝不动。郭靖大喜，第二掌照式发招，但力在掌缘，只听得格格数声，那棵小松树被他击得弯折了下来。

忽听黄蓉远远喝采："好啊！"只见她手提食盒，缓步而来。

洪七公眼睛尚未睁开，已闻到食物的香气，叫道："好香，好香！"跳起身来，抢过食盒，揭开盒子，只见里面是一碗熏田鸡腿，一只八宝肥鸭，还有一堆雪白的银丝卷。洪七公大声欢呼，双手左上右落，右上左落，抓了食物流水价送入口中，一面大嚼，一面赞妙，只是唇边、齿间、舌上、喉头，皆是食物，哪听得清楚在说些什么。吃到后来，田鸡腿与八宝鸭都已皮肉不剩，这才想起郭靖还未吃过，他心中有些歉仄，叫道："来来来，这银丝卷滋味不坏。"实在有些不好意思，加上一句："简直比鸭子还好吃。"

黄蓉噗哧一笑，说道："七公，我最拿手的菜你还没吃到呢。"洪七公又惊又喜，忙问："什么菜？什么菜？"黄蓉道："一时也说不尽，比如说炒白菜哪、蒸豆腐哪、炖鸡蛋哪、白切肉哪。"

洪七公品味之精，世间希有，深知真正的烹调高手，愈是在最平常的菜肴之中，愈能显出奇妙功夫，这道理与武学一般，能在平淡之中现神奇，才说得上是大宗匠的手段，听她这么一说，不禁又惊又喜，满脸是讨好祈求的神色，说道："好，好！我早说你这女娃娃好。我给你买白菜豆腐去，好不好？"黄蓉笑道："那倒不用，你买的也不合我心意。"洪七公笑道："对，对，别人买的怎能合用呢？"

黄蓉道："刚才我见他一掌击折松树，本事已经比我好啦。"洪七公摇头道："功夫不行，不行，须得一掌把树击得齐齐截断。打得这样弯弯斜斜的，那算什么屁本事？这棵松树细得像根筷子，不，简直像根牙签，功夫还差得劲得很。"黄蓉道："可是他这一掌打来，我已经抵挡不住啦。都是你不好，他将来欺侮起我来，我怎么办啊？"洪七公这时正在尽力讨好于她，虽听她强辞夺理，也只得顺着她道："依你说怎样？"黄蓉道："你教我一套本事，要胜过他的。你教会我之后，就给你煮菜去。"

洪七公道："好罢。他只学会了一招，胜过他何难？我教你一套'逍遥游'的拳法。"一言方毕，人已跃起，大袖飞舞，东纵西跃，身法轻灵之极。

黄蓉心中默默暗记，等洪七公一套拳法使毕，她已会了一半。再经他点拨教导之后，不到两个时辰，一套六六三十六招的"逍遥游"已全数学会。最后她与洪七公同时发招，两人并肩而立，一个左起，一个右始，回旋往复，真似一只玉燕、一只大鹰翩翩飞舞一般。三十六招使完，两人同时落地，相视而笑，郭靖大声叫好。

洪七公对郭靖道："这女娃娃聪明胜你百倍。"郭靖搔头道："这许许多多招式变化，她怎么这一忽儿就学会了，却又不会忘记？我刚记得第二招，第一招却又忘了。"洪七公呵呵大笑，说道："这路'逍遥游'，你是不能学的，就算拼小命记住了，使出来也半点没逍遥的味儿，愁眉苦脸，笨手笨脚的，变成了'苦恼爬'。"郭靖笑道："可不是吗？"洪七公道："这路'逍遥游'，是我少年时练的功夫，为了凑合女娃子原来武功的路子，才抖出来教她，其实跟我眼下武学的门道已经不合。这十多年来，我可没使过一次。"言下之意，显是说"逍遥游"的威力远不如"降龙十八掌"了。

黄蓉听了却反而欢喜，说道："七公，我又胜过了他，他心中准不乐意，你再教他几招罢。"她自己学招只是个引子，旨在让洪七公多传郭靖武艺，她自己真要学武，尽有父亲这样的大明师在，一辈子也学之不尽。洪七公道："这傻小子笨得紧，我刚才教的这一招他还没学会，贪多嚼不烂，只要你多烧好菜给我吃，准能如你心愿。"黄蓉微笑道："好，我买菜去了。"洪七公呵呵大笑，回转店房。郭靖自在松林中苦练，直至天黑方罢。

当晚黄蓉果然炒了一碗白菜、蒸了一碟豆腐给洪七公吃。白菜只拣菜心，用鸡油加鸭掌末生炒，也还罢了，那豆腐却是非同小可，先把一只火腿剖开，挖了廿四个圆孔，将豆腐削成廿四个小球分别放入孔内，扎住火腿再蒸，等到蒸熟，火腿的鲜味已全到了豆腐之中，火腿却弃去不食。洪七公一尝，自然大为倾倒。这味蒸豆腐也有个唐诗的名目，叫作"二十四桥明月夜"，要不是黄蓉有家传"兰花拂穴手"的功夫，十指灵巧轻柔，运劲若有若无，那嫩豆腐触手即烂，如何能将之削成廿四个小圆球？这功夫的精细艰难，实不亚于米粒刻字、雕核为舟。但如切为方块，易是易了，世上又怎有方块形的明月？

郭靖与黄蓉这些日来随兴所之，恣意漫游，在客店中往往同住一房，但与洪七公在一起，便各自分住。洪七公奇道："你们俩不是小夫妻么？怎地不一房睡？"黄蓉一直跟他嬉皮笑脸的胡闹，这时不禁红晕双颊，嗔道："七公，你再乱说，明儿不烧菜给你吃啦。"

洪七公奇道："怎么？我说错啦？"随即笑道："我老胡涂啦。你明明是闺女打扮，不是小媳妇儿。你小两口儿是私订终身，还没经过父母之命，媒妁之言，没拜过天地。那不用担心，我老叫化来做大媒。你爹爹要是不答应，老叫化再跟他斗上七天七夜，没了没完，缠得他非答应不可。"

黄蓉本来早在为此事担心，怕爹爹不喜郭靖，听了此言，不禁心花怒放。

次日天方微明，郭靖已起身到松林中去练"降龙十八掌"中那一招"亢龙有悔"，练了二十余次，出了一身大汗，正自暗喜颇有进境，忽听林外有人说话。一人道："师父，咱们这一程子赶，怕有三十来里罢？"另一人道："你们的脚力确是有点儿进步了。"郭靖听得语音好熟，只见林边走出四个人来，当先一人白发童颜，正是大对头参仙老怪梁子翁。郭靖暗暗叫苦，回头就跑。

梁子翁也已看清楚是他，喝道："哪里走？"他身后三人是他徒弟，见师父追敌，立时分散，三面兜截上来。郭靖心想："只要走出松林，奔近客店，那就无妨了。"飞步奔跑。梁子翁的大弟子截住了他退路，双掌一错，喝道："小贼，给我跪下！"施展师门所传关外大力擒拿手法，当胸抓来。郭靖左腿微屈，右臂内弯，右掌划了个圆圈，呼的一声，向外推去，正是初学乍练的一招"亢龙有悔"。那大弟子听到掌风劲锐，反抓回臂，要挡他这一掌，喀喇一响，手臂已断，身子直飞出六七尺之外，晕了过去。郭靖万料不到这一招竟有偌大威力，一呆之下，拔脚又奔。

梁子翁又惊又怒，纵出林子，飞步绕在他前头。郭靖刚出松林，只见梁子翁已挡在身前，大惊之下，便即蹲腿弯臂、划圈急推，仍是这招"亢龙有悔"。梁子翁不识此招，但见来势凌厉，难以硬挡，只得卧地打滚，让了开去。郭靖乘机狂奔逃命。

梁子翁站起身来再追时，郭靖已奔到客店之外，大声叫道："蓉儿，蓉儿，不好了，要喝我血的恶人追来啦！"

黄蓉探头出来，见是梁子翁，心想："怎么这老怪到了这里？他来得正好，我好试试新学的'逍遥游'功夫。"叫道："靖哥哥，别怕这老怪，你先动手，我来帮你，咱们给他吃点儿苦头。"

郭靖心想："蓉儿不知这老怪厉害，说得好不轻松自在。"他心念方动，梁子翁已扑到面前，眼见来势猛烈，只得又是一招"亢龙有悔"，向前推出。梁子翁扭身摆腰，向旁窜出数尺，但右臂已被他掌缘带到，热辣辣的甚是疼痛，心下暗暗惊异，想不到只隔数月，这小子的武功竟是精进如此，料来必是服用蝮蛇宝血之功，越想越恼，纵身又上。郭靖又是一招"亢龙有悔"。梁子翁眼看抵挡不住，只得又是跃开，但见他并无别样厉害招术跟着进击，忌惮之意去了几分，骂道："傻小子，就只会这一招么？"

郭靖果然中计，叫道："我单只这一招，你就招架不住。"说着上前又是一招"亢龙有悔"。梁子翁旁跃逃开，纵身攻向他身后。郭靖回过头来，待再攻出这一招时，梁子翁早已闪到他身后，出拳袭击。三招一过，郭靖只能顾前，不能顾后，累得手忙脚乱。

黄蓉见他要败，叫道："靖哥哥，我来对付他。"飞身而出，落在两人之间，左掌右足，同时发出。梁子翁缩身拨拳，还了两招。郭靖退开两步，旁观两人相斗。黄蓉虽然学了"逍遥游"的奇妙掌法，但新学未熟，而功力究与梁子翁相差太远，如不是仗着身上穿了软猬甲，早已中拳受伤，不等三十六路"逍遥游"拳法使完，已然不支。梁子翁的两个徒弟扶着受了伤的大师兄在旁观战，见师父渐渐得手，不住呐喊助威。

郭靖正要上前夹击，忽听得洪七公隔窗叫道："他下一招是'恶狗拦路'！"

黄蓉一怔，只见梁子翁双腿摆成马步，双手握拳平挥，正是一招"恶虎拦路"，不禁好笑，心道："原来七公把'恶虎拦路'叫做'恶狗拦路'，但怎么他能先行料到？"只听得洪七公又叫："下一招是'臭蛇取水'！"黄蓉知道必是"青龙取水"，这一招是伸拳前攻，后心露出空隙，洪七公语声甫歇，她已绕到梁子翁身后。梁子翁一招使出，果然是"青龙取水"，但被黄蓉先得形势，反客为主，直攻他的后心，若不是他武功深湛，危中变招，离地尺余的平飞出去，后心已然中拳。

他脚尖点地站起，惊怒交集，向着窗口喝道："何方高人，怎不露面？"窗内却是寂然无声，心中诧异之极："怎么此人竟能料到我的拳法？"

黄蓉既有大高手在后撑腰，自是有恃无恐，反而攻了上去。梁子翁连施杀手，黄蓉情势又危。洪七公叫道："别怕，他要'烂屁股猴子上树'！"黄蓉噗哧一笑，双拳高举，猛击下来。梁子翁这招"灵猿上树"只使了一半，本待高跃之后凌空下击，但给黄蓉制了机先，眼见敌拳当头而落，若继续上跃，岂非自行将脑门凑到她拳头上去？只得立时变招。临敌之际，自己招术全被对方先行识破，本来不用三招两式，便有性命之忧，幸而他武功比黄蓉高出甚多，危急时能设法解救，才没受伤。再拆数招，托地跳出圈子，叫道："老兄再不露面，莫怪我对这女娃娃无情了。"拳法斗变，犹如骤风暴雨般击出，上招未完，下招已至，黄蓉固无法抵御，洪七公也已来不及先行叫破。

郭靖见黄蓉拳法错乱，东闪西躲，当下抢步上前，发出"亢龙有悔"，向梁子翁打去。梁子翁右足点地，向后飞出。黄蓉道："靖哥哥，再给他三下。"说着转身入店。

郭靖摆好势子，只等梁子翁攻近身来，不理他是何招术，总是半途中给他一招"亢龙有悔"。梁子翁又好气，又好笑，暗骂："这傻小子不知从哪里学了这一招怪拳，来来去去就是这么一下。"但尽管傻小子只会这么一下，老怪物可也真奈何他不得。两人相隔丈余，一时互相僵住。

梁子翁骂道："傻小子，小心着！"忽地纵身扑上。郭靖依样葫芦，发掌推出。不料梁子翁半空扭身，右手一扬，三枚子午透骨钉突分上中下三路打来。郭靖急忙闪避，梁子翁已乘势抢上，手势如电，已扭住他后颈。郭靖大骇，回肘向他胸口撞去，不料手肘所着处一团绵软，犹如撞入了棉花堆里。

梁子翁正要猛下杀手，只听得黄蓉大声呼叱："老怪，你瞧这是什么？"梁子翁知她狡狯，右手拿住了郭靖"肩井穴"，令他动弹不得，这才转头，只见她手里拿着一根碧绿犹如翡翠般的竹棒，缓步走来。梁子翁心头大震，说道："洪……洪帮主……"黄蓉喝道："还不放手？"梁子翁初时听得洪七公把他将用未用的招数先行喝破，本已惊疑不定，却一时想不到是他，这时突然见到他的绿竹棒出现，才想起窗后语音，果然便是生平最害怕之人的说话，不由得魂飞天外，忙松手放开郭靖。

黄蓉双手持棒走近，喝道："七公说道，他老人家既已出声，你好大胆子，还敢在这里撒野，问你凭的什么？"梁子翁双膝跪倒，说道："小人实不知洪帮主驾到。小人便有天大的胆子，也不敢得罪洪帮主。"

黄蓉暗暗诧异:"这人本领如此厉害,怎么一听到七公的名头就怕成这个样子?怎么又叫他作洪帮主?"脸上却不动声色,喝道:"你该当何罪?"梁子翁道:"请姑娘对洪帮主美言几句,只说梁子翁知罪了,但求洪帮主饶命。"黄蓉道:"美言一句,倒也不妨,美言几句,却是划不来。你以后可永远不得再跟咱两人为难。"梁子翁道:"小人以前无知,多有冒犯,务请两位海涵。以后自然再也不敢。"

黄蓉甚为得意,微微一笑,拉着郭靖的手,回进客店。只见洪七公面前放了四大盆菜,左手举杯,右手持箸,正自吃得津津有味。黄蓉笑道:"七公,他跪着动也不敢动。"洪七公道:"你去打他一顿出气吧,他决不敢还手。"

郭靖隔窗见梁子翁直挺挺的跪着,三名弟子跪在他身后,很是狼狈,心中不忍,说道:"七公,就饶了他吧。"洪七公骂道:"没出息的东西,人家打你,你抵挡不了。老子救了你,你又要饶人。这算什么?"郭靖无言可对。

黄蓉笑道:"我去打发。"拿了竹棒,走到客店之外,见梁子翁恭恭敬敬的跪着,满脸惶恐。黄蓉骂道:"洪七公说你为非作歹,今日非宰了你不可,幸亏我那郭家哥哥好心,替你求了半天人情,七公才答应饶你。"说着举起竹棒,拍的一声,在他屁股上击了一记,喝道:"去罢!"

梁子翁向着窗子叫道:"洪帮主,我要见见您老,谢过不杀之恩。"店中寂然无声。梁子翁仍是跪着不敢起身。过了片刻,郭靖迈步出来,摇手悄声道:"七公睡着啦,快别吵他。"梁子翁这才站起,向郭靖与黄蓉恨恨的瞧了几眼,带着徒弟走了。

黄蓉开心之极,走回店房,果见洪七公伏在桌上打鼾,当下拉住他的肩膀一阵摇晃,叫道:"七公,七公,你这根宝贝竹棒儿有这么大的法力,你也没用,不如给了我罢?"洪七公抬起头来,打个呵欠,又伸懒腰,笑道:"你说得好轻松自在!这是你公公的吃饭家伙。叫化子没打狗棒，那还成？"

黄蓉缠着不依，说道："你这么高的功夫，人家只听到你的声音，便都怕了你，何必还要这根竹棒儿？"洪七公呵呵笑道："傻丫头，你快给七公弄点好菜，我慢慢说给你听。"黄蓉依言到厨房去整治了三色小菜。

洪七公右手持杯，左手拿着一只火腿脚爪慢慢啃着，说道："常言道：物以类聚，人以群分。爱钱的财主是一帮，抢人钱财的绿林盗贼是一帮，我们乞讨残羹冷饭的叫化子也是一帮……"黄蓉拍手叫道："我知道啦，我知道啦。那梁老怪叫你作'洪帮主'，原来你是乞儿帮的帮主。"

洪七公道："正是。我们要饭的受人欺，被狗咬，不结成一伙，还有活命的份儿么？北边的百姓眼下暂且归金国管，南边的百姓归大宋皇帝管，可是天下的叫化儿啊……"黄蓉抢着道："不论南北，都归你老人家管。"洪七公笑着点点头，说道："正是。这根竹棒和这个葫芦，自唐末传到今日，已有好几百年，世世代代由丐帮的帮主执掌，就好像皇帝小子的玉玺、做官的金印一般。"

黄蓉伸了伸舌头，道："亏得你没给我。"洪七公笑问："怎么？"黄蓉道："要是天下的小叫化都找着我，要我管他们的事，那可有多糟糕？"洪七公叹道："你的话一点儿也不错。我生性疏懒，这丐帮帮主当起来着实麻烦，可是又找不到托付之人，只好就这么将就着对付了。"

黄蓉道："因此那梁老怪才怕得你这么厉害，要是天下的叫化子都跟他为难，可真不好受。每个叫化子在身上捉一个虱子放在他头颈里，痒也痒死了他。"洪七公和郭靖哈哈大笑。笑了一阵，洪七公道："他怕我，倒不是为了这个。"黄蓉忙问："那为了什么？"洪七公道："约莫二十年前，他正在干一件坏事，给我撞见啦。"黄蓉问道："什么坏事？"洪七公踌躇道："这老怪信了什么采阴补阳的邪说，找了许多处女来，破了她们的身子，说可以长生不老。"黄蓉问道："怎么破了处女身子？"

黄蓉之母在生产她时因难产而死，是以她自小由父亲养大。黄药师因陈玄风、梅超风叛师私逃，一怒而将其余徒弟挑断筋脉，驱逐出岛。桃花岛上就只剩下几名哑仆。黄蓉从来没听年长女子说过男女之事，她与郭靖情意相投，但觉和他在一起时心中说不出的喜悦甜美，只要和他分开片刻，就感寂寞难受。她只知男女结为夫妻就永不分离，是以心中早把郭靖看作丈夫，但夫妻间的闺房之事，却是全然不知。

　　她这么一问，洪七公一时倒是难以回答。黄蓉又问："破了处女的身子，是杀了她们吗？"洪七公道："不是。一个女子受了这般欺侮，有时比给他杀了还要痛苦，有人说'失节事大，饿死事小'，就是这个意思了。"黄蓉茫然不解，问道："是用刀子割去耳朵鼻子么？"洪七公笑骂："呸！也不是。傻丫头，你回家问妈妈去。"黄蓉道："我妈妈早死啦。"洪七公"啊"了一声，道："你将来和这傻小子洞房花烛夜时，总会懂得了。"黄蓉红了脸，撅起小嘴道："你不说算啦。"这时才明白这是羞耻之事，又问："你撞见梁老怪正在干这坏事，后来怎样？"

　　洪七公见她不追问那件事，如释重负，呼了一口气道："那我自然要管哪。这家伙给我拿住了，狠狠打了一顿，拔下了他满头白发，逼着他把那些姑娘们送还家去，还要他立下重誓，以后不得再有这等恶行，要是再被我撞见，叫他求生不能，求死不得。听说这些年来他倒也没敢再犯，是以今日饶了他性命。他奶奶的，他的头发长起了没有？"黄蓉格的一声笑，说道："又长起啦！满头头发硬生生给你拔个干净，可真够他痛的了。"

　　三人吃过了饭。黄蓉道："七公，现下你就算把竹棒给我，我也不敢要啦，不过我们总不能一辈子跟你在一起。要是下次再碰见那姓梁的，他说：'好，小丫头，前次你仗着洪帮主的势，用竹棒打我，今日我可要报仇啦。我拔光了你的头发！'那我们怎么办？先前靖哥哥跟这老怪动手，来来去去就只这么一招'亢龙有悔'，威力无穷，果然不错，可不是太嫌寒蠢了些么？那老怪心里定是在说：'洪帮主自己，武功确然深不可测，教起徒儿来却平平无奇。'"

洪七公笑道："你危言耸听，又出言激我，只不过要我再教你们两人功夫。你乖乖的多烧些好菜，七公总不会让你们吃亏。"黄蓉大喜，拉着洪七公又到松林之中。

洪七公把"降龙十八掌"中的第二招"飞龙在天"教了郭靖。这一招跃起半空，居高下击，威力奇大，郭靖花了三天工夫，方才学会。在这三天之中，洪七公又多尝了十几味珍馐美馔，黄蓉却没再磨他教什么功夫，只须他肯尽量传授郭靖，便已心满意足。

如此一月有余，洪七公已将"降龙十八掌"中的十五掌传给了郭靖，自"亢龙有悔"一直传到了"龙战于野"。

这降龙十八掌可说是外门武学中的巅峰绝诣，当真是无坚不摧，无固不破。虽然招数有限，但每一招均具绝大威力。北宋年间，丐帮帮主乔峰以此邀斗天下英雄好汉，极少有人能挡得他三招两式，气盖当世，群豪束手。这掌法传到洪七公手上，当年在华山绝顶与王重阳、黄药师等人论剑之时施展出来，王重阳等尽皆极为称道。他本想只传两三招掌法给郭靖，已然足以保身，哪知黄蓉烹调的功夫实在高明，奇珍妙味，每日里层出不穷，使他无法舍之而去，日复一日，竟然传授了十五招之多。郭靖虽然悟性不高，但只要学到一点一滴，就日夜钻研习练，把这十五掌掌法学得颇为到家，只是火候尚远为不足而已，一个多月之间，武功前后已判若两人。

这日洪七公吃了早点，叹道："两个娃娃，咱三人已相聚了一个多月，这就该分手啦。"黄蓉道："啊，不成，我还有很多小菜没烧给您老人家吃呢。"洪七公道："天下没不散的筵席，却有吃不完的菜肴。老叫化一生从没教过人三天以上的武功，这一次一教教了三十多天，再教下去，唉，那是乖乖不得了。"黄蓉道："怎么啊？"洪七公道："我的看家本领要给你们学全啦。"黄蓉道："好人做到底，你把十八路掌法全传了给他，岂不甚美？"洪七公啐道：

"呸，你们小两口子就美得不得了，老叫化可不美啦。"

黄蓉心中着急，转念头要使个什么计策，让他把余下三招教全了郭靖，哪知洪七公负起葫芦，再不说第二句话，竟自扬长而去。

郭靖忙追上去，洪七公身法好快，一瞬眼已不见了踪影。郭靖追到松林，大叫道："七公，七公！"黄蓉也随后追来，跟着大叫。

只见松林边人影一晃，洪七公走了过来，骂道："你们两个臭娃娃，尽缠着我干什么？要想我再教，那是难上加难。"郭靖道："您老教了这许多，弟子已是心满意足，哪敢再贪，只是未曾叩谢您老恩德。"说着跪了下去，砰砰砰砰的连磕了几个响头。

洪七公脸色一变，喝道："住着。我教你武功，那是吃了她的小菜，付的价钱，咱们可没师徒名分。"倏的跪下，向郭靖磕下头去。

郭靖大骇，忙又跪下还礼。洪七公手一伸，已点中他胁下穴道。郭靖双膝微曲，动弹不得。洪七公向着他也磕了四个头，这才解开他穴道，说道："记着，可别说你向我磕过头，是我弟子。"郭靖这才知他脾气古怪，不敢再说。

黄蓉叹道："七公，你待我们这样好，现下又要分别了。我本想将来见到你，再烧小菜请你吃，只怕……只怕……唉，这件事未必能够如愿。"洪七公问道："为什么？"黄蓉道："要跟我们为难的对头很多，除了那个参仙老怪之外，还有不少坏家伙。总有一天，我两个会死在人家手下。"洪七公微笑道："死就死好了，谁不死呢？"

黄蓉摇头道："死倒不打紧。我最怕他们捉住了我，知道我曾跟你学过武艺，又曾烧菜给你吃，于是逼着我也把'玉笛谁家听落梅'、'二十四桥明月夜'那些好菜，一味味的煮给他们吃，不免堕了你老人家的威名。"

洪七公明知她是以言语相激，但想到有人逼着她烧菜，而这等绝妙的滋味自己居然尝不到，却也忍不住大为生气，问道："那些家伙是谁？"黄蓉道："有一个是黄河老怪沙通天，他的吃相再也难看不过。我那些好小菜不免全让他糟蹋了。"洪七公摇头道："沙通天有啥屁用？郭靖这傻小子再练得一两年就胜过他了，不用怕。"黄蓉又说了藏僧灵智、彭连虎两人的姓名，洪七公都说："有啥屁用？"待黄蓉说到白驼山少主欧阳克时，洪七公微微一怔，详询此人出手和身法的模样，听黄蓉说后，点头道："果然是他！"

黄蓉见他神色严重，道："这人很厉害吗？"洪七公道："欧阳克有啥屁用？他叔叔老毒物这才厉害。"黄蓉道："老毒物？他再厉害，总厉害不过你老人家。"

洪七公不语，沉思良久，说道："本来也差不多，可是过了这二十来年……二十来年，他用功比我勤，不像老叫化这般好吃懒练。嘿嘿，当真要胜过老叫化，却也没这么容易。"黄蓉道："那一定胜不过你老人家。"

洪七公摇头道："这也未必，大家走着瞧吧。好，老毒物欧阳锋的侄儿既要跟你为难，咱们可不能太大意了。老叫化再吃你半个月的小菜。咱们把话说在前头，这半个月之中，只要有一味菜吃了两次，老叫化拍拍屁股就走。"

黄蓉大喜，有心要显显本事，所煮的菜肴固然绝无重复，连面食米饭也是极逞智巧，没一餐相同，锅贴、烧卖、蒸饺、水饺、炒饭、汤饭、年糕、花卷、米粉、豆丝，花样竟是变幻无穷。洪七公也打叠精神，指点郭黄两人临敌应变、防身保命之道。只是"降龙十八掌"那余下的三招却也没再传授。郭靖于降龙十五掌固然领会更多，而自江南六怪所学的武艺招术，也凭空增加了不少威力。洪七公于三十五岁之前武功甚杂，练过的拳法掌法着实不少，这时尽拣些希奇古怪的拳脚来教黄蓉，其实也只是跟她逗趣，花样虽是百出，说到克敌制胜的威力却远不及那老老实实的十五招"降龙十八掌"了。黄蓉也只图个好玩，并不专心致志的去学。

一日傍晚，郭靖在松林中习练掌法。黄蓉检拾松仁，说道要加上竹笋与酸梅，做一味别出心裁的小菜，名目已然有了，叫作"岁寒三友"。洪七公只听得不住吞馋涎，突然转身，忽然轻轻"噫"

的一声，俯身在草丛中一捞，两根手指夹住一条两尺来长的青蛇提了起来。黄蓉刚叫得一声："蛇！"洪七公左掌在她肩头轻轻一推，将她推出数尺之外。

草里簌簌响动，又有几条蛇窜出，洪七公竹杖连挥，每一下都打在蛇头七寸之中，杖到立毙。黄蓉正喝得一声采，突然身后悄没声的两条蛇窜了上来，咬中了她背心。

洪七公知道这种青蛇身子虽然不大，但剧毒无比，一惊之下，刚待设法替她解毒，只听得嘶嘶之声不绝，眼前十余丈处万头攒动，群蛇大至。洪七公左手抓住黄蓉腰带，右手拉郭靖的手，急步奔出松林，来到客店之前，俯头看黄蓉时却是脸色如常，心中又惊又喜，忙问："觉得怎样？"

黄蓉笑道："没事。"郭靖见两条蛇仍是紧紧咬在她身上，惊惶中忙伸手去扯。洪七公待要喝阻，叫他小心，郭靖情急关心，早已拉住蛇尾扯了下来，见蛇头上鲜血淋漓，已然死了。洪七公一怔，随即会意："不错，你老子的软猬甲当然给了你。"原来两条蛇都咬中了软猬甲上的刺尖，破头而死。

郭靖伸手去扯另一条蛇时，松林中已有几条蛇钻了出来。洪七公从怀里掏出一大块黄药饼，放入口中猛嚼，这时只见成千条青蛇从林中蜿蜒而出，后面络绎不绝，不知尚有多少。郭靖道："七公，咱们快走。"洪七公不答，取下背上葫芦，拔开塞子喝了一大口酒，与口中嚼碎的药混和了，一张口，一道药酒如箭般射了出去。他将头自左至右一挥，那道药酒在三人面前画了一条弧线。游在最先的青蛇闻到药酒气息，登时晕倒，木然不动，后面的青蛇再也不敢过来，互相挤作一团。但后面的蛇仍然不断从松林中涌出，前面的却转而后退，蛇阵登时大乱。

黄蓉拍手叫好。忽听得松林中几下怪声呼啸，三个白衣男子奔出林来，手中都拿着一根两丈来长的木杆，嘴里呼喝，用木杆在蛇阵中拨动，就如牧童放牧牛羊一般。黄蓉起初觉得好玩，后来见眼前尽是蠕蠕而动的青蛇，不禁恶心，喉头发毛，张口欲呕。

洪七公"嗯"了一声,伸竹杖在地下挑起一条青蛇,左手食中二指钳住蛇颈,右手小指甲在蛇腹上一划,蛇腹洞穿,取出一枚青色的蛇胆,说道:"快吞下去,别咬破了,苦得很。"黄蓉依言吞下,片刻间胸口便即舒服,转头问郭靖道:"靖哥哥,你头晕么?"郭靖摇摇头。原来他服过大蝮蛇的宝血,百毒不侵,松林中青蛇虽多,却只追咬洪七公与黄蓉两人,闻到郭靖身上气息,却避之惟恐不及。

黄蓉道:"七公,这些蛇是有人养的。"洪七公点了点头,满脸怒容的望着那三个白衣男子。这三人见洪七公取蛇胆给黄蓉吃,也是恼怒异常,将蛇阵稍行整理,便即抢步上前。一人厉声喝骂:"你们三只野鬼,不要性命了么?"

黄蓉接口骂道:"对啊,你们三只野鬼,不要性命了么?"洪七公大喜,轻拍她肩膀,赞她骂得好。

那三人大怒,中间那脸色焦黄的中年男子挺起长杆,纵身向黄蓉刺来,杆势带风,劲力倒也不弱。洪七公伸出竹杖往他杆上搭去,长杆来势立停。那人吃了一惊,双手向后急拉。洪七公手一抖,喝道:"去罢!"那人登时向后摔出,仰天一交,跌入蛇阵之中,压死了十多条青蛇。幸而他服有异药,众蛇不敢咬他,否则哪里还有命在?余下两人大惊,倒退数步,齐问:"怎样?"那人想要跃起身来,岂知这一交跌得甚是厉害,全身酸痛,只跃起一半,重又跌落,又压死了十余条毒蛇。旁边那白净面皮的汉子伸出长杆,让他扶住,方始拉起。这样一来,这三人哪敢再行动手,一齐退回去站在群蛇之中。那适才跌交的人叫道:"你是什么人?有种的留下万儿来。"

洪七公哈哈大笑,毫不理会。黄蓉叫道:"你们是什么人?怎么赶了这许多毒蛇出来害人?"三人互相望了一眼,正要答话,忽见松林中一个白衣书生缓步而出,手摇折扇,径行穿过蛇群,走上前来。郭靖与黄蓉认得他正是白驼山少主欧阳克,只见他在万蛇之中行走自若,群蛇纷纷让道,均感诧异。那三人迎上前去,低声说了几句，说话之时，眼光不住向洪七公望来，显是在说刚才之事。

欧阳克脸上闪过一丝惊讶之色，随即宁定，点了点头，上前施了一礼，说道："三名下人无知，冒犯了老前辈，兄弟这里谢过了。"转头向黄蓉微笑道："原来姑娘也在这里，我可找得你好苦。"黄蓉哪里睬他，向洪七公道："七公，这人是个大坏蛋，你老好好治他一治。"洪七公微微点头，向欧阳克正色道："牧蛇有地界、有时候、有规矩、有门道。哪有大白天里牧蛇的道理？你们这般胡作非为，是仗了谁的势？"

欧阳克道："这些蛇儿远道而来，饿得急了，不能再依常规行事。"洪七公道："你们已伤了多少人？"欧阳克道："我们都在旷野中牧放，也没伤了几人。"洪七公双目盯住了他的脸，哼了一声，说道："也没伤了几人！你姓欧阳是不是？"欧阳克道："是啊，原来这位姑娘已对你说了。你老贵姓？"黄蓉抢着道："这位老前辈的名号也不用对你说，说出来只怕吓坏了你。"欧阳克受了她挺撞，居然并不生气，笑眯眯的对她斜目而睨。洪七公道："你是欧阳锋的儿子，是不是？"

欧阳克尚未回答，三个赶蛇的男子齐声怒喝："老叫化没上没下，胆敢呼叫我们老山主的名号！"洪七公笑道："别人叫不得，我就偏偏叫得。"那三人张口还待喝骂，洪七公竹杖在地下一点，身子跃起，如大鸟般扑向前去，只听得拍拍拍三声，那三人已每个吃了一记清脆响亮的耳光。洪七公不等身子落地，竹杖又是一点，跃了回来。

黄蓉叫道："这样好本事，七公你还没教我呢。"只见那三人一齐捧住了下颏，做声不得，原来洪七公在打他们嘴巴之时，顺手用分筋错骨手卸脱了他们下颏关节。

欧阳克暗暗心惊，对洪七公道："前辈识得家叔么？"洪七公道："啊，你是欧阳锋的侄儿。我有二十年没见你家的老毒物了，他还没死么？"欧阳克甚是气恼，但刚才见他出手，武功之高，自己万万不敌，他又说识得自己叔父，必是前辈高人，便道："家叔常说，他朋友们还没死尽死绝，他老人家不敢先行归天呢。"洪七公仰天打个哈哈，说道："好小子，你倒会绕弯儿骂人。你带了这批宝贝到这里来干什么？"说着向群蛇一指。

欧阳克道："晚辈向在西域，这次来到中原，旅途寂寞，沿途便招些蛇儿来玩玩。"黄蓉道："当面撒谎！你有这许多女人陪你，还寂寞什么？"欧阳克张开折扇，搧了两搧，双眼凝视着她，微笑吟道："悠悠我心，岂无他人？唯君之故，沉吟至今！"黄蓉向他做个鬼脸，笑道："我不用你讨好，更加不用你思念。"欧阳克见到她这般可喜模样，更是神魂飘荡，一时说不出话来。

洪七公喝道："你叔侄在西域横行霸道，无人管你。来到中原也想如此，别做你的清秋大梦。瞧在你叔父面上，今日不来跟你一般见识，快给我走罢。"

欧阳克给他这般疾言厉色的训了一顿，想要回嘴动手，自知不是对手，就此乖乖走开，却是心有不甘，当下说道："晚辈就此告辞。前辈这几年中要是不生什么大病，不遇上什么灾难，请到白驼山舍下来盘桓盘桓如何？"

洪七公笑道："凭你这小子也配向我叫阵？老叫化从来不跟人订什么约会。你叔父不怕我，我也不怕你叔父。我们二十年前早就好好较量过，大家是半斤八两，不用再打。"突然脸一沉，喝道："还不给我走得远远的！"

欧阳克又是一惊："叔叔的武功我还学不到三成，此人这话看来不假，别当真招恼了他，惹个灰头土脸。"当下不再作声，将三名白衣男子的下颏分别推入了臼，眼睛向黄蓉一瞟，转身退入松林。三名白衣男子怪声呼啸，驱赶青蛇，只是下颏疼痛，口中发出来的啸声不免夹上些"咿咿啊啊"，模糊不清。群蛇犹似一片细浪，涌入松林中去了，片刻间退得干干净净，只留下满地亮晶晶的黏液。

黄蓉道："七公，我从没见过这许多蛇，是他们养的么？"洪七公不即回答，从葫芦里骨嘟骨嘟的喝了几口酒，用衣袖在额头抹了一下汗，呼了口长气，连说："好险！好险！"郭靖和黄蓉齐问："怎么？"

洪七公道："这些毒蛇虽然暂时被我阻拦了一下，要是真的攻将过来，这几千几万条毒蛇犹似潮水一般，又哪里阻挡得住？幸好这几个家伙年轻不懂事，不知道老叫化的底细，给我一下子就吓倒了。倘若老毒物亲身来到，你们两个娃娃可就惨了。"黄蓉道："咱们挡不住，逃啊。"洪七公笑道："老叫化虽不怕他，可是你们两个娃娃想逃，又怎逃得出老毒物的手掌？"黄蓉道："那人的叔叔是谁？这样厉害。"洪七公道："哈，他不厉害？'东邪、西毒、南帝、北丐、中神通'。你爹爹是东邪，那欧阳锋便是西毒了。武功天下第一的王真人已经逝世，剩下我们四个大家半斤八两，各有所忌。你爹爹厉害不厉害？我老叫化的本事也不小罢？"

黄蓉"嗯"了一声，心下暗自琢磨，过了一会，说道："我爹爹好好的，干么称他'东邪'？这个外号，我不喜欢。"洪七公笑道："你爹爹自己可挺喜欢呢。他这人古灵精怪，旁门左道，难道不是邪么？要讲武功，终究全真教是正宗，这个我老叫化是心服口服的。"向郭靖道："你学过全真派的内功，是不是？"

郭靖道："马钰马道长传过弟子两年。"洪七公道："这就是了，否则你短短一个多月，怎能把我的'降龙十八掌'练到这样的功力。"

黄蓉又问："那么'南帝'是谁？"洪七公道："南帝，自然是皇帝。"郭靖与黄蓉都感诧异。黄蓉道："临安的大宋皇帝？"洪七公哈哈大笑，说道："临安那皇帝小子的力气，刚够端起一只金饭碗吃饭，两只碗便端不起了。不是大宋皇帝！那位'南帝'功夫之强，你爹爹和我都忌他三分，南火克西金，他更是老毒物欧阳锋的克星。"郭靖与黄蓉听得都不大了然，又见洪七公忽然呆呆出神，也就不敢多问。

洪七公望着天空，皱眉思索了好一阵，似乎心中有个极大难题，过了一会，转身入店。只听得嗤的一声，他衣袖被门旁一只小铁钉挂住，撕破了一道大缝，黄蓉叫道："啊！"洪七公却茫如未觉。黄蓉道："我给你补。"去向客店老板娘借了针线，要来给他缝补衣袖上的裂口。

洪七公仍在出神，见黄蓉手中持针走近，突然一怔，夹手将针夺过，奔出门外。郭靖与黄蓉都感奇怪，跟着追出，只见他右手一挥，微光闪动，缝针已激射而出。

黄蓉的目光顺着那针去路望落，只见缝针插在地下，已钉住了一只蚱蜢，不由得拍手叫好。洪七公脸现喜色，说道："行了，就是这样。"郭靖与黄蓉怔怔的望着他。洪七公道："欧阳锋那老毒物素来喜爱饲养毒蛇毒虫，这一大群厉害的青蛇他都能指挥如意，可真不容易。"顿了一顿，说道："我瞧这欧阳小子不是好东西，见了他叔父必要挑拨是非，咱俩老朋友要是遇上，老叫化非有一件克制这些毒蛇的东西不可。"黄蓉拍手道："你要用针将毒蛇一条条的钉在地下。"洪七公白了她一眼，微笑道："你这女娃娃鬼灵精，人家说了上句，你就知道下句。"

黄蓉道："你不是有药么？和了酒喷出去，那些毒蛇就不敢过来。"洪七公道："这只能挡得一时。我要练一练'满天花雨'的手法，瞧瞧这功夫用在钢针上怎样。几千几万条毒蛇涌将过来，老叫化一条条的来钉，待得尽数钉死，十天半月的耗将下来，老叫化可也饿死了。"郭黄二人一齐大笑。黄蓉道："我给你买针去。"说着奔向市镇。洪七公摇头叹道："靖儿，你怎不教她把聪明伶俐分一点儿给你？"郭靖道："聪明伶俐？分不来的。"

过了一顿饭功夫，黄蓉从市镇回来，在菜篮里拿出两大包衣针来，笑道："这镇上的缝衣针都给我搜清光啦，明儿这儿的男人都得给他们媳妇唠叨个死。"郭靖道："怎么？"黄蓉道："骂他们没用啊！怎么到镇上连一口针也买不到。"洪七公哈哈大笑，说道："究竟还是老叫化聪明，不娶媳妇儿，免得受娘儿们折磨。来，来，来，咱们练功夫去。你这两个娃娃，不是想要老叫化传授这套暗器手法，能有这么起劲么？"黄蓉一笑，跟在他的身后。

郭靖却道:"七公,我不学啦。"七公奇道:"干么?"郭靖道:"你老人家教了我这许多功夫,我一时也练不了。"洪七公一怔,随即会意,知他不肯贪多,自己已说过不能再教武功,这时遇上一件突兀之事因而不得不教,那么承受的人不免有些因势适会、乘机取巧的意思,点了点头,拉了黄蓉的手道:"咱们练去。"郭靖自在后山练他新学的降龙十五掌,愈自究习,愈觉掌法中变化精微,似乎永远体会不尽。

又过了十来天,黄蓉已学得了"满天花雨掷金针"的窍要,一手挥出,十多枚衣针能同时中人要害,只是一手暗器要分打数人的功夫,却还未能学会。

这一日洪七公一把缝衣针掷出,尽数钉在身前两丈外地下,心下得意,仰天大笑,笑到中途突然止歇,仍是抬起了头,呆呆思索,自言自语:"老毒物练这蛇阵是何用意?"

黄蓉道:"他武功既已这样高强,要对付旁人,也用不着什么蛇阵了。"洪七公点头道:"不错,那自是用来对付东邪、南帝和老叫化的。丐帮和全真教都是人多势众,南帝是帝皇之尊,手下官兵侍卫更是不计其数。你爹爹学问广博,奇门遁甲,变化莫测,仗着地势之便,一个人抵得数十人。那老毒物单打独斗,不输于当世任何一人,但若是大伙儿一拥齐上,老毒物孤家寡人,那便不行了。"黄蓉道:"因此上他便养些毒物来作帮手。"洪七公叹道:"我们叫化子捉蛇养蛇,本来也是吃饭本事,捉得十七八条蛇儿,晚上赶出去放牧,让蛇儿自行捉蛤蟆田鸡,已经是很不容易了。哪知这老毒物竟有这门功夫,一赶便赶得几千条,委实了不起。蓉儿,这门功夫定是花上老毒物无数时光心血,他可不是拿来玩儿的。"黄蓉道:"他这般处心积虑,自然不怀好意,幸好他侄儿不争气,为了卖弄本事,先泄了底。"洪七公点头道:"不错,这欧阳小子浮躁轻佻,不成气候,老毒物不知另外还有传人没有?这些青蛇,当然不能万里迢迢的从西域赶来,定是在左近山中收集的。说那欧阳小子卖弄本事，也未必尽然，多半他另有图谋。"黄蓉道："那一定不是好事。幸得这样，让咱们见到了，你老人家便预备下对付蛇阵的法子，将来不致给老毒物打个措手不及。"

洪七公沉吟道："但若他缠住了我，使我腾不出手来掷针，却赶了这成千成万条毒蛇围将上来，那怎么办？"黄蓉想了片刻，也觉没有法子，说道："那你老人家只好三十六着了！"洪七公笑道："呸，没出息！撒腿转身，拔步便跑，那算是什么法子？"

隔了一会，黄蓉忽道："这可想到了，我倒真的有个好法儿。"洪七公喜道："什么法子？"黄蓉道："你老人家只消时时把我们二人带在身边。遇上老毒物之时，你跟老毒物打，靖哥哥跟他侄儿打，我就将缝衣针一把又一把的掷出去杀蛇。只不过靖哥哥只学了'降龙十八缺三掌'，多半打不过那个笑嘻嘻的坏蛋。"洪七公瞪眼道："你才是笑嘻嘻的小坏蛋，一心只想为你的靖哥哥骗我那三掌。凭郭靖这小子的人品心地，我传齐他十八掌本来也没什么。可是这么一来，他岂不是成了老叫化的弟子？这人资质太笨，老叫化有了这样的笨弟子，给人笑话，面上无光！"

黄蓉嘻嘻一笑，说道："我买菜去啦！"知道这次是再也留洪七公不住了，与他分手在即，在市镇上加意选购菜料，要特别精心的做几味美肴来报答。她左手提了菜篮，缓步回店，右手不住向空虚掷，练习"满天花雨"的手法。

将到客店，忽听得鸾铃声响，大路上一匹青骢马急驰而来，一个素装女子骑在马上，奔到店前，下马进屋。黄蓉一看，正是杨铁心的义女穆念慈，想起此女与郭靖有婚姻之约，心中一酸，站在路旁不禁呆呆出神。寻思："这姑娘有什么好？靖哥哥的六个师父和全真派牛鼻子道士却都逼他娶她为妻。"越想越恼，心道："我去打她一顿出出气。"

当下提了菜篮走进客店，只见穆念慈坐在一张方桌之旁，满脸愁容，店伴正在问她要吃什么。穆念慈道："你给煮一碗面条，切四两熟牛肉。"店伴答应着去了。黄蓉接口道："熟牛肉有什么好吃？”

　　穆念慈抬头见到黄蓉，不禁一怔，认得她便是在中都与郭靖一同出走的姑娘，忙站起身来，招呼道：“妹妹也到了这里？请坐罢。”黄蓉道：“那些臭道士啦、矮胖子啦、脏书生啦，也都来了么？”穆念慈道：“不，是我一个人，没和丘道长他们在一起。”

　　黄蓉对丘处机等本也颇为忌惮，听得只有她一人，登时喜形于色，笑咪咪的上下打量，只见她足登小靴，身上穿孝，鬓边插了一朵白绒花，脸容比上次相见时已大为清减，但一副楚楚可怜的神态，似乎更见俏丽，又见她腰间插着一柄匕首，心念一动：“这是靖哥哥的父亲与她父亲给他们订亲之物。”当下说道：“姊姊，你那柄匕首请借给我看看。”

　　这匕首是包惜弱临死时从身边取出来的遗物，杨铁心夫妇双双逝世，匕首就归了穆念慈。这时她眼见黄蓉神色诡异，本待不与，但黄蓉伸出了手走到跟前，倒也无法推托，只得解下匕首，连鞘递过。

　　黄蓉接过后先看剑柄，只见上面刻着“郭靖”两字，心中一凛，暗道：“这是靖哥哥之物，怎能给她？”拔出鞘来，但觉寒气扑面，暗赞一声：“好剑！”还剑入鞘，往怀中一放，道：“我去还给靖哥哥。”

　　穆念慈怔道：“什么？”黄蓉道：“匕首柄上刻着‘郭靖’两字，自然是他的东西，我拿去还给他。”穆念慈怒道：“这是我父母唯一的遗物，怎能给你？快还我。”说着站起身来。黄蓉叫道：“有本事就来拿！”说着便奔出店门。她知洪七公在前面松林里睡觉，郭靖在后面山墺里练拳，当下向左奔去。穆念慈十分焦急，只怕她一骑上红马，再也追赶不上，大声呼唤，飞步追来。

　　黄蓉绕了几个弯，来到一排高高的槐树之下，眼望四下无人，停了脚步，笑道：“你赢了我，马上就还你。咱们来比划比划，不是比武招亲，是比武夺剑。”

　　穆念慈脸上一红，说道：“妹妹，你别开玩笑。我见这匕首如见义父，你拿去干么？”

黄蓉脸一沉，喝道："谁是你的妹妹？"身法如风，突然欺到穆念慈身旁，飗的就是一掌。穆念慈闪身欲躲，可是黄蓉家传"落英神剑掌"变化精妙，拍拍两下，胁下一阵剧痛，已被击中。穆念慈大怒，向左窜出，回身飞拳打来，却也迅猛之极。黄蓉叫道："这是'逍遥游'拳法，有什么希奇？"

穆念慈听她叫破，不由得一惊，暗想："这是洪七公当年传我的独门武功，她又怎会知道？"只见黄蓉左拳回击，右拳直攻，三记招数全是"逍遥游"的拳路，更是惊讶，一跃纵出数步，叫道："且住。这拳法是谁传你的？"黄蓉笑道："是我自己想出来的。这种粗浅功夫，有什么希罕？"语音甫毕，又是"逍遥游"中的两招"沿门托钵"和"见人伸手"，连绵而上。

穆念慈心中愈惊，以一招"四海遨游"避过，问道："你识得洪七公么？"黄蓉笑道："他是我的老朋友，当然识得。你用他教你的本事，我只用我自己的功夫，看我胜不胜得了你。"她咭咭咯咯的连笑带说，出手却是越来越快，已不再是"逍遥游"拳法。

黄蓉的武艺是父亲亲授，原本就远胜穆念慈，这次又经洪七公指点，更是精进，穆念慈哪里抵挡得住？这时要想舍却匕首而转身逃开，也已不能，只见对方左掌忽起，如一柄长剑般横削而来，掌风虎虎，极为锋锐，急忙侧身闪避，忽觉后颈一麻，原来已被黄蓉用"兰花拂穴手"拂中了后颈椎骨的"大椎穴"，这是人身手足三阳督脉之会，登时手足酸软。黄蓉踏上半步，伸手又在她右腰下"志室穴"戳去，穆念慈立时栽倒。

黄蓉拔出匕首，嗤嗤嗤嗤，向她左右脸蛋边连刺十余下，每一下都从颊边擦过，间不逾寸。穆念慈闭目待死，只感脸上冷气森森，却不觉痛，睁开眼来，只见一匕首戳将下来，眼前青光一闪，那匕首已从耳旁滑过，大怒喝道："你要杀便杀，何必戏弄？"黄蓉道："我和你无仇无怨，干么要杀你？你只须依了我立一个誓，这便放你。"

穆念慈虽然不敌，一口气却无论如何不肯输了，厉声喝道："你有种就把姑娘杀了，想要我出言哀求，乘早别做梦。"黄蓉叹道："这般美貌的一位大姑娘，年纪轻轻就死，实在可惜。"穆念慈闭住双眼，给她来个充耳不闻。

隔了一会，黄蓉轻声道："靖哥哥是真心同我好的，你就是嫁了给他，他也不会喜欢你。"穆念慈睁开眼来，问道："你说什么？"黄蓉道："你不肯立誓也罢，反正他不会娶你，我知道的。"穆念慈奇道："谁真心同你好？你说我要嫁谁？"黄蓉道："靖哥哥啊，郭靖。"穆念慈道："啊，是他。你要我立什么誓？"黄蓉道："我要你立个重誓，不管怎样，总是不嫁他。"穆念慈微微一笑，道："你就是用刀架在我脖子里，我也不能嫁他。"

黄蓉大喜，问道："当真？为什么啊？"穆念慈道："我义父虽有遗命，要将我许配给郭世兄，其实……其实……"放低了声音说道："义父临终之时，神智胡涂了，他忘了早已将我许配给旁人了啊。"

黄蓉喜道："啊，真对不住，我错怪了你。"忙替她解开穴道，并给她按摩手足上麻木之处，同时又问："姊姊，你已许配给了谁？"

穆念慈红晕双颊，轻声道："这人你也见过的。"黄蓉侧了头想了一阵，道："我见过的？哪里还有什么男子，配得上姊姊你这般人材？"穆念慈笑道："天下男子之中，就只你的靖哥哥一个最好了？"

黄蓉笑问："姊姊，你不肯嫁他，是嫌他太笨么？"穆念慈道："郭世兄哪里笨了？他天性淳厚，侠义为怀，我是佩服得紧的。他对我爹爹、对我都很好。当日他为了我的事而打抱不平，不顾自己性命，我实在感激得很。这等男子，原是世间少有。"

黄蓉心里又急了，忙问："怎么你说就是刀子架在脖子里，也不能嫁他？"

穆念慈见她问得天真，又是一往情深，握住了她手，缓缓说道："妹子，你心中已有了郭世兄，将来就算遇到比他人品再好千倍万倍的人，也不能再移爱旁人，是不是？"黄蓉点头道："那自然，不过不会有比他更好的人。"穆念慈笑道："郭世兄要是听到你这般夸他，心中可不知有多欢喜了……那天爹爹带了我在北京比武招亲，有人打胜了我……"黄蓉抢着道："啊，我知道啦，你的心上人是小王爷完颜康。"

穆念慈道："他是王爷也好，是乞儿也好，我心中总是有了他。他是好人也罢，坏蛋也罢，我总是他的人了。"她这几句话说得很轻，但语气却十分坚决。黄蓉点了点头，细细体会她这几句话，只觉自己对郭靖的心思也是如此，穆念慈便如是代自己说出了心中的话一般。两人双手互握，并肩坐在槐树之下，霎时间只觉心意相通，十分投机。

黄蓉想了一下，将匕首还给她，道："姊姊，还你。"穆念慈不接，道："这是你靖哥哥的，该归你所有。匕首上刻着郭世兄的名字，我每天……每天带在身边，那也不好。"

黄蓉大喜，将匕首放入怀中，说道："姊姊，你真好。"要待回送她一件什么贵重的礼物，一时却想不起来，问道："姊姊，你一人南来有什么事？可要妹子帮你么？"穆念慈脸上一红，低头道："那也没什么要紧事。"黄蓉道："那么我带你去见七公去。"穆念慈喜道："七公在这里？"

黄蓉点点头，牵了她手站起来，忽听头顶树枝微微一响，跌下一片树皮来，只见一个人影从一棵棵槐树顶上连续跃过，转眼不见，瞧背影正是洪七公。

黄蓉拾起树皮一看，上面用针划着几行字："两个女娃这样很好。蓉儿再敢胡闹，七公打你老大耳括子。"下面没有署名，只划了一个葫芦。黄蓉知是七公所书，不由得脸上一红，心想刚才我打倒穆姊姊要她立誓，可都让七公瞧见啦。

两人来到松林，果已不见洪七公的踪影。郭靖却已回到店内。他见穆念慈忽与黄蓉携手而来，大感诧异，忙问："穆世姊，你可见到我的师父们么？"穆念慈道："我与尊师们一起从中都南下，回到山东，分手后就没再见过。"郭靖道："我师父们都好罢？"穆念慈微笑道："郭世兄放心，他们并没给你气死。"

郭靖很是不安，心想几位师父定是气得厉害，登时茶饭无心，呆呆出神。穆念慈却向黄蓉询问怎样遇到洪七公的事。

黄蓉一一说了。穆念慈叹道："妹子你就这么好福气，跟他老人家聚了这么久，我想再见他一面也不可得。"黄蓉安慰她道："他暗中护着你呢，刚才要是我真的伤你，他老人家难道会不出手救你么？"穆念慈点头称是。

郭靖奇道："蓉儿，什么你真的伤了穆世姊？"黄蓉忙道："这个可不能说。"穆念慈笑道："她怕……怕我……"说到这里，却也有点害羞。

黄蓉伸手到她腋下呵痒，笑道："你敢不敢说？"穆念慈伸了伸舌头，摇头道："我怎么敢？要不要我立个誓？"黄蓉啐了她一口，想起刚才逼她立誓不嫁郭靖之事，不禁晕红了双颊。郭靖见她两人相互间神情亲密，也感高兴。

吃过饭后，三人到松林中散步闲谈，黄蓉问起穆念慈怎样得洪七公传授武艺之事。穆念慈道："那时候我年纪还小，有一日跟了爹爹去到汴梁。我们住在客店里，我在店门口玩儿，看到两个乞丐躺在地下，身上给人砍得血淋淋的，很是可怕。大家都嫌脏，没人肯理他们……"黄蓉接口道："啊，是啦，你一定好心，给他们治伤。"

穆念慈道："我也不会治什么伤，只是见着可怜，扶他们到我和爹爹的房里，给他们洗干净创口，用布包好。后来爹爹从外面回来，说我这样干很好，还叹了几口气，说他从前的妻子也是这样好心肠。爹给了他们几两银子养伤，他们谢了去了。过了几个月，我们到了信阳州，忽然又遇到那两个乞丐，那时他们伤势已全好啦，引我到一所破庙去，见到了洪七公老人家。他夸奖我几句，教了我那套逍遥拳法，教了三天教会了。第四天上我再上那破庙去，他老人家已经走啦，以后就始终没见到他过。”

黄蓉道：“七公教的本事，他老人家不许我们另传别人。我爹爹教的武功，姊姊你要是愿学，咱们就在这里耽十天半月，我教给你几套。”她既知穆念慈决意不嫁郭靖，压在心头的一块大石登时落地，觉得这位穆姊姊真是大大的好人，又得她赠送匕首，只盼能对她有所报答。穆念慈道：“多谢妹子好意，只是现下我有一件急事要办，抽不出空，将来嘛，妹子就算不说教我，我也是会来求你的。”黄蓉本想问她有什么急事，但瞧她神色，此事显是既不欲人知，也不愿多谈，当下缩口不问，心想：“她模样儿温文腼腆，心中的主意可拿得真定。她不愿说的事，总是问不出来的。”

午后未时前后，穆念慈匆匆出店，傍晚方回。黄蓉见她脸有喜色，只当不知。用过晚饭之后，二女同室而居。黄蓉先上了炕，偷眼看她以手支颐，在灯下呆呆出神，似是满腹心事，于是闭上了眼，假装睡着。过了一阵，只见她从随身的小包裹中取出一块东西来，轻轻在嘴边亲了亲，拿在手里怔怔的瞧着，满脸是温柔的神色。黄蓉从她背后望去，见是一块绣帕模样的缎子，上面用彩线绣着什么花样。突然间穆念慈急速转身，挥绣帕在空中一扬，黄蓉吓得连忙闭眼，心中突突乱跳。

只听得房中微微风响，她眼睁一线，却见穆念慈在炕前回旋来去，虚拟出招，绣帕却已套在臂上，原来是半截撕下来的衣袖。她斗然而悟：“那日她与小王爷比武，这是从他锦袍上扯下的。”但见穆念慈嘴角边带着微笑，想是在回思当日的情景，时而轻轻踢出一脚，隔了片刻又打出一拳，有时又眉毛上扬、衣袖轻拂，俨然是完颜康那副又轻薄又傲慢的神气。她这般陶醉了好一阵子，走向炕边。

黄蓉双目紧闭，知道她是在凝望着自己，过了一会，只听得她叹道：“你好美啊！”突然转身，开了房门，衣襟带风，已越墙而出。

黄蓉好奇心起，急忙跟出，见她向西疾奔，当下展开轻功跟随而去。她武功远在穆念慈之上，不多时已然追上，相距十余丈时放慢脚步，以防被她发觉。只见她直奔市镇，入镇后跃上屋顶，四下张望，随即扑向南首一座高楼。

黄蓉日日上镇买菜，知是当地首富蒋家的宅第，心想："多半穆姊姊没银子使了，来找些零钱。"转念甫毕，两人已一前一后的来到蒋宅之旁。

黄蓉见那宅第门口好生明亮，大门前挂着两盏大红灯笼，灯笼上写着"大金国钦使"五个扁扁的金字，灯笼下四名金兵手持腰刀，守在门口。她曾多次经过这所宅第，却从未见过这般情状，心想："她要盗大金国钦使的金银，那可好得很啊，待她先拿，我也来跟着顺手发财。"当下跟着穆念慈绕到后院，一齐静候片刻，又跟着她跃进墙去，里面是座花园，见她在花木假山之间躲躲闪闪的向前寻路，便亦步亦趋的跟随在后。只见东边厢房中透出烛光，纸窗上映出一个男子的黑影，似在房中踱来踱去。

穆念慈缓缓走近，双目盯住这个黑影，凝立不动。过了良久，房中那人仍在来回踱步，穆念慈也仍是呆望着黑影出神。

黄蓉可不耐烦了，暗道："穆姊姊做事这般不爽快，闯进去点了他的穴道便是，多瞧他干么？"当下绕到厢房的另一面，心道："我给她代劳罢，将这人点倒之后自己躲了起来，叫她大吃一惊。"正待揭窗而入，忽听得厢房门呀的一声开了，一人走进房去，说道："禀报大人，刚才驿马送来禀帖，南朝迎接钦使的段指挥使明后天就到。"里面那人点点头，"嗯"了一声，禀告的人又出去了。

黄蓉心道："原来房里这人便是金国钦使，那么穆姊姊必是另有图谋，倒不是为了盗银劫物，我可不能鲁莽了。"用手指甲沾了点唾沫，在最低一格的窗纸上沾湿一痕，刺破一条细缝，凑右眼往内一张，竟然大出意料之外，里面那男子锦袍绣带，正是小王爷完颜康。他手中拿着一条黑黝黝之物，不住抚摸，来回走动，眼望屋顶，似是满腹心事，等他走近烛火时，黄蓉看得清楚，他手中握着的是一截铁枪的枪头，枪尖已起铁锈，枪头下连着尺来长的折断枪杆。

　　黄蓉不知这断枪头是他生父杨铁心的遗物，只道与穆念慈有关，暗暗好笑："你两人一个挥舞衣袖出神，一个抚摸枪头相思，难道咫尺之间，竟是相隔犹如天涯？"不由得咯的一声，笑了出来。

　　完颜康立时惊觉，手一挥，搧灭了烛光，喝问："是谁？"

　　这时黄蓉已抢到穆念慈身后，双手成圈，左掌自外向右，右掌自上而下，一抄一带，虽然使力甚轻，但双手都落在穆念慈要穴所在，登时使她动弹不得，这是七十二把擒拿手中的逆拿之法，穆念慈待要抵御，已自不及。黄蓉笑道："姊姊别慌，我送你见心上人去。"

　　完颜康打开房门，正要抢出，只听一个女子声音笑道："是你心上人来啦，快接着。"完颜康问道："什么？"一个温香柔软的身体已抱在手里，刚呆一呆，头先说话的那女子已跃上墙头，笑道："姊姊，你怎么谢我？"只听得银铃般的笑声逐渐远去，怀中的女子也已挣扎下地。

　　完颜康大惑不解，只怕她伤害自己，急退几步，问道："是谁？"穆念慈低声道："你还记得么？"完颜康依稀认得她声音，惊道："是……是穆姑娘？"穆念慈道："不错，是我。"完颜康道："还有谁跟你同来？"穆念慈道："刚才是我那个淘气的朋友，我也不知她竟偷偷的跟了来。"

　　完颜康走进房中，点亮了烛火，道："请进来。"穆念慈低头进房，挨在一张椅子上坐了，垂头不语，心中突突乱跳。

　　完颜康在烛光下见到她一副又惊又喜的神色，脸上白里泛红，少女羞态十分可爱，不禁怦然心动，柔声道："你深夜来找我有什么事？"穆念慈低头不答。完颜康想起亲生父母的惨死，对她油然而生怜惜之念，轻声道："你爹爹已亡故了，你以后便住在我家罢，我会当你亲妹子一般看待。"穆念慈低着头道："我是爹爹的义女，不是他亲生的……"

　　完颜康恍然而悟："她是对我说，我们两人之间并无骨肉渊源。"伸手去握住她的右手，微微一笑。穆念慈满脸通红，轻轻一挣没挣脱，也就任他握着，头却垂得更低了。完颜康心中一荡，伸出左臂去搂住了她的肩膀，在她耳边低声道："这是我第三次抱你啦。第一次在比武场中，第二次刚才在房门外头。只有现今这一次，才只咱俩在一起，没第三个人在旁。"穆念慈"嗯"了一声，心里感到甜美舒畅，实是生平第一遭经历。

完颜康闻到她的幽幽少女香气，又感到她身子微颤，也不觉心魂俱醉，过了一会，低声道："你怎会找到我的?"穆念慈道："我从京里一直跟你到这里，晚晚都望着你窗上的影子，就是不敢……"

完颜康听她深情如斯，大为感动，低下头去，在她脸颊上吻了一吻，嘴唇所触之处，犹如火烫，登时情热如沸，紧紧搂住了她，深深长吻，过了良久，方才放开。

穆念慈低声道："我没爹没娘，你别……别抛弃我。"完颜康将她搂在怀里，缓缓抚摸着她的秀发，说道："你放心! 我永远是你的人，你永远是我的人，好不好?"穆念慈满心欢悦，抬起头来，仰望着完颜康的双目，点了点头。

完颜康见她双颊晕红，眼波流动，哪里还把持得住，吐一口气，吹灭了烛火，抱起她走向床边，横放在床，左手搂住了，右手就去解她衣带。

穆念慈本已如醉如痴，这时他火热的手抚摸到自己肌肤，蓦地惊觉，用力挣脱了他的怀抱，滚到里床，低声道："不，不能这样。"完颜康又抱住了她，道："我一定会娶你，将来如我负心，教我乱刀分尸，不得好死。"穆念慈伸手按住他嘴，道："别立誓，我信得你。"完颜康紧紧搂住了她，颤声道："那么你就依我。"穆念慈央求道："别……别……"完颜康情热如火，强去解她衣带。

穆念慈双手向外格出，使上了五成真力。完颜康哪料到她会在这当儿使起武功来，双手登时被她格开。穆念慈跃下地来，抢过桌上的铁枪枪头，对准了自己胸膛，垂泪道："你再逼我，我就死在你面前。"

完颜康满腔情欲立时化为冰冷，说道："有话好好的说，何必这样？"

穆念慈道："我虽是个飘泊江湖的贫家女子，可不是低三下四、不知自爱之人。你如真心爱我，须当敬我重我。我此生决无别念，就是钢刀架颈，也决意跟定了你。将来……将来如有洞房花烛之日，自然……自能如你所愿。但今日你若想轻贱于我，有死而已。"这几句话虽说得极低，但斩钉截铁，没丝毫犹疑。

完颜康暗暗起敬，说道："妹子你别生气，是我的不是。"当即下床，点亮了烛火。

穆念慈听他认错，心肠当即软了，说道："我在临安府牛家村我义父的故居等你，随你什么时候……央媒前来。"顿了一顿，低声道："你一世不来，我等你一辈子罢啦。"这时完颜康对她又敬又爱，忙道："妹子不必多疑，我公事了结之后，自当尽快前来亲迎。此生此世，决不相负。"

穆念慈嫣然一笑，转身出门。完颜康叫道："妹子别走，咱们再说一会话儿。"穆念慈回头挥了挥手，足不停步的走了。

完颜康目送她越墙而出，怔怔出神，但见风拂树梢，数星在天，回进房来，铁枪上泪水未干，枕衾间温香犹在，回想适才之事，真似一梦。只见被上遗有几茎秀发，是她先前挣扎时落下来的，完颜康检了起来，放入了荷包。他初时与她比武，原系一时轻薄好事，绝无缔姻之念，哪知她竟从京里一路跟随自己，每晚在窗外瞧着自己影子，如此款款深情，不由得大为所感，而她持身清白，更是令人生敬，不由得一时微笑，一时叹息，在灯下反覆思念，颠倒不已。

太湖群盗的船队与官船渐渐驶近，一会儿叫骂声、呼叱声、兵刃相交声、身子落水声，不断从远处隐隐传来。又过一会，官船火起，烈焰冲天，映得湖水都红了。

第十三回　五湖废人

黄蓉回到客店安睡，自觉做了一件好事，心中大为得意，一宵甜睡，次晨对郭靖说了。郭靖本为这事出过许多力气，当日和完颜康打得头破血流，便是硬要他和穆念慈成亲，这时听得他二人两情和谐，心下也甚高兴，更高兴的是，丘处机与江南六怪从今而后，再也无法逼迫自己娶穆念慈为妻了。两人在客店中谈谈讲讲，吃过中饭，穆念慈仍未回来。黄蓉笑道："不用等她了，咱们去罢。"回房换了男装。

两人到市镇去买了一匹健驴代步，绕到那蒋家宅第门前，见门前"大金国钦使"的灯笼等物已自撤去，想是完颜康已经启程，穆念慈自也已和他同去了。

两人沿途游山玩水，沿着运河南下，这一日来到宜兴。那是天下闻名的陶都，青山绿水之间掩映着一堆堆紫砂陶坯，另有一番景色。

更向东行，不久到了太湖边上。那太湖襟带三州，东南之水皆归于此，周行五百里，古称五湖。郭靖从未见过如此大水，与黄蓉携手立在湖边，只见长天远波，放眼皆碧，七十二峰苍翠，挺立于三万六千顷波涛之中，不禁仰天大叫，极感喜乐。

黄蓉道："咱们到湖里玩去。"找到湖畔一个渔村，将驴马寄放在渔家，借了一条小船，荡桨划入湖中。离岸渐远，四望空阔，真是莫知天地之在湖海，湖海之在天地。

黄蓉的衣襟头发在风中微微摆动，笑道："从前范大夫载西施泛于五湖，真是聪明，老死在这里，岂不强于做那劳什子的官么？"郭靖不知范大夫的典故，道："蓉儿，你讲这故事给我听。"黄蓉于是将范蠡怎么助越王勾践报仇复国、怎样功成身退而与西施归隐于太湖的故事说了，又述说伍子胥与文种却如何分别为吴王、越王所杀。

　　郭靖听得发了呆，出了一会神，说道："范蠡当然聪明，但像伍子胥与文种那样，到死还是为国尽忠，那是更加不易了。"黄蓉微笑："不错，这叫做'国有道，不变塞焉，强者矫；国无道，至死不变，强者矫。'"郭靖问道："这两句话是什么意思？"黄蓉道："国家政局清明，你做了大官，但不变从前的操守；国家朝政腐败，你宁可杀身成仁，也不肯亏了气节，这才是响当当的好男儿大丈夫。"郭靖连连点头，道："蓉儿，你怎想得出这么好的道理出来？"黄蓉笑道："啊哟，我想得出，那不变了圣人？这是孔夫子的话。我小时候爹爹教我读的。"郭靖叹道："有许许多多事情我老是想不通，要是多读些书，知道圣人说过的道理，一定就会明白啦。"

　　黄蓉道："那也不尽然。我爹爹常说，大圣人的话，有许多是全然不通的。我见爹爹读书之时，常说：'不对，不对，胡说八道，岂有此理！'有时说：'大圣人，放狗屁！'"郭靖听得笑了起来。黄蓉又道："我花了不少时候去读书，这当儿却在懊悔呢，我若不是样样都想学，磨着爹爹教我读书画画、奇门算数诸般玩意儿，要是一直专心学武，那咱们还怕什么梅超风、梁老怪呢？不过也不要紧，靖哥哥，你学会了七公的'降龙十八缺三掌'之后，也不怕那梁老怪了。"郭靖摇头道："我自己想想，多半还是不成。"黄蓉笑道："可惜七公说走便走，否则的话，我把他的打狗棒儿偷偷藏了起来，要他教了你那余下的三掌，才把棒儿还他。"郭靖忙道："使不得，使不得。我能学得这十五掌，早已心满意足，怎能跟七公他老人家这般胡闹？"

两人谈谈说说，不再划桨，任由小舟随风飘行，不觉已离岸十余里，只见数十丈外一叶扁舟停在湖中，一个渔人坐在船头垂钓，船尾有个小童。黄蓉指着那渔舟道："烟波浩淼，一竿独钓，真像是一幅水墨山水一般。"郭靖问道："什么叫水墨山水？"黄蓉道："那便是只用黑墨，不着颜色的图画。"郭靖放眼但见山青水绿，天蓝云苍，夕阳橙黄，晚霞桃红，就只没有黑墨般的颜色，摇了摇头，茫然不解其所指。

　　黄蓉与郭靖说了一阵子话，回过头来，见那渔人仍是端端正正的坐在船头，钓竿钓丝都是纹丝不动。黄蓉笑道："这人耐心倒好。"

　　一阵轻风吹来，水波泊泊泊的打在船头，黄蓉随手荡桨，唱起歌来："放船千里凌波去，略为吴山留顾。云屯水府，涛随神女，九江东注。北客翩然，壮心偏感，年华将暮。念伊嵩旧隐，巢由故友，南柯梦，遽如许！"唱到后来，声音渐转凄切，这是一首《水龙吟》词，抒写水上泛舟的情怀。她唱了上半阕，歇得一歇。

　　郭靖见她眼中隐隐似有泪光，正要她解说歌中之意，忽然湖上飘来一阵苍凉的歌声，曲调和黄蓉所唱的一模一样，正是这首《水龙吟》的下半阕："回首妖氛未扫，问人间英雄何处？奇谋报国，可怜无用，尘昏白羽。铁锁横江，锦帆冲浪，孙郎良苦。但愁敲桂棹，悲吟梁父，泪流如雨。"远远望去，唱歌的正是那个垂钓的渔父。歌声激昂排宕，甚有气概。

　　郭靖也不懂二人唱些什么，只觉倒也都很好听。黄蓉听着歌声，却呆呆出神。郭靖问道："怎么？"黄蓉道："这是我爹爹平日常唱的曲子，想不到湖上的一个渔翁竟也会唱。咱们瞧瞧去。"两人划桨过去，只见那渔人也收了钓竿，将船划来。

　　两船相距数丈时，那渔人道："湖上喜遇佳客，请过来共饮一杯如何？"黄蓉听他吐属风雅，更是暗暗称奇，答道："只怕打扰长者。"那渔人笑道："嘉宾难逢，太湖之上萍水邂逅，更足畅人胸怀，快请过来。"数桨一扳，两船已经靠近。

　　黄蓉与郭靖将小船系在渔舟船尾，然后跨上渔舟船头，与那渔人作揖见礼。那渔人坐着还礼，说道："请坐。在下腿上有病，不能起立，请两位恕罪。"郭靖与黄蓉齐道："不必客气。"两人在渔舟中坐下，打量那渔翁时，见他约莫四十左右年纪，脸色枯瘦，似乎身患重病，身材甚高，坐着比郭靖高出了半个头。船尾一个小童在煽炉煮酒。

黄蓉说道："这位哥哥姓郭。晚辈姓黄，一时兴起，在湖中放肆高歌，未免有扰长者雅兴了。"那渔人笑道："得聆清音，胸间尘俗顿消。在下姓陆。两位小哥今日可是初次来太湖游览吗?"郭靖道："正是。"那渔人命小童取出下酒菜肴，斟酒劝客。四碟小菜虽不及黄蓉所制，味道也殊不俗，酒杯菜碟并皆精洁，宛然是豪门巨室之物。

三人对饮了两杯。那渔人道："适才小哥所歌的那首《水龙吟》情致郁勃，实是绝妙好词。小哥年纪轻轻，居然能领会词中深意，也真难得。"黄蓉听他说话老气横秋，微微一笑，说道："宋室南渡之后，词人墨客，无一不有家国之悲。"那渔人点头称是。黄蓉道："张于湖的《六州歌头》中言道：'闻道中原遗老，常南望，翠葆霓旌。使行人到此，忠愤气填膺，有泪如倾。'也正是这个意思呢。"那渔人拍几高唱："使行人到此，忠愤气填膺，有泪如倾。"连斟三杯酒，杯杯饮干。

两人谈起诗词，甚是投机。其实黄蓉小小年纪，又有什么家国之悲?至于词中深意，更是难以体会，只不过从前听父亲说过，这时便搬述出来，言语中见解精到，颇具雅量高致，那渔人不住击桌赞赏。郭靖在一旁听着，全然不知所云。见那渔人佩服黄蓉，心下自是欢喜。又谈了一会，眼见暮霭苍苍，湖上烟雾更浓。

那渔人道："舍下就在湖滨，不揣冒昧，想请两位去盘桓数日。"黄蓉道："靖哥哥，怎样?"郭靖还未回答，那渔人道："寒舍附近颇有峰峦之胜，两位反正是游山玩水，务请勿却。"郭靖见他说得诚恳，便道："蓉儿，那么咱们就打扰陆先生了。"那渔人大喜，命僮儿划船回去。

到得湖岸，郭靖道："我们先去还了船，还有两匹坐骑寄在那边。"那渔人微笑道："这里一带朋友都识得在下，这些事让他去办就是。"说着向那僮儿一指。郭靖道："小可坐骑性子很劣，还是小可亲自去牵的好。"那渔人道："既是如此，在下在寒舍恭候大驾。"说罢划桨荡水，一叶扁舟消失在垂柳深处。

那僮儿跟着郭靖、黄蓉去还船取马，行了里许，向湖畔一家人家取了一艘大船，牵了驴马入船，请郭黄二人都上船坐了。六名壮健船夫一齐扳桨，在湖中行了数里，来到一个水洲之前，在青石砌的码头上停泊。上得岸来，只见前面楼阁纤连，竟是好大一座庄院，过了一道大石桥，来到庄前。郭黄两人对望了一眼，想不到这渔人所居竟是这般宏伟的巨宅。

两人未到门口，只见一个二十来岁的后生过来相迎，身后跟着五六名从仆。那后生道："家父命小侄在此恭候多时。"郭黄二人拱手谦谢，见他身穿熟罗长袍，面目与那渔人依稀相似，只是背厚膀宽，躯体壮健。郭靖道："请教陆兄大号。"那后生道："小侄贱字冠英，请两位直斥名字就是。"黄蓉道："这哪里敢当？"三人一面说话，一面走进内厅。

郭靖与黄蓉见庄内陈设华美，雕梁画栋，极穷巧思，比诸北方质朴雄大的庄院另是一番气象。黄蓉一路看着庄中的道路布置，脸上微现诧异。

过了三进庭院，来到后厅，只听那渔人隔着屏风叫道："快请进，快请进。"陆冠英道："家父腿上不便，在东书房恭候。"三人转过屏风，只见书房门大开，那渔人坐在房内榻上。这时他已不作渔人打扮，穿着儒生衣巾，手里拿着一柄洁白的鹅毛扇，笑吟吟的拱手。郭黄二人入内坐下，陆冠英却不敢坐，站在一旁。

黄蓉见书房中琳琅满目，全是诗书典籍，几上桌上摆着许多铜器玉器，看来尽是古物，壁上挂着一幅水墨画，画的是一个中年书生在月明之夜中庭伫立，手按剑柄，仰天长吁，神情寂寞。左上角题着一首词：

"昨夜寒蛩不住鸣。惊回千里梦，已三更。起来独自绕阶行。人悄悄，帘外月胧明。　　白首为功名。旧山松竹老，阻归程。欲将心事付瑶筝，知音少，弦断有谁听？"

这词黄蓉曾由父亲教过，知道是岳飞所作的《小重山》，又见下款写着"五湖废人病中涂鸦"八字，想来这"五湖废人"必是那庄主的别号了。但见书法与图画中的笔致波磔森森，如剑如戟，岂但力透纸背，直欲破纸飞出一般。

陆庄主见黄蓉细观图画，问道："老弟，这幅画怎样，请你品题品题。"黄蓉道："小可斗胆乱说，庄主别怪。"陆庄主道："老弟但说不妨。"黄蓉道："庄主这幅图画，写出了岳武穆作这首《小重山》词时壮志难伸、彷徨无计的心情。只不过岳武穆雄心壮志，乃是为国为民，'白首为功名'这一句话，或许是避嫌养晦之意。当年朝中君臣都想与金人议和，岳飞力持不可，只可惜无人听他的。'知音少，弦断有谁听？'这两句，据说是指此事而言，那是一番无可奈何的心情，却不是公然要和朝廷作对。庄主作画写字之时，却似是一腔愤激，满腹委曲，笔力固然雄健之极，但是锋芒毕露，像是要与大仇人拼个你死我活一般，只恐与岳武穆忧国伤时的原意略有不合。小可曾听人说，书画笔墨若是过求有力，少了圆浑蕴藉之意，似乎尚未能说是极高的境界。"

陆庄主听了这番话，一声长叹，神色凄然，半晌不语。

黄蓉见他神情有异，心想："我这番话可说得直率了，只怕已得罪了他。但爹爹教这首《小重山》和书画之道时，确是这般解说的。"便道："小可年幼无知，胡言乱道，尚请庄主恕罪。"

陆庄主一怔，随即脸露喜色，欢然道："黄老弟说哪里话来？我这番心情，今日才被你看破，老弟真可说得是我生平第一知己。至于笔墨过于剑拔弩张，更是我改不过来的大毛病。承老弟指教，甚是甚是。"回头对儿子道："快命人整治酒席。"郭靖与黄蓉连忙辞谢，道："不必费神。"陆冠英早出房去了。

陆庄主道："老弟鉴赏如此之精，想是家学渊源，令尊必是名

438

宿大儒了，不知名讳如何称呼。"黄蓉道："小可懂得什么，蒙庄主如此称许。家父在乡村设帐授徒，没没无名。"陆庄主叹道："才人不遇，古今同慨。"

酒筵过后，回到书房小坐，又谈片刻，陆庄主道："这里张公、善卷二洞，乃天下奇景，二位不妨在敝处小住数日，慢慢观赏。天已不早，两位要休息了罢？"

郭靖与黄蓉站起身来告辞。黄蓉正要出房，猛一抬头，忽见书房门楣之上钉着八片铁片，排作八卦形状，却又不似寻常的八卦那么排得整齐，疏疏落落，歪斜不称。她心下一惊，当下不动声色，随着庄丁来到了客房之中。

客房中陈设精雅，两床相对，枕衾雅洁。庄丁送上香茗后，说道："二位爷台要什么，一拉床边这绳铃，我们就会过来。二位晚上千万别出去。"说罢退了出去，轻轻掩上了门。

黄蓉低声问道："你瞧这地方有什么蹊跷？他干么叫咱们晚上千万别出去？"郭靖道："这庄子好大，庄里的路绕来绕去，也许是怕咱们迷了路。"黄蓉微笑道："这庄子可造得古怪。你瞧这陆庄主是何等样人物？"郭靖道："是个退隐的大官罢？"黄蓉摇头道："这人必定会武，而且还是高手，你见到了他书房中的铁八卦么？"郭靖道："铁八卦？那是什么？"黄蓉道："那是用来练劈空掌的家伙。爹爹教过我这套掌法，我嫌气闷，练不到一个月便搁下了，真想不到又会在这里见到。"

郭靖道："这陆庄主对咱们决无歹意，他既不说，咱们只当不知就是。"黄蓉点头一笑，挥掌向着烛台虚劈，嗤的一声，烛火应手而灭。

郭靖低赞一声："好掌法！"问道："这就是劈空掌么？"黄蓉笑道："我就只练到这样，闹着玩还可以，要打人可全无用处。"

睡到半夜，忽然远处传来呜呜之声，郭靖和黄蓉都惊醒了，侧耳听去，似是有人在吹海螺，过了一阵，呜呜之声又响了起来，此起彼和，并非一人，吹螺之人相距甚远，显然是在招呼应答。黄蓉低声道："瞧瞧去。"郭靖道："别出去惹事罢。"黄蓉道："谁说惹事了？我是说瞧瞧去。"

两人轻轻推开窗子，向外望去，只见庭院中许多人打着灯笼，还有好些人来来去去，不知忙些什么。黄蓉抬起头来，只见屋顶上黑黝黝的有三四个人蹲在那里，灯笼移动时亮光一闪，这些人手中的兵刃射出光来。等了一阵，只见众人都向庄外走去，黄蓉好奇心起，拉着郭靖绕到西窗边，见窗外无人，便轻轻跃出，屋顶之人并未知觉。

黄蓉向郭靖打个手势，反向后行，庄中道路东转西绕，曲曲折折，尤奇的是转弯处的栏干亭榭全然一模一样，几下一转，哪里还分辨得出东西南北？黄蓉却如到了自己家里，毫不迟疑的疾走，有时眼前明明无路，她在假山里一钻，花丛旁一绕，竟又转到了回廊之中。有时似已到了尽头，哪知屏风背面、大树后边却是另有幽境。当路大开的月洞门她偏偏不走，却去推开墙上一扇全无形迹可寻的门户。

郭靖愈走愈奇，低声问道："蓉儿，这庄子的道路真古怪，你怎认得？"黄蓉打手势叫他噤声，又转了七八个弯，来到后院的围墙边。黄蓉察看地势，扳着手指默默算了几遍，在地下踏着脚步数步子，郭靖听她低声念着："震一、屯三、颐五、复七、坤……"更不懂是什么意思。黄蓉边数边行，数到一处停了脚步，说道："只有这里可出去，另外地方全有机关。"说着便跃上墙头，郭靖跟着她跃出墙去。黄蓉才道："这庄子是按着伏羲六十四卦方位造的。这些奇门八卦之术，我爹爹最是拿手。陆庄主难得到旁人，可难不了我。"言下甚是得意。

两人攀上庄后小丘，向东望去，只见一行人高举灯笼火把，走向湖边。黄蓉拉了拉郭靖的衣袖，两人展开轻功追去。奔到临近，伏在一块岩石之后，只见湖滨泊着一排渔船，人众络绎上船，上船后便即熄去灯火。两人待最后一批人上了船，岸上全黑，才悄悄跃出，落在一艘最大的篷船后梢，于拔篙开船声中跃上篷顶，在竹篷隙孔中向下望去，舱内一人居中而坐，赫然便是少庄主陆冠英。

众船摇出里许，湖中海螺之声又呜呜传来，大篷船上一人走到船首，也吹起海螺。再摇出数里，只见湖面上一排排的全是小船，放眼望去，舟似蚁聚，不计其数，犹如一张大绿纸上溅满墨点一般。大篷船首那人海螺长吹三声，大船抛下了锚泊在湖心，十余艘小船飞也似的从四方过来。郭靖与黄蓉心下纳罕，不知是否将有一场厮杀，低头瞧那陆冠英却是神定气闲，不似便要临敌应战的模样。

过不多时，各船靠近。每艘船上有人先后过来，或一二人、或三四人不等。各人进入大船船舱，都向陆冠英行礼后坐下，对他执礼甚恭，座位次序似早已排定，有的先到反坐在后，有的后至却坐在上首。只一盏茶功夫，诸人坐定。这些人神情粗豪，举止剽悍，虽作渔人打扮，但看来个个身负武功，决非寻常以打鱼为生的渔夫。

陆冠英举手说道："张大哥，你探听得怎样了？"座中一个瘦小的汉子站起身来，说道："回禀少庄主，金国钦使预定今晚连夜过湖，段指挥使再过一个多时辰就到。这次他以迎接金国钦使为名，一路搜刮，是以来得迟了。"陆冠英道："他搜刮到了多少？"那汉子道："每一州县都有报效，他麾下兵卒还在乡间劫掠，我见他落船时众亲随抬着二十多箱财物，看来都很沉重。"陆冠英道："他带了多少兵马？"那汉子道："马军二千。过湖的都是步军，因船只不够，落船的约莫是一千名左右。"陆冠英向众人道："各位哥哥，大家说怎样？"诸人齐声道："愿听少庄主号令。"

陆冠英双手向怀里一抱，说道："这些民脂民膏，不义之财，打从太湖里来，不取有违天道。咱们尽数取来，一半俵散给湖滨贫民，另一半各寨分了。"众人轰然叫好。

郭靖与黄蓉这才明白，原来这群人都是太湖中的盗首，看来这陆冠英还是各寨的总头领呢。

陆冠英道："事不宜迟，马上动手。张大哥，你带五条小船，再去哨探。"那瘦子接令出舱。陆冠英跟着分派，谁打先锋、谁作接应、谁率领水鬼去钻破敌船船底、谁取财物、谁擒拿军官，指挥得井井有条。

郭靖与黄蓉暗暗称奇，适才与他共席时见他斯文有礼，谈吐儒雅，宛然是一个养尊处优的世家子弟，哪知竟能领袖群豪。

陆冠英吩咐已毕，各人正要出去分头干事，座中一人站起身来，冷冷的道："咱们做这没本钱买卖的，吃吃富商大贾，也就够啦。这般和官家大动干戈，咱们在湖里还耽得下去么？大金国钦使更加得罪不得。"

郭靖和黄蓉听这声音好熟，凝目看时，原来是沙通天的弟子，黄河四鬼中的夺魄鞭马青雄，不知如何他竟混在这里。

陆冠英脸上变色，尚未回答，群盗中已有三四人同声呼叱。陆冠英道："马大哥初来，不知这里规矩，既然大家齐心要干，咱们就是闹个全军覆没，那也是死而无悔。"马青雄道："好啦，你干你们的，我可不搅这锅混水。"转身就要走出船舱。

两名汉子拦在舱口，喝道："马大哥，你斩过鸡头立过誓，大伙儿有福同享，有难同当！"马青雄双手挥出，骂道："滚开！"那两人登时跌在一边。他正要钻出舱门，突觉背后一股掌风袭来，当即偏身让过，左手已从靴筒里拔出一柄匕首，反手向后戳去。陆冠英左手疾伸，将他左臂格在外门，踏步进掌。马青雄右手撩开，左手匕首跟着递出。两人在窄隘的船舱中贴身而搏。郭靖当日在蒙古土山之上曾与马青雄相斗，初见陆冠英出手，料想他不易取胜，岂知只看得数招，但见陆冠英着着争先，竟然大占上风，心下诧异："怎地这姓马的忽然不济了？啊，是了，那日在蒙古是他们黄河四鬼合力打我一个，此刻他四面是敌，自然胆怯。"殊不知真正原因，却在于他得洪七公指点教导，几近两月。天下武学绝艺的"降龙十八掌"固然学会了十五掌，而这些时日中洪七公随口点拨、顺手比划，无一而非上乘武功中的精义，尽为江南七怪生平从所未窥的境界。郭靖牢牢记在心中，虽然所领悟的不过十之一二，但不知不觉之间武功已突飞猛进，此刻修为，已殊不逊于六位师父，再来看马青雄的武功，自觉颇不足道。

只见两人再拆数招，陆冠英左拳斗出，砰的一声，结结实实打在马青雄胸口。马青雄一个踉跄，向后便倒。他身后两名汉子双刀齐下，马青雄立时毙命。那两名汉子提起他尸身投入湖中。

陆冠英道："众家哥哥，大伙儿奋勇当先。"群盗轰然答应，各自回船。片刻之间众舟千桨齐荡，并肩东行。陆冠英的大船在后压阵。

行了一阵，远远望见数十艘大船上灯火照耀，向西驶来。郭靖与黄蓉心想："这些大船，便是那个段指挥使的官船了。"两人悄悄爬上桅杆，坐在横桁之上，隐身于帆后。只听得小船上海螺吹起。两边船队渐渐接近，一会儿叫骂声、呼叱声、兵刃相交声、身子落水声，从远处隐隐传来。又过一会，官船火起，烈焰冲天，映得湖水都红了。郭黄知道群盗已经得手，果见几艘小舟急驶而至，呼道："官兵全军覆没，兵马指挥使已经擒到。"陆冠英大喜，走到船头，叫道："通知众家寨主，大伙儿再辛苦一下，擒拿金国钦使去者！"报信的小盗欢然答应，飞舟前去传令。

郭靖和黄蓉同时伸出手来，相互一捏，均想："那金国钦使便是完颜康了，不知他如何应付。"只听得各处船上海螺声此起彼和，群船掉过头来，扯起风帆。其时方当盛暑，东风正急，群船风帆饱张，如箭般向西疾驶。

陆冠英所坐的大船原本在后，这时反而领先。郭靖与黄蓉坐在横桁之上，阵阵凉风自背吹来，放眼望去，繁星在天，薄雾笼湖，甚是畅快，真想纵声一歌，只见后面的轻舟快艇又是一艘艘的抢到大船之前。

舟行约莫一个时辰，天色渐亮，两艘快艇如飞而来，艇首一人手中青旗招展，大呼："已见到了金国的船只！贺寨主领先攻打。"陆冠英站在船首，叫道："好。"过不多时，又有一艘小艇驶回，报道："金国那狗钦使手爪子好硬，贺寨主受伤，彭、董两位寨主正在夹击。"不多时，两名喽啰扶着受伤晕去的贺寨主上大船来。陆冠英正待察看贺寨主的伤势，两艘小艇又分别将彭、董两位受伤的寨主送到，并说缥缈峰的郭头领被金国钦使一枪搠死，跌入了湖中。陆冠英大怒，喝道："金狗如此猖獗，我亲去杀他。"

郭靖与黄蓉觉得完颜康为虎作伥，杀伤同胞甚是不该，却又耽心他寡不敌众，给太湖群盗杀死，穆念慈不免终身遗恨。黄蓉在郭靖耳边悄声道："救他不救？"郭靖微一沉吟，道："救他性命，但要他悔改。"黄蓉点点头。只见陆冠英纵身跃入一艘小艇，喝道："上去！"黄蓉向郭靖道："咱们抢小艇。"

两人正待纵身跃向旁边一艘小艇，猛听得前面群盗齐声高呼，纵目望去，那金国钦使所率的船队一艘艘的正在慢慢沉下，想是给潜水的水鬼凿穿了船底。青旗招展中，两艘快艇赶到禀报："金狗落了水，已抓到啦！"陆冠英大喜，跃回大船。

过不多时，海螺齐鸣，快艇将金国的钦使、卫兵、随从等陆续押上大船。郭靖与黄蓉见完颜康手脚都已被缚，两眼紧闭，想是喝饱了水，但胸口起伏，仍在呼吸。

这时天已大明，日光自东射来，水波晃动，犹如万道金蛇在船边飞舞一般。陆冠英传出号令："各寨寨主齐赴归云庄，开宴庆功。众头领率部回寨，听候论功领赏。"群盗欢声雷动。大小船只向四方分散，渐渐隐入烟雾之中。湖上群鸥来去，白帆点点，青峰悄立，绿波荡漾，又回复了一片宁静。

待得船队回庄，郭黄二人等陆冠英与群盗离船，这才乘人不觉，飞身上岸。群盗大胜之余，个个兴高采烈，哪想得到桅杆上一直有人躲着偷窥。黄蓉相准了地位，仍与郭靖从庄后围墙跳进，回到卧房。

这时服侍他们的庄丁已到房前来看了几次，只道他们先一日游玩辛苦，在房里大睡懒觉。郭靖打开房门，两名庄丁上前请安，送上早点，道："庄主在书房相候，请两位用过早点，过去坐坐。"两人吃了些面点汤包，随着庄丁来到书房。

陆庄主笑道："湖边风大，夜里波涛拍岸，扰人清梦，两位可睡得好吗？"郭靖不惯撒谎，被他一问，登时窘住。黄蓉道："夜里只听得呜呜呜的吹法螺，想是和尚道士做法事放焰口。"

陆庄主一笑，不提此事，说道："在下收藏了一些书画，想两位老弟法眼鉴定。"黄蓉道："当得拜观。庄主所藏，定然都是精品。"陆庄主令书僮取出书画，黄蓉一件件的赏玩。蓦地里门外传来一阵吆喝，几个人脚步声响，听声音是一人在逃，后面数人在追。一人喝道："你进了归云庄，要想逃走，那叫做难如登天！"陆庄主若无其事，犹如未闻，说道："本朝书法，苏黄米蔡并称，这四大家之中，黄老弟最爱哪一家？"黄蓉正要回答，突然书房门砰的一声被人推开，一个全身湿淋淋的人闯了进来，正是完颜康。

黄蓉一拉郭靖衫角，低声道："看书画，别瞧他。"两人背转了身子，低头看画。

原来完颜康不识水性，船沉落湖，空有一身武艺，只吃得几口水，便已晕去，等到醒来，手足已被缚住。解到庄上，陆冠英喝令押上来审问。完颜康见一直架在后颈的钢刀已然移开，当即暗运内劲，手指抓住身上绑缚的绳索，大喝一声，以"九阴白骨爪"功夫立时将绳索撕断。众人齐吃一惊，抢上前去擒拿，被他双手挥击，早跌翻了两个。完颜康夺路便走，哪知归云庄中房屋道路皆按奇门八卦而建，若无本庄之人引路，又非精通奇门生克之变，休想闯得出去。完颜康慌不择路，竟撞进陆庄主的书房来。陆冠英虽见他挣脱绑缚，知他决然逃不出去，也并不在意，只是一路追赶，及见他闯进书房，却怕他伤及父亲，急忙抢前，拦在父亲所坐榻前。后面太湖诸寨的寨主都挡在门口。

完颜康不意逃入了绝地，戟指向陆冠英骂道："贼强盗，你们行使诡计，凿沉船只，也不怕江湖上好汉笑话？"陆冠英哈哈一笑，说道："你是金国王子，跟我们绿林豪杰提什么'江湖'二字?"完颜康道："我在北京时久闻江南豪客的大名，只道当真都是光明磊落的好男子，哼哼，今日一见，却原来……嘿嘿，可就叫作浪得虚名！"陆冠英怒道："怎样？"完颜康道："只不过是一批倚多为胜的小人而已！"陆冠英冷笑道："要是单打独斗胜了你，那你便死而无怨？"

完颜康适才这话本是激将之计，正要引他说出这句话来，立时接口："归云庄上只要有人凭真功夫胜得了我，我束手就缚，要杀要剐，再无第二句话。却不知是哪一位赐教？"说着眼光向众人一扫，双手负在背后，嘿嘿冷笑，神态甚是倨傲。

一言方毕，早恼了太湖莫厘峰上的金头鳌石寨主，怒喝："老子搽你这番邦贼厮鸟！"抢入书房，双拳"钟鼓齐鸣"，往完颜康太阳穴打到。完颜康身子微侧，敌拳已然击空，右手反探，抓住了他后心，内劲吐处，把他肥肥一个身躯向门口人丛中丢了出去。

陆冠英见他出手迅辣，心中暗惊，知道各寨主无人能敌，叫道："果然好俊功夫，让我来讨教几招。咱们到外面厅上去吧。"眼见对方大是劲敌，生怕剧斗之际，拳风掌力带到父亲与客人身上，三人不会武功，可莫受了误伤。

完颜康道："比武较量到处都是一样，就在这里何妨？寨主请赐招罢！"言下之意竟是："不过三招两式，就打倒了你，何必费事另换地方？"陆冠英心中暗怒，说道："好，你是客，请进招罢。"完颜康左掌虚探，右手就往陆冠英胸口抓去，开门见山，一出手就以九阴白骨爪攻敌要害。陆冠英暗骂："小子无礼，教你知道少庄主的厉害。"胸口微缩，竟不退避，右拳直击对方横臂手肘，左手二指疾伸，取敌双目。

完颜康见他来势好快，心头倒也一震，暗道："不意草莽之中，竟然有此等人物。"疾忙斜退半步，手腕疾翻，以擒拿手拿敌手臂。陆冠英扭腰左转，两手回兜，虎口相对，正是"怀中抱月"之势。完颜康见他出手了得，不敢再有轻敌之念，当下打叠起精神，使出丘处机所传的全真派拳法。

陆冠英是临安府云栖寺枯木大师的得意弟子，精通仙霞门的外家拳法，那是河南嵩山少林寺的旁支，所传也是武学正宗，这时遇到强敌，当下小心在意，见招拆招，遇势破势。他知完颜康手爪功夫厉害，决不让他手爪碰到自己身子，双手严守门户，只见有隙可乘，立即使脚攻敌。外家技击有言道："拳打三分，脚踢七分。"又道："手是两扇门，全凭脚踢人。"陆冠英所学是外家功夫，腿上功夫自极厉害。两人斗到酣处，只见书房之中人影飞舞，拳脚越来越快。郭靖与黄蓉不愿被他认出，退在书架之旁，侧身斜眼观战。

完颜康久斗不下，心中焦躁，暗道："再耗下去，时刻长了，就算胜了他，要是再有人出来邀斗，我哪里还有力气对付？"他武功原比陆冠英高出甚多，只因在湖水中被浸，喝了一肚子水，委顿之下，气力不加，兼之身陷重围，初次遇险，不免心怯，这才让陆冠英拆了数十招，待得精神一振，手上加紧，只听得砰的一声，陆冠英肩头中拳。他一个踉跄，向后倒退，眼见敌人乘势进逼，斗然间飞起左腿，足心朝天，踢向完颜康心胸。这一招叫做"怀心腿"，出腿如电，极为厉害。

完颜康想不到敌人落败之余，尚能出此绝招，待得伸手去格，胸口已被踢中。这"怀心腿"是陆冠英自幼苦练的绝技，练时用绳子缚住足踝，然后将绳绕过屋梁，逐日拉扯悬吊，临敌时一腿飞出，倏忽过顶，敌人实所难防。完颜康胸口一痛，左手飕的弯转，五根手指已插入了陆冠英小腿，右掌往他胯上推去，喝道："躺下！"陆冠英单腿站立，被他这么猛推，身子直跌出去，撞向坐在榻上的陆庄主。

陆庄主左手伸出一黏，托住他背心，轻轻放在地下，但见儿子小腿上鲜血淋漓，从原来站立之地直到榻前一排鲜血直滴过来，又惊又怒，喝道："黑风双煞是你什么人？"

他这一出手、一喝问，众人俱感惊诧。别说完颜康与众寨主不知他身有武功，连他亲生儿子陆冠英，也只道父亲双腿残废，自然不会武功，自己从小便见父亲寄情于琴书之间，对他作为向来不闻不问，哪知刚才救他这一托，出手竟是沉稳之极。黄蓉昨晚见到了他门楣上的铁八卦，对郭靖说过，因此只有他两人才不讶异。

完颜康听陆庄主问起黑风双煞，一呆之下，说道："黑风双煞是什么东西？"原来梅超风虽然传他武艺，但她自己的来历固然未曾对他言明，连真实姓名也不对他说，"黑风双煞"的名头，他自然更加不知了。

陆庄主怒道："装什么蒜？这阴毒的九阴白骨爪是谁传你的？"完颜康道："小爷没空听你啰唆，失陪啦！"转身走向门口。众寨主齐声怒喝，挺起兵刃拦阻。完颜康连声冷笑，回头向陆冠英道："你说话算不算数？"陆冠英脸色惨白，摆一摆手，说道："太湖群雄说一是一，众位哥哥放他走罢。张大哥，你领他出去。"

众寨主心中都不愿意，但少庄主既然有令，却也不能违抗。那张寨主喝道："跟我走罢，谅你这小子自己也找不到路出去。"完颜康道："我的从人卫兵呢？"陆冠英道："一起放他们走。"完颜康大拇指一竖，说道："好，果然是君子一言，快马一鞭。众寨主，咱们后会有期。"说着团团一揖，唱个无礼喏，满脸得意之色。

他转身正要走出书房，陆庄主忽道："且慢！老夫不才，要领教你的九阴白骨爪。"完颜康停步笑道："那好极啦。"陆冠英忙道："爹，您老人家犯不着跟这小子一般见识。"陆庄主道："不用担心，他的九阴白骨爪没练到家。"双目盯着完颜康，缓缓说道："我腿有残疾，不能行走，你过来。"完颜康一笑，却不移步。

陆冠英腿上伤口剧痛，但决不肯让父亲与对方动手，纵身跃出房门，叫道："这次是代我爹爹再请教几招。"完颜康笑道："好，咱俩再练练。"

陆庄主喝道："英儿走开！"右手在榻边一按，凭着手上之力，身子突然跃起，左掌向完颜康顶上猛劈下去。众人惊呼声中，完颜康举手相格，只觉腕上一紧，右腕已被捏住，眼前掌影闪动，敌人右掌又向肩头击到。完颜康万料不到他擒拿法如此迅捷奇特，左手急忙招架，右手力挣，想挣脱他的擒拿。陆庄主足不着地，身子重量全然放在完颜康这手腕之上，身在半空，右掌快如闪电，瞬息之间连施五六下杀手。完颜康奋起平生之力，向外抖甩，却哪里甩得脱？飞腿去踢，却又踢他不着。

众人又惊又喜，望着两人相斗。只见陆庄主又是举掌劈落，完颜康伸出五指，要戳他手掌，陆庄主手肘突然下沉，一个肘锤，正打在他"肩井穴"上。完颜康半身酸麻，跟着左手手腕也已被他拿住，只听得喀喀两声，双手手腕关节已同时错脱。陆庄主手法快极，左手在他腰里一戳，右手在他肩上一捺，已借力跃回木榻，稳稳坐下。完颜康却双腿软倒，再也站不起来。众寨主看得目瞪口呆，隔了半晌，才震天价喝起采来。

陆冠英抢步走到榻前，问道："爹，您没事吧？"陆庄主笑着摇摇头，随即脸色转为凝重，说道："这金狗的师承来历，得好好问他一问。"

两名寨主拿了绳索将完颜康手足缚住。张寨主道："在那姓段的兵马指挥使行囊之中，搜出了几副精钢的脚镣手铐，正好用来铐这小子，瞧他还挣不挣得断。"众人连声叫好，有人飞步去取了来，将完颜康手脚都上了双重钢铐。

完颜康手腕剧痛，额上黄豆大的汗珠不住冒出来，但强行忍住，并不呻吟。陆庄主道："拉他过来。"两名头领执住完颜康的手臂，将他拉到榻前。陆庄主给他装上手腕关节，又伸手在他尾脊骨与左胸穴道各点了一指。完颜康疼痛渐止，心里又是愤怒，又是惊奇，还未开言，陆冠英已命人将他押下监禁。众寨寨主都退了出去。

陆庄主转身对黄蓉与郭靖笑道："与少年人好勇斗狠，有失斯文，倒教两位笑话了。"黄蓉见他的掌法与点穴功夫全是自己家传的一路，不禁疑心更盛，笑问："那是什么人？他是不是偷了宝庄的东西，累得庄主生气？"陆庄主呵呵大笑，道："不错，他们确是抢了大伙儿不少财物。来来来，咱们再看书画，别让这小贼扫了清兴。"陆冠英退出书房，三人又再观画。陆庄主与黄蓉一幅幅的谈论山水布局、人物神态，翎毛草虫如何，花卉瓜果又是如何。郭靖自是全然不懂。

中饭过后，陆庄主命两名庄丁陪同他们去游览张公、善卷二洞，那是天下胜景，洞中奇幻莫名，两人游到天色全黑，这才尽兴而返。

晚上临睡时，郭靖道："蓉儿，怎么办？救不救他？"黄蓉道："咱们在这儿且再住几天，我还摸不准那陆庄主的底子。"郭靖道："他武功与你门户很近啊。"黄蓉沉吟道："奇就奇在这里，莫非他识得梅超风？"两人猜想不透，只怕隔墙有耳，不敢多谈。

睡到中夜，忽听得瓦面上有声轻响，接着地上擦的一声。两人都是和衣而卧，听得异声，立即醒觉，同时从床上跃起，轻轻推窗外望，只见一个黑影躲在一丛玫瑰之后。那人四下张望，然后蹑足向东走去，瞧这般全神提防的模样，似是闯进庄来的外人。黄蓉本来只道归云庄不过是太湖群雄的总舵，但见了陆庄主的武功后，心知其中必定另有隐秘，决意要探个水落石出，当下向郭靖招了招手，翻出窗子，悄悄跟在那人身后。

跟得几十步，星光下已看清那人是个女子，武功也非甚高，黄蓉加快脚步，逼近前去，那女子脸蛋微微一侧，原来却是穆念慈。黄蓉心中暗笑："好啊，救意中人来啦。倒要瞧瞧你用什么手段。"只见穆念慈在园中东转西走，不多时已迷失了方向。

黄蓉知道依这庄园的方位建置，监人的所在必在离上震下的"噬嗑"之位，《易经》曰："噬嗑，亨，利用狱。""象曰：雷电，噬嗑，先王以明罚敕法。"她父亲黄药师精研其理，闲时常与她讲解指授。她想这庄园构筑虽奇，其实明眼人一看便知，哪及得上桃花岛中阴阳变化、乾坤倒置的奥妙？在桃花岛，禁人的所在反而在乾上兑下的"履"位，取其"履道坦坦，幽人贞吉"之义，更显主人的气派。黄蓉心想："照你这样走去，一百年也找不到他。"当下俯身在地下抓了一把散泥，见穆念慈正走到歧路，踌躇不决，拈起一粒泥块向左边路上掷去，低沉了声音道："向这边走。"闪身躲入了旁边花丛。

穆念慈大吃一惊，回头看时，却不见人影，当即提刀在手，纵身过去。黄蓉与郭靖的轻身功夫高她甚远，早已躲起，哪能让她找到？穆念慈正感彷徨，心想："这人不知是好心坏心，反正我找不到路，姑且照他的指点试试。"当下依着向左走去，每到歧路，总有小粒泥块掷明方向，曲曲折折走了好一阵子，忽听得嗤的一声，一粒泥块远远飞去，撞在一间小屋的窗上，眼前一花，两个黑影从身边闪过，倏忽不见。

穆念慈心念一动，奔向小屋，只见屋前两名大汉倒在地下，眼睁睁的望着自己，手中各执兵刃，却便是动弹不得，显已给人点了穴道。

穆念慈心知暗中有高人相助，轻轻推门进去，侧耳静听，室中果有呼吸之声。她低声叫道："康哥，是你么？"

完颜康早在看守人跌倒时惊醒，听得是穆念慈的声音，又惊又喜，忙道："是我。"

穆念慈大喜，黑暗中辨声走近，说道："谢天谢地，果然你在这里，那可好极了，咱们走罢。"完颜康道："你可带有宝刀宝剑么？"穆念慈道："怎么？"完颜康轻轻一动，手镣脚铐上发出金铁碰撞之声。穆念慈上去一摸，心中大悔，恨恨的道："那柄削铁如泥的匕首，我不该给了黄家妹子。"

黄蓉与郭靖躲在屋外窃听两人说话。她心中暗笑："等你着急一会，我再把匕首给你。"

穆念慈甚是焦急，道："我去盗铁铐的钥匙。"完颜康道："你别去，庄内敌人厉害，你去犯险必然失手，无济于事。"穆念慈道："那么我背你出去。"完颜康道："他们用铁链将我锁在柱上，背不走的。"穆念慈急得流下泪来，呜咽道："那怎么办？"完颜康笑道："你亲亲我罢。"穆念慈跺脚道："人家急得要命，你还闹着玩。"完颜康悄声笑道："谁闹着玩了？这是正经大事啊。"穆念慈并不理他，苦思相救之计。完颜康道："你怎知我在这里？"穆念慈道："我一路跟着你啊。"完颜康心中感动，道："你靠在我身上，我跟你说。"穆念慈坐在地下草席上，假倚在他怀中。

完颜康道："我是大金国钦使，谅他们也不敢随便伤我。只是我给羁留在此，却要误了父王嘱咐的军国大事，这便如何是好？妹子，你帮我去做一件事。"穆念慈道："什么？"完颜康道："你把我项颈里那颗金印解下来。"

穆念慈伸手到他颈中，摸着了印，将系印的丝带解开。完颜康道："这是大金国钦使之印，你拿了赶快到临安府去，求见宋朝的史弥远史丞相。"穆念慈道："史丞相？我一个民间女子，史丞相怎肯接见？"

完颜康笑道："他见了这金印，迎接你都还来不及呢。你对他说，我被太湖盗贼劫持在这里，不能亲去见他。我要他记住一件事：如有蒙古使者到临安来，决不能相见，拿住了立即斩首。这是大金国圣上的密旨，务须遵办。"穆念慈道："那为什么？"完颜康道："这些军国大事，说了你也不懂。只消把这几句话去对史丞相说了，那就是给我办了一件大事。要是蒙古的使者先到了临安，和宋朝君臣见了面，可对咱们大金国大大不利。"穆念慈愠道："什么'咱们大金国'？我可是好好的大宋百姓。你若不说个清楚，我不能给你办这件事。"完颜康微笑道："难道你将来不是大金国的王妃？"

穆念慈霍地站起，说道："我义父是你亲生爹爹，你是好好的汉人。难道你是真心的要做什么大金国王爷？我只道……只道你……"完颜康道："怎样？"穆念慈道："我一直当你是个智勇双全的好男儿，当你假意在金国做小王爷，只不过等待机会，要给大宋出一口气。你，你真的竟然会认贼作父么？"

完颜康听她语气大变，喉头哽住，显是气急万分，当下默然不语。穆念慈又道："大宋的锦绣江山给金人占了一大半去，咱们汉人给金人掳掠残杀，欺压拷打，难道你一点也不在意么？你……你……"说到这里，再也说不下去，把金印往地下一掷，掩面就走。

完颜康颤声叫道："妹子，我错啦，你回来。"穆念慈停步，回过头道："怎样？"完颜康道："等我脱难之后，我不再做什么劳什子的钦使，也不回到金国去了。我跟你隐居归农，总好过成日心中难受。"

穆念慈叹了口长气，呆呆不语。她自与完颜康比武之后，一往情深，心中已认定他是个了不起的英雄豪杰。完颜康不肯认父，她料来必是另有深意；他出任金国钦使，她又代他设想，他定是要身居有为之地，想干一番轰轰烈烈的大事，为大宋扬眉吐气。岂知这一切全是女儿家的痴情呆想，这人哪里是什么英雄豪杰，直是个贪图富贵的无耻之徒。

她想到伤心之处，只感万念俱灰。完颜康低声道："妹子，怎么了？"穆念慈不答。完颜康道："我妈说，你义父是我的亲生父亲。我还没能问个清楚，他们两人就双双去世，我一直心头嘀咕。这身世大事，总不能不明不白的就此定局。"穆念慈心下稍慰，暗想："他还未明白自己身世，那也不能太怪他了。"说道："拿你金印去见史丞相之事，再也休提。我去找黄家妹子，取了匕首来救你。"

黄蓉本拟便将匕首还她，但听了完颜康这一番话，气他为金国谋干大事，心道："我爹爹最恨金人，且让他在这里关几天再说。"

完颜康却问："这庄里的道路极为古怪，你怎认得出？"

穆念慈道："幸得有两位高人在暗中指点，却不知是谁。他们始终不肯露面。"

完颜康沉吟片刻，说道："妹子，下次你再来，只怕给庄中高手发觉。你如真要救我，就去给我找一个人。"穆念慈愠道："我可不去找什么死丞相、活丞相。"完颜康道："不是丞相，是找我师父。"穆念慈"啊"了一声。

完颜康道："你拿我身边这条腰带去，在腰带的金环上用刀尖刻上'完颜康有难，在太湖西畔归云庄'十三个字，到苏州之北三十里的一座荒山之中，找到有九个死人骷髅头叠在一起，叠成样子是上一中三下五，就把这腰带放在第一个骷髅头之下。"穆念慈愈听愈奇，问道："干什么啊?"

完颜康道："我师父双眼已盲，她摸到金环上刻的字，就会前来救我。因此这些字可要刻得深些。"穆念慈道："你师父不是那位长春真人丘道长么？他眼睛怎会盲了？"完颜康道："不是这个姓丘的道人，是我另外一位师父。你放了腰带之后，不可停留，须得立即离开。我师父脾气古怪，如发觉骷髅头之旁有人，说不定会伤害于你。她武功极高，必能救我脱难。你只在苏州玄妙观前等我便了。"穆念慈道："你得立个誓，决不能再认贼作父，卖国害民。"完颜康怫然不悦，说道："我一切弄明白之后，自然会照良心行事。你这时逼我立誓，又有什么用？你不肯为我去求救，也由得你。"

穆念慈道："好！我去给你报信。"从他身上解下腰带。

完颜康道："妹子，你要走了？过来让我亲亲。"穆念慈道："不！"站起来走向门口。完颜康道："只怕不等师父来救，他们先将我杀了，那我可永远见不到你啦。"穆念慈心中一软，叹了口长气，走近身去，偎在他怀中，让他在脸上亲了几下，忽然斩钉截铁的道："将来要是你不做好人，我也无法可想，只怨我命苦，惟有死在你的面前。"

完颜康软玉在怀，只想和她温存一番，说些亲热的言语，多半就此令她回心转意，终于答允拿了金印去见史丞相，正觉她身子颤抖，呼吸渐促，显是情动，万不料她竟会说出这般话来，只呆得一呆，穆念慈已站起离怀，走出门去。

出来时黄蓉如前给她指路，穆念慈奔到围墙之下，轻轻叫道："前辈既不肯露面，小女子只得望空叩谢大德。"说罢跪在地下，磕了三个头。只听得一声娇笑，一个清脆的声音说道："啊哟，这可不敢当！"抬起头来，繁星在天，花影遍地，哪里有半个人影？

穆念慈好生奇怪，听声音依稀似是黄蓉，但想她怎么会在此地，又怎识得庄中希奇古怪的道路？沿路思索，始终不得其解，走出离庄十余里，在一棵大树下打个盹儿，等到天明，乘了船过得太湖，来到苏州。

那苏州是东南繁华之地，虽然比不得京城杭州，却也是锦绣盈城，花光满路。南宋君臣苟安于江南半壁江山，早忘了北地百姓呻吟于金人铁蹄下之苦。苏杭本就富庶，有道是："上有天堂，下有苏杭"，其时淮河以南的财赋更尽集于此，是以苏杭二州庭园之丽，人物之盛，天下诸城莫可与京。

穆念慈此时于这繁华景象自是无心观赏，找了个隐僻所在，先将完颜康嘱咐的那十三个字在腰带上细心刻好，抚摸腰带，想起不久之前，这金带还是围在那人腰间，只盼他平安无恙，又再将这金带围到身上；更盼他深明大义，自己得与他缔结鸳盟，亲手将这带子给他系上。痴痴的想了一会，将腰带系在自己衣衫之内，忍不住心中一荡："这条带子，便如是他手臂抱着我的腰一般。"霎时间红晕满脸，再也不敢多想。在一家面馆中匆匆吃了些面点，眼见太阳偏西，当即赶向北郊，依着完颜康所说路径去找寻他师父。

愈走道路愈是荒凉，眼见太阳没入山后，远处传来一声声怪鸟鸣叫，心中不禁惴惴。她离开大道，向山后墺谷中找寻，直到天将全黑，全不见完颜康所说那一堆骷髅骨的踪影。心下琢磨，且看附近是否有什么人家，权且借宿一宵，明天早晨再找。当下奔上一个山丘，四下眺望，遥见西边山旁有所屋宇，心中一喜，当即拔足奔去。走到临近，见是一座破庙，门楣上一块破匾写着"土地庙"三字，在门上轻轻一推，那门砰的一声，向后便倒，地下灰土飞扬，原来那庙已久无人居。她走进殿去，只见土地公公和土地婆婆的神像上满是蛛网尘垢。她按住供桌用力掀了两下，桌子尚喜完好，于是找些草来拭抹干净，再将破门竖起，吃了些干粮，把背上包裹当作枕头，就在供桌上睡倒。心里一静，立刻想起完颜康的为人，又是伤心，又是惭愧，不禁流下泪来，但念到他的柔情蜜意，心头又不禁甜丝丝地，这般东思西想，柔肠百转，直到天交二更方才睡着。

睡到半夜，蒙眬中忽听得庙外有一阵飕飕异声，一凛之下，坐起身来，声音更加响了。忙奔到门口向外望去，只吓得心中怦怦乱跳，皓月之下，几千条青蛇蜿蜒东去，阵阵腥味从门缝中传了进来。过了良久，青蛇才渐稀少，忽听脚步声响，三个白衣男子手持长杆，押在蛇阵之后。她缩在门后不敢再看，只怕被他们发觉，耳听得脚步声过去，再在门缝中张望。此时蛇群过尽，荒郊寂静无声，她如在梦寐，真难相信适才亲眼所见的情景竟是真事。

缓缓推开破门，向四下一望，朝着群蛇去路走了几步，已瞧不到那几个白衣男子的背影，才稍宽心，正待回庙，忽见远处岩石上月光照射处有堆白色物事，模样甚是诡异。她走近看时，低低惊呼一声，正是一堆整整齐齐的骷髅头，上一中三下五，不多不少，恰是九颗白骨骷髅头。

她整日就在找寻这九个骷髅头，然而在深夜之中蓦地见到，形状又如此可怖，却也不禁心中怦怦乱跳。慢慢走近，从怀中取出完颜康的腰带，伸右手去拿最上面的那颗髑髅，手臂微微发抖，刚一摸到，五个手指恰好陷入髑髅顶上五个小孔，这一下全然出乎她意料之外，就像髑髅张口咬住了她五指一般，伸手一甩，却将骷髅头带了起来。她大叫一声，转身便逃，奔出三步，才想到全是自己吓自己，不禁失笑，当下将腰带放在三颗髑髅之上，再将顶端一颗压在带上，心想："他的师父也真古怪，却不知模样又是怎生可怕？"

她放好之后，心中默祝："但愿师父你老人家拿到腰带，立刻去将他救出，命他改邪归正，从此做个好人。"心中正想着那身缠铁索、手戴铁铐、模样英俊、言语动人的完颜康时，突觉肩头有人轻轻一拍。她这一惊非同小可，当下不敢回头，右足急点，已跃过了髑髅堆，双掌护胸，这才转身，哪知她刚刚转身，后面肩头又有人轻轻一拍。

她接连五六次转身，始终见不到背后人影，真不知是人是鬼，是妖是魔？她吓得出了一身冷汗，不敢再动，颤着声音叫道："你是谁？"身后有人俯头过来在她颈上一嗅，笑道："好香！你猜我是谁。"

　　穆念慈急转身子，只见一人儒生打扮，手挥折扇，神态潇洒，正是在北京逼死她义父义母的凶手之一欧阳克。她惊怒交集，料知不敌，回身就奔。欧阳克却已转在她的面前，张开双臂，笑吟吟的等着，她只要再冲几步，正好撞入他的怀里。穆念慈急收脚步，向左狂奔，只逃出数丈，那人又已等在前面。她连换了几个方向，始终摆脱不开。

　　欧阳克见她花容失色，更是高兴，明知伸手就可擒到，却偏要尽情戏弄一番，犹如恶猫捉住老鼠，故意擒之又纵、纵之又擒的以资玩乐一般。穆念慈眼见势危，从腰间拔出柳叶刀，刷刷两刀，向他迎头砍去。欧阳克笑道："啊哟，别动粗！"身子微侧，右手将她双臂带在外档，左手倏地穿出，已搂住她纤腰。

　　穆念慈出手挣扎，只感虎口一麻，柳叶刀已被他夺去抛下，自己身子刚刚挣脱，立时又被他双手抱着。这一下就如黄蓉在完颜康的钦使行辕外抱住她一般，对方双手恰好扣住自己脉门，再也动弹不得。欧阳克笑得甚是轻薄，说道："你拜我为师，就马上放你，再教你这一招的法门，就只怕那时你反要我整日抱住你不放了。"穆念慈被他双臂搂紧，他右手又在自己脸蛋上轻轻抚摸，知他不怀好意，心中大急，不觉晕去。

　　过了一会悠悠醒转，只感全身酸软，有人紧紧搂住自己，迷糊之中，还道又已归于完颜康的怀抱，不自禁的心头一喜，睁开眼来，却见抱着自己的竟是欧阳克。她又羞又急，挣扎着想要跃起，身子竟自不能移动，张口想喊，才知嘴巴已被他用手帕缚住。只见他盘膝坐在地下，脸上神色却显得甚是焦虑紧张，左右各坐着八名白衣女子，每人手中均执兵器，人人凝视着岩石上那堆白骨骷髅，默不作声。

穆念慈好生奇怪，不知他们在捣什么鬼，回头一望，更是吓得魂飞天外，只见欧阳克身后伏着几千几万条青蛇，蛇身不动，口中舌头却不住摇晃，月光下数万条分叉的红舌波荡起伏，化成一片舌海，煞是惊人。蛇群中站着三名白衣男子，手持长杆，似乎均有所待，正是先前曾见到过的。她不敢多看，回过头来，再看那九个髑髅和微微闪光的金环腰带，突然惊悟："啊，他们是在等他的师父来临。瞧这神情，显然是布好了阵势向他寻仇，要是他师父孤身到此，怎能抵敌？何况尚有这许多毒蛇。"

　　她心下十分焦急，只盼完颜康的师父不来，却又盼他师父前来大显神通，打败这恶人而搭救自己。等了半个多时辰，月亮渐高，她见欧阳克时时抬头望月，心道："莫非他师父要等月至中天，这才出现么？"眼见月亮升过松树梢头，晴空万里，一碧如洗，四野虫声唧唧，偶然远处传来几声枭鸣，更无别般声息。

　　欧阳克望望月亮，将穆念慈放在身旁一个女子怀里，右手取出折扇，眼睛盯住了山边的转角。穆念慈知道他们等候之人不久就要过来。静寂之中，忽听得远处隐隐传过来一声尖锐惨厉的啸声，瞬时之间，啸声已到临近，眼前人影晃动，一个头披长发的女人从山崖间转了出来，她一过山崖，立时放慢脚步，似已察觉左近有人。正是铁尸梅超风到了。

　　梅超风自得郭靖传了几句修习内功的秘诀之后，潜心研练，只一个月功夫，两腿已能行走如常，内功更大有进益。她既知江南六怪已从蒙古回来，决意过去报仇，乘着小王爷出任钦使，便随伴南下。她每天子夜修练秘功，乘船诸多不便，因此自行每晚陆行，和完颜康约好在苏州会齐。岂知完颜康已落入太湖群雄手中，更不知欧阳克为了要报复杀姬裂衣之辱，更要夺她的《九阴真经》，大集群蛇，探到了她夜中必到之地，悄悄的在此等候。

　　她刚转过山崖，便听到有数人呼吸之声，立即停步倾听，更听出在数人之后尚有无数极为诡奇的细微异声。欧阳克见她惊觉，暗骂："好厉害的瞎婆娘！"折扇轻挥，站起身来，便欲扑上，劲力方透足尖，尚未使出，忽见崖后又转出一人，他立时收势，瞧那人时，见他身材高瘦，穿一件青色直缀，头戴方巾，是个文士模样，面貌却看不清楚。

最奇的是那人走路绝无半点声息，以梅超风那般高强武功，行路尚不免有沙沙微声，而此人毫不着意的缓缓走来，身形飘忽，有如鬼魅，竟似行云驾雾、足不沾地般无声无息。那人向欧阳克等横扫了一眼，站在梅超风身后。欧阳克细看他的脸相，不觉打了个寒噤，但见他容貌怪异之极，除了两颗眼珠微微转动之外，一张脸孔竟与死人无异，完全木然不动，说他丑怪也并不丑怪，只是冷到了极处、呆到了极处，令人一见之下，不寒而栗。

欧阳克定了定神，但见梅超风一步步的逼近，知她一出手就是凶辣无伦，心想须得先发制人，左手打个手势，三名驱蛇男子吹起哨子，驱赶群蛇涌了出来。八名白衣女子端坐不动，想是身上均有伏蛇药物，是以群蛇绕过八女，径自向前。

梅超风听到群蛇奔行窜跃之声，便知乃是无数蛇虫，心下暗叫不妙，当即提气跃出数丈。赶蛇的男子长杆连挥，成千成万条青蛇漫山遍野的散了开去。穆念慈凝目望去，见梅超风脸现惊惶之色，不禁代她着急，心想："这个怪女人难道便是他的师父吗？"只见她忽地转身，从腰间抽出一条烂银也似的长鞭，舞了开来，护住全身，只一盏茶功夫，她前后左右均已被毒蛇围住。有几条蛇给哨子声逼催得急了，窜攻上去，被她鞭风带到，立时弹出。

欧阳克纵声叫道："姓梅的妖婆子，我也不要你的性命，你把《九阴真经》交出来，公子爷就放你走路。"他那日在赵王府中听到《九阴真经》在梅超风手中，贪念大起，心想说什么也要将真经夺到，才不枉了来中原走这一遭。若能将叔父千方百计而无法取得的真经双手献上，他老人家这份欢喜，可就不用说了。

梅超风对他说话毫不理会，把银鞭舞得更加急了，月色溶溶之下，闪起千条银光。欧阳克叫道："你有能耐就再舞一个时辰，我等到你天明，瞧你给是不给？"梅超风暗暗着急，筹思脱身之计，但侧耳听去，四下里都是蛇声，她这时已不敢迈步，只怕一动就踏上毒蛇，若给咬中了一口，那时纵有一身武功也是无能为力的了。

欧阳克坐下地来，过了一会，洋洋自得的说道："梅大姊，你这部经书本就是偷来的，二十年来该也琢磨得透啦，再死抱着这烂本子还有什么用？你借给我瞧瞧，咱们化敌为友，既往不咎，岂不美哉？"梅超风道："那么你先撤开蛇阵。"欧阳克笑道："你先把经本子抛出来。"这《九阴真经》刺在亡夫的腹皮之上，梅超风看得比自己性命还重，哪肯交出？打定了主意："只要我被毒蛇咬中，立时将经文撕成碎片。"

穆念慈张口想叫："你跃上树去，毒蛇便咬你不到了！"苦于嘴巴被手帕缚住，叫喊不出。梅超风却不知左近就有几棵高大的松树，心想这般僵持下去，自己内力终须耗竭，当下伸手在怀中一掏，叫道："好，你姑奶奶认栽啦，你来拿罢。"欧阳克道："你抛出来。"梅超风叫道："接着！"右手急扬。

穆念慈只听得嗤嗤嗤几声细微的声响，便见两名白衣女子倒了下去。欧阳克危急中着地滚倒，避开了她的阴毒暗器，但也已吓出了一身冷汗，又惊又怒，退后数步，叫道："好妖婆，我要你死不成，活不得。"

梅超风发射三枚"无形钉"，去如电闪，对方竟能避开，不禁暗佩他功夫了得，心中更是着急。欧阳克双目盯住她的双手，只要她银鞭劲势稍懈，便即驱蛇上前。这时梅超风身旁已有百余条青蛇横尸于地，但毒蛇成千成万，怎能突围？欧阳克忌惮她银鞭凌厉，暗器阴毒，却也不敢十分逼近。

又僵持了大半个时辰，月亮偏西，梅超风烦躁焦急，呼吸已感粗重，长鞭舞动时已不如先前遒劲，当下将鞭圈逐步缩小，以节劲力。欧阳克暗喜，驱蛇向前，步步进逼，却也怕她拼死不屈，临死时毁去经书，当下全神贯注，只待在紧急关头跃前抢经。耳听蛇圈越围越紧，梅超风伸手到怀里摸住经文，神色惨然，低低咒骂："我大仇未复，想不到今夜将性命送在这臭小子的一群毒蛇口里。"

突然之间，半空中如鸣琴，如击玉，发了几声，接着悠悠扬扬，飘下一阵清亮柔和的洞箫声来。众人都吃了一惊。欧阳克抬起头来，只见那青衣怪人坐在一株高松之巅，手按玉箫，正在吹奏。欧阳克暗暗惊奇，自己目光向来极为敏锐，在这月色如昼之际，于他何时爬上树巅竟是全然没有察觉，又见松树顶梢在风中来回晃动，这人坐在上面却是平稳无比。自己从小就在叔父教导下苦练轻功，要似他这般端坐树巅，只怕再练二十年也是不成，难道世上真有鬼魅不成？

　　这时箫声连绵不断，欧阳克心头一荡，脸上不自禁的露出微笑，只感全身热血沸腾，就只想手舞足蹈的乱动一番，方才舒服。他刚伸手踢足，立时惊觉，竭力镇摄心神，只见群蛇争先恐后的涌到松树之下，昂起了头，随着箫声摇头摆脑的舞动。驱蛇的三个男子和六名姬人也都奔到树下，围着乱转狂舞，舞到后来各人自撕衣服，抓搔头脸，条条血痕的脸上却露出呆笑，个个如痴如狂，哪里还知疼痛。欧阳克大惊，知道今晚遇上了强敌，从囊中摸出六枚喂毒银梭，奋力往那人头、胸、腹三路打去。眼见射到那人身边，却被他轻描淡写的以箫尾逐一拨落，他用箫击开暗器时口唇未离箫边，乐声竟未有片刻停滞。但听得箫声流转，欧阳克再也忍耐不住，扇子一张，就要翩翩起舞。

　　总算他功力精湛，心知只要伸手一舞，除非对方停了箫声，否则便要舞到至死方休，心头尚有一念清明，硬生生把伸出去挥扇舞蹈的手缩了回来，心念电转："快撕下衣襟，塞住耳朵，别听他洞箫。"但箫声实在美妙之极，虽然撕下了衣襟，竟然舍不得塞入耳中。他又惊又怕，登时全身冷汗，只见梅超风盘膝坐在地下，低头行功，想是正在奋力抵御箫声的引诱。这时他姬人中有三个功夫较差的已跌倒在地，将自身衣服撕成碎片，身子却仍在地上乱滚乱转。穆念慈因被点中了穴道，动弹不得，虽然听到箫声后心神荡漾，情欲激动，好在手足不能自主，反而安安静静的卧在地下，只是心烦意乱之极。

欧阳克双颊飞红，心头滚热，喉干舌燥，内心深处知道再不见机立断，今晚性命难保，一狠心，伸舌在齿间猛力一咬，乘着剧痛之际心神略分、箫声的诱力稍减，立时发足狂奔，足不停步的逃出数里之外，再也听不到丝毫箫声，这才稍稍宽心，但这时已是筋疲力尽，全身虚弱，恍若生了一场大病。心头只是想："这怪人是谁？这怪人是谁？"

黄蓉与郭靖送走穆念慈后，自回房中安睡。次日白天在太湖之畔游山玩水，晚上与陆庄主观画谈文，倒也闲适自在。

郭靖知道穆念慈这一去，梅超风日内必到，她下手狠辣，归云庄上无人能敌，势必多伤人众，与黄蓉商议道："咱们还是把梅超风的事告知陆庄主，请他放了完颜康，免得庄上有人遭她毒手。"黄蓉摇手道："不好。完颜康这家伙不是好东西，得让他多吃几天苦头，这般轻易便放了，只怕他不肯悔改。"其实完颜康是否悔改，她本来半点也不在乎。在她内心深处，反觉这人既是丘处机与梅超风"两大坏蛋"的徒儿，那也不必改作好人了，与他不住斗将下去，倒也好玩。只是他若不改，听穆念慈口气，决计不能嫁他，穆念慈既无丈夫，旁人多管闲事，多半又会推给郭靖承受，那却可糟了，因此完颜康还是悔改的为妙。郭靖道："梅超风来了怎么办？"黄蓉笑道："七公教咱们的本事，正好在她身上试试。"郭靖知她脾气如此，争也无益，也就一笑置之，心想陆庄主对我们甚是礼敬，他庄上遭到危难之时，自当全力护持。

过了两日，两人不说要走，陆庄主也是礼遇有加，只盼他们多住一时。

第三天早晨，陆庄主正与郭黄二人在书房中闲坐谈论，陆冠英匆匆进来，神色有异。他身后随着一名庄丁，手托木盘，盘中隆起有物，上用青布罩住。陆冠英道："爹，刚才有人送了这个东西来。"揭开青布，赫然是一个白骨骷髅头，头骨上五个指孔，正是梅超风的标记。

郭靖与黄蓉知她早晚必来，见了并不在意。陆庄主却是面色大变，颤声问道："这……这是谁拿来的？"说着撑起身来。

陆冠英早知这骷髅头来得古怪，但他艺高人胆大，又是太湖群豪之主，也不把这般小事放在心上，忽见父亲如此惊惶，竟是吓得面色苍白，倒是大出意料之外，忙道："刚才有人放在盒子里送来的。庄丁只道是寻常礼物，开发了赏钱，也没细问。拿到帐房打开盒子，却是这个东西，去找那送礼的人，已走得不见了。爹，你说这中间有什么蹊跷？"

陆庄主不答，伸手到骷髅顶上五个洞中一试，五根手指刚好插入。陆冠英惊道："难道这五个洞儿是用手指戳的？指力这么厉害？"陆庄主点了点头，沉吟了一会，道："你叫人收拾细软，赶快护送你妈到无锡城里北庄暂住。传令各寨寨主，约束人众，三天之内不许离开本寨半步，不论见归云庄有何动静，或是火起，或是被围，都不得来救。"陆冠英大奇，问道："爹，干什么呀？"

陆庄主惨然一笑，向郭靖与黄蓉道："在下与两位萍水相逢，极是投缘，本盼多聚几日，只是在下早年结下了两个极厉害的冤家，眼下便要来寻仇。非是在下不肯多留两位，实是归云庄大……大祸临头，要是在下侥幸逃得性命，将来尚有重见之日。不过……不过那也是渺茫得很了。"说着苦笑摇头，转头向书僮道："取四十两黄金来。"书僮出房去取。陆冠英不敢多问，照着父亲的嘱咐自去安排。

过不多时，书僮取来黄金，陆庄主双手奉给郭靖，说道："这位姑娘才貌双全，与郭兄真是天生佳偶。在下这一点点菲仪，聊为他日两位成婚的贺礼，请予笑纳。"

黄蓉脸上飞红，心道："这人眼光好厉害，原来早已看出了我是女子。怎么他知道我和靖哥哥还没成亲？"郭靖不善客套，只得谢了收下。

陆庄主拿起桌旁一个瓷瓶，倒出数十颗朱红药丸，用绵纸包了，说道："在下别无他长，昔日曾由恩师授得一些医药道理，这几颗药丸配制倒化了一点功夫，服后延年益寿。咱们相识一番，算是在下一点微末的敬意。"

药丸倒出来时一股清香沁人心脾，黄蓉闻到气息，就知是"九花玉露丸"。她曾相帮父亲搜集九种花瓣上清晨的露水，知道调配这药丸要凑天时季节，极费功夫，至于所用药材多属珍异，更不用说，这数十颗药丸的人情可就大了，便道："九花玉露丸调制不易，我们每人拜受两颗，已是极感盛情。"陆庄主微微一惊，问道："姑娘怎识得这药丸的名字？"黄蓉道："小妹幼时身子单弱，曾由一位高僧赐过三颗，服了很是见效，因是得知。"陆庄主惨然一笑，道："两位不必推却，反正我留着也是白饶。"黄蓉知他已存了必死之心，也不再说，当即收下。陆庄主道："这里已备下船只，请两位即速过湖，路上不论遇上什么怪异动静，千万不可理会，要紧要紧！"语气极为郑重。

郭靖待要声言留下相助，却见黄蓉连使眼色，只得点头答应。黄蓉道："小妹冒昧，有一事请教。"陆庄主道："姑娘请说。"黄蓉道："庄主既知有厉害对头要来寻仇，明知不敌，何不避他一避？常言道：君子不吃眼前亏。"陆庄主叹了口气道："这两人害得我好苦！我半身不遂，就是拜受这两人之赐。二十年来，只因我行走不便，未能去寻他们算帐，今日他们自行赶上门来，不管怎样，定当决死一拼。再说，他们得罪了我师父，我自己的怨仇还在其次，师门大仇，决计不能罢休。我也没盼望能胜得他两人，只求拼个同归于尽，也算是报答师父待我的恩义。"

黄蓉寻思："他怎么说是两人？嗯，是了，他只道铜尸陈玄风尚在人间。但不知他怎样与这两人结的仇？这是他的倒霉事，也不便细问，另一件事却好生奇怪。"当下问道："陆庄主，你瞧出我是女扮男装，那也不奇，但你怎能知道我和他还没成亲？我不是跟他住在一间屋子里么？"

陆庄主给她这么一问，登时窘住，心道："你还是黄花闺女，难道我瞧不出来，只是这话倒难以说得明白。你这位姑娘诗词书画，件件皆通，怎么在这上头这样胡涂？"正自思量如何回答，陆冠英走进房来，低声道："传过令啦。不过张、顾、王、谭四位寨主说什么也不肯去，说道就是砍了他们的脑袋，也要在归云庄留守。"陆庄主叹道："难得他们如此义气！你快送这两位贵客走罢。"

黄蓉、郭靖和陆庄主行礼作别，陆冠英送出庄去。庄丁已将小红马和驴子牵在船中。郭靖在黄蓉耳边轻声问道："上船不上？"黄蓉也轻声道："去一程再回来。"陆冠英心中烦乱，只想快快送走客人，布置迎敌，哪去留心两人私语。

郭黄二人正要上船，黄蓉一瞥眼间，忽见湖滨远处一人快步走来，头上竟然顶着一口大缸，模样极为诡异。这人足不停步的过来，郭靖与陆冠英也随即见到。待他走近，只见是个白须老头，身穿黄葛短衫，右手挥着一把大蒲扇，轻飘飘的快步而行，那缸赫然是生铁铸成，看模样总有数百斤重。那人走过陆冠英身旁，对众人视若无睹，毫不理会的过去，走出数步，身子微摆，缸中忽然泼出些水来。原来缸中盛满清水，那是更得加上一二百斤的重量了。一个老头子将这样一口大铁缸顶在头上，竟是行若无事，武功实在高得出奇。

陆冠英心头一凛："难道此人就是爹爹的对头？"当下顾不得危险，发足跟去。

郭黄二人对望了一眼，当即跟在他后面。郭靖曾听六位师父说起当日在嘉兴醉仙楼头与丘处机比武之事，丘处机其时手托铜缸，见师父们用手比拟，显然还不及这口铁缸之大，难道眼前这老人的武功尚在长春子丘处机之上？

那老者走出里许，来到了一条小河之滨，四下都是乱坟。陆冠英心想："这里并无桥梁，瞧他是沿河东行呢还是向西？"他心念方动，却不由得惊得呆了，只见那老者足不停步的从河面上走了过去，身形凝稳，河水只浸及小腿。他过了对岸，将大铁缸放在山边长草之中，飞身跃在水面，又一步步的走回。

黄蓉与郭靖都曾听长辈谈起各家各派的武功，别说从未听过头顶铁缸行走水面，就是空身登萍渡水，那也只是故神其说而已，世上岂能真有这般功夫？此刻亲眼见到，却又不由得不信，心中对那老者钦佩无已。

那老者一捋白须，哈哈大笑，向陆冠英道："阁下便是太湖群雄之首的陆少庄主了？"陆冠英躬身道："不敢，请教太公尊姓大名？"那老者向郭黄二人一指道："还有两个小哥，一起过来罢。"陆冠英回过头来，见到郭黄跟在后面，微感惊讶。原来郭黄二人轻功了得，跟踪时不发声响，而陆冠英全神注视着老者，竟未察觉两人在后。

郭黄二人拜倒，齐称："晚辈叩见太公。"那老者呵呵笑道："免了，免了。"向陆冠英道："这里不是说话之所，咱们找个地方坐坐。"

陆冠英心下琢磨："不知此人到底是不是我爹爹对头？"当即单刀直入，问道："太公可识得家父？"那老者道："陆庄主么？老夫倒未曾见过。"陆冠英见他似非说谎，又问："家父今日收到一件奇怪的礼物，太公可知道这件事么？"那老者问道："什么奇怪礼物？"陆冠英道："是一个死人的骷髅头，头顶有五个洞孔。"那老者道："这倒奇了，可是有人跟令尊闹着玩么？"

陆冠英心道："此人武功深不可测，若要和爹爹为难，必然正大光明的找上门来，何必骗人撒谎？他既真的不知，我何不邀他来到庄上，只要他肯出手相助，再有多厉害的对头也不足惧了。"想到此处，不觉满脸堆欢，说道："若蒙太公不弃，请到敝庄奉茶。"那老者微一沉吟道："那也好。"陆冠英大喜，恭恭敬敬的请那老者先行。

那老者向郭靖一指道："这两个小哥也是贵庄的罢。"陆冠英道："这两位是家父的朋友。"那老者不再理会，昂然而行，郭黄二人跟随在后。到得归云庄上，陆冠英请那老者在前厅坐下，飞奔入内报知父亲。

过不多时，陆庄主坐在竹榻之上，由两名家丁从内抬了出来，向那老者作揖行礼，说道："小可不知高人驾临，有失迎迓，罪过罪过。"

那老者微一欠身，也不回礼，淡淡的道："陆庄主不必多礼。"陆庄主道："敢问太公高姓大名。"老者道："老夫姓裘，名叫千仞。"陆庄主惊道："敢是江湖上人称铁掌水上飘的裘老前辈？"裘千仞微微一笑，道："你倒好记性，还记得这个外号。老夫已有二十多年没在江湖上走动，只怕别人早忘记啦！"

"铁掌水上飘"的名头早二十年在江湖上确是非同小可。陆庄主知道此人是湖南铁掌帮的帮主，本来雄霸湖广，后来不知何故，忽然封剑归隐，时日隔得久了，江湖后辈便都不知道他的名头，见他突然这时候到来，好生惊疑，问道："裘老前辈驾临敝地，不知有何贵干？若有用得着晚辈之处，当得效劳。"

裘千仞一捋胡子，笑道："也没什么大不了的事，总是老夫心肠软，尘缘未尽……嗯，我想借个安静点儿的地方做会功夫，咱们晚间慢慢细说。"陆庄主见他神色间似无恶意，但总不放心，问道："老前辈道上可曾撞到黑风双煞么？"裘千仞道："黑风双煞？这对恶鬼还没死么？"陆庄主听了这两句话心中大慰，说道："英儿，请裘老前辈去我书房休息。"裘千仞向各人点点头，随了陆冠英走向后面。

陆庄主虽没见过裘千仞的武功，但素仰他的威名，知道当年东邪、西毒、南帝、北丐、中神通五人在华山绝顶论剑，也曾邀他到场，只是他适有要事，未能赴约，但既受到邀请，自是武功卓绝，非同小可，纵使不及王重阳等五人，谅亦相差不远，有他在这里，黑风双煞是不能为恶的了，当下向郭靖及黄蓉道："两位还没走，真好极了。这位裘老前辈武功极高，常人难以望其项背，天幸今日凑巧到来，我还忌惮什么对头？待会两位请自行在卧室中休息，只要别出房门，那就没事。"

黄蓉微笑道："我想瞧瞧热闹，成么？"陆庄主沉吟道："就怕对头来的人多，在下照应不到，误伤了两位。好罢，待会两位请坐在我身旁，不可远离。有裘老前辈在此，鼠辈再多，又何足道哉！"黄蓉拍手笑道："我就爱瞧人家打架。那天你打那个金国小王爷，真好看极啦。"

陆庄主道："这次来的是那个小王爷的师父，本事可比他大得多，因此我担了心。"黄蓉道："咦，你怎么知道？"陆庄主道："黄姑娘，武功上的事儿，你就不大明白啦。那金国小王爷以手指伤我莫儿小腿，便是用手指在骷髅头顶上戳五个洞孔的武功。"黄蓉道："嗯，我明白啦。王献之的字是王羲之教的，王羲之是跟卫夫人学的，卫夫人又是以锺繇为师，行家一瞧，就知道谁的书画是哪一家哪一派的。"陆庄主笑道："姑娘真是聪明绝顶，一点便透。只是我这两个对头奸恶狠毒，比之锺王，却是有辱先贤了。"

黄蓉拉拉郭靖的手，说道："咱们去瞧瞧那白胡子老公公在练什么功夫。"陆庄主惊道："唉，使不得，别惹恼了他。"黄蓉笑道："不要紧。"站起身便走。

陆庄主坐在椅上，行动不得，心中甚是着急："这姑娘好不顽皮，这哪里是偷看得的？"只得命庄丁抬起竹榻，赶向书房，要设法拦阻，只见郭黄二人已弯了腰，俯眼在纸窗上向里张望。

黄蓉听得庄丁的足步声，急忙转身摇手，示意不可声张，同时连连向陆庄主招手，要他过来观看。陆庄主生怕要是不去，这位小姐发起娇嗔来，非惊动裘千仞不可，当下命庄丁放轻脚步，将自己扶过去，俯眼窗纸，在黄蓉弄破的小孔中向里一张，不禁大奇，只见裘千仞盘膝而坐，双目微闭，嘴里正喷出一缕缕的烟雾，连续不断。

陆庄主是武学名家的弟子，早年随师学艺之时，常听师父说起各家各派的高深武学，却从未曾听说口中能喷烟雾的，当下不敢再瞧，一拉郭靖的衣袖，要他别再偷看。郭靖尊重主人，同时也觉不该窥人隐秘，当即站直身子，牵了黄蓉的手，随陆庄主来至内堂。

黄蓉笑道："这老头儿好玩得紧，肚子里生了柴烧火！"陆庄主道："那你又不懂啦，这是一门厉害之极的内功。"黄蓉道："难道他嘴里能喷出火来烧死人么？"这句话倒非假作痴呆，裘千仞这般古怪功夫，她确是极为纳罕。陆庄主道："火是一定喷不出来的，不过既能有如此精湛的内功，想来摘花采叶都能伤人了。"黄蓉笑道："啊，碎挼花打人！"陆庄主微微一笑，说道："姑娘好聪明。"

原来唐时有无名氏作小词《菩萨蛮》一首道："牡丹含露真珠颗，美人折向庭前过。含笑问檀郎：'花强妾貌强？'檀郎故相恼，须道'花枝好'。一向发娇嗔，碎挼花打人。"这首词流传很广，后来出了一桩案子，一个恶妇把丈夫两条腿打断了，唐宣宗皇帝得知后，曾笑对宰相道："这不是'碎挼花打人'么？"是以黄蓉用了这个典故。

陆庄主见裘千仞如此功力，心下大慰，命陆冠英传出令去，派人在湖面与各处道路上四下巡逻，见到行相奇特之人，便以礼相敬，请上庄来；又命人大开庄门，只待迎宾。

到得傍晚，归云庄大厅中点起数十支巨烛，照耀得白昼相似，中间开了一席酒席，陆冠英亲自去请裘千仞出来坐在首席。郭靖与黄蓉坐了次席，陆庄主与陆冠英在下首相陪。陆庄主敬了酒后，不敢动问裘千仞的来意，只说些风土人情不相干的闲话。

酒过数巡，裘千仞道："陆老弟，你们归云庄是太湖群雄的首脑，你老弟武功自是不凡的了，可肯露一两手，给老夫开开眼界么？"陆庄主忙道："晚辈这一点微末道行，如何敢在老前辈面前献丑？再说晚辈残废已久，从前恩师所传的一点功夫，也早搁下了。"裘千仞道："尊师是哪一位？说来老夫或许相识。"

陆庄主一声长叹，脸色惨然，过了良久，才道："晚辈愚鲁，未能好生侍奉恩师，复为人所累，致不容于师门。言之可羞，且不敢有玷恩师清誉。还请前辈见谅。"

陆冠英心道："原来爹爹是被师父逐出的，因此他从不显露会武，连我也不知他竟是武学高手。若不是那日那金狗逼凶伤我，只怕爹爹永远不会出手。他一生之中，必定有一件极大的伤心恨事。"心中不禁甚是难受。

裘千仞道："老弟春秋正富，领袖群雄，何不乘此时机大大振作一番？出了当年这口恶气，也好教你本派的前辈悔之莫及。"陆庄主道："晚辈身有残疾，无德无能，老前辈的教诲虽是金石良言，晚辈却是力不从心。"裘千仞道："老弟过谦了。在下眼见有一条明路，却不知老弟是否有意？"陆庄主道："敢请老前辈指点迷津。"裘千仞微微一笑，只管吃菜，却不接口。

陆庄主知道这人隐姓埋名二十余年，这时突然在江南出现，必是有所为而来，他是前辈高人，不便直言探问，只好由他自说。

裘千仞道："老弟既然不愿见示师门，那也罢了。归云庄威名赫赫，主持者自然是名门弟子。"陆庄主微笑道："归云庄的事，向来由小儿冠英料理。他是临安府云栖寺枯木大师的门下。"裘千仞道："啊，枯木是仙霞派中的好手，那是少林一派的旁支，外家功夫也算是过得去的。少庄主露一手给老朽开开眼界如何？"陆庄主道："难得裘老前辈肯加指点，那真是孩儿的造化。"

陆冠英也盼望他指点几手，心想这样的高人旷世难逢，只要点拨我一招一式，那就终身受用不尽，当下走到厅中，说道："请太公指点。"拉开架式，使出生平最得意的一套"罗汉伏虎拳"来，拳风虎虎，足影点点，果然名家弟子，武功有独到之处，打得片刻，突然一声大吼，恍若虎啸，烛影摇晃，四座风生。众庄丁寒战股栗，相顾骇然。他打一拳，喝一声，威风凛凛，宛然便似一头大虫。便在纵跃翻扑之际，突然左掌竖立，成如来佛掌之形。原来这套拳法中包含猛虎罗汉双形，猛虎剪扑之势、罗汉搏击之状，同时在一套拳法中显示出来。再打一阵，吼声渐弱，罗汉拳法却越来越紧，最后砰的一拳，击在地下，着拳处的方砖立时碎裂。陆冠英托地跃起，左手擎天，右足踢斗，巍然独立，俨如一尊罗汉佛像，更不稍有晃动。

郭靖与黄蓉大声喝采，连叫："好拳法！"陆冠英收势回身，向裘千仞一揖归座。裘千仞不置可否，只是微笑。陆庄主问道："孩儿这套拳还可看得么？"裘千仞道："也还罢了。"陆庄主道："不到之处，请老前辈点拨。"裘千仞道："令郎的拳法用以强身健体，再好不过了，但说到制胜克敌，却是无用。"陆庄主道："要听老前辈宏教，以开茅塞。"郭靖也是好生不解："少庄主的武功虽非极高，但怎么能说'无用'？"

裘千仞站起身来，走到天井之中，归座时手中已各握了一块砖头。只见他双手也不怎么用劲，却听得格格之声不绝，两块砖头已碎成小块，再捏一阵，碎块都成了粉末，簌簌簌的都掉在桌上。席上四人一齐大惊失色。

裘千仞将桌面上的砖粉扫入衣兜，走到天井里抖在地下，微笑回座，说道："少庄主一拳碎砖，当然也算不易。但你想，敌人又不是砖头，岂能死板板的放在那里不动？任由你伸拳去打？再说，敌人的内劲若是强过了你，你这拳打在他身上，反弹出来，自己不免反受重伤。"陆冠英默然点头。

裘千仞叹道："当今学武之人虽多，但真正称得上有点功夫的，也只寥寥这么几个而已。"黄蓉问道："是哪几个？"裘千仞道："武林中自来都说东邪、西毒、南帝、北丐、中神通五人为天下之最。讲到功力深厚，确以中神通王重阳居首，另外四人嘛，也算各有独到之处。但有长必有短，只要明白了各人的短处，攻隙击弱，要制服他们却也不难。"

此言一出，陆庄主、黄蓉、郭靖三人都大吃一惊。陆冠英未知这五人威名，反而并不如何讶异。黄蓉本来见了他头顶铁缸、踏水过河、口喷烟雾、手碎砖石四项绝技，心下甚是佩服，这时听他说到她爹爹时言下颇有轻视之意，不禁气恼，笑吟吟的问道："那么老前辈将这五人一一打倒，扬名天下，岂不甚好？"

裘千仞道："王重阳是已经过世了。那年华山论剑，我适逢家有要事，不能赴会，以致天下武功第一的名头给这老道士得了去。当时五人争一部《九阴真经》，说好谁武功最高，这部经就归谁，当时比了七日七夜，东邪、西毒、南帝、北丐尽皆服输。后来王重阳逝世，于是又起波折。听说那老道临死之时，将这部经书传给了他师弟周伯通。东邪黄药师赶上门去，周伯通不是他对手，给他抢了半部经去。这件事后来如何了结，就不知道了。"

黄蓉与郭靖均想："原来中间竟有这许多周折。那半部经书却又给黑风双煞盗了去。"

黄蓉道："既然你老人家武功第一，那部经书该归您所有啊。"裴千仞道："我也懒得跟人家争了。那东邪、西毒、南帝、北丐四人都是半斤八两，这些年来人人苦练，要争这天下第一的名头。二次华山论剑，热闹是有得看的。"黄蓉道："还有二次华山论剑么？"裴千仞道："二十五年一世啊。老的要死，年轻的英雄要出来。屈指再过一年，又是华山论剑之期，可是这些年中，武林中又有什么后起之秀？眼见相争的还是我们几个老家伙。唉，后继无人，看来武学衰微，却是一代不如一代的了。"说着不住摇头，甚为感慨。

黄蓉道："您老人家明年上华山吗？要是您去，带我们去瞧瞧热闹，好不？我最爱看人家打架。"裴千仞道："嘿，孩子话！那岂是打架？我本是不想去的，一只脚已踏进了棺材了，还争这虚名干什么？不过眼下有件大事，有关天下苍生气运，我若是贪图安逸，不出来登高一呼，免不得万民遭劫，生灵涂炭，实是无穷之祸。"四人听他说得厉害，忙问端的。

裴千仞道："这是机密大事，郭黄二位小哥不是江湖上人物，还是不要预闻的好。"黄蓉笑道："陆庄主是我好朋友，只要你对他说了，他却不会瞒我。"陆庄主暗骂这位姑娘好顽皮，但也不便当面不认。裴千仞道："既然如此，我就向各位说了，但事成之前，可千万不能泄漏。"郭靖心想："我们跟他非亲非故，既是机密，还是不听的好。"当下站起身来，说道："晚辈二人告辞。"牵了黄蓉的手就要退席。裴千仞却道："两位是陆庄主好友，自然不是外人，请坐，请坐。"说着伸手在郭靖肩上一按。郭靖觉得来力也非奇大，只是长者有命，不敢运力抵御，只得乘势坐回椅中。

裘千仞站起来向四人敬了一杯酒，说道："不出半年，大宋就是大祸临头了，各位可知道么？"各人听他出语惊人，无不耸然动容。陆冠英挥手命众庄丁站到门外，侍候酒食的僮仆也不要过来。

裘千仞道："老夫得到确实讯息，六个月之内，金兵便要大举南征，这次兵势极盛，大宋江山必定不保。唉，这是气数使然，那也是无可奈何的了。"郭靖惊道："那么裘老前辈快去禀告大宋朝廷，好得早作防备，计议迎敌。"裘千仞白了他一眼，说道："年轻人懂得什么？宋朝若是有了防备，只有兵祸更惨。"陆庄主等都不明其意，怔怔的瞧着他。

只听他说道："我苦思良久，要天下百姓能够安居乐业，锦绣江山不致化为一片焦土，只有一条路。老夫不远千里来到江南，为的就是这件事。听说宝庄拿住了大金国的小王爷与兵马指挥使段大人，请他们一起到席上来谈谈如何？"

陆庄主不知他如何得讯，忙命庄丁将两人押上来，除去足镣手铐，命两人坐在下首，却不命人给他们杯筷。郭靖与黄蓉见完颜康被羁数日，颇见憔悴。那段大人年纪五十开外，满面胡子，神色甚是惶恐。

裘千仞向完颜康道："小王爷受惊了。"完颜康点点头，心想："郭黄二人在此不知何事？"那日他在陆庄主书房中斗打，慌乱之际，没见到他二人避在书架之侧。这时三人相互瞧了几眼，也不招呼。

裘千仞向陆庄主道："宝庄眼前有一桩天大的富贵，老弟见而不取，却是为何？"陆庄主奇道："晚辈厕身草莽，有何富贵可言？"裘千仞道："金兵南下，大战一起，势必多伤人命。老弟结连江南豪杰，一齐奋起，设法消弭了这场兵祸，岂不是好？"陆庄主心想："这确是大事。"忙道："能为国家出一把力，救民于水火之中，原是我辈份所当为之事。晚辈心存忠义，但朝廷不明，奸臣当道，空有此志，也是枉然。求老前辈指点一条明路，晚辈深感恩德。至于富贵什么的，晚辈却决不贪求。"

裘千仞连捋胡子，哈哈大笑，正要说话，一名庄丁飞奔前来，说道："张寨主在湖里迎到了六位异人，已到庄前。"

陆庄主脸上变色，叫道："快请。"心想："怎么共有六人？黑风双煞尚有帮手？"

那降龙十八掌虽然威力奇大，但梅超风既得预知他掌力来势，自能及早闪避化解。又拆数招，那青衣怪客忽然接连弹出三粒石子，梅超风变守为攻，猛下三记杀手。

第十四回 桃花岛主

　　只见五男一女，走进厅来，却是江南六怪。他们自北南来，离故乡日近，这天经过太湖，忽有江湖人物上船来殷勤接待。六怪离乡已久，不明江南武林现况，当下也不显示自己身份，只朱聪用江湖切口与他们对答了几句。上船来的原来是归云庄统下的张寨主，他奉了陆冠英之命，在湖上迎逆老庄主的对头，听得哨探的小喽啰报知江南六怪形相奇异，身携兵刃，料想必是庄主等候之人，心中又是忌惮又是厌恨，迎接六人进庄。

　　郭靖斗然见到六位师父，大喜过望，抢出去跪倒磕头，叫道："大师父、二师父、三师父、四师父、六师父、七师父，你们都来了，那真好极啦。"他把六位师父一一叫到，未免啰唆，然语意诚挚，显是十分欣喜。六怪虽然恼怒郭靖随黄蓉而去，但毕竟对他甚是钟爱，出其不意的在此相逢，心头一喜，原来的气恼不由得消了大半。韩宝驹骂道："小子，你那小妖精呢？"韩小莹眼尖，已见到黄蓉身穿男装，坐在席上，拉了拉韩宝驹的衣襟，低声道："这些事慢慢再说。"

　　陆庄主本也以为对头到了，眼见那六人并不相识，郭靖又叫他们师父，当即宽心，拱手说道："在下腿上有病，不能起立，请各位恕罪。"忙命庄客再开一席酒筵。郭靖说了六位师父的名头。陆庄主大喜，道："在下久闻六侠英名，今日相见，幸何如之。"神态着实亲热。那裘千仞却大剌剌的坐在首席，听到六怪的名字，只微微一笑，自顾饮酒吃菜。

韩宝驹第一个有气，问道："这位是谁？"陆庄主道："好教六侠欢喜，这位是当今武林中的泰山北斗、前辈高人。"六侠吃了一惊。韩小莹道："是桃花岛黄药师？"韩宝驹道："莫非是九指神丐？"陆庄主道："都不是。这位是铁掌水上飘裘老前辈。"柯镇恶惊道："是裘千仞裘老前辈？"裘千仞仰天大笑，神情甚是得意。

这时庄客已开了筵席，六怪依次就座。郭靖也去师父一席共坐，拉黄蓉同去时，黄蓉却笑着摇头，不肯和六怪同席。

陆庄主笑道："我只道郭老弟不会武功，哪知却是名门弟子，良贾深藏若虚，在下真是走眼了。"郭靖站起身来，说道："弟子一点微末功夫，受师父们教诲，不敢在人前炫示，请庄主恕罪。"柯镇恶等听了两人对答，知道郭靖懂得谦抑，心下也自欢喜。

裘千仞道："六侠也算得是江南武林的成名人物了，老夫正有一件大事，能得六侠襄助，那就更好。"陆庄主道："六位进来时，裘老前辈正要说这件事。现下就请老前辈指点明路。"裘千仞道："咱们身在武林，最要紧的是侠义为怀，救民疾苦。现下眼见金国大兵指日南下，宋朝要是不知好歹，不肯降顺，交起兵来不知要杀伤多少生灵。常言道得好：'顺天者昌，逆天者亡。'老夫这番南来，就是要联络江南豪杰，响应金兵，好教宋朝眼看内外夹攻，无能为力，就此不战而降。这件大事一成，且别说功名富贵，单是天下百姓感恩戴德，已然不枉了咱们一副好身手，不枉了'侠义'二字。"

此言一出，江南六怪勃然变色，韩氏兄妹立时就要发作。全金发坐在两人之间，双手分拉他们衣襟，眼睛向陆庄主一飘，示意看主人如何说话。

陆庄主对裘千仞本来敬佩得五体投地，忽然听他说出这番话来，不禁大为惊讶，陪笑道："晚辈虽然不肖，身在草莽，但忠义之心未敢或忘。金兵既要南下夺我江山，害我百姓，晚辈必当追随江南豪杰，誓死与之周旋。老前辈适才所说，想是故意试探晚辈来着。"

裘千仞道:"老弟怎地目光如此短浅?相助朝廷抗金,有何好处?最多是个岳武穆,也只落得风波亭惨死。"

陆庄主惊怒交迸,原本指望他出手相助对付黑风双煞,哪知他空负绝艺,为人却这般无耻,袍袖一拂,凛然说道:"晚辈今日有对头前来寻仇,本望老前辈仗义相助,既然道不同不相为谋,晚辈就是颈血溅地,也不敢有劳大驾了,请罢。"双手一拱,竟是立即逐客。江南六怪与郭靖、黄蓉听了,都是暗暗佩服。

裘千仞微笑不语,左手握住酒杯,右手两指捏着杯口,不住团团旋转,突然右手平伸向外挥出,掌缘击在杯口,托的一声,一个高约半寸的磁圈飞了出去,跌落在桌面之上。他左手将酒杯放在桌中,只见杯口平平整整的矮了一截,原来竟以内功将酒杯削去了一圈。击碎酒杯不难,但举掌轻挥,竟将酒杯如此平整光滑的切为两截,功力实是深到了极处。

陆庄主知他挟艺相胁,正自沉吟对付之策,那边早恼了马王神韩宝驹。他一跃离座,站在席前,叫道:"无耻老匹夫,你我来见个高下。"

裘千仞说道:"久闻江南七怪的名头,今日正好试试真假,六位一齐上罢。"

陆庄主知道韩宝驹和他武功相差太远,听他叫六人同上,正合心意,忙道:"江南六侠向来齐进齐退,对敌一人是六个人,对敌千军万马也只是六个人,向来没哪一位肯落后的。"朱聪知他言中之意,叫:"好,我六兄弟今日就来会会你这位武林中的成名人物。"手一摆,五怪一齐离座。

裘千仞站起身来,端了原来坐的那张椅子,缓步走到厅心,将椅放下,坐了下去,右足架在左足之上,不住摇晃,不动声色的道:"老夫就坐着和各位玩玩。"柯镇恶等倒抽了一口凉气,均知此人若非有绝顶武功,怎敢如此托大?

郭靖见过裘千仞诸般古怪本事,知道六位师父决非对手,自己身受师父重恩，岂能不先挡一阵？虽然一动手自己非死即伤，但事到临头，决不能自惜其身，当下急步抢在六怪之前，向裘千仞抱拳说道："晚辈先向老前辈讨教几招。"裘千仞一怔，仰起了头哈哈大笑，说道："父母养你不易，你这条小命何苦送在此地？"

柯镇恶等齐声叫道："靖儿走开！"郭靖怕众师父拦阻，再不多言，左腿微屈，右手画个圆圈，呼的一掌推出。这一招正是"降龙十八掌"中的"亢龙有悔"，经过这些时日的不断苦练，比之洪七公初传之时，威力已强了不少。

裘千仞见韩宝驹跃出之时功夫也不如何高强，心想他们的弟子更属寻常，哪知他这一掌打来势道竟这般强劲，双足急点，跃在半空，只听喀喇一声，他所坐的那张紫檀木椅子已被郭靖一掌打塌。裘千仞落下地来，神色间竟有三分狼狈，怒喝："小子无礼！"

郭靖存着忌惮之心，不敢跟着进击，说道："请前辈赐教。"黄蓉存心要扰乱裘千仞心神，叫道："靖哥哥，别跟这糟老头子客气！"

裘千仞成名以来，谁敢当面呼他"糟老头子"，大怒之下，便要纵身过去发掌相击，但转念想起自己身份，冷笑一声，先出右手虚引，再发左手摩眉掌，见郭靖侧身闪避，引手立时钩拿回撤，摩眉掌顺手搏进，转身坐盘，右手迅即挑出，已变塌掌。

黄蓉叫道："那有什么希奇？这是'通臂六合掌'中的'孤雁出群'！"裘千仞这套掌法正是"通臂六合掌"，那是从"通臂五行拳"中变化出来。招数虽然不奇，他却已在这套掌法上花了数十载寒暑之功。所谓通臂，乃是双臂贯为一劲之意，倒不是真的左臂可缩至右臂，右臂可缩至左臂。郭靖见他右手发出，左手往右手贯劲，左手随发之时，右手往回带撤，以增左手之力，双手确有相互应援、连环不断之巧，一来见过他诸般奇技，二来应敌时识见不足，心下怯了，不敢还手招架，只得连连倒退。

裘千仞心道："这少年一掌碎椅，原来只是力大，武功平常得紧。"当下"穿掌闪劈"、"撩阴掌"、"跨虎蹬山"，越打越是精神。

黄蓉见郭靖要败，心中焦急，走近他身边，只要他一遇险招，立时上前相助。郭靖闪开对方斜身蹬足，瞥眼只见黄蓉脸色有异，大见关切，心神微分，裘千仞得势不容情，一招"白蛇吐信"，拍的一掌，平平正正的击在郭靖胸口之上。黄蓉和江南六怪、陆氏父子齐声惊呼，心想以他功力之深，这一掌正好击在胸口要害，郭靖不死必伤。

郭靖吃了这掌，也是大惊失色，但双臂一振，胸口竟不感如何疼痛，不禁大惑不解。黄蓉见他突然发楞，以为必是被这死老头的掌力震昏了，忙纵身上前扶住，叫道："靖哥哥你怎样？"心中一急，两道泪水流了下来。

郭靖却道："没事！我再试试。"挺起胸膛，走到裘千仞面前，叫道："你是铁掌老英雄，再打我一掌。"裘千仞大怒，运劲使力，蓬的一声，又在郭靖胸口打了一掌。郭靖哈哈大笑，叫道："师父，蓉儿，这老儿武功稀松平常。他不打我倒也罢了，打我一掌，却漏了底子。"一语方毕，左臂横扫，逼到裘千仞的身前，叫道："你也吃我一掌！"

裘千仞见他左臂扫来，口中却说"吃我一掌"，心道："你臂中套拳，谁不知道？"双手搂怀，来撞他左臂。哪知郭靖这招"龙战于野"是降龙十八掌中十分奥妙的功夫，左臂右掌，均是可实可虚，非拘一格，眼见敌人挡他左臂，右掌忽起，也是蓬的一声，正击在他右臂连胸之处，裘千仞的身子如纸鹞断线般直向门外飞去。

众人惊叫声中，门口突然出现了一人，伸手抓住裘千仞的衣领，大踏步走进厅来，将他在地下一放，凝然而立，脸上冷冷的全无笑容。众人瞧这人时，只见她长发披肩，抬头仰天，正是铁尸梅超风。

众人心头一寒，却见她身后还跟着一人，那人身材高瘦，身穿青色布袍，脸色古怪之极，两颗眼珠似乎尚能微微转动，除此之外，肌肉口鼻，尽皆僵硬如木石，直是一个死人头装在活人的躯体上，令人一见之下，登时一阵凉气从背脊上直冷下来，人人的目光与这张脸孔相触，便都不敢再看，立时将头转开，心中怦然而动。

陆庄主万料不到裘千仞名满天下，口出大言，竟然如此的不堪一击，本是又好气又好笑，忽见梅超风蓦地到来，心中更是一股说不出的滋味。完颜康见到师父，心中大喜，上前拜见。众人见他二人竟以师徒相称，均感诧异。陆庄主双手一拱，说道："梅师姊，二十年前一别，今日终又重会，陈师哥可好？"六怪与郭靖听他叫梅超风为师姊，登时面面相觑，无不凛然。柯镇恶心道："今日我们落入了圈套，梅超风一人已不易敌，何况更有她的师弟。"黄蓉却是暗暗点头："这庄主的武功文学、谈吐行事，无一不是学我爹爹，我早就疑心他与我家必有什么渊源，果然是我爹爹的弟子。"

梅超风冷然道："说话的可是陆乘风陆师弟？"陆庄主道："正是兄弟，师姊别来无恙？"梅超风道："说什么别来无恙？我双目已盲，你瞧不出来吗？你玄风师哥也早给人害死了，这可称了你的心意么？"

陆乘风又惊又喜，惊的是黑风双煞横行天下，怎会栽在敌人手里？喜的是强敌少了一人，而剩下的也是双目已盲，但想到昔日桃花岛同门学艺的情形，不禁叹了口气，说道："害死陈师哥的对头是谁？师姊可报了仇么？"梅超风道："我正在到处找寻他们。"陆乘风道："小弟当得相助一臂之力，待报了本门怨仇之后，咱们再来清算你我的旧帐。"梅超风哼了一声。

韩宝驹拍桌而起，大嚷："梅超风，你的仇家就在这里。"便要向梅超风扑去，全金发急忙伸手拉住。梅超风闻声一呆，说道："你……你……"

裘千仞被郭靖一掌打得痛彻心肺，这时才疼痛渐止，朗然说道："说什么报仇算帐，连自己师父给人害死了都不知道，还逞哪一门子的英雄好汉？"梅超风一翻手，抓住他手腕，喝道："你说什么？"裘千仞被她握得痛入骨髓，急叫："快放手！"梅超风毫不理会，只是喝问："你说什么？"裘千仞道："桃花岛主黄药师给人害死了！"

陆乘风惊叫："你这话可真？"裘千仞道："为什么不真？黄药师是被王重阳门下全真七子围攻而死的。"他此言一出，梅超风与陆乘风放声大哭。黄蓉咕咚一声，连椅带人仰天跌倒，晕了过去。众人本来不信黄药师绝世武功，竟会被人害死，但听得是被全真七子围攻，这才不由得不信。以马钰、丘处机、王处一众人之能，合力对付，黄药师多半难以抵挡。

郭靖忙抱起黄蓉，连叫："蓉儿，醒来！"见她脸色惨白，气若游丝，心中惶急，大叫："师父，师父，快救救她。"朱聪过来一探她鼻息，说道："别怕，这只是一时悲痛过度，昏厥过去，死不了！"运力在她掌心"劳宫穴"揉了几下。黄蓉悠悠醒来，大哭叫道："爹爹呢？爹爹，我要爹爹！"

陆乘风差愕异常，随即省悟："她如不是师父的女儿，怎会知道九花玉露丸？"他泪痕满面，大声叫道："小师妹，咱们去跟全真教的贼道们拼了。梅超风，你……你去也不去？你不去我就先跟你拼了！都……都是你不好，害死了恩师。"陆冠英见爹爹悲痛之下，语无伦次，忙扶住了他，劝道："爹爹，你且莫悲伤，咱们从长计议。"陆乘风大声哭道："梅超风，你这贼婆娘害得我好苦。你不要脸偷汉，那也罢了，干么要偷师父的《九阴真经》？师父一怒之下，将我们师兄弟四人一齐震断脚筋，逐出桃花岛，我只盼师父终肯回心转意，怜我受你们两个牵累，重行收归师门。现今他老人家逝世，我是终身遗恨，再无指望的了。"

梅超风骂道："我从前骂你没有志气，此时仍然要骂你没有志气。你三番四次邀人来和我夫妇为难，逼得我夫妇无地容身，这才会在蒙古大漠遭难。眼下你不计议如何报复害师大仇，却哭哭啼啼的跟我算旧帐。咱们找那七个贼道去啊，你走不动我背你去。"

黄蓉却只是哭叫："爹爹，我要爹爹！"

朱聪说道："咱们先问问清楚。"走到裘千仞面前，在他身上拍了几下灰土，说道："小徒无知，多有冒犯，请老前辈恕罪。"裘千仞怒道："我年老眼花，一个失手，这不算数，再来比过。"

朱聪轻拍他的肩膀，在他左手上握了一握，笑道："老前辈功夫高明得紧，不必再比啦。"一笑归座，左手拿了一只酒杯，右手两指捏住杯口，不住团团旋转，突然右手平掌向外挥出，掌缘击在杯口，托的一声响，一个高约半寸的磁圈飞将出去，落在桌面。他左手将酒杯放在桌上，只见杯口平平整整的矮了一截，所使手法竟和裘千仞适才一模一样，众人无不惊讶。朱聪笑道："老前辈功夫果然了得，给晚辈偷了招来，得罪得罪，多谢多谢。"

裘千仞立时变色。众人已知必有蹊跷，但一时却看不透这中间的机关。朱聪叫道："靖儿，过来，师父教你这个本事，以后你可去吓人骗人。"郭靖走近身去。朱聪从左手中指上除下一枚戒指，说道："这是裘老前辈的，刚才我借了过来，你戴上。"裘千仞又惊又气，却不懂明明戴在自己手上的戒指，怎会变到了他手指上。

郭靖依言戴了戒指。朱聪道："这戒指上有一粒金刚石，最是坚硬不过。你用力握紧酒杯，将金刚石抵在杯上，然后以右手转动酒杯。"郭靖照他吩咐做了。各人这时均已了然，陆冠英等不禁笑出声来。郭靖伸右掌在杯口轻轻一击，一圈杯口果然应手而落，原来戒指上的金刚石已在杯口划了一道极深的印痕，哪里是什么深湛的内功了？黄蓉看得有趣，不觉破涕为笑，但想到父亲，又哀哀的哭了起来。

朱聪道："姑娘且莫就哭，这位裘老前辈很爱骗人，他的话呀，未必很香。"黄蓉愕然不解。朱聪笑道："令尊黄老先生武功盖世，怎会被人害死？再说全真七子都是规规矩矩的人物，又与令尊没仇，怎会打将起来？"黄蓉急道："定是为了丘处机这些牛鼻子道士的师叔周伯通。"朱聪道："怎样？"黄蓉哭道："你不知道的。"以她聪明机警，本不致轻信人言，但一来父女骨肉关心，二来黄药师和周伯通之间确有重大过节。全真七子要围攻她父亲，实不由她不信。

朱聪道："不管怎样，我总说这个糟老头子的话有点儿臭。"黄蓉道:"你说他是放……放……"朱聪一本正经的道:"不错,是放屁!他衣袖里还有这许多鬼鬼祟祟的东西,你来猜猜是干什么用的。"当下一件件的摸了出来,放在桌上,见是两块砖头,一扎缚得紧紧的干茅,一块火绒、一把火刀和一块火石。

黄蓉拿起砖头一捏,那砖应手而碎,只用力搓了几搓,砖头成为碎粉。她听了朱聪刚才开导,悲痛之情大减,这时笑生双靥,说道:"这砖头是面粉做的,刚才他还露一手捏砖成粉的上乘内功呢!"

裘千仞一张老脸一忽儿青,一忽儿白,无地自容,他本想捏造黄药师的死讯,乘乱溜走,哪知自己炫人耳目的手法尽被朱聪拆穿,当即袍袖一拂,转身走出。梅超风反手抓住,将他往地下摔落,喝道:"你说我恩师逝世,到底是真是假?"这一摔劲力好大,裘千仞痛得哼哼唧唧,半晌说不出话来。

黄蓉见那束干茅头上有烧焦了的痕迹,登时省悟,说道:"二师父,你把这束干茅点燃了藏在袖里,然后吸一口,喷一口。"江南六怪对黄蓉本来颇有芥蒂,但此刻齐心对付裘千仞,变成了敌忾同仇。朱聪颇喜黄蓉刁钻古怪,很合自己脾气,听得她一句"二师父"叫出了口,更是欢喜,当即依言而行,还闭了眼摇头晃脑,神色俨然。

黄蓉拍手笑道:"靖哥哥,咱们刚才见这糟老头子练内功,不就是这样么?"走到裘千仞身边,笑吟吟的道:"起来罢。"伸手搀他站起,突然左手轻挥,已用"兰花拂穴手"拂中了他背后第五椎节下的"神道穴",喝道:"到底我爹爹有没有死?你说他死,我就要你的命。"一翻手,明晃晃的蛾眉钢刺已抵在他胸口。

众人听了她的问话,都觉好笑,虽是问他讯息,却又不许他说黄药师真的死了。裘千仞只觉身上一阵酸一阵痒,难过之极,颤声道:"只怕没死也未可知。"黄蓉笑逐颜开,说道:"这还像话,就饶了你。"在他"缺盆穴"上捏了几把,解开他的穴道。

陆乘风心想:"小师妹问话一厢情愿,不得要领。"当下问道:

"你说我师父被全真七子害死，是你亲眼见到呢，还是传闻？"裘千仞道："是听人说的。"陆乘风道："谁说的？"裘千仞沉吟了一下，道："是洪七公。"黄蓉急问："哪一天说的？"裘千仞道："一个月之前。"黄蓉问道："七公在什么地方对你说的？"裘千仞道："在泰山顶上，我跟他比武，他输了给我，无意间说起这回事。"

黄蓉大喜，纵上前去，左手抓住他胸口，右手拔下了他一小把胡子，咭咭而笑，说道："七公会输给你这糟老头子？梅师姊、陆师兄，别听他放……放……"她女孩儿家粗话竟说不出口。朱聪接口道："放他奶奶的臭狗屁！"黄蓉道："一个月之前，洪七公明明跟我和靖哥哥在一起。靖哥哥，你再给他一掌！"郭靖道："好！"纵身就要上前。

裘千仞大惊，转身就逃，他见梅超风守在门口，当下反向里走。陆冠英上前拦阻，被他出手一推，一个跟跄，跌了开去。须知裘千仞虽然欺世盗名，但究竟也有些真实武功，要不然哪敢贸然与六怪、郭靖动手？陆冠英却不是他的敌手。

黄蓉纵身过去，双臂张开，问道："你头顶铁缸，在水面上走过，那是什么功夫？"裘千仞道："这是我的独门轻功。我外号'铁掌水上飘'，这便是'水上飘'了。"黄蓉笑道："啊，还在信口胡吹，你到底说不说？"裘千仞道："我年纪老了，武功已大不如前，轻身功夫却还没丢荒。"黄蓉道："好啊，外面天井里有一口大金鱼缸，你露露'水上飘'的功夫给大伙开开眼界。你瞧见没有？一出厅门，左手那株桂花树下面就是。"裘千仞道："一缸水怎能演功夫……"他一句话未说完，突然眼前亮光闪动，脚上一紧，身子已倒吊了起来。梅超风喝道："死到临头，还要嘴硬。"毒龙银鞭将他卷在半空，依照黄蓉所说方位，银鞭轻抖，扑通一声，将他倒摔入鱼缸之中。黄蓉奔到缸边，蛾眉钢刺一晃，说道："你不说，我不让你出来，水上飘变成了水底钻。"

裘千仞双足在缸底急蹬，想要跃出，被她钢刺在肩头轻轻一戳，又跌了下去，湿淋淋的探头出来，苦着脸道："那口缸是薄铁皮做的,缸口封住,上面放了三寸深的水。那条小河么,我先在水底下打了桩子,桩顶离水面五六寸,因此……因此你们看不出来。"黄蓉哈哈大笑,进厅归座,再不理他。裘千仞跃出鱼缸,低头疾趋而出。

梅超风与陆乘风刚才又哭又笑的闹了一场,寻仇凶杀之意本已大减,得知师父并未逝世,心下欢喜,又听小师妹连笑带比、咭咭咯咯说着裘千仞的事,哪里还放得下脸?硬得起心肠?她沉吟片刻,沉着嗓子说道:"陆乘风,你让我徒儿走,瞧在师父份上,咱们前事不究。你赶我夫妇前往蒙古……唉,一切都是命该如此。"

陆乘风长叹一声,心道:"她丈夫死了,眼睛瞎了,在这世上孤苦伶仃。我双腿残废,却是有妻有子,有家有业,比她好上百倍。大家都是几十岁的人了,还提旧怨干什么?"便道:"你将你徒儿领去就是。梅师姊,小弟明日动身到桃花岛去探望恩师,你去也不去?"梅超风颤声道:"你敢去?"陆乘风道:"不得恩师之命,擅到桃花岛上,原是犯了大规,但刚才给那裘老头儿信口雌黄的乱说一通,我总是念着恩师,放心不下。"黄蓉道:"大家一起去探望爹爹,我代你们求情就是。"

梅超风呆立片刻,眼中两行泪水滚了下来,说道:"我哪里还有面目去见他老人家?恩师怜我孤苦,教我养我,我却狼子野心,背叛师门……"突然间厉声喝道:"只待夫仇一报,我会自寻了断。江南七怪,有种的站出来,今晚跟老娘拼个死活。陆师弟,小师妹,你们袖手旁观,两不相帮,不论谁死谁活,都不许插手劝解,听见了么?"

柯镇恶大踏步走到厅中,铁杖在方砖上一落,铛的一声,悠悠不绝,嘶哑着嗓子道:"梅超风,你瞧不见我,我也瞧不见你。那日荒山夜战,你丈夫死于非命,我们张五弟却也给你们害死了,你知道么?"梅超风道:"哦,只剩下六怪了。"柯镇恶道:"我们答应了马钰马道长,不再向你寻仇为难,今日却是你来找我们。好罢,天地虽宽，咱们却总是有缘，处处碰头。老天爷不让六怪与你梅超风在世上并生，进招罢。"梅超风冷笑道："你们六人齐上。"朱聪等早站在大哥身旁相护，防梅超风忽施毒手，这时各亮兵刃。郭靖忙道："仍是让弟子先挡一阵。"

陆乘风听梅超风与六怪双方叫阵，心下好生为难，有意要替两下解怨，只恨自己威不足以服众、艺不足以惊人，听到郭靖这句话，心念忽动，说道："各位且慢动手，听小弟一言。梅师姊与六侠虽有宿嫌，但双方均已有人不幸下世，依兄弟愚见，今日只赌胜负，点到为止，不可伤人。六侠以六敌一，虽是向来使然，总觉不公，就请梅师姊对这位郭老弟教几招如何？"梅超风冷笑道："我岂能跟无名小辈动手？"郭靖叫道："你丈夫是我亲手杀的，与我师父们何干？"

梅超风悲怒交进，喝道："正是！先杀你这小贼。"听声辨形，左手疾探，五指猛往郭靖天灵盖插下。郭靖急跃避开，叫道："梅前辈，晚辈当年无知，误伤了陈老前辈，一人作事一人当，你只管问我。今日你要杀要剐，我决不逃走。若是日后你再找我六位师父啰唆，那怎么说？"他料想今日与梅超风对敌，多半要死在她爪底，却要解去师父们的危难。

梅超风道："你真的有种不逃？"郭靖道："不逃。"梅超风道："好！我和江南六怪之事，也是一笔勾销。好小子，跟我走罢！"

黄蓉叫道："梅师姊，他是好汉子，你却叫江湖上英雄笑歪了嘴。"梅超风怒道："怎么？"黄蓉道："他是江南六侠的嫡传弟子。六侠的武功近年来已大非昔比，他们要取你性命真是易如反掌，今日饶了你，还给你面子，你却不知好歹，尚在口出大言。"梅超风怒道："呸！我要他们饶？六怪，你们武功大进了？那就来试试！"黄蓉道："他们何必亲自和你动手？单是他们的弟子一人，你就未必能胜。"梅超风大叫："三招之内我杀不了他，我当场撞死在这里。"她在赵王府曾与郭靖动过手，深知他武功底细，却不知数月之间，郭靖得九指神丐传授绝艺，功夫已然大进。

黄蓉道："好，这里的人都是见证。三招太少，十招罢。"郭靖道："我陪梅前辈走十五招。"他只学了降龙十八掌中的十五掌，心想把这十五掌尽数使出来，或能抵挡得十五招。黄蓉道："就请陆师哥和陪你来的那位客人计数作证。"梅超风奇道："谁陪我来着？我单身闯庄，用得着谁陪？"黄蓉道："你身后那位是谁？"

梅超风反手捞出，快如闪电，众人也不见那穿青布长袍的人如何闪躲，她这一抓竟没抓着。那人行动有如鬼魅，却未发出半点声响。

梅超风自到江南以后，这些日来一直觉得身后有点古怪，似乎有人跟随，但不论如何出言试探，如何擒拿抓打，始终摸不着半点影子，还道是自己心神恍惚，疑心生暗鬼，但那晚有人吹箫驱蛇，为自己解围，明明是有一位高人窥伺在旁，她当时曾望空拜谢，却又无人搭腔。她在松树下等了几个时辰，更无半点声息，不知这位高人于何时离去。这时听黄蓉这般问起，不禁大惊，颤声道："你是谁？一路跟着我干什么？"

那人恍若未闻，毫不理会。梅超风向前疾扑，那人似乎身子未动，梅超风这一扑却扑了个空。众人大惊，均觉这人功夫高得出奇，真是生平从所未见。

陆乘风道："阁下远道来此，小可未克迎接，请坐下共饮一杯如何？"那人转过身来，飘然出厅。

过了片刻，梅超风又问："那晚吹箫的前辈高人，便是阁下么？梅超风好生感激。"众人不禁骇然，梅超风用耳代目，以她听力之佳，竟未听到这人出去的声音。黄蓉道："梅师姊，那人已经走了。"梅超风惊道："他出去了？我……我怎么会不听见？"黄蓉道："你快去找他罢，别在这里发威了。"

梅超风呆了半晌，脸上又现凄厉之色，喝道："姓郭的小子，接招罢！"双手提起，十指尖尖，在烛火下发出碧幽幽的绿光，却不发出。郭靖道："我在这里。"梅超风只听得他说了一个"我"字，右掌微晃，左手五指已抓向他面门。郭靖见她来招奇速，身子稍侧，左臂反过来就是一掌。梅超风听到声音，待要相避，已是不及，"降龙十八掌"招招精妙无比，蓬的一声，正击在肩头之上。梅超风登时被震得退开三步，但她武功诡异之极，身子虽然退开，不知如何，手爪反能疾攻上来。这一招之奇，郭靖从所未见，大惊之下，左腕"内关"、"外关"、"会宗"三穴已被她同时拿住。

郭靖平时曾听师父们言道，梅超风的"九阴白骨爪"专在对方明知不能发招之时暴起疾进，最是难闪难挡，他出来与梅超风动手，对此节本已严加防范。岂知她招数变化无方，虽被击中一掌，竟反过手来立时扣住了他脉门。

郭靖暗叫："不好！"全身已感酸麻，危急中右手屈起食中两指，半拳半掌，向她胸口打去，那是"潜龙勿用"的半招，本来左手同时向里钩拿，右推左钩，敌人极难闪避，现下左腕被拿，只得使了半招。"降龙十八掌"威力奇大，虽只半招，也已非同小可，梅超风听到风声怪异，既非掌风，亦非拳风，忙侧身卸去了一半来势，但肩头仍被打中，只觉一股极大力量将自己身子推得向后撞去，右手疾挥，也将郭靖身子推出。

这一下两人都使上了全力，只听得蓬的一声大响，两人背心同时撞中了一根厅柱。屋顶上瓦片、砖石、灰土纷纷跌落。众庄丁齐声呐喊，逃出厅去。

江南六怪面面相觑，都是又惊又喜："靖儿从哪里学来这样高的武功？"韩宝驹望了黄蓉一眼，料想必是她的传授，心下暗暗佩服："桃花岛武功果然了得。"

这时郭靖与梅超风各展所学，打在一起，一个掌法精妙，力道沉猛，一个抓打狠辣，变招奇幻，大厅中只听得呼呼风响。梅超风跃前纵后，四面八方的进攻。郭靖知道敌人招数太奇，跟着她见招拆招，立时就会吃亏，记着洪七公当日教他对付黄蓉"落英神剑掌"的诀窍，不管敌人如何花样百出，千变万化，自己只是把"降龙十八掌"中的十五掌连环往复、一遍又一遍的使了出来。这诀窍果然使得，两人拆了四五十招，梅超风竟不能逼近半步。只看得黄蓉笑逐颜开，六怪拆舌不下，陆氏父子目眩神驰。

陆乘风心想："梅师姊功夫精进如此，这次要是她跟我动手，十招之内，我哪里还有性命？这位郭老弟年纪轻轻，怎能有如此深湛的武功？我真是走了眼了，幸好对他礼貌周到，丝毫没有轻忽。"完颜康又妒又恼："这小子本来非我之敌，今后怎么还能跟他动手？"

黄蓉大声叫道："梅师姊，拆了八十多招啦，你还不认输？"本来也不过六十招上下，她却又给加上了二十几招。

梅超风恼怒异常，心想我苦练数十年，竟不能对付你这小子？当下掌劈爪戳，越打越快。她武功与郭靖本来相去何止倍蓰，只是一来她双目已盲，毕竟吃亏；二来为报杀夫大仇，不免心躁，犯了武学大忌；三来郭靖年轻力壮，学得了降龙十八掌的高招，两人竟打了个难解难分。堪堪将到百招，梅超风对他这十五招掌法的脉络已大致摸清，知他掌法威力极大，不能近攻，当下在离他丈余之外奔来窜去，要累他力疲。施展这降龙十八掌最是耗神费力，时候久了，郭靖掌力所及，果然已不如先前之远。

梅超风乘势疾上，双臂直上直下，在"九阴白骨爪"的招数之中同时挟了"摧心掌"掌法。黄蓉知道再斗下去郭靖必定吃亏，不住叫道："梅师姊，一百多招啦，快两百招啦，还不认输？"梅超风充耳不闻，越打越急。

黄蓉灵机一动，纵身跃到柱边，叫道："靖哥哥，瞧我！"郭靖连发两招"利涉大川"、"鸿渐于陆"，将梅超风远远逼开，抬头只见黄蓉绕着柱子而奔，连打手势，一时还不明白。黄蓉叫道："在这里跟她打。"

郭靖这才醒悟，回身前跃，到了一根柱子边上。梅超风五指抓来，郭靖立即缩身柱后，秃的一声，梅超风五指已插入了柱中。她全凭敌人拳风脚步之声而辨知对方所在，柱子固定在地，决无声息，郭靖在酣战时斗然间躲到柱后，她哪里知道？待得惊觉，郭靖呼的一掌，从柱后打了出来，当下只得硬接，左掌照准来势猛推出去。两人各自震开数步，她五指才从柱间拔出。

梅超风恼怒异常，不等郭靖站定脚步，闪电般扑了过去。只听得嗤的一声，郭靖衣襟被扯脱了一截，臂上也被她手爪带中，幸未受伤。他心中一凛，还了一掌，拆不三招，又向柱后闪去，梅超风大声怒喝，左手五指又插入柱中。

郭靖这次却不乘势相攻，叫道："梅前辈，我武功远不及你，请你手下留情。"众人眼见郭靖已占上风，他倚柱而斗，显已立于不败之地，如此说法，那是给她面子，要她就此罢手。陆乘风心想："这般了事，那是再好不过。"

梅超风冷然道："若凭比试武功，我三招内不能胜你，早该服输认败。可是今日并非比武，乃是报仇。我早已输给了你，但非杀你不可！"一言方毕，双臂运劲，右手连发三掌，左手连发三掌，都击在柱子腰心，跟着大喝一声，双掌同时推出，喀喇喇一声响，那柱子居中折断。

厅上诸人都是一身武功，见机极快，眼见她发掌击柱，已各向外窜出。陆冠英抱着父亲最后奔出。只听得震天价一声大响，那厅塌了半边，只有那兵马指挥使段大人逃避不及，两腿被一根巨梁压住，狂呼救命。完颜康过去抬起梁木，把他拉起，扯扯他的手，乘乱想走。两人刚转过身来，背后都是一麻，已不知被谁点中了穴道。

梅超风全神贯注在郭靖身上，听他从厅中飞身而出，立时跟着扑上。

这时庄前云重月暗，众人方一定神，只见郭梅二人又已斗在一起。星光熹微之下，两条人影倏分倏合，掌风呼呼声中，夹着梅超风运功时骨节格格爆响，比之适才厅上激斗尤为惊心动魄。郭靖本就不敌，昏黑之中更加不利，霎时间连遇险招，只见梅超风左腿扫来，当下右足飞起，径踢她左腿胫骨，只要两下一碰，她小腿非断不可。哪知梅超风这一腿乃是虚招，只踢出一半，忽地后跃，左臂却向他腿上抓下。

陆冠英在旁看得亲切，惊叫道："留神！"那日他小腿被抓，完颜康使的正是这一下手法。在这一瞬之间，郭靖已惊觉危险，左手猛地穿出，往梅超风手腕上挡去。这是危急之中的变招，招数虽快，劲力却弱。梅超风和他手掌相交，立时察觉，手一翻，小指、无名指、中指三根已划上他手背。郭靖知道厉害，右掌呼的击出。梅超风侧身跃开，纵声长笑。

郭靖只感左手背上麻辣辣地有如火烧，低头一看，手背已被划伤，三条血痕中似乎微带黑色，斗然间记起蒙古悬崖顶上梅超风所留下的九颗髑髅，马钰说她手爪上喂有剧毒，刚才手臂被她搔到，因没损肉见血，未受其毒，现下可难逃厄运了，叫道："蓉儿，我中了毒。"不待黄蓉回答，纵身上去呼呼两掌，心想只有擒住了她，逼她交出解药，自己才能活命。梅超风察觉掌风猛恶，早已闪开。

黄蓉等听了郭靖之言，无不大惊。柯镇恶铁杖一摆，六怪和黄蓉七人将梅超风围在垓心。黄蓉叫道："梅师姊，你早就输了，怎么还打？快拿解药出来救他。"

梅超风感到郭靖掌法凌厉，不敢分神答话，心中暗喜："你越是用劲，毒性越发得快，今日我就是命丧此地，夫仇总是报了。"

郭靖这时只觉头晕目眩，全身说不出的舒泰松散，左臂更是酸软无力，渐渐不欲伤敌，这正是毒发之象，若不是他服过蝮蛇宝血，已然毙命。黄蓉见他脸上懒洋洋的似笑非笑，大声叫道："靖哥哥，快退开！"拔出蛾眉刺，就要扑向梅超风。

郭靖听得她呼叫，精神忽振，左掌拍出，那是降龙十八掌中的第十一掌"突如其来"，只是左臂酸麻，去势缓慢之极。黄蓉、韩宝驹、南希仁、全金发四人正待同时向梅超风攻去，却见郭靖这掌轻轻拍出，她却不知闪避，一掌正中肩头，登时摔倒。原来梅超风对敌全凭双耳，郭靖这招去势极缓，没了风声，哪能察知？

黄蓉一怔，韩、南、全三人已同时扑在梅超风身上，要将她按住，却被她双臂力振，韩宝驹与全金发登即被她甩开。她跟着回手向南希仁抓去。南希仁见来势厉害，着地滚开。梅超风已乘势跃起，不提防尚未站稳，背上又中了郭靖一掌，再次扑地跌倒。这一掌又是倏来无声，难避难挡，只是打得缓了，力道不强，虽然击中在背心要害，却未受伤。

郭靖打出这两掌后，神智已感迷糊，身子摇了几摇，一个踉跄，跌了下去，正躺在梅超风的身边。黄蓉急忙俯身去扶。

梅超风听得声响，人未站起，五指已戳了过去，突觉指上奇痛，立时醒悟，知是戳中了黄蓉身上软猬甲的尖刺，急忙一个"鲤鱼打挺"跃起，只听得一人叫道："这个给你！"风声响处，一件古怪的东西打了过来。梅超风听不出是什么兵刃，右臂挥出，喀喇一声，把那物打折在地，却是一张椅子，刚觉奇怪，只听风声激荡，一件更大的东西又疾飞过来，当即伸出左手抓拿，竟摸到一张桌面，又光又硬，无所措手。原来朱聪先掷出一椅，再藏身于一张紫檀方桌之后，握着两条桌腿，向她撞去。梅超风飞脚踢开桌子，朱聪早已放脱桌脚，右手前伸，将三件活东西放入了她的衣领。

梅超风突觉胸口几件冰冷滑腻之物乱钻蹦跳，不由得吓出一身冷汗，心道："这是什么古怪暗器？还是巫术妖法？"急忙伸手入衣，一把抓住，却是几尾金鱼，手触衣襟，一惊更是不小，不但怀中盛放解药的瓷瓶不知去向，连那柄匕首和卷在匕首上的《九阴真经》经文也是踪迹全无。她心里一凉，登时不动，呆立当地。

原来先前屋柱倒下，压破了金鱼缸，金鱼流在地下。朱聪知道梅超风知觉极灵，手法又快，远非彭连虎、裘千仞诸人所及，是以检起三尾金鱼放入她的衣中，先让她吃惊分神，才施空空妙手扒了她怀中各物。他拔开瓷瓶塞子，送到柯镇恶鼻端，低声道："怎样？"柯镇恶是使用毒物的大行家，一闻药味，便道："内服外敷，都是这药。"

梅超风听到话声，猛地跃起，从空扑至。柯镇恶摆降魔杖挡住，韩宝驹的金龙鞭、全金发的秤杆、南希仁的纯钢扁担三方同时攻到。梅超风伸手去腰里拿毒龙鞭，只听风声飒然，有兵刃刺向自己手腕，只得翻手还了一招，逼开韩小莹的长剑。

那边朱聪将解药交给黄蓉，说道："给他服一些，敷一些。"顺手把梅超风身上掏来的匕首往郭靖怀里一塞，道："这原来是你的。"扬起铁扇，上前夹攻梅超风。七人一别十余年，各自勤修苦练，无不功力大进，这一场恶斗，比之当年荒山夜战更是狠了数倍。

陆乘风父子瞧得目眩神骇，均想："梅超风的武功固然凌厉无俦，江南七怪也确是名下无虚。"陆乘风大叫："各位罢手，听在下一言。"但各人剧斗正酣，却哪里住得了手？

郭靖服药之后，不多时已神智清明，那毒来得快去得也速，创口虽然疼痛，但左臂已可转动，当即跃起，奔到垓心，先前他碰巧以慢掌得手，这时已学到了诀窍，看准空隙，慢慢一掌打出，将要触到梅超风身子，这才突施劲力。

这一招"震惊百里"威力奇大，梅超风事先全无朕兆，突然中掌，哪里支持得住，登时跌倒。郭靖弯腰抓住韩宝驹与南希仁同时击下的兵刃，叫道："师父，饶了她罢！"当下和江南六怪一齐向后跃开。梅超风翻身站起，知道郭靖如此打法，自己眼睛瞎了，万难抵敌，只有抖起毒龙鞭护身，叫他不能欺近。

郭靖说道："我们也不来难为你，你去罢！"梅超风收起银鞭，说道："那么把经文还我。"朱聪一楞，说道："我没拿你的经文，江南七怪向来不打诳语。"他却不知包在匕首之外的那块人皮就是《九阴真经》的经文。

梅超风知道江南七怪虽与她有深仇大怨，但个个说一是一，说二是二，决不致说谎欺人，那必是刚才与郭靖过招时跌落了，心中大急，俯身在地下摸索，摸了半天，哪里有经文的踪迹？众人见她一个瞎眼女子，在瓦砾之中焦急万分的东翻西寻，都不禁油然而起怜悯之念。陆乘风道："冠英，你帮梅师伯找找。"心中却想："这部《九阴真经》是恩师之物，该当奉还恩师才是。"当即咳嗽两声。陆冠英会意，点了点头。郭靖也帮着寻找，却哪见有什么经书？陆乘风道："梅师姊，这里确然没有，只怕你在路上掉了。"梅超风不答，仍是双手在地下不住摸索。

突然间各人眼前一花，只见梅超风身后又多了那个青袍怪人。他身法好快，各人都没看清如何过来，但见他一伸手，已抓住梅超风背心，提了起来，转眼之间，已没入了庄外林中。梅超风空有一身武功，被他抓住之后竟是丝毫不能动弹。众人待得惊觉，已只见到两人的背影。各人面面相觑，半晌不语，但听得湖中波涛拍岸之声，时作时歇。

过了良久，柯镇恶方道："小徒与那恶妇相斗，损了宝庄华厦，极是过意不去。"陆乘风道："六侠与郭兄今日莅临，使敝庄老小幸免遭劫，在下相谢尚且不及。柯大侠这样说，未免太见外了。"陆冠英道："请各位到后厅休息。郭世兄，你创口还痛么？"郭靖刚答得一句："没事啦！"眼前青影飘动，那青衣怪客与梅超风又已到了庄前。

梅超风叉手而立，叫道："姓郭的小子，你用洪七公所传的降龙十八掌打我，我双眼盲了，因此不能抵挡。姓梅的活不久了，胜败也不放在心上，但如江湖间传言出去，说道梅超风打不过老叫化的传人，岂不是堕了我桃花岛恩师的威名？来来来，你我再打一场。"

郭靖道："我本不是你的对手，全因你眼睛不便，这才得保性命。我早认输了。"梅超风道："降龙十八掌共有十八招，你为什么不使全了？"

郭靖道："只因我性子愚鲁……"黄蓉连打手势，叫他不可吐露底细，郭靖却仍是说了出来："……洪前辈只传了我十五掌。"

梅超风道："好啊，你只会十五掌，梅超风就败在你的手下，洪七公那老叫化就这么厉害么？不行，非再打一场不可。"众人听她语气，似乎已不求报杀夫之仇，变成了黄药师与洪七公的声名威望之争。

郭靖道："黄姑娘小小年纪，我尚不是她的对手，何况是你？

桃花岛的武功我是向来敬服的。"黄蓉道："梅师姊，你还说什么？天下难道还有谁胜得过爹爹的？"

梅超风道："不行，非再打一场不可！"不等郭靖答应，伸手抓将过来。郭靖被逼不过，说道："既然如此，请梅前辈指教。"挥掌拍出。梅超风翻腕亮爪，叫道："打无声掌，有声的你不是我对手！"

郭靖跃开数步，说道："我柯大恩师眼睛也不方便，别人若用这般无声掌法欺他，我必恨之入骨。将心比心，我岂能再对你如此？适才我中你毒抓，生死关头，不得不以无声掌保命，若是比武较量，如此太不光明磊落，晚辈不敢从命。"

梅超风听他说得真诚，心中微微一动："这少年倒也硬气。"随即厉声喝道："我既叫你打无声掌，自有破你之法，婆婆妈妈的多说什么？"

郭靖向那青衣怪客望了一眼，心道："难道他在这片刻之间，便教了梅超风对付无声掌的法子？"见她苦苦相逼，说道："好，我再接梅前辈十五招。"他想把降龙十八掌中的十五掌再打一遍，纵使不能胜过了她，也必可以自保，当下向后跃开，然后蹦足上前，缓缓发掌打出。只听得身旁嗤的一声轻响，梅超风钩腕反拿，看准了他手臂抓来，昏暗之中，她双眼似乎竟能看得清清楚楚。

郭靖吃了一惊，左掌疾缩，抢向左方，一招"利涉大川"仍是缓缓打出。他手掌刚出数寸，嗤的一声过去，梅超风便已知他出手的方位，抢在头里，以快打慢。郭靖退避稍迟，险险被她手爪扫中，惊奇之下，急忙后跃，心想："她知我掌势去路已经奇怪，怎么又能在我将发未发之际先行料到？"第三招更是郑重，正是他最拿手的"亢龙有悔"，只听得嗤的一声，梅超风如钢似铁的五只手爪又已向他腕上抓来。

郭靖知道关键必在那"嗤"的一声之中，到第四招时，向那青衣怪客望去，果见他手指轻弹，一小粒石子破空飞出。郭靖已然明白："原来是他弹石子指点方位，我打东他投向东，我打西他投向西。不过他怎料得到我掌法的去路？嗯，是了，那日蓉儿与梁子翁相斗，洪七公预先喝破他的拳路，也就是这个道理。我使满十五招认输便了。"

那降龙十八掌无甚变化，郭靖又未学全，虽然每招威力奇大，但梅超风既得预知他掌力来势，自能及早闪避化解。又拆数招，那青衣怪客忽然嗤嗤嗤接连弹出三颗石子，梅超风变守为攻，猛下三记杀手。郭靖勉力化开，还了两掌。

两人相斗渐紧，只听得掌风呼呼之中，夹着嗤嗤嗤弹石之声。黄蓉见情势不妙，在地下检起一把瓦砾碎片，有些在空中乱掷，有些就照准了那怪客的小石子投去，一来扰乱声响，二来打歪他的准头。不料怪客指上加劲，小石子弹出去的力道劲急之极，破空之声异常响亮，黄蓉所掷的瓦片固然打不到石子，而小石子发出的响声也决计扰乱不了。

陆氏父子与江南六怪都极惊异："此人单凭手指之力，怎么能把石子弹得如此劲急？就是铁胎弹弓，也不能弹出这般大声。谁要是中了一弹，岂不是脑破胸穿？"

这时黄蓉已然住手，呆呆望着那个怪客。这时郭靖已全处下风，梅超风制敌机先，招招都是凌厉之极的杀手。

突然间呜呜两响，两颗石弹破空飞出，前面一颗飞得较缓，后面一颗急速赶上，两弹拍的一声，在空中撞得火星四溅，石子碎片八方乱射。梅超风借着这股威势直扑过来。郭靖见来势凶狠，难以抵挡，想起南希仁那"打不过，逃！"的四字诀，转身便逃。

黄蓉突然高叫："爹爹！"向那青衣怪客奔去，扑在他的怀里，放声大哭，叫道："爹爹，你的脸，你的脸怎……怎么变了这个样子？"

郭靖回过身来，见梅超风站在自己面前，却在侧耳倾听石弹声音，这稍纵即逝的良机哪能放过，当即伸掌慢慢拍向她肩头，这一次却是用了十成力，右掌力拍，左掌跟着一下，力道尤其沉猛。梅超风被这连续两掌打得翻了个筋斗，倒在地下，再也爬不起身。

陆乘风听黄蓉叫那人做爹爹，悲喜交集，忘了自己腿上残废，突然站起，要想过去，也是一交摔倒。

那青衣怪客左手搂住了黄蓉，右手慢慢从脸上揭下一层皮来，原来他脸上戴着一张人皮面具，是以看上去诡异古怪之极。这本来面目一露，但见他形相清癯，丰姿隽爽，萧疏轩举，湛然若神。黄蓉眼泪未干，高声欢呼，抢过了面具罩在自己脸上，纵体入怀，抱住他的脖子，又笑又跳。

这青衣怪客，正是桃花岛岛主黄药师。

黄蓉笑道："爹，你怎么来啦？刚才那个姓裘的糟老头子咒你，你也不教训教训他。"黄药师沉着脸道："我怎么来啦？来找你来着！"黄蓉喜道："爹，你的心愿了啦？那好极啦，好极啦！"说着拍掌而呼。黄药师道："了什么心愿？为了找你这鬼丫头，还管什么心愿不心愿。"

黄蓉甚是难过，她知父亲曾得了《九阴真经》的下卷，上卷虽然得不到，但发下心愿，要凭着一己的聪明智慧，从下卷而自创上卷的内功基础，说道《九阴真经》也是凡人所作，别人作得出，我黄药师便作不出？若不练成经中所载武功，便不离桃花岛一步，岂知下卷经文被陈玄风、梅超风盗走，另作上卷经文也就变成了全无着落。这次为了自己顽皮，竟害得他违愿破誓，当下软语说道："爹，以后我永远乖啦，到死都听你的话。"

黄药师见爱女无恙，本已极喜，又听她这样说，心情大好，说道："扶你师姊起来。"黄蓉过去将梅超风扶起。陆冠英也已将父亲扶来，双双拜倒。

黄药师叹了口气，说道："乘风，你很好，起来罢。当年我性子太急，错怪了你。"陆乘风哽咽道："师父您老人家好？"黄药师道："总算还没给人气死。"黄蓉嬉皮笑脸的道："爹，你不是说我吧？"黄药师哼了一声道："你也有份。"黄蓉伸了伸舌头，道："爹，我给你引见几位朋友。这是江湖上有名的江南六怪，是靖哥哥的师父。"

黄药师眼睛一翻，对六怪毫不理睬，说道："我不见外人。"六怪见他如此傲慢无礼，无不勃然大怒，但震于他的威名与适才所显的武功神通，一时倒也不便发作。

黄药师向女儿道："你有什么东西要拿？咱们这就回家。"黄蓉笑道："没什么要拿的，却有点东西要还给陆师哥。"从怀里掏出那包九花玉露丸来，交给陆乘风道："陆师哥，这些丸药调制不易，还是还了你罢。"陆乘风摇手不接，向黄药师道："弟子今日得见恩师，实是万千之喜，要是恩师能在弟子庄上小住几时，弟子更是……"

黄药师不答，向陆冠英一指道："他是你儿子？"陆乘风道："是。"陆冠英不待父亲吩咐，忙上前恭恭敬敬的磕了四个头，说道："孙儿叩见师祖。"黄药师道："罢了！"并不俯身相扶，却伸左手抓住他后心一提，右掌便向他肩头拍落。陆乘风大惊，叫道："恩师，我就只这个儿子……"

黄药师这一掌劲道不小，陆冠英肩头被击后站立不住，退后七八步，再是仰天一交跌倒，但没受丝毫损伤，怔怔的站起身来。黄药师对陆乘风道："你很好，没把功夫传他。这孩子是仙霞派门下的吗？"

陆乘风才知师父这一提一推，是试他儿子的武功家数，忙道："弟子不敢违了师门规矩，不得恩师允准，决不敢将恩师的功夫传授旁人。这孩子正是拜在仙霞派枯木大师的门下。"黄药师冷笑一声，道："枯木这点微末功夫，也称什么大师？你所学胜他百倍，打从明天起，你自己传儿子功夫罢。仙霞派的武功，跟咱们提鞋子也不配。"陆乘风大喜，忙对儿子道："快，快谢过祖师爷的恩典。"陆冠英又向黄药师磕了四个头。黄药师昂起了头，不加理睬。

陆乘风在桃花岛上学得一身武功，虽然双腿残废，但手上功夫未废，心中又深知武学精义，眼见自己独子虽然练武其勤，总以未得明师指点，成就有限，自己明明有满肚子的武功诀窍可以教他，但格于门规，未敢泄露，为了怕儿子痴缠，索性一直不让他知道自己会武，这时自己重得列于恩师门墙，又得师父允可教子，爱子武功指日可以大进，心中如何不喜？要想说几句感激的话，喉头却哽住了说不出来。

黄药师白了他一眼，说道："这个给你！"右手轻挥，两张白纸向他一先一后的飞去。

他与陆乘风相距一丈有余，两叶薄纸轻飘飘的飞去，犹如被一阵风送过去一般，薄纸上无所使力，推纸及远，实比投掷数百斤大石更难，众人无不钦服。

黄蓉甚是得意，悄声向郭靖道："靖哥哥，我爹爹的功夫怎样？"郭靖道："令尊的武功出神入化。蓉儿，你回去之后，莫要贪玩，好好跟着学。"黄蓉急道："你也去啊，难道你不去？"郭靖道："我要跟着我师父。过些时候我来瞧你。"黄蓉大急，紧紧拉住他手，叫道："不，不，我不和你分开。"郭靖却知在势不得不和她分离，不禁心中凄然。

陆乘风接住白纸，依稀见得纸上写满了字。陆冠英从庄丁手里接过火把，凑近去让父亲看字。陆乘风一瞥之下，见两张纸上写的都是练功的口诀要旨，却是黄药师的亲笔，二十年不见，师父的字迹更加遒劲挺拔，第一叶上右首写着题目，是"旋风扫叶腿法"六字。陆乘风知道"旋风扫叶腿"与"落英神剑掌"俱是师父早年自创的得意武技，六个弟子无一得传，如果昔日得着，不知道有多欢喜，现下自己虽已不能再练，但可转授儿子，仍是师父厚恩，当下恭恭敬敬的放入怀内，伏地拜谢。

黄药师道："这套腿法和我早年所创的已大不相同，招数虽是一样，但这套却是先从内功练起。你每日依照功诀打坐练气，要是进境得快，五六年后，便可不用扶杖行走。"陆乘风又悲又喜，百感交集。

黄药师又道："你腿上的残疾是治不好的了，下盘功夫也不能再练，不过照着我这功诀去做，和常人一般慢慢行走却是不难，唉，……"他早已自恨当年太过心急躁怒，重罚了四名无辜的弟子，近年来潜心创出这"旋风扫叶腿"的内功秘诀，便是想去传给四名弟子，好让他们能修习下盘的内功之后，得以回复行走。只是他素来要强好胜，虽然内心后悔，口上却不肯说，因此这套内功明明是全部新创，仍是用上一个全不相干的旧名，不肯稍露认错补过之意；过了片刻，又道："你把三个师弟都去找来，把这功诀传给他们罢。"

陆乘风答应一声："是。"又道："曲师弟和冯师弟的行踪，弟子一直没能打听到。武师弟已去世多年了。"

黄药师心里一痛，一对精光闪亮的眸子直射在梅超风身上，她瞧不见倒也罢了，旁人无不心中惴惴。黄药师冷然道："超风，你作了大恶，也吃了大苦。刚才那裘老儿咒我死了，你总算还哭出了几滴眼泪，还要替我报仇。瞧在这几滴眼泪份上，让你再活几年罢。"

梅超风万料不到师父会如此轻易的便饶了自己，喜出望外，拜倒在地。

黄药师道："好，好！"伸手在她背上轻轻拍了三掌。

梅超风突觉背心微微刺痛，这一惊险些昏去，颤声叫道："恩师，弟子罪该万死，求你恩准现下立即处死，宽免了附骨针的苦刑。"她早年曾听丈夫说过，师父有一项附骨针的独门暗器，只要伸手在敌人身上轻轻一拍，那针便深入肉里，牢牢钉在骨骼的关节之中。针上喂有毒药，药性却是慢慢发作，每日六次，按着血脉运行，叫人遍尝诸般难以言传的剧烈苦痛，一时又不得死，要折磨到一两年后方取人性命。武功好的人如运功抵挡，却是越挡越痛，所受苦楚犹似火上加油，更其剧烈。但凡有功夫之人，到了这个地步，又不得不咬紧牙关，强运功力，明知是饮鸩止渴，下次毒发时更为猛恶，然而也只好挡得一阵是一阵了。梅超风知道只要中一枚针已是进了人间地狱，何况连中三枚？抖起毒龙鞭猛往自己头上砸去。

黄药师一伸手，已将毒龙鞭抢过，冷冷的道："急什么？要死还不容易!"

梅超风求死不得,心想:"师父必是要我尽受苦痛,决不能让我如此便宜的便死。"不禁惨然一笑,向郭靖道:"多谢你一刀把我丈夫杀了,这贼汉子倒死得轻松自在!"

黄药师道:"附骨针上的药性,一年之后方才发作。这一年之中,有三件事给你去做,你办成了,到桃花岛来见我,自有法子给你拔针。"梅超风大喜,忙道:"弟子赴汤蹈火,也要给恩师办到。"黄药师冷冷道:"你知道我叫你做什么事?答应得这么快?"梅超风不敢言语,只自磕头。

黄药师道:"第一件,你把《九阴真经》丢失了,去给找回来,要是给人看过了,就把他杀了,一个人看过,杀一个,一百个人看过,杀一百个,只杀九十九人也别来见我。"众人听了,心中都感一阵寒意。江南六怪心想:"黄药师号称'东邪',为人行事真是邪得可以。"只听他又道:"你曲、陆、武、冯四个师兄弟,都因你受累,你去把灵风、默风找来,再去查访眠风的家人后嗣,都送到归云庄来居住。这是第二件。"梅超风一一应了。

陆乘风心想:"这件我可去办。"但他知道师父脾气,不敢插言。

黄药师仰头向天,望着天边北斗,缓缓的道:"《九阴真经》是你们自行拿去的,经上的功夫我没吩咐教你练,可是你自己练了,你该当知道怎么办。"隔了一会,说道:"这是第三件。"

梅超风一时不明白师父之意,垂首沉思片刻,方才恍然,颤声道:"待那两件事办成之后,弟子当把九阴白骨爪和摧心掌的功夫去掉。"

郭靖不懂,拉拉黄蓉的衣袖,眼色中示意相询。黄蓉脸上神色甚是不忍,用右手在自己左手手腕上一斩。郭靖这才明白:"原来是把自己的手斩了。"心想:"梅超风虽然作恶多端,但要是真能悔改,何必刑罚如此惨酷?倒要蓉儿代她求求情。"正在想这件事,黄药师忽然向他招了招手,道:"你叫郭靖?"

郭靖忙上前拜倒,说道:"弟子郭靖参见黄老前辈。"黄药师道："我的弟子陈玄风是你杀的？你本事可不小哇！"郭靖听他语意不善，心中一凛，说道："那时弟子年幼无知，给陈前辈擒住了，慌乱之中，失手伤了他。"

黄药师哼了一声，冷冷的道："陈玄风虽是我门叛徒，自有我门中人杀他。桃花岛的门人能教外人杀的么？"郭靖无言可答。

黄蓉忙道："爹爹，那时候他只有六岁，又懂得什么了？"黄药师犹如不闻，又道："洪老叫化素来不肯收弟子，却把最得意的降龙十八掌传给了你十五掌，你必有过人的长处了。要不然，总是你花言巧语，哄得老叫化欢喜了你。你用老叫化所传的本事，打败了我门下弟子，哼哼，下次老叫化见了我，还不有得他说嘴的么？"

黄蓉笑道："爹，花言巧语倒是有的，不过不是他，是我。他是老实头，你别凶霸霸的吓坏了他。"

黄药师丧妻之后，与女儿相依为命，对她宠爱无比，因之把她惯得甚是娇纵，毫无规矩，那日被父亲责骂几句，竟然便离家出走。黄药师本来料想爱女流落江湖，必定憔悴苦楚，哪知一见之下，却是娇艳犹胜往昔，见她与郭靖神态亲密，处处回护于他，似乎反而与老父生分了，心中颇有妒意，对郭靖更是有气，当下不理女儿，对郭靖道："老叫化教你本事，让你来打败梅超风，明明是笑我门下无人，个个弟子都不争气……"

黄蓉忙道："爹，谁说桃花岛门下无人？他欺梅师姊眼睛不便，掌法上侥幸占了些便宜，有什么希罕？你倒教他绑上眼睛，跟梅师姊比划比划看。女儿给你出这口气。"纵身出去，叫道："来来，我用爹爹所传最寻常的功夫，跟你洪七公生平最得意的掌法比比。"她知郭靖的功夫和自己不相上下，两人只要拆解数十招，打个平手，爹爹的气也就消了。

郭靖明白她的用意，见黄药师未加阻拦，说道："我向来打你不过，就再让你揍几拳罢。"当即走到黄蓉身前。

黄蓉喝道："看招！"纤手横劈，飕飕风响，正是落英神剑掌法中的"雨急风狂"。郭靖便以降龙十八掌招数对敌，但他爱惜黄蓉之极，哪肯使出全力？可是降龙十八掌全凭劲强力猛取胜，讲到招数繁复奇幻，岂是落英神剑掌法之比，只拆了数招，身上已连中数掌。黄蓉要消父亲之气，这几掌还是打得真重，心知郭靖筋骨强壮，这几下还能受得了，高声叫道："你还不服输？"口中说着，手却不停。

黄药师铁青了脸，冷笑道："这种把戏有什么好看？"也不见他身子晃动，忽地已然欺近，双手分别抓住了两人后领向左右掷出。虽是同样一掷，劲道却大有不同，掷女儿的左手只是将她甩出，掷郭靖的右手却运力甚强，存心要重重摔他一下。郭靖身在半空使不出力，只觉不由自主的向后倒去，但脚跟一着地，立时牢牢钉住，竟未摔倒。

他要是一交摔得口肿面青，半天爬不起来，倒也罢了。这样一来，黄药师虽然暗赞这小子下盘功夫不错，怒气反而更炽，喝道："我没弟子，只好自己来接你几掌。"郭靖忙躬身道："弟子就有天大的胆子，也不敢和前辈过招。"

黄药师冷笑道："哼，和我过招？谅你这小子也不配。我站在这里不动，你把降龙十八掌一掌掌的向我身上招呼，只要引得我稍有闪避，举手挡格，就算是我栽了，好不好？"郭靖道："弟子不敢。"黄药师道："不敢也要你敢。"

郭靖心想："到了这步田地，不动手万万不行，只好打他几掌。他不过是要借力打力，将我反震出去，我摔几交又有什么？"

黄药师见他尚自迟疑，但脸上已有跃跃欲试之色，说道："快动手，你不出招，我可要打你了。"郭靖道："既是前辈有命，弟子不敢不遵。"运起势子，蹲身屈臂，画圈击出一掌，又是练得最熟的那招"亢龙有悔"。他既担心真的伤了黄药师，也怕若用全力，回击之劲也必奇大，是以只使了六成力。这一掌打到黄药师胸口，突觉他身上滑不留手，犹如涂满了油一般，手掌一滑，便溜了开去。

黄药师道："干么？瞧我不起么？怕我吃不住你神妙威猛的降

龙掌，是不是？”郭靖道：“弟子不敢。”这第二掌“或跃在渊”，却再也不敢留力，吸一口气，呼的一响，左掌前探，右掌倏地从左掌底下穿了出去，直击他小腹。黄药师道：“这才像个样子。”

当日洪七公教郭靖在松树上试掌，要他掌一着树，立即使劲，方有摧坚破强之功，这时他依着千练万试过的法门，指尖微微触到黄药师的衣缘，立时发劲，不料就在这劲已发出、力未受着的一瞬之间，对方小腹突然内陷，只听得喀的一声，手腕已是脱臼。他这掌若是打空，自无关碍，不过是白使了力气，却在明明以为击到了受力之处而发出急劲，着劲的所在忽然变得无影无踪，待要收劲，哪里还来得及，只感手上剧痛，忙跃开数尺，一只手已举不起来。

江南六怪见黄药师果真一不闪避，二不还手，身子未动，一招之间就把郭靖的腕骨卸脱了臼，又是佩服，又是担心。

只听黄药师喝道：“你也吃我一掌，教你知道是老叫化的降龙十八掌厉害，还是我桃花岛的掌法厉害。”语声方毕，掌风已闻。郭靖忍痛纵起，要向旁躲避，哪知黄药师掌未至，腿先出，一拨一勾，郭靖扑地倒了。

黄蓉惊叫：“爹爹别打！”从旁窜过，伏在郭靖身上。黄药师变掌为抓，一把拿住女儿背心，提了起来，左掌却直劈下去。

江南六怪知道这一掌打着，郭靖非死也必重伤，一齐抢过。全金发站得最近，秤杆上的铁锤径击他左手手腕。黄药师将女儿在身旁一放，双手任意挥洒，便将全金发的秤杆与韩小莹手中长剑夺下，平剑击秤，当啷一响，一剑一秤震为四截。

陆乘风叫道：“师父！……”想出言劝阻，但于师父积威之下，再也不敢接下口去。

黄蓉哭道：“爹，你杀他罢，我永不再见你了。”急步奔向太湖，波的一声，跃入了湖中。黄药师惊怒交集，虽知女儿深通水性，自小就常在东海波涛之中与鱼鳖为戏，整日不上岸也不算一回事，但她这一去却不知何日再能重见，飞身抢到湖边，黑沉沉之中，但见一条水线笔直的通向湖心。

黄药师呆立半晌，回过头来，见朱聪已替郭靖接上了腕骨所脱的臼，当即迁怒于他，冷冷的道："你们七个人快自杀罢，免得让我出手时多吃苦头。"

柯镇恶横过铁杖，说道："男子汉大丈夫死都不怕，还怕吃苦？"朱聪道："江南六怪已归故乡，今日埋骨五湖，尚有何憾？"六人或执兵刃，或是空手，布成了迎敌的阵势。

郭靖心想："六位师父哪里是他敌手，只不过是枉送了性命，岂能因我之故而害了师父？"急忙纵身上前，说道："陈玄风是弟子杀的，与我众位师父无干，我一人给他抵命便了。"随又想到："大师父、三师父、七师父都是性如烈火，倘若见我丧命，岂肯罢手？必定又起争斗，我须独自了结此事。"当下挺身向黄药师昂然说道："只是弟子父仇未报，前辈可否宽限一月，三十天之后，弟子亲来桃花岛领死？"

黄药师这时怒气渐消，又是记挂着女儿，已无心思再去理他，手一挥，转身就走。

众人不禁愕然，怎么郭靖只凭这一句话，就轻轻易易的将他打发走了？只怕他更有厉害毒辣手段，却见他黑暗之中身形微晃，已自不见。

陆乘风呆了半晌，才道："请各位到后堂稍息。"梅超风哈哈一笑，双袖挥起，已反跃出丈余之外，转身也没入了黑暗之中。陆乘风叫道："梅师姊，把你弟子带走罢。"黑暗中沉寂无声，梅超风早已去远。

只见她面前放着两个无锡所产的泥娃娃，一男一女，都是肥肥胖胖，神态有趣。泥人面前摆着几只黏土捏成的小碗小盏，盛着些花草树叶。

第十五回　神龙摆尾

陆冠英扶起完颜康，见他已被点中穴道，动弹不得，只有两颗眼珠光溜溜的转动。陆乘风道："我答应过你师父，放了你去。"瞧他被点中了穴道的情形不是本门手法，自己虽能替他解穴，但对点穴之人却有不敬，正要出言询问，朱聪过来在完颜康腰里捏了几把，又在他背上轻拍数掌，解开了他穴道。陆乘风心想："这人手上功夫真是了得。完颜康武功不弱，未见他还得一招半式，就被点了穴。"其实若是当真动手，完颜康虽然不及朱聪，但不致立时就败，只是大厅倒塌时乱成一团，完颜康又牵着那姓段的武官，朱聪最善于乘人分心之际攻人虚隙，是以出手即中。

朱聪道："这位是什么官儿，你也带了走罢。"又给那武官解了穴道。那武官自分必死，听得竟能获释，喜出望外，忙躬身说道："大……大英雄活命之恩，卑……卑职段天德终身不忘。各位若去京师耍子，小将自当尽心招待……"

郭靖听了"段天德"三字，耳中嗡的一震，颤声道："你……你叫段天德？"段天德道："正是，小英雄有何见教？"郭靖道："十八年前，你可是在临安当武官么？"段天德道："是啊，小英雄怎么知道？"他刚才曾听得陆乘风说陆冠英是枯木大师弟子，又向陆冠英说道："我是枯木大师俗家的侄儿，咱们说起来还是一家人呢，哈哈！"

郭靖向段天德从上瞧到下，又从下瞧到上，始终一言不发，段天德只是陪笑。过了好半晌，郭靖转头向陆乘风道："陆庄主，在下要借宝庄后厅一用。"陆乘风道："当得，当得。"郭靖挽了段天德的手臂，大踏步向后走去。

江南六怪个个喜动颜色，心想天网恢恢，竟在这里撞见这恶贼，若不是他自道姓名，哪里知道当年七兄妹万里追踪的就是此人？

陆乘风父子与完颜康却不知郭靖的用意，都跟在他的身后，走向后厅。家丁掌上烛火。郭靖道："烦借纸笔一用。"家丁应了取来。郭靖对朱聪道："二师父，请你书写先父的灵位。"朱聪提笔在白纸上写了"郭义士啸天之灵位"八个大字，供在桌子正中。

段天德还道来到后厅，多半是要吃消夜点心，及见到郭啸天的名字，只吓得魂飞天外，一转头，见到韩宝驹矮矮胖胖的身材，惊上加惊，把一泡尿全撒在裤裆之中。当日他带了郭靖的母亲一路逃向北方，江南六怪在后追赶，在旅店的门缝之中，他曾偷瞧过韩宝驹几眼，这人矮胖怪异的身材最是难忘。适才在大厅上相见，只因自己心中惊魂不定，未曾留意别人，这时烛光下瞧得明白，不知如何是好，只是瑟瑟发抖。

郭靖喝道："你要痛痛快快的死呢，还是喜欢零零碎碎的先受点折磨？"

段天德到了这个地步，哪里还敢隐瞒，只盼推委罪责，说道："你老太爷郭义士不幸丧命，虽跟小的有一点儿干系，不过……不过小的是受了上命差遣，概不由己。"郭靖喝道："谁差你了？谁派你来害我爹爹，快说，快说。"段天德道："那是大金国的六太子完颜洪烈六王爷。"完颜康惊道："你说什么？"

段天德只盼多拉一个人落水，把自己的罪名减轻些，于是原原本本的将当日完颜洪烈怎样看中了杨铁心的妻子包氏，怎样与宋朝官府串通、命官兵到牛家村去杀害杨郭二人，怎样假装见义勇为、杀出来将包氏救去，自己又怎样逃到北京、却被金兵拉伕拉到蒙古，怎样在乱军中与郭靖之母失散，怎样逃回临安、此后一路升官等情由，详详细细的说了，说罢双膝跪地，向郭靖道："郭英雄，郭大人，这事实在不能怪小的。当年见到你老太爷威风凛凛，相貌堂堂，原是决意要手下留情，还想跟他交个朋友，只不过……只不过……小人是个小小官儿，委实自己做不了主，空有爱慕之心、好生之德……小人名叫段天德，这上天好生之德的道理，小人自幼儿就明白的……"瞥眼见到郭靖脸色铁青，丝毫不为自己言语所动，当即跪倒，在郭啸天灵前连连叩头，叫道："郭老爷，你在天之灵要明白，害你的仇人是人家六太子完颜洪烈，是他这个畜生，可不是我这蝼蚁也不如的东西。你公子爷今日长得这么英俊，你在天之灵也必欢喜，你老人家保佑，让他饶了小人一条狗命罢……"

他还在唠唠叨叨的说下去，完颜康倏地跃起，双手下击，噗的一声，将他打得头骨碎裂而死。郭靖伏在桌前，放声大哭。

陆乘风父子与江南六怪一一在郭啸天的灵前行礼致祭。完颜康也拜在地下，磕了几个头，站起身来，说道："郭兄，我今日才知我那……那完颜洪烈原来是你的大仇人。小弟先前不知，事事倒行逆施，真是罪该万死。"想起母亲身受的苦楚，也痛哭起来。

郭靖道："你待怎样？"完颜康道："小弟今日才知确是姓杨，'完颜'两字，跟小弟全无干系，从今而后，我是叫杨康的了。"郭靖道："好，这才是不忘本的好汉子。我明日去北京杀完颜洪烈，你去也不去？"

杨康想起完颜洪烈养育之恩，一时踌躇不答，见郭靖脸上已露不满之色，忙道："小弟随同大哥，前去报仇。"郭靖大喜，说道："好，你过世的爹爹和我母亲都曾对我说过，当年先父与你爹爹有约，你我要结义为兄弟，你意下如何？"杨康道："那是求之不得。"两人叙起年纪，郭靖先出世两个月，当下在郭啸天灵前对拜了八拜，结为兄弟。

当晚各人在归云庄上歇了。次晨六怪及郭杨二人向陆庄主父子作别。陆庄主每人送了一份厚厚的程仪。

出得庄来，郭靖向六位师父道："弟子和杨兄弟北上去杀完颜洪烈，要请师父指点教诲。"柯镇恶道："中秋之约为时尚早，我们左右无事，带领你去干这件大事罢。"朱聪等人均表赞同。郭靖道："师父待弟子恩重如山，只是那完颜洪烈武艺平庸，又有杨兄弟相助，要杀他谅来也非难事。师父为了弟子，十多年未归江南，现下数日之间就可回到故乡，弟子不敢再劳师父大驾。"六怪心想也是实情，眼见他武艺大进，尽可放心得下，当下细细叮嘱了一番，郭靖一一答应。

最后韩小莹道："桃花岛之约，不必去了。"她知郭靖忠厚老实，言出必践，瞧那黄药师性子古怪残忍，如去桃花岛赴会，势必凶多吉少。郭靖道："弟子若是不去，岂不失信于他？"杨康插口说道："跟这般妖邪魔道，有什么信义好讲。大哥是太过拘泥古板了。"

柯镇恶哼了一声，说道："靖儿，咱们侠义道岂能说话不算数？今日是六月初五，七月初一我们在嘉兴醉仙楼相会，同赴桃花岛之约。现下你骑小红马赶赴北京报仇。你那义弟不必同去了。你如能得遂心愿，那是最好，否则咱们把杀奸之事托了全真派诸位道长，他们义重如山，必不负咱们之托。"郭靖听大师父说要陪他赴难，感激无已，拜倒在地。

南希仁道："你这义弟出身富贵之家，可要小心了。"韩小莹道："四师父这句话，你一时也不会明白，以后时时仔细想想。"郭靖应道："是。"

朱聪笑道："黄药师的女儿跟她老子倒挺不同，咱们以后再犯不着生她的气，三弟，是么？"韩宝驹一捋胡髭，说道："这小女娃骂我是矮冬瓜，她自己挺美么？"说到这里，却也不禁笑了出来。郭靖见众师父对黄蓉不再心存芥蒂，甚为喜慰，但随即想到她现下不知身在何处，又感难受。全金发道："靖儿，你快去快回，我们在嘉兴静候好音。"

江南六怪扬鞭南去，郭靖牵着红马，站在路旁，等六怪走得背影不见，方才上马，向杨康道："贤弟，我这马脚程极快，去北京十多天就能来回。我先陪贤弟走几天。"两人扣辔向北，缓缓而行。

杨康心中感慨无已，一月前命驾南来时左拥右卫，上国钦差，何等威风，这时悄然北往，荣华富贵，顿成一场春梦；郭靖不再要他同去中都行刺，固是免得他为难，但是否要设法去通知完颜洪烈防备躲避，却又大费踌躇。郭靖却道他思忆亡故的父母，不住相劝。

中午时分，到了溧阳，两人正要找店打尖，忽见一名店伴迎了上来，笑道："两位可是郭爷、杨爷么？酒饭早就备好了，请两位来用罢。"

郭靖和杨康同感奇怪。杨康问道："你怎认识我们？"那店伴笑道："今儿早有一位爷嘱咐来着，说了郭爷、杨爷的相貌，叫小店里预备了酒饭。"说着牵了两人坐骑去上料。杨康哼了一声，道："归云庄的陆庄主好客气。"两人进店坐下，店伴送上酒饭，竟是上好的花雕和精细面点，菜肴也是十分雅致，更有一碗郭靖最爱吃的口蘑煨鸡。两人吃得甚是畅快，起身会帐。掌柜的笑道："两位爷请自稳便，帐已会过了。"杨康一笑，给了一两银子赏钱，那店伴谢了又谢，直送到店门之外。

郭靖在路上说起陆庄主慷慨好客。杨康对被擒之辱犹有余恨，说："这人也不是什么好东西，只会以这般手段笼络江湖豪杰，才做了太湖群雄之主。"郭靖奇道："陆庄主不是你师叔么？"杨康道："梅超风虽教过我武功，也算不得是什么师父。这些邪门外道的功夫，要是我早知道了，当日不学，也不至落到今日这步田地。"郭靖更奇，问道："怎么啊？"杨康自知失言，脸上一红，强笑道："小弟总觉九阴白骨爪之类不是正派武功。"郭靖点头道："贤弟说得不错。你师父长春真人武功精湛，又是玄门正宗，你向师父说明真相，好好悔过，他必能原宥你已往之事。"杨康默然不语。

傍晚时分，到了金坛，那边客店仍是预备好了酒饭。其后一连三日，都是如此。这日两人过江到了高邮，客店中又有人来接。杨康冷笑道："瞧归云庄送客送到哪里？"郭靖却早已起疑，这三日来每处客店所备的饭菜之中，必有一二样是他特别爱吃之物，如是陆冠英命人预备，怎能深知他的心意？用过饭后，郭靖道："贤弟，我先走一步，赶上去探探。"催动小红马，倏忽之间已赶过三个站头，到了宝应，果然无人来接。

郭靖投了当地最大的一家客店，拣了一间靠近帐房的上房，守到傍晚，听得店外鸾铃响处，一骑马奔到店外，戛然而止，一人走进店来，吩咐帐房明日预备酒饭迎接郭杨二人。郭靖虽早料到必是黄蓉，但这时听到她的声音，仍不免喜悦不胜，心中突突乱跳，听她要了店房，心想："蓉儿爱闹着玩，我且不认她，到得晚上去作弄她一下。"睡到二更时分，悄悄起来，想到黄蓉房里去吓她一跳，只见屋顶上人影一闪，正是黄蓉。郭靖大奇："这半夜里她到哪里去？"当下展开轻功，悄悄跟在她身后。

黄蓉径自奔向郊外，并未发觉有人跟随，跑了一阵，到了一条小溪之旁，坐在一株垂柳之下，从怀里摸出些东西，弯了腰玩弄。其时月光斜照，凉风吹拂柳丝，黄蓉衣衫的带子也是微微飘动，小溪流水，虫声唧唧，一片清幽，只听她说道："这个是靖哥哥，这个是蓉儿。你们两个乖乖的坐着，这么面对面的，是了，就是这样。"

郭靖蹑着脚步，悄没声的走到她身后，月光下望过去，只见她面前放着两个无锡所产的泥娃娃，一男一女，都是肥肥胖胖，憨态可掬。郭靖在归云庄上曾听黄蓉说过，无锡泥人天下驰誉，虽是玩物，却制作精绝，当地土语叫作"大阿福"。她在桃花岛上就有好几个。这时郭靖觉得有趣，又再走近几步。见泥人面前摆着几只黏土捏成的小碗小盏，盛着些花草之类，她轻声说着："这碗靖哥哥吃，这碗蓉儿吃。这是蓉儿煮的啊，好不好吃啊？"郭靖接口道："好吃，好吃极啦！"

黄蓉微微一惊，回过头来，笑生双靥，投身入怀，两人紧紧抱在一起。过了良久，这才分开，并肩坐在柳溪之旁，互道别来情景。虽只数日小别，倒像是几年几月没见一般。黄蓉咭咭咯咯的又笑又说，郭靖怔怔的听着，不由得痴了。

那夜黄蓉见情势危急，父亲非杀郭靖不可，任谁也劝阻不住，情急之下，说出永不相见的话来。黄药师爱女情深，便即饶了郭靖。黄蓉在太湖中耽了大半个时辰，料想父亲已去，挂念着郭靖，又到归云庄来窥探，见他安然无恙，心中大慰，回想适才对父亲说话太重，又自懊悔不已。次晨躲在归云庄外树丛之中，眼见郭靖与杨康并辔北去，于是抢在前头给他们安排酒饭。

两人直说到月上中天，此时正是六月天时，静夜风凉，黄蓉心中欢畅，渐渐眼困神倦，言语模糊，又过一会，竟在郭靖怀中沉沉睡去，玉肤微凉，吹息细细。郭靖怕惊醒了她，倚着柳树动也不动，过了一会，竟也睡去。

也不知过了多少时候，只听得柳梢莺啭，郭靖睁开眼来，但见朝曦初上，鼻中闻着阵阵幽香，黄蓉兀自未醒，蛾眉敛黛，嫩脸匀红，口角间浅笑盈盈，想是正做好梦。

郭靖心想："让她多睡一会，且莫吵醒她。"正在一根根数她长长的睫毛，忽听左侧两丈余外有人说道："我已探明程家大小姐的楼房，在同仁当铺后面的花园里。"另一个苍老的声音道："好，咱们今晚去干事。"两人说话很轻，但郭靖早已听得清楚，不禁吃了一惊，心想这必是众师父说过的采花淫贼，可不能容他们为非作歹。

突然黄蓉急跃起身，叫道："靖哥哥，来捉我。"奔到一株大树之后。郭靖一呆之下，见黄蓉连连向自己招手，这才明白，当下装作少年人嬉戏模样，嘻嘻哈哈的向她追去，脚步沉滞，丝毫不露身有武功。

说话的两人本来决计想不到这大清早旷野之中就有人在，不免一惊，但见是两个少年男女追逐闹玩，也就不在意下，但话却不说了，径向前行。

黄蓉与郭靖瞧这两人背影，衣衫褴褛，都是乞儿打扮。待得两人走远，黄蓉道："靖哥哥，你说他们今晚去找那程家大小姐干什么？"郭靖道："多半不是好事。咱们出手救人，好不好？"黄蓉笑道："那当然。但不知道这两个叫化子是不是七公的手下。"郭靖道："一定不是。但七公说天下叫化都归他管？嗯，这两个坏人定是假扮了叫化的。"黄蓉道："天下成千成万叫化子，一定也有不少坏叫化。七公本领虽大，也不能将每个人都管得好好地。看来这两个定是坏叫化。七公待咱们这么好，难以报答，咱们帮他管管坏叫化，七公一定欢喜。"郭靖点头道："正是。"想到能为洪七公稍效微劳，甚是高兴。

　　黄蓉又道："这两人赤了脚，小腿上生满了疮，我瞧定是真叫化儿。旁人扮不到那么像。"郭靖心下佩服，道："你瞧得真仔细。"

　　两人回店用了早饭，到大街闲逛，走到城西，只见好大一座当铺，白墙上"同仁老当"四个大字，每个字比人还高。当铺后进果有花园，园中一座楼房建构精致，檐前垂着绿幽幽的细竹帘。两人相视一笑，携手自到别处玩耍。

　　等到用过晚饭，在房中小睡养神，一更过后，两人径往西城奔去，跃过花园围墙，只见楼房中隐隐透出灯火。两人攀到楼房顶下，以足钩住屋檐，倒挂下来。这时天气炎热，楼上并未关窗，从竹帘缝中向里张望，不禁大出意料之外。只见房中共有七人，都是女子，一个十八九岁的美貌女子正在灯下看书，想必就是那位程大小姐了，其余六人都是丫鬟打扮，手中却各执兵刃，劲装结束，精神奕奕，看来都会武艺。

　　郭靖与黄蓉原本要来救人，却见人家早已有备，料得中间另有别情，两人精神一振，悄悄翻上屋顶，坐下等候，只待瞧一场热闹。

　　等不到小半个时辰，只听得墙外喀的一声微响，黄蓉一拉郭靖衣袖，缩在屋檐之后，只见围墙外跃进两条黑影，瞧身形正是日间所见的乞丐。两丐走到楼下，口中轻声吹哨，一名丫鬟揭开竹帘，说道："是丐帮的英雄到了么？请上来罢。"两丐跃上楼房。

郭靖与黄蓉在黑暗中你瞧瞧我，我瞧瞧你，日间听得那两丐说话，又见楼房中那小姐严神戒备的情状，料想二丐到来，立时便有一场厮杀，哪知双方竟是朋友。

只见程大小姐站起身来相迎，道了个万福，说道："请教两位高姓大名。"那声音苍老的人道："在下姓黎，这是我的师侄，名叫余兆兴。"程大小姐道："原来是黎前辈，余大哥。丐帮众位英雄行侠仗义，武林中人人佩服，小女子今日得见两位尊范，甚是荣幸。请坐。"她说的虽是江湖上的场面话，但神情腼腆，说一句话，便停顿片刻，一番话说来极是生疏，语音娇媚，说什么"武林中人人佩服"云云，实是极不相称。她勉强说完了这几句话，已是红晕满脸，偷偷抬眼向那姓黎的老丐望了一眼，又低下头去，细声细气的道："老英雄可是人称'江东蛇王'的黎生黎前辈么？"那老丐笑道："姑娘好眼力，在下与尊师清净散人曾有一面之缘，虽无深交，却是向来十分钦佩。"

郭靖听了"清净散人"四字，心想："清净散人孙不二孙仙姑是全真七子之一，这位程大小姐和两个乞丐原来都不是外人。"

只听程大小姐道："承老英雄仗义援手，晚辈感激无已，一切全凭老英雄吩咐。"黎生道："姑娘是千金之体，就是给这狂徒多瞧一眼也是亵渎了。"程大小姐脸上一红。黎生又道："姑娘请到令堂房中歇宿，这几位尊使也都带了去，在下自有对付那狂徒的法子。"程大小姐道："晚辈虽然武艺低微，却也不怕那恶棍。这事要老前辈一力承当，晚辈怎过意得去？"黎生道："我们洪帮主与贵派老教主王真人素来交好，大家都是一家人，姑娘何必分什么彼此？"程大小姐本来似乎跃跃欲试，但听黎生这么说了，不敢违拗，行了个礼，说道："那么一切全仗黎老前辈和余大哥了。"说罢，带了丫鬟盈盈下楼而去。

黎生走到小姐床边，揭开绣被，鞋也不脱，满身肮脏的就躺在香喷喷的被褥之上，对余兆兴道："你下楼去，和大伙儿四下守着，不得我号令，不可动手。"余兆兴答应了而去。黎生盖上绸被，放下纱帐，熄灭灯烛，翻身朝里而卧。

黄蓉暗暗好笑："程大小姐这床被头铺盖可不能要了。他们丐帮的人想来都学帮主，喜欢滑稽胡闹，却不知道在这里等谁？这件事倒也好玩得紧。"她听得外面有人守着，与郭靖静悄悄的藏身在屋檐之下。

约莫过了一个更次，听得前面当铺中的更伕"的笃、的笃、当当当"的打过三更，接着"拍"的一声，花园中投进一颗石子来。过得片刻，围墙外窜进八人，径跃上楼，打着了火折子，走向小姐床前，随即又吹熄火折。

就在这火光一闪之际，郭黄二人已看清来人的形貌，原来都是欧阳克那些女扮男装、身穿白衣的女弟子。四名女弟子走到床前，揭开帐子，将绸被兜头罩在黎生身上，牢牢搂住，另外两名女弟子张开一只大布袋，抬起黎生放入袋中，抽动绳子，已把袋口收紧。众女抖被罩头、张袋装人等手法熟练异常，想是一向做惯了的，黑暗之中顷刻而就，全没声响。四名女弟子各执布袋一角，抬起布袋，跃下楼去。

郭靖待要跟踪，黄蓉低声道："让丐帮的人先走。"郭靖心想不错，探头外望，只见前面四女抬着装载黎生的布袋，四女左右卫护，后面隔了数丈跟着十余人，手中均执木棒竹杖，想来都是丐帮中人。

郭黄二人待众人走远，这才跃出花园，远远跟随，走了一阵，已到郊外，只见八女抬着布袋走进一座大屋，众乞丐四下分散，把大屋团团围住了。

黄蓉一扯郭靖的手，急步抢到后墙，跳了进去，却见是一所祠堂，大厅上供着无数神主牌位，梁间悬满了大匾，写着族中有过功名之人的名衔。厅上四五枝红烛点得明晃晃地，居中坐着一人，折扇轻挥，郭黄二人早就料到必是欧阳克，眼见果然是他，当下缩身窗外，不敢稍动，心想："不知那黎生是不是他敌手？"

只见八女抬了布袋走进大厅，说道："公子爷，程家大小姐已经接来了。"欧阳克冷笑两声，抬头向着厅外说道："众位朋友，既蒙枉顾，何不进来相见？"

隐在墙头屋角的群丐知道已被他察觉，但未得黎生号令，均是默不作声。欧阳克侧头向地下的布袋看了一眼，冷笑道："想不到美人儿的大驾这么容易请到。"缓步上前，折扇轻挥，已折成一条铁笔模样。

黄蓉、郭靖见了他的手势和脸色，都吃了一惊，知他已看破布袋中藏着敌人，便要痛下毒手。黄蓉手中扣了三枚钢针，只待他折扇下落，立刻发针相救黎生。忽听得飕飕两声，窗格中打进两枝袖箭，疾向欧阳克背心飞去，原来丐帮中人也已看出情势凶险，先动上了手。

欧阳克翻过左手，食指与中指夹住一箭，无名指与小指夹住另一箭，喀喀两响，两枝短箭折成了四截。群丐见他如此功夫，无不骇然。余兆兴叫道："黎师叔，出来罢。"语声未毕，嗤的一声急响，布袋已然撕开，两柄飞刀激射而出，刀光中黎生着地滚出，扯着布袋一抖，护在身前，随即跃起。他早知欧阳克武功了得，与他拼斗未必能胜，本想藏在布袋之中，出其不意的忽施袭击，哪知还是被他识穿了。

欧阳克笑道："美人儿变了老叫化，这布袋戏法高明得紧啊！"黎生叫道："地方上三天之中接连失了四个姑娘，都是阁下干的好事了？"欧阳克笑道："宝应县并不穷啊，怎么捕快公人变成了要饭的？"黎生说道："我本来也不在这里要饭，昨儿听小叫化说，这里忽然有四个大姑娘给人劫了去，老叫化一时兴起，过来瞧瞧。"

欧阳克懒懒的道："那几个姑娘也没什么好，你既然要，大家武林一脉，冲着你面子，便给了你罢。叫化子吃死蟹，只只好，多半你会把这四个姑娘当作了宝贝。"右手一挥，几名女弟子入内去领了四个姑娘出来，个个衣衫不整，神色憔悴，眼睛哭得红肿。

黎生见了这般模样，怒从心起，喝道："朋友高姓大名，是谁的门下？"欧阳克仍是满脸漫不在乎的神气，说道："我复姓欧阳，你老兄有何见教？"黎生喝道："你我比划比划。"欧阳克道："那再好没有，进招罢。"

黎生道："好！"右手抬起，正要发招，突然眼前白影微晃，背后风声响动，疾忙向前飞跃，颈后已被敌人拂中，幸好纵跃得快，否则颈后的要穴已被他拿住了。黎生是丐辈中的八袋弟子，行辈甚尊，武功又强，两浙群丐都归他率领，是丐帮中响当当的脚色，哪知甫出手便险些着了道儿，脸上一热，不待回身，反手还劈一掌。黄蓉在郭靖耳边低声道："他也会降龙十八掌！"郭靖点了点头。

欧阳克见他这招来势凶狠，不敢硬接，纵身避开。黎生这才回过身来，踏步进击，双手当胸虚捧，呼的转了个圈子。郭靖在黄蓉耳畔轻声道："这是逍遥游拳法中的招数罢？"黄蓉也点了点头，只是见黎生拳势沉重，却少了"逍遥游"拳法中应有的飘逸之致。

欧阳克见他步稳手沉，招术精奇，倒也不敢轻忽，将折扇在腰间一插，闪开对方的圈击，拳似电闪，打向黎生右肩。黎生以一招"逍遥游"拳法中的"饭来伸手"格开。欧阳克左拳钩击，待得对方竖臂相挡，倏忽间已窜到他背后，双手五指抓成尖锥，双锥齐至，打向他背心要穴。黄蓉和郭靖都吃了一惊："这一招难挡。"

这时守在外面的群丐见黎生和敌人动上了手，都涌进厅来，灯影下蓦见黎生遇险，要待抢上相助，已然不及。

黎生听得背后风响，衣上也已微有所感，就在这一瞬之间，反手横劈，仍是刚才使过的"降龙十八掌"中那一招"神龙摆尾"。这一招出自《易经》中的"履"卦，始创"降龙十八掌"的那位高人本来取名为"履虎尾"，好比攻虎之背，一脚踏在老虎尾巴上，老虎回头反咬一口，自然厉害猛恶之至。后来的传人嫌《易经》中这些文诌诌的卦名说来太不顺口，改作了"神龙摆尾"。欧阳克不敢接他这掌，身子向后急仰，躲了开去。黎生心中暗叫："好险！"

转身拒敌。他武功远不及欧阳克精妙，拆了三四十招，已连遇五六次凶险，每次均仗这招"神龙摆尾"解难脱困。

黄蓉低声对郭靖道："七公只传了他一掌。"郭靖点点头，想起自己当日以一招"亢龙有悔"与梁子翁对敌之事，又想到洪七公对他丐帮中的首要人物也不过传了一掌，自己竟连得他传授十五掌，心中好生感激。

只见欧阳克踏步进迫，把黎生一步步逼向厅角之中。原来欧阳克已瞧出他只一招厉害，而这一招必是反身从背后发出，当下将他逼入屋角，叫他无法反身发掌。黎生明白了敌人用意，移步转身，要从屋角抢到厅中，刚只迈出一步，欧阳克一声长笑，抢拳直进，蓬的一拳，击在他下颏之上。黎生吃痛，心下惊惶，伸臂待格，敌人左拳又已击到，片刻之间，头上胸前连中了五六拳，登时头晕身软，晃了几晃，跌倒在地。

丐帮诸人抢上前来救援，欧阳克转过身来，抓起奔在最前的两个乞丐，对着墙壁摔了出去，两人重重撞在墙上，登时晕倒，余人一时不敢过来。

欧阳克冷笑道："公子爷是什么人，能着了你们这些臭叫化的道儿？我叫你们瞧一个人！"双手一拍，两名女弟子从堂内推出一个女子来，双手反缚，神情委顿，泪水从白玉般的脸颊上不住流下，正是程大小姐。这一着大出众人意料之外，黄蓉与郭靖也是大惑不解。

欧阳克挥了挥右手，女弟子又把程大小姐带回内堂。他得意洋洋的道："老叫化在楼上钻布袋，却不知区区在下守在楼梯之上，当即请了程大小姐，先回来等你们驾到。"群丐面面相觑，心想这一下真是一败涂地。

欧阳克摇了摇折扇，说道："丐帮的名气倒是不小，今日一见，却真叫人笑掉了牙，什么偷鸡摸狗拳、要饭捉蛇掌，都拿出现世。以后还敢不敢来碍公子爷的事？瞧在你们洪帮主的份上，便饶了这老叫化的性命，只是要借他两个招子，作个记认。"说着伸出两根手指，向黎生眼中插下。

忽听得有人大叫："且慢！"一人跃进厅来，挥掌向欧阳克推去。

欧阳克猛觉一股凌厉掌风扑向前胸，疾忙侧身相避，但已被掌风带到，身子晃了两下，退开两步，不由得暗暗吃惊："自出西域以来，竟接连遭逢高手，这是何人，居然有如此功力？"定睛看时，更是诧异，只见挡在自己与黎生之间的，竟是那个在赵王府中曾同过席的少年郭靖。此人武功平平，怎么刚才这一掌沉猛至斯？只听他说道："你作恶多端，不加悔改，还想伤害好人，真把天下好汉不放在眼里了么？"欧阳克心想刚才这一掌不过碰巧，哪将他放在心上，侧目斜视，笑道："你也算得是天下好汉？"郭靖道："我哪敢称得上'好汉'二字，只是斗胆要劝你一句，还请把程大小姐放回，自己早日回西域去罢。"欧阳克笑道："要是我不听你小朋友的劝呢？"

郭靖还未答话，黄蓉已在窗外叫了起来："靖哥哥，揍这坏蛋！"

欧阳克听到黄蓉声音，登时心神震荡，笑道："黄姑娘，你要我放程大小姐，那也不难，只要你跟随我去，不但程大小姐，连我身边所有的女子，也全都放了，而且我答应你以后不再找别的女子，好不好？"

黄蓉跃进厅来，笑道："那很好啊，我们到西域去玩玩，倒也不错。靖哥哥，你说好么？"欧阳克摇头笑道："我只要你跟我去，要这臭小子同去干么？"黄蓉大怒，反手一掌，喝道："你骂他？你才臭！"

欧阳克见黄蓉盈盈走近，又笑又说，丽容无俦，又带着三分天真烂漫，更增娇媚，早已神魂飘荡，哪知她竟会突然反脸？这一下毫不提防，而她这掌又是"落英神剑掌"中的精妙家数，拍的一下，左颊早着，总算黄蓉功力不深，并未击伤，但也已打得他脸上热辣辣的甚是疼痛。

欧阳克"呸"的一声，左手忽地伸出，往她胸口抓去。黄蓉不退不让，双拳猛向他头顶击落。欧阳克是好色之徒，见她不避，心中大喜，拼着头上受她两拳，也要在她胸上一碰，岂知手指刚触到她衣服，忽觉微微刺痛，这才惊觉："啊，她穿着软猬甲。"亏得他只是存心轻薄，并非要想伤人，这一抓未用劲力，急忙抬臂格开她的双拳。黄蓉笑道："你跟我打没便宜，只有我打你的份儿，你却不能打我。"

欧阳克心痒难搔，忽然迁怒郭靖，心想："先把你这小子毙了，叫你死了这条心。"眼睛望着黄蓉，突然飞足向后踢出，足踭猛向郭靖胸口撞去。这一脚既快且狠，阴毒异常，正是"西毒"欧阳锋的家传绝技，对方难闪难挡，只要踢中了，立时骨折肺碎。

郭靖避让不及，急忙转身，同时反手猛劈。只听得蓬的一声，郭靖臀上中脚，欧阳克腿上中掌，两人都痛到了骨里，各自转身，怒目相向，随即斗在一起。

丐帮中的高手均感惊讶："这一掌明明是黎老的救命绝技'神龙摆尾'，怎么这个少年也会使？而且出手又快又狠，似乎尚在黎老之上？"

这时丐帮中人已将黎生扶在一旁。他见郭靖掌力沉猛，招数精妙。他只会得一招"神龙摆尾"，见郭靖其余掌法与这一招拳理极为相近，不禁骇然："降龙十八掌是洪帮主的秘技，我不顾性命，为本帮立了大功，他才传我一掌，作为重赏，这个少年却又从哪里去把这十八掌都学全了？"

欧阳克手上与郭靖对招，心中也是暗暗称奇："怎么只两月之间，这小子的武功竟会忽然大进？"

转眼间两人拆了四十余招，郭靖已把十五掌招数反覆使用了几遍，足够自保，但欧阳克武功实高出他甚多，要想取胜，却也不能。再斗十余招，欧阳克拳法斗变，前窜后跃，声东击西，身法迅捷之极。郭靖一个招架不及，左胯上中了一脚，登时举步蹒跚，幸好他主要武功是在掌上，当下把十五掌从尾打到头，倒转来使。欧阳克见他掌法颠倒，一时不敢逼近，准拟再拆数十招，摸熟了他掌法变化的大致路子，再乘隙攻击。

郭靖从尾使到头一遍打完，再从头使到尾。第十五掌"见龙在田"使过，如接第一掌，那是"亢龙有悔"；若从尾倒打，那么是再发一掌"见龙在田"。他脑筋转得不快，心想："从头打下来好，还是再倒转打上去？"就这么稍一迟疑，欧阳克立时看出破绽，伸手向他肩上拿去。郭靖形格势禁，不论用十五掌中哪一掌都无法解救，顺势翻过手掌，扑地往敌人手背上拍下。这一招是他在危急之中胡乱打出，全无章法理路可言。欧阳克已看熟了他的掌法，决计想不到对方竟会忽出新招，这一掌竟然拍的一声，被他击中了手腕。欧阳克吃了一惊，向后纵出，挥手抖了几抖，幸好虽然疼痛，腕骨未被击断。

郭靖胡打乱击，居然奏功，心想："我现下肩后、左胯、右腰尚有空隙，且再杜撰两掌，把这三处都补满了。"心念甫毕，欧阳克又已打来。郭靖心思迟钝，就是苦思十天半月，也未必创得出半招新招，何况激战之际，哪容他思索钻研，只得依着降龙掌法的理路，老老实实的加多三掌，守住肩后、左胯、右腰三处。

欧阳克暗暗叫苦："他掌法本来有限，时刻一久，料得定必能胜他，怎么忽然又多了三招出来？"他不知郭靖这三招其实全然无用，只是先前手腕被击，再也不敢冒进，当下渐渐放慢拳法，要以游斗耗他气力，忽然发觉郭靖有一掌的出手与上一次略有不同，心念一转："是了，这一掌他还没学得到家，是以初时不用。"斗然飞身而起，左手作势擒拿郭靖顶心，右足飞出，直踢他的左胯。

郭靖自创这三掌毕竟管不了用，突见敌人全力攻己弱点，心中登时怯了，一掌刚打到半路，立即收回，侧身要避开他这一脚。

黄蓉暗叫不妙，心念电转："临敌犹豫，最是武学大忌，靖哥哥这一掌乱七八糟的打出去，倒也罢了，纵然不能伤敌，却也足以自守，现下却收掌回身，破绽更大。"眼见欧阳克这一脚使上了十成力，郭靖其势已无可解救，当即右手一扬，七八枚钢针激射而出。

欧阳克拔出插在后颈中的折扇，铁扇入手即张，轻轻两挥，将钢针尽数挡开，踢出这一脚却未因此而有丝毫窒滞，眼见这脚定可踢得郭靖重伤倒地，蓦地足踝上一麻，被什么东西撞中了穴道，这一脚虽然仍是踢中了对方，却已全无劲力。欧阳克大惊之下，立时跃开，喝道："鼠辈暗算公子爷，有种的光明正大出来……"

语音未毕，突听得头顶风声微响，想要闪避，但那物来得好快，不知怎样，口中忽然多了一物，舌头上觉得有些鲜味，又惊又怒，慌忙吐出，似是一块鸡骨。欧阳克惊惶中抬头察看，只见梁上一把灰尘当头罩落，忙向旁跃开，噗的一声，口中又多了一块鸡骨。这次却是一块鸡腿骨，只撞得牙齿隐隐生疼。

欧阳克狂怒之下，见梁上人影闪动，当即飞身而起，发掌凌空向那人影击去。斗然间只觉掌中多了什么物事，当即弯指抓住，落地一瞧，更是恼怒，却是两只嚼碎了的鸡爪，只听得梁上有人哈哈大笑，说道："叫化子的偷鸡摸狗拳怎样？"

黄蓉与郭靖一听到这声音心中大喜，齐叫："七公！"众人都抬起头来，只见洪七公坐在梁上，两只脚前后摇荡，手里抓着半只鸡，正吃得起劲。丐帮帮众一齐躬身行礼，同声说道："帮主！您老人家好。"

欧阳克眼见是他，全身凉了半截，暗想："此人连掷两块鸡骨入我口中，倘若掷的不是鸡骨而是暗器，我此刻早已没命了。好汉不吃眼前亏，还是溜之大吉。"当下躬身唱喏，说道："又见到洪世伯了，侄子向您老磕头。"口中说是磕头，却不屈膝下跪。

洪七公嚼着鸡肉，含含糊糊的道："你还不回西域去？在这里胡作非为，想把一条小命送在中原么？"欧阳克道："中原也只您老世伯英雄无敌。只要您老世伯手下留情，不来以大欺小，跟晚辈为难，小侄这条性命只怕也保得住。我叔叔吩咐小侄，只消见到洪世伯时恭恭敬敬，他老人家顾全身份，决不能跟晚辈动手，以致自堕威名，为天下好汉耻笑。"

洪七公哈哈大笑，说道："你先用言语挤兑我，想叫老叫化不便跟你动手。中原能杀你之人甚多，也未必非老叫化出手不可。刚才听你言中之意，对我的偷鸡摸狗拳、要饭捉蛇掌小觑得紧，是也不是？"欧阳克忙道："小侄实不知这位老英雄是世伯门下，狂妄放肆之言，请世伯与这位老英雄恕罪。"

洪七公落下梁来，说道："你称他做英雄，可是他打你不过，那么你更是大英雄了，哈哈，不害臊么？"欧阳克好生着恼，只是自知武功与他差得太远，不敢出言冲撞，只得强忍怒气，不敢作声。洪七公道："你仗着得了老毒物的传授，便想在中原横行，哼哼，放着老叫化没死，须容你不得。"欧阳克道："世伯与家叔齐名，晚辈只好一切全凭世伯吩咐。"洪七公道："好哇，你说我以大压小，欺侮你后辈了？"欧阳克不语，给他来个默认。

洪七公道："老叫化手下，虽然大叫化、小叫化、不大不小中叫化有这么一大帮，但都不是我的徒弟。这姓黎的只学了我一招粗浅功夫，哪能算得是我的传人？他使的'逍遥拳'没学得到家，可不是老叫化传的。你瞧不起我的偷鸡摸狗拳，哼哼，老叫化要是真的传了一人，未必就及不上你。"欧阳克道："这个自然。洪世伯的传人定比小侄强得多了。只不过您老人家武功太高，您的徒儿便要学到您老人家的一成功夫，只怕也不容易。"洪七公道："你嘴里说得好听，心中定在骂我。"欧阳克道："小侄不敢。"

黄蓉插口道："七公，您别信他撒谎，他心里骂你，而且骂得甚是恶毒。他骂你自己武功虽然不错，但只会自己使，不会教徒弟，教来教去，却只教些鸡零狗碎的招数，没一个能学得了全套。"

洪七公向她瞪了一眼，哼了一声，说道："女娃娃又来使激将计了。"转头说道："好哇，这小子胆敢骂我。"手一伸，已快如闪电的把欧阳克手中的折扇抢了过来，一挥之下打开折扇，见一面画着几朵牡丹，题款是"徐熙"两字。他也不知徐熙是北宋大家，虽见几朵牡丹画得鲜艳欲滴，仍道："不好！"扇子另一面写着几行字，下款署着"白驼山少主"五字，自是欧阳克自己写的了。洪七公问黄蓉道："这几个字写得怎样？"黄蓉眉毛一扬，道："俗气得紧。不过料他也不会写字，定是去请同仁当铺的朝奉代写的。"

欧阳克风流自赏，自负文才武学，两臻佳妙，听黄蓉这么一说，甚是恼怒，向她横了一眼，烛光下但见她眉梢眼角似笑非笑，娇痴无那，不禁一呆。

洪七公把折扇摊在掌上，在嘴上擦了几擦。他刚才吃鸡，嘴边全是油腻，这一擦之下，扇上字画自然一塌胡涂，跟着顺手一捏，就像常人抛弃没用的纸张一般，把扇子捏成一团，抛在地下。旁人还不怎么在意，欧阳克却知自己这柄折扇扇骨系以铁铸，他这样随手便将扇骨搓捏成团，手上劲力实是非同小可，心下更是惶恐。

洪七公道："我若亲自跟你动手，谅你死了也不心服，我这就收个徒弟跟你打打。"欧阳克向郭靖一指道："这位世兄适才与小侄拆了数十招，若非世伯出手，小侄侥幸已占上风。郭世兄，你没赢了我罢？"郭靖摇头道："我打你不过。"欧阳克甚是得意。

洪七公仰天一笑，道："靖儿，你是我徒弟么？"郭靖想起当日向七公磕头而他定要磕还，忙道："晚辈没福做您老人家的徒弟。"洪七公向欧阳克道："听见了么？"欧阳克心中甚是奇怪："这老叫化说话当然不会骗人，那么这小子的精妙掌法又从何处学来？"

洪七公向郭靖道："我若不收你做徒弟，那女娃儿定是死不了心，鬼计百出，终于让老叫化非收你为徒不可。老叫化不耐烦跟小姑娘们磨个没了没完，算是认输，现下我收你做徒儿。"郭靖大喜，忙扑翻在地，磕了几个响头，口称："师父！"日前在归云庄上，他向六位师父详述洪七公传授"降龙十八掌"之事，江南六怪十分欣喜，都说可惜这位武林高人生性奇特，不肯收他为徒，吩咐他日后如见洪七公露出有收徒之意，可即拜师。

黄蓉只乐得心花怒放，笑吟吟的道："七公，我帮你收了个好徒儿，功劳不小，你从今而后，可有了传人啦。你谢我什么？"

洪七公板起了脸，道："打一顿屁股。"对郭靖道："傻小子，我先传你三掌。"当下把降龙十八掌余下的三掌，当着众人之面教了他，比之郭靖刚才狗急跳墙，胡乱凑乎出来的三记笨招，自是不可同日而语。

欧阳克心想："老叫化武功卓绝，可是脑筋不大灵，只顾得传授徒儿争面子，却忘了我便在旁边观看。"当下凝神看他传授郭靖掌法，但看他比划的招数，却觉平平无奇；又见洪七公在郭靖耳边低声说话，料是教导这三招的精义，郭靖思索良久，有时点点头，大半时候却总是茫然摇头，要洪七公再说几遍，才勉强点头，显然也未必便当真领会了，心想："这人笨得要命，一时三刻之间定然学不到家。我却反可乘机学招。"

洪七公等郭靖练了六七遍，说道："好，乖徒儿，你已学会了这三招的半成功夫，给我揍这为非作歹的淫贼。"郭靖道："是！"踏上两步，呼的一掌向欧阳克打去。欧阳克斜身绕步，回拳打出，两人又斗在一起。

"降龙十八掌"的精要之处，全在运劲发力，至于掌法变化却极简明，否则以梁子翁、梅超风、欧阳克三人武功之强，何以让郭靖将一招掌法连使许多遍，却仍无法破解？刚才欧阳克眼睁睁瞧着洪七公传授三记掌法，郭靖尚未领悟一成，他早已了然于胸，可是一到对敌，于郭靖新学的三掌竟是应付为难。

郭靖把十八掌一学全，首尾贯通，原先的十五掌威力更是大增。欧阳克连变四套拳法，始终也只打了个平手，又拆了数十招，欧阳克心下焦躁："今日不显我家传绝技，终难取胜。我自幼得叔叔教导，却胜不了老叫化一个新收弟子，老叫化岂不是把叔叔比了下去？"斗然间挥拳打出，郭靖举手挡格，哪知欧阳克的手臂犹似忽然没了骨头，顺势转弯，拍的一声，郭靖颈上竟是中了一拳。

郭靖一惊，低头窜出，回身发掌，欧阳克斜步让开，还了一拳。郭靖不敢再格，侧身闪避，哪知对方手臂忽然间就如变了一根软鞭，打出后能在空中任意拐弯，明明见他拳头打向左方，蓦地里转弯向右，蓬的一声，又在郭靖肩头击了一拳。郭靖防不胜防，接连吃了三拳，这三下都是十分沉重，登时心下慌乱，不知如何应付。

洪七公叫道："靖儿，住手，咱们就算暂且输了这一阵。"

郭靖跃出丈余，只觉身上被他击中的三处甚是疼痛，对欧阳克道："你果然拳法高明，手臂转弯，转得古怪。"欧阳克得意洋洋的向黄蓉望了几眼。

洪七公道："老毒物天天养蛇，这套软皮蛇拳法，必是从毒蛇身上悟出来的了。这套拳法高明得很，老叫化一时之间想不出破法，算你运气，给我乖乖的走罢。"

欧阳克心中一凛："叔叔传我这套'灵蛇拳'时，千叮万嘱，不到生死关头，决不可使，今日一用就被老叫化看破，如给叔叔知道了，必受重责。"想到此处，满腔得意之情登时消了大半，向洪七公一揖，转身出祠。

黄蓉叫道："且慢，我有话说。"欧阳克停步回身，心中怦然而动。

黄蓉却不理他，向洪七公盈盈拜了下去，说道："七公，你今日收两个徒儿罢。好事成双，你只收男徒，不收女徒，我可不依。"洪七公摇头笑道："我收一个徒儿已大大破例，老叫化今日太不成话。何况你爹爹这么大的本事，怎能让你拜老叫化为师？"黄蓉装作恍然大悟，道："啊，你怕我爹爹！"洪七公被她一激，加之对她本就十分喜爱，脸孔一板，说道："怕什么？就收你做徒儿，难道黄老邪还能把我吃了？"

黄蓉笑道："咱们一言为定，不能反悔。我爹爹常说，天下武学高明之士，自王重阳一死，就只剩下他与你二人，南帝也还罢了，余下的都不在他眼里。我拜你为师，爹爹一定欢喜。师父，你们叫化子捉蛇是怎样捉的，就先教我这门本事。"洪七公一时不明她用意，但知这小姑娘鬼灵精，必有古怪，说道："捉蛇捉七寸，两指这样钳去，只要刚好钳住蛇的七寸，凭他再厉害的毒蛇，也就动弹不得。"黄蓉道："若是很粗很大的蛇呢？"洪七公道："左手摇指引它咬你，右手打它七寸。"黄蓉道："这手法可要极快。"洪七公道："当然。左手搭上些药，那就更加稳当，真的咬中了也不怕。"黄蓉点点头，向洪七公霎了霎眼，道："师父，那你就给我手上搽些药。"捉蛇弄蛇是丐帮小叫化的事，洪七公以帮主之尊，身边哪有什么捉蛇用的药物，但见黄蓉连使眼色，就在背上大红葫芦里倒出些酒来，给她擦在双掌之上。

黄蓉提手闻了闻，扮个鬼脸，对欧阳克道："喂，我是天下叫化子头儿洪老英雄的徒儿，现下来领教领教你的软皮蛇拳法。先对你说明白了，我手上已搽了专门克制你的毒药，可要小心了。"欧阳克心想："与你对敌，还不是手到擒来。不管你手上捣什么鬼，我抱定宗旨不碰就是。"当下笑了一笑，说道："死在你手下，也是甘愿。"黄蓉道："你其他的武功也稀松平常，我只领教你的臭蛇拳，你若用其他拳法掌法，可就算输了。"欧阳克道："姑娘怎么说就怎么着，在下无不从命。"黄蓉嫣然一笑，说道："瞧不出你这坏蛋，对我倒好说话得很。看招！"呼地一拳打出，正是洪七公所传的"逍遥游"拳法。

欧阳克侧身让过，黄蓉左脚横踢，右手钩拿，却已是家传"落英神剑掌"中的招数。她年纪幼小，功夫所学有限，这时但求取胜，哪管所使的功夫是何人所传了。

欧阳克见她掌法精妙，倒也不敢怠慢，右臂疾伸，忽地弯转，打向她的肩头。这"灵蛇拳"去势极快，倏忽之间已打到黄蓉肩上，猛地想起，她身上穿有软猬甲，这一拳下去，岂不将自己的拳头撞得鲜血淋漓？匆忙收招，黄蓉飕飕两掌，已拍到面门。欧阳克袍袖拂动，倒卷上来，挡开了她这两掌。黄蓉身上穿甲，手上涂药，除了脸部之外，周身无可受招之处，这样一来，欧阳克已处于只挨打不还手的局面，"灵蛇拳"拳法再奇，却也奈何她不得，只得东躲西闪，在黄蓉掌影中审高纵低，心想："我若打她脸蛋取胜，未免唐突佳人，若是抓她头发，更是卤莽，但除此之外，实在无所措手。"灵机一动，忽地撕下衣袖，扯成两截，于晃身躲闪来掌之际，将袖子分别缠上双掌，翻掌钩抓，径用擒拿手来拿她手腕。

黄蓉托地跳出圈子，叫道："你输啦，这不是臭蛇拳。"欧阳克道："啊哟，我倒忘了。"黄蓉道："你的臭蛇拳奈何不得洪七公的弟子，那也没什么出奇。在赵王府中，我就曾跟你划地比武，那时你邀集了梁子翁、沙通天、彭连虎、灵智和尚，还有那个头上生角的侯通海，七八个人打我一个，我当时寡不敌众，又懒得费力，便认输了事。现下咱们各赢一场，未分胜败，不妨再比一场以定输赢。"

黎生等都想："这小姑娘虽然武艺得自真传，但终究不是此人敌手，刚才胡赖胜了，岂不是好？何必画蛇添足，再比什么？"洪七公却深知此女诡计百出，必是仗着自己在旁，要设法戏弄敌人，当下笑吟吟的不作声，一只鸡啃得只剩下几根骨头，还是拿在手里不住嗑嘴嗒舌的舐着，似乎其味无穷。

欧阳克笑道："咱俩又何必认真，你赢我赢都是一样。姑娘既有兴致，就再陪姑娘玩玩。"黄蓉道："在赵王府里，旁边都是你的朋友，我打赢了你，他们必定救你，因此我也不愿跟你真打。现今这里有你的朋友，"说着向欧阳克那些白衣姬妾一指，又道："也有我的朋友。虽然你的朋友多些，但这一点儿亏我还吃得起。这样罢，你再在地下划个圈子，咱们仍是一般比法，谁先出圈子谁输。现下我已拜了七公他老人家为师，明师门下出高徒，就再让你这小子一步，不用将你双手缚起来了。"欧阳克听她句句强辞夺理，却又说得句句大方无比，不禁又是好气又是好笑，当下以左足为轴，右足伸出三尺，一转身，右足足尖已在地下划了一个径长六尺的圆圈。丐帮群雄都不由得暗暗喝采。

黄蓉走进圈子，道："咱们是文打还是武打？"欧阳克心道："偏你就有这许多古怪。"问道："文打怎样？武打怎样？"黄蓉道："文打是我发三招，你不许还手；你还三招，我也不许还手。武打是乱打一气，你用死蛇拳也好，活耗子拳也好，都是谁先出圈子谁输。"欧阳克道："当然文打，免得伤了和气。"

黄蓉道："武打你是输定了的，文打嘛，倒还有点指望，好罢，这就又再让你一步，咱们文打。你先发招还是我先？"欧阳克哪能占她的先，说道："当然是姑娘先。"黄蓉笑道："你倒狡猾，老是拣好的，知道先发招吃亏，就让我先动手。也罢，我索性大方些，让你让到底。"欧阳克正想说："那么我先发招也无不可。"只听得黄蓉叫道："看招。"挥掌打来，突见银光闪动，点点射来，她掌中竟是挟有暗器。

欧阳克见暗器众多，平时挡击暗器的折扇已被洪七公捏坏，而本可用以拂扑的衣袖也已撕下，这数十枚钢针打成六七尺方圆，虽然只须向旁纵跃，立可避开，但那便是出了圈子，百忙中不暇细想，一点足跃起丈余，这一把钢针都在他足底飞过。

黄蓉一把钢针发出，双手各又扣了一把，待他上纵之势已衰，将落未落之际，喝道："第二招来啦！"两手钢针齐发，上下左右，无异一百余枚，那正是洪七公所授她的"满天花雨掷金针"绝技，这时也不取什么准头，只是使劲掷出。欧阳克本领再高，但身在半空，全无着力之处，心道："我命休矣！这丫头好毒！"

就在这一瞬之间，忽觉后领一紧，身子腾空，足下嗤嗤嗤一阵响过，点点钢针都落在地下。欧阳克刚知有人相救，身子已被那人掷出，这一掷力道不大，但运劲十分古怪，饶是他武艺高强，还是左肩先着了地，重重摔了一交，方再跃起站定。他料知除洪七公外更无旁人有此功力，心中又惊又恼，头也不回的出祠去了。众姬妾跟着一拥而出。

黄蓉道："师父，干么救这坏家伙？"洪七公笑道："我跟他叔父是老相识。这小子专做伤天害理之事，死有余辜，只是伤在我徒儿手里，于他叔父脸上须不好看。"拍拍黄蓉的肩膀道："乖徒儿，今日给师父圆了个面子，我赏你些什么好呢？"

黄蓉伸伸舌头道："我可不要你的竹棒。"洪七公道："你就是想要，也不能给。我有心传你一两套功夫，只是这几天懒劲大发，提不起兴致。"黄蓉道："我给你做几个好菜提提神。"洪七公登时眉飞色舞，随即长叹一声，说道："现下我没空吃，可惜，可惜！"向黎生等一指道："我们叫化帮里还有许多事情要商量。"

黎生等过来向郭靖、黄蓉见礼，称谢相救之德。黄蓉去割断了程大小姐手足上的绑缚。程大小姐甚是腼腆，拉着黄蓉的手悄悄相谢。黄蓉指着郭靖道："你大师伯马道长传过他的功夫，你丘师伯、王师伯也都很瞧得起他，说起来大家是一家人。"程大小姐转头向郭靖望了一眼，突然间满脸通红，低下头去，过了一会，才偷眼向郭靖悄悄打量。

　　黎生等又向洪七公、郭靖、黄蓉三人道贺。他们知道七公向来不收徒弟，帮中乞丐再得他的欢心，也难得逢他高兴指点一招两式，不知郭黄二人怎能与他如此有缘，心中都是羡慕万分。黎生道："咱们明晚想摆个席，恭贺帮主收了两位好弟子。"洪七公笑道："只怕他们嫌脏，不吃咱们叫化子的东西。"郭靖忙道："我们明儿准到。黎大哥是前辈侠义，小弟正想多亲近亲近。"黎生蒙他相救，保全了一双眼睛，本已十分感激，又听他说得谦逊，心中甚是高兴，言下与郭靖着实结纳。

　　洪七公道："你们一见如故，可别劝我的大弟子做叫化子啊。小徒儿，你送程小姐回家去，咱们叫化儿也要偷鸡讨饭去啦。"说着各人出门。黎生说好明日就在这祠堂中设宴。

　　郭靖陪着黄蓉，一起将程大小姐送回。程大小姐悄悄将闺名对黄蓉说了，原来名叫程瑶迦。她虽跟清净散人孙不二学了一身武艺，只是生于大富之家，娇生惯养，说话神态，无一不是忸忸怩怩，与黄蓉神采飞扬的模样大不相同。她不敢跟郭靖说半句话，偶尔偷瞧他一眼，便即双颊红晕。

棺盖应声而起，原来竟未钉实。棺材中哪里是僵尸，竟是个美貌少女，一双点漆般眼珠睁得大大的，却是穆念慈。杨康惊喜交集，忙伸手将她扶起。

第十六回　九阴真经

　　郭黄二人自程府出来，累了半夜，正想回客店安歇，忽听马蹄声响，一骑马自南而北奔来，正渐渐驰近，蹄声斗然停息。黄蓉心道："又有了什么奇事？倒也热闹。"当即展开轻功，过去要瞧个究竟，郭靖也就跟在身后。走到临近，都颇出于意外，只见杨康牵着一匹马，站在路旁和欧阳克说话。两人不敢再走近前。黄蓉想听他说些什么，但隔得远了，两人说话声音又低，只听到欧阳克说什么"岳飞""临安府"，杨康说"我爹爹"，再想听得仔细些，只见欧阳克一拱手，带着众姬投东去了。

　　杨康站在当地呆呆出了一会神，叹了一口长气，翻身上马。郭靖叫道："贤弟，我在这里。"杨康忽听得郭靖叫唤，吃了一惊，忙下马过来，叫道："大哥，你也在这儿？"郭靖道："我在这儿遇到黄姑娘，又跟那欧阳克打了一架，是以耽搁了。"杨康脸上一阵热，心中忐忑不安，不知自己适才与欧阳克说话，是否已给两人听到，瞧郭靖脸色无异，心下稍安，寻思："这人不会装假，若是听见了我说话，不会仍然这般对我。"于是问道："大哥，今晚咱们再赶路呢，还是投宿？黄姑娘也跟咱们同上北京去吗？"

　　黄蓉道："不是我跟你们，是你跟我们。"郭靖笑道："那又有什么分别？咱们同到那祠堂去歇歇，明儿晚上要吃了丐帮的酒才走。"黄蓉在他耳边悄声道："你别问他跟欧阳克说些什么，假装没瞧见便是。"郭靖点了点头。

三人回到祠堂，点亮了蜡烛。黄蓉手持烛台，把刚才发出的钢针一枚枚捡起。

　　此时天气炎热，三人各自卸下门板，放在庭前廊下睡了。刚要入梦，远处一阵马蹄声隐隐传来，侧耳倾听，只听得奔驰的非止一骑。又过一阵，蹄声渐响，黄蓉道："前面三人，后面似有十多人在追赶。"郭靖自小在马背上长大，马匹多少一听便知，说道："追的共有一十六人，咦，这倒奇了！"黄蓉忙问："怎么？"郭靖道："前面三骑是蒙古马，后面追的却又不是。怎么大漠中的蒙古马跑到了这里？"

　　黄蓉拉着郭靖的手走到祠堂门外，只听得飕的一声，一枝箭从两人头顶飞过，三骑马已奔到祠前。

　　忽然后面追兵一箭飞来，射中了最后一骑的马臀。那马长声悲嘶，前腿跪倒。马上乘客骑术极精，纵跃下马，身手甚是矫健，只是落地步重，却不会轻功。其余二人勒马相询。落地的那人道："我没事，你们快走，我在这里挡住追兵。"另一人道："我助你挡敌，四王爷快走。"那四王爷道："那怎么成？"三人说的都是蒙古话。

　　郭靖听着声音好熟，似是拖雷、哲别和博尔忽的口音，大是诧异："他们到这里干什么？"正想出声招呼，追骑已围将上来。

　　三个蒙古人发箭阻敌，出箭劲急，追兵不敢十分逼近，只是远远放箭。一个蒙古人叫道："上去！"手向旗杆一指。三人爬入旗斗，居高临下，颇占形势。追兵纷纷下马，四面围住。只听得有人发令，便有四名追兵高举盾牌护身，着地滚去，挥刀砍斩旗杆。

　　黄蓉低声道："你错啦，只有十五人。"郭靖道："错不了，有一个给射死了。"语音甫毕，只见一匹马慢慢踱过来，一人左足嵌在马镫之中，被马匹在地下拖曳而行，一枝长箭插在那人胸口。郭靖伏在地下爬近尸身，拔出羽箭，在箭杆上一摸，果然摸到包着一圈熟铁，铁上刻了一个豹头，正是神箭手哲别所用的硬箭，比寻常羽箭要重二两。郭靖再无怀疑，叫道："上面是哲别师傅、拖雷义弟、博尔忽师傅吗？我是郭靖。"

旗斗中三人欢声叫道："是啊，你怎么在这里？"郭靖叫道："什么人追你们？"拖雷道："金兵！"郭靖举起那金兵尸身，抢上几步，用力向旗杆脚下掷去。那尸体撞倒了两兵，余下两兵不敢再砍旗杆，逃了回来。

突然半空中白影闪动，两头白色大鸟直扑下来。郭靖听得翅翼扑风之声，抬起头来，见到正是自己在蒙古与华筝所养的两头白雕。雕儿的眼光锐敏之极，虽在黑夜之中也已认出主人，欢声啼叫，扑下来停在郭靖肩上。

黄蓉初与郭靖相识，即曾听他说起过射雕、养雕之事，心中好生羡慕，常想他日必当到大漠去，也养一对雕儿玩玩，这时忽见白雕，也不顾追兵已迫近身前，叫道："给我玩！"伸手就去抚摸白雕的羽毛。那头白雕见黄蓉的手摸近，突然低头，一口啄将下来，若非她手缩得快，手背已然受伤。郭靖急忙喝止。黄蓉笑骂："你这扁毛畜生好坏！"但心中究竟喜欢，侧了头观看。忽听郭靖叫道："蓉儿，留神！"两枝劲箭当胸射来，黄蓉不加理会，伸手去搜那被箭射死的金兵身边。两枝箭射在她身上，哪里透得入软猬甲去，斜斜跌在脚旁。黄蓉在金兵怀里摸出几块干肉，去喂那雕儿。

郭靖道："蓉儿，你玩雕儿吧，我去杀散金兵！"纵身出去，接住向他射来的一箭，左掌翻处，喀喇一声，已打折了身旁一名金兵的胳膊。黑暗中一人叫道："哪里来的狗贼在这里撒野？"说的竟是汉语。郭靖一呆，心想："这声音好熟。"金刃劈风，两柄短斧已砍到面前，一斩前胸，一斩小腹。

郭靖见来势凶狠，不是寻常军士，矮身反手出掌，正是一招"神龙摆尾"。那人肩头中掌，肩胛骨立时碎成数块，身子向后直飞出去，只听他大声惨叫，郭靖登时想起："这是黄河四鬼中的丧门斧钱青健。"他虽自知近数月来功力大进，与从前在蒙古对战黄河四鬼时已大不相同，但也想不到这一掌出去，竟能将对方击得飞出丈许，刚自愕然，左右金刃之声齐作，一刀一枪同时砍将过来。

郭靖原料断魂刀沈青刚、追命枪吴青烈必在左近，右手反钩，已抓住刺向胁下的枪头，用力一扯，吴青烈立足不定，向前直跌过来。郭靖稍向后缩，沈青刚这一刀正好要砍在师弟的脑门。郭靖飞起左腿，踢中沈青刚右腕，黑暗中青光闪动，一柄长刀直飞起来。郭靖救了吴青烈一命，顺手在他背上按落。吴青烈本已站立不稳，再被他借劲按捺，咚的一声，师兄弟相互猛撞，都晕了过去。

　　黄河四鬼中的夺魄鞭马青雄混入太湖盗帮，已被陆冠英与盗帮杀死，余下这三鬼正是这一队追兵中的好手。黑暗之中，众金兵没见到三个首领俱已倒地，尚在与拖雷、哲别、博尔忽箭战。郭靖喝道：“还不快走，都想死在这里么？”抢上去拳打脚踢，又提人丢掷，片刻之间，把众金兵打得魂飞魄散，四下里乱逃。沈青刚与吴青烈先后醒来，也没看清对头是谁，只觉头痛欲裂，眼前金星飞舞，撒腿就跑。两人竟然背道而驰。那丧门斧钱青健口中哼哼唧唧，脚下倒是飞快，奔的却又是另一个方向。

　　哲别与博尔忽箭法厉害，从旗斗之中飕飕射将下来，又射死了三名金兵。拖雷俯身下望，见义兄郭靖赶散追兵，威不可当，心中十分欢喜，叫道：“安答，你好！”抱着旗杆溜下来地。两人执手相视，一时都高兴得说不出话。接着哲别与博尔忽也从旗斗中溜下。哲别道：“那三个汉人以盾牌挡箭，伤他们不得。若非靖儿相救，我们再也喝不到斡难河的清水了。”

　　郭靖拉着黄蓉的手过来与拖雷等相见，道：“这是我的义妹。”黄蓉笑道：“这对白雕送给我，行不行？”拖雷不懂汉语，带来的通译又在奔逃时给金兵杀了，只觉黄蓉声音清脆，说得好听，却不知其意。

　　郭靖问拖雷道：“安答，你怎么带了白雕来？”拖雷道：“爹爹命我去见宋朝皇帝，相约南北出兵，夹攻金国。妹子说或许我能和你遇上，要我带了雕儿来给你。她猜得对，这可不是遇上了吗？”郭靖听他提到华筝，不禁一呆。他自与黄蓉倾心相爱，有时想起华筝，心头自觉不妥，只是此事不知如何相处才是，索性不敢多想，这时听了拖雷之言，登时茫然，随即心想："一月之内，我有桃花岛之约，蓉儿的父亲非杀我不可，这一切都顾不得了。"向黄蓉道："这对白雕是我的，你拿去玩罢。"黄蓉大喜，转身又去用肉喂雕。

拖雷说起缘由。原来成吉思汗攻打金国获胜，可是金国地大兵众，多年经营，基业甚固，死守住数处要塞，一时倒也奈何他不得。于是成吉思汗派遣拖雷南来，要联合宋朝出兵夹攻，途中遇到大队金兵阻拦，从人卫兵都被杀尽，只剩下三人逃到这里。

郭靖想起当日在归云庄中，曾听杨康要穆念慈到临安去见史弥远丞相，请他杀害蒙古使者，当时不明其中缘故，这时才知金国得到了讯息，命杨康为大金钦使南来，便是为了阻止宋朝与蒙古结盟联兵。

拖雷又道："金国说什么都要杀了我，免得蒙古与宋朝结盟成功，这次竟是六王爷亲自领人阻拦。"郭靖忙问："完颜洪烈？"拖雷道："是啊，他头戴金盔，我瞧得甚是清楚，可惜向他射了三箭，都被他的卫士用盾牌挡开了。"

郭靖大喜，叫道："蓉儿、康弟，完颜洪烈到了这里，快找他去。"黄蓉应声过来，却不见杨康的影踪。郭靖心急，叫道："蓉儿，你向东，我向西。"两人展开轻功，如飞赶将下去。郭靖追出数里，赶上了几名败逃的金兵，抓住一问，果然是六王爷完颜洪烈亲自率队，却不知他这时在哪里。一名金兵道："我们丢了王爷私逃，回去也是杀头的份儿，大伙儿只好逃到四乡，躲起来做老百姓了。"

郭靖回头再寻，天色渐明，哪里有完颜洪烈的影子？明知杀父仇人便在左近，却是找寻不到，好生焦躁，一路急奔，突见前面林子中白影闪动，正是黄蓉。两人见了面，眼瞧对方神色，自是无功，只得同回祠堂。

拖雷道："完颜洪烈带的人马本来不少，他快马追赶我们，离了大队，这时必是回去带领人马再来。安答，我有父王将令在身，不能延搁，咱们就此别过。我妹子叫我带话给你，要你尽早回蒙古去。"

郭靖心想这番分别，只怕日后难再相见，心下凄然，与拖雷、哲别、博尔忽三人逐一拥抱作别，眼看着他们上马而去，蹄声渐远，人马的背影终于在黄尘中隐没。

黄蓉道："咱们躲将起来，等完颜洪烈领了人马赶到，就可碰到他了。要是他人马众多，咱俩悄悄蹑着，到晚上再去结果他性命，岂不是好？"郭靖大喜，连称妙策。黄蓉甚是得意，笑道："这是个'移岸就船'之计，也只寻常。"

郭靖道："我去将马匹牵到树林子中隐藏起来。"走到祠堂后院，忽见青草中有件金光灿烂之物，在朝阳照射下闪闪发光，俯身看时，却是一顶金盔，盔上还镶着三粒龙眼般大的宝石。郭靖伸手拾起，飞步回来，悄声对黄蓉道："你瞧这是什么？"黄蓉喜道："完颜洪烈的金盔？"郭靖道："正是！多半他还躲在这祠堂里，咱们快搜。"

黄蓉回身反手，在短墙墙头上一按，轻飘飘的腾空而起，叫道："我在上面瞧着，你在底下搜。"郭靖应声入内。黄蓉在屋顶上叫道："刚才我这一下轻功好不好？"郭靖一呆，停步道："好得很！怎样？"黄蓉笑道："怎么你不称赞？"郭靖跺脚道："唉，你这顽皮孩子，这当口还闹着玩。"黄蓉咭的一声笑，手一扬，奔向后院。

杨康当郭靖与金兵相斗之际，黑暗中已看出了完颜洪烈的身形，这时虽然已知自己非他亲生，但受他养育十余载，一直当他父亲，眼见郭靖杀散金兵，完颜洪烈只要被他瞧见，哪里还有性命？情势紧急，不暇多想，纵身出去要设法相救，正在此时，郭靖提起一名金兵掷了过来。完颜洪烈忙勒马闪避，却未让开，被金兵撞下马来。杨康跃过去一把抱起，在完颜洪烈耳边轻声道："父王，是康儿，别作声。"郭靖正斗得性起，黄蓉又在调弄白雕，黑夜之中竟无人看到他抱着完颜洪烈走向祠堂后院。

杨康推开西厢房的房门，两人悄悄躲着。耳听得杀声渐隐，众金兵四下逃散，又听得三个蒙古人叽哩咕噜的与郭靖说话。完颜洪烈如在梦中，低声道："康儿，你怎么在这里？"杨康道："那也当真凑巧，唉，都是给这姓郭的坏了大事。"

过了一会，完颜洪烈听得郭靖与黄蓉分头出去找寻自己，刚才他见到郭靖空手击打黄河三鬼与众金兵，出手凌厉，若是给他发现，那还了得？思之不寒而栗。杨康道："父王，这时出去，只怕给他们撞见了。咱们躲在这里，这几人必然料想不到。待他们走远，再慢慢出去。"完颜洪烈道："不错……康儿，你怎么叫我'父王'，不叫'爹'了？"杨康默然不语，想起故世的母亲，心中思潮起伏。完颜洪烈缓缓的道："你在想你妈，是不是？"伸手去握住他的手，只觉他掌上冰凉，全是冷汗。

杨康轻轻挣脱了，道："这郭靖武功了得，他要报杀父之仇，决意要来害您。他结识的高手很多，您实是防不胜防。在这半年之内，您别回北京罢。"完颜洪烈想起十九年前临安牛家村的往事，不由得一阵心酸，一阵内疚，一时说不出话来，过了良久才道："唔，避一避也好。你到临安去过了么？史丞相怎么说？"杨康冷冷的道："我还没去过。"

完颜洪烈听了他的语气，料他必是已知自己身世，可是这次又是他出手相救，不知他有何打算。两人十八年来父慈子孝，亲爱无比，这时同处斗室之中，忽然想到相互间却有深恨血仇。杨康更是心中交战，思量："这时只须反手几拳，立时就报了我父母之仇，但怎么下得了手？那杨铁心虽是我的生父，但他给我过什么好处？妈妈平时待父王也很不错，我若此时杀他，妈妈在九泉之下，也不会欢喜。再说，难道我真的就此不做王子，和郭靖一般的流落草莽么？"正自思潮起伏，只听得完颜洪烈道："康儿，你我父子一场，不管如何，你永是我的爱儿。大金国不出十年，必可灭了南朝。那时我大权在手，富贵不可限量，这锦绣江山，花花世界，日后终究尽都是你的了。"

杨康听他言下之意，竟是有篡位之意，想到"富贵不可限量"这六个字，心中怦怦乱跳，暗想："以大金国兵威，灭宋非难。蒙古只一时之患，这些只会骑马射箭的蛮子终究成不了气候。父王精明强干，当今金主哪能及他？大事若成，我岂不成了天下的共主？"想到此处，不禁热血沸腾，伸手握住了完颜洪烈的手，说道："爹，孩儿必当辅你以成大业。"完颜洪烈觉得他手掌发热，心中大喜，道："我做李渊，你做李世民罢。"

杨康正要答话，忽听得身后喀的一响。两人吓了一跳，急忙转身，这时天色已明，窗格子中透进亮光来，只见房中摆着七八具棺材，原来这是祠堂中停厝族人未曾下葬的棺木之所。听适才的声音，竟像是从棺材中发出来的。

完颜洪烈惊道："什么声音？"杨康道："准是老鼠。"只听得郭靖与黄蓉一面笑语，搜寻进来。杨康暗叫："不妙！原来爹爹的金盔落在外面！这一下可要糟。"低声道："我去引开他们。"轻轻推开了门，纵身上屋。

黄蓉一路搜来，忽见屋角边人影一闪，喜道："好啊，在这里了！"扑将下去。那人身法好快，在墙角边一钻，已不见了踪影。郭靖闻声赶来，黄蓉道："他逃不了，必定躲在树丛里。"两人正要赶入树丛中搜寻，突然忽喇一声，小树分开，窜出一人来，却是杨康。

郭靖又惊又喜，道："贤弟，你到哪里去了？见到完颜洪烈么？"杨康奇道："完颜洪烈怎么在这里？"郭靖道："是他领兵来的，这顶金盔就是他的。"杨康道："啊，原来如此。"黄蓉见他神色有异，又想起先前他跟欧阳克鬼鬼祟祟的说话，登时起了疑心，问道："咱们刚才到处找你不着，你到哪里去了？"杨康道："昨天我吃坏了东西，忽然肚子痛，内急起来。"说着向小树丛一指。黄蓉虽然疑心未消，但也不便再问。

郭靖道："贤弟，快搜。"杨康心中着急，不知完颜洪烈已否逃走，脸上却是不动声色，说道："他自己来送死，真是再好也没有了。你和黄姑娘搜东边，我搜西边。"郭靖道："好！"当即去推东边"节孝堂"的门。黄蓉道："杨大哥，我瞧那人必定躲在西边，我跟着你去搜罢。"杨康暗暗叫苦，只得假装欣然，说道："快来，别让他逃了。"当下两人一间间屋子挨着搜去。

宝应刘氏在宋代原是大族，这所祠堂起得规模甚是宏大，自金兵数次渡江，战火横烧，铁蹄践踏，刘氏式微，祠堂也就破败了。黄蓉冷眼相觑，见杨康专拣门口尘封蛛结的房间进去慢慢搜检，更是明白了几分，待到西厢房前，只见地下灰尘中有许多足迹，门上原本积尘甚厚，也看得出有人新近推门关门的手印，立时叫道："在这里了！"

这四字一呼出，郭靖与杨康同时听见，一个大喜，一个大惊，同时奔到。黄蓉飞脚将门踢开，却是一怔，只见屋里放着不少棺材，哪里有完颜洪烈的影子？杨康见完颜洪烈已经逃走，心中大慰，抢在前面，大声喝道："完颜洪烈你这奸贼躲在哪里？快给我滚出来。"黄蓉笑道："杨大哥，他早听见咱们啦，您不必好心给他报讯。"杨康给她说中心事，脸上一红，怒道："黄姑娘何必开这玩笑？"

郭靖笑道："贤弟不必介意，蓉儿最爱闹着玩。"向地下一指，说道："你瞧，这里有人坐过的痕迹，他果真来过。"黄蓉道："快追！"刚自转身，忽然后面喀的一声响，三人吓了一跳，一齐回头，只见一具棺材正自微微晃动。黄蓉向来最怕棺材，在这房中本已周身不自在，忽见棺材晃动，"啊"的一声叫，紧紧拉住郭靖的手臂。她心中虽怕，脑子却转得快，颤声道："那奸贼……奸贼躲在棺材里。"

杨康突然向外一指，道："啊，他在那边！"抢步出去。黄蓉反手一把抓住他脉门，冷笑道："你别弄鬼。"杨康只感半身酸麻，动弹不得，急道："你……你干什么？"

郭靖喜道："不错，那奸贼定是躲在棺材里。"大踏步上去，要开棺揪完颜洪烈出来。

　　杨康叫道："大哥小心，莫要是僵尸作怪。"黄蓉将抓着他的手重重一摔，恨道："你还要吓我！"她料知棺中必是完颜洪烈躲着，但她总是胆小，生怕万一真是僵尸，那可怎么办？颤声道："靖哥哥，慢着。"郭靖停步回头，说道："怎么？"黄蓉道："你快按住棺材盖，别让里面……里面的东西出来。"郭靖笑道："哪里会有什么僵尸？"眼见黄蓉吓得玉容失色，便纵身跃上棺材，安慰她道："他爬不出来了！"

　　黄蓉惴惴不安，微一沉吟，说道："靖哥哥，我试一手劈空掌给你瞧瞧。是僵尸也好，完颜洪烈也好，我隔着棺材劈他几掌，且听他是人叫还是鬼哭！"说着一运劲，踏上两步，发掌就要往棺上劈去。她这劈空掌并未练成，论功夫远不及陆乘风，因此上这一掌径击棺木，却非凌空虚劈。杨康大急，叫道："使不得！你劈烂了棺材，僵尸探头出来，咬住你的手，那可糟了！"

　　黄蓉给他吓得打个寒噤，凝掌不发，忽听得棺中"嘤"的一声，却是女人声音。黄蓉更是毛骨悚然，惊叫："是女鬼！"忙不迭的收掌，跃出房外，叫道："快出来！"

　　郭靖胆大，叫道："杨贤弟，咱们掀开棺盖瞧瞧。"杨康本来手心中捏着一把冷汗，要想出手相救，却又自知不敌郭黄二人，正自为难，忽听棺中发出女人声音，不禁又惊又喜，抢上伸手去掀棺材盖，格格两声，二人也未使力，棺盖便应声而起，原来竟未钉实。

　　郭靖早已运劲于臂，只待僵尸暴起，当头就是一掌，打她个头骨碎裂，一低头，大吃一惊，棺中哪里是僵尸，竟是个美貌少女，一双点漆般眼珠睁得大大的望着自己，再定睛看时，却是穆念慈。

　　杨康更是惊喜交集，忙伸手将她扶起。

　　郭靖叫道："蓉儿，快来，你瞧是谁？"黄蓉转身闭眼，叫道："我才不来瞧呢！"郭靖叫道："是穆家姊姊啊！"黄蓉左眼仍是闭着，只睁开右眼，遥遥望去，果见杨康抱着一个女子，身形正是穆念慈，当即放心，一步一顿的走进屋去。那女子却不是穆念慈是谁？只见她神色憔悴，泪水似两条线般滚了下来，却是动弹不得。

黄蓉忙给她解开穴道，问道："姊姊，你怎么在这里？"穆念慈穴道闭得久了，全身酸麻，慢慢调匀呼吸，黄蓉帮她在关节之处按摩。过了一盏茶时分，穆念慈才道："我给坏人拿住了。"黄蓉见她被点的主穴是足底心的"涌泉穴"，中土武林人物极少出手点闭如此怪异的穴道，已自猜到了八九分，问道："是那个坏蛋欧阳克么？"穆念慈点了点头。

原来那日她替杨康去向梅超风传讯，在骷髅头骨旁被欧阳克擒住，点了穴道。其后黄药师吹奏玉箫为梅超风解围，欧阳克的众姬妾和三名蛇奴在箫声下晕倒，欧阳克狼狈逃走。次晨众姬与蛇奴先后醒转，见穆念慈兀自卧在一旁动弹不得，于是带了她来见主人。欧阳克数次相逼，她始终誓死不从。欧阳克自负才调，心想以自己之风流俊雅，绝世武功，时候一久，再贞烈的女子也会倾心，若是用武动蛮，未免有失白驼山少主的身份了。幸而他这一自负，穆念慈才得保清白。来到宝应后，欧阳克将她藏在刘氏宗祠的空棺之中，派出众姬妾到各处大户人家探访美色，相准了程大小姐，却被丐帮识破，至有一番争斗。欧阳克匆匆而去，不及将穆念慈从空棺中放出，他劫掠的女子甚多，于这些事也不加理会。若非郭靖等搜寻完颜洪烈，她是要活生生饿死在这空棺之中了。

杨康乍见意中人在此，实是意想不到之喜，神情着实亲热，说道："妹子，你歇歇，我去烧水给你喝。"黄蓉笑道："你会烧什么水？我去。靖哥哥，跟我来。"她有心让两人私下一倾相思之苦。哪知穆念慈板起了一张俏脸，竟是毫无笑容，说道："慢着。姓杨的，恭喜你日后富贵不可限量啊。"杨康登时满脸通红，背脊上却感到一阵凉意："原来我和父王在这里说的话，都教她听见啦。"一时不知如何是好。

穆念慈看到他一副狼狈失措的神态，心肠登时软了，不忍立时将他放走完颜洪烈之事说出，只怕郭黄一怒，后果难料，只冷冷的道："你叫他'爹'不是挺好的么？这可亲热得多，干么要叫'父王'?"杨康无地自容，低下了头不说话。

黄蓉不明就里，只道这对小情人闹别扭，定是穆念慈心中怪责杨康没来及早相救，累得她如此狼狈，当即拉拉郭靖的衣襟，低声道："咱们出去，保管他俩马上就好。"郭靖一笑，随她走出。黄蓉走到前院，悄声道："去听听他们说些什么。"郭靖笑道："别胡闹啦，我才不去。"黄蓉道："好，你不去别后悔，有好听的笑话儿，回头我可不对你说。"

跃上屋顶，悄悄走到西厢房顶上，只听得穆念慈在厉声斥责："你认贼作父，还可说是顾念旧情，一时心里转不过来。哪知你竟存非份之想，还要灭了自己的父母之邦，这……这……"说到这里，气愤填膺，再也说不下去。杨康柔声笑道："妹子，我……"穆念慈喝道："谁是你的妹子？别碰我！"拍的一声，想是杨康脸上吃了一记。

黄蓉一愕："打起架来啦，可得劝劝。"翻身穿窗而入，笑道："啊哟，有话好说，别动蛮。"只见穆念慈双颊胀得通红，杨康却是脸色苍白。黄蓉正要开口说话，杨康叫道："好哇，你喜新弃旧，心中有了别人，因此对我这样。"穆念慈怒道："你……你说什么？"杨康道："你跟了那姓欧阳的，人家文才武功，无不胜我十倍，你哪里还把我放在心上？"穆念慈气得手足冰冷，险些晕去。

黄蓉插口道："杨大哥，你别胡言乱道，穆姊姊要是喜欢他，那坏蛋怎会将她点了穴道，又放在棺材里？"

杨康这时已然老羞成怒，说道："真情也好，假意也好，她给那人掳去，失了贞节，我岂能再和她重圆？"穆念慈怒道："我……我……我失了什么贞节？"杨康道："你落入那人手中这许多天，给他搂也搂过了，抱也抱过了，还能是玉洁冰清么？"穆念慈本已委顿不堪，此时急怒攻心，"哇"的一声，一口鲜血喷了出来，向后便倒。

杨康自觉出言太重，见她如此，心中柔情一动，要想上前相慰，但想起自己隐私被她得知，黄蓉先前又早已有见疑之意，若给穆念慈泄露了真相，只怕自己性命难保，又记挂着父王，当即转身出房，奔到后院，跃出围墙，径自去了。

黄蓉在穆念慈胸口推揉了好一阵子，她才悠悠醒来，定一定神，也不哭泣，竟似若无其事，道："妹子，上次我给你的那柄匕首，相烦借我一用。"黄蓉高声叫道："靖哥哥，你来！"郭靖闻声奔进屋来。黄蓉道："你把杨大哥那柄匕首给穆姊姊罢。"郭靖道："正是。"从怀中掏出那柄朱聪从梅超风身上取来的匕首，见外面包着一张薄革，革上用针刺满了细字，他不知便是下卷《九阴真经》的秘要，随手放在怀内，将匕首交给了穆念慈。

黄蓉也从怀中取出匕首，低声道："靖哥哥的匕首在我这里，杨大哥的现下交给了你。姊姊，这是命中注定的缘份，一时吵闹算不了什么，你可别伤心，我和爹爹也常吵架呢。我和靖哥哥要上北京去找完颜洪烈。姊姊，你如闲着没事，跟我们一起去散散心，杨大哥必会跟来。"郭靖奇道："杨兄弟呢？"黄蓉伸了伸舌头，道："他惹得姊姊生气，姊姊一巴掌将他打跑了。穆姊姊，杨大哥倘若不是喜欢你得要命，你打了他，他怎会不还手？他武功可强过你啊。这比武……"她本想说"这比武招亲的事，你两个本就是玩惯了的"，但见穆念慈神色酸楚，这句玩笑就缩住了。

穆念慈道："我不上北京，你们也不用去。半年之内，完颜洪烈那奸贼不会在北京，他害怕你们去报仇。郭大哥，妹妹，你们俩人好，命也好……"说到后来声音哽住，掩面奔出房门，双足一顿，上屋而去。

黄蓉低头见到穆念慈喷在地下的那口鲜血，沉吟片刻，终不放心，越过围墙，追了出去，只见穆念慈的背影正在远处一棵大柳树之下，日光在白刃上一闪，她已将那柄匕首举在头顶。黄蓉大急，只道她要自尽，大叫："姊姊使不得！"只是相距甚远，阻止不得，却见她左手拉起头上青丝，右手持匕向后一挥，已将一大丛头发割了下来，抛在地下，头也不回的去了。黄蓉叫了几声："姊姊，姊姊！"穆念慈充耳不闻，愈走愈远。

黄蓉怔怔的出了一回神，只见一团柔发在风中飞舞，再过一阵，分别散入了田间溪心、路旁树梢，或委尘土、或随流水。

她自小娇憨顽皮，高兴时大笑一场，不快活时哭哭闹闹，从来不知"愁"之为物，这时见到这副情景，不禁悲从中来，初次识得了一些人间的愁苦。她慢慢回去，将这事对郭靖说了。郭靖不知两人因何争闹，只道："穆世姊何苦如此，她气性也忒大了些。"

黄蓉心想："难道一个女人给坏人搂了抱了，就是失了贞节？本来爱她敬她的意中人就要瞧她不起？不再理她？"她想不通其中缘由，只道世事该是如此，走到祠堂后院，倚柱而坐，痴痴的想了一阵，合眼睡了。

当晚黎生等丐帮群雄设宴向洪七公及郭黄二人道贺，等到深夜，洪七公仍是不来。黎生知道帮主脾气古怪，也不以为意，与郭靖、黄蓉二人欢呼畅饮。丐帮群雄对郭黄二人甚是敬重，言谈相投。程大小姐也亲自烧了菜肴，又备了四大坛好酒，命仆役送来。

宴会尽欢散后，郭靖与黄蓉商议，完颜洪烈既然不回北京，一时必难找到，桃花岛约会之期转眼即届，只好先到嘉兴，与六位师父商量赴约之事。黄蓉点头称是，又道："最好请你六位师父别去桃花岛了。你向我爹爹陪个不是，向他磕几个头也不打紧，是不是？你若心中不服气，我加倍磕还你就是了。你六位师父跟我爹爹会面，却不会有什么好事。"郭靖道："正是。我也不用你向我磕还什么头。"次晨两人并骑南去。

时当六月上旬，天时炎热，江南民谚云："六月六，晒得鸭蛋熟。"火伞高张下行路，尤为烦苦。两人只在清晨傍晚赶路，中午休息。

不一日，到了嘉兴，郭靖写了一封书信，交与醉仙楼掌柜，请他于七月初江南六侠来时面交。信中说道：弟子道中与黄蓉相遇，已偕赴桃花岛应约，有黄药师爱女相伴，必当无碍，请六位师父放心，不必同来桃花岛云云。他信内虽如此说，心中却不无惴惴，暗想黄药师为人古怪，此去只怕凶多吉少。他恐黄蓉担心，也不说起此事，想到六位师父不必干冒奇险，心下又自欣慰。

两人转行向东，到了舟山后，雇了一艘海船。黄蓉知道海边之人畏桃花岛有如蛇蝎，相戒不敢近岛四十里以内，如说出桃花岛的名字，任凭出多少金钱，也无海船渔船敢去。她雇船时说是到虾崎岛，出畸头洋后，却逼着舟子向北。那舟子十分害怕，但见黄蓉将一柄寒光闪闪的匕首指在胸前，不得不从。

船将近岛，郭靖已闻到海风中夹着扑鼻花香，远远望去，岛上郁郁葱葱，一团绿、一团红、一团黄、一团紫，端的是繁花似锦。黄蓉笑道："这里的景致好么？"郭靖叹道："我一生从未见过这么多，这么好看的花。"黄蓉甚是得意，笑道："若在阳春三月，岛上桃花盛开，那才叫好看呢。师父不肯说我爹爹的武功是天下第一，但爹爹种花的本事盖世无双，师父必是口服心服的。只不过师父只是爱吃爱喝，未必懂得什么才是好花好木，当真俗气得紧。"郭靖道："你背后指摘师父，好没规矩。"黄蓉伸伸舌头，扮了个鬼脸。

两人待船驶近，跃上岸去，小红马跟着也跳上岛来。那舟子听到过不少关于桃花岛的传言，说岛主杀人不眨眼，最爱挖人心肝肺肠，一见两人上岸，疾忙把舵回船，便欲远逃。黄蓉取出一锭十两重的银子掷去，当的一声，落在船头。那舟子想不到有此重赏，喜出望外，却仍是不敢在岛边稍停。

黄蓉重来故地，说不出的欢喜，高声大叫："爹，爹，蓉儿回来啦！"向郭靖招招手，便即向前飞奔。郭靖见她在花丛中东一转西一晃，霎时不见了影踪，急忙追去，只奔出十余丈远，立时就迷失了方向，只见东南西北都有小径，却不知走向哪一处好。

他走了一阵，似觉又回到了原地，想起在归云庄之时，黄蓉曾说那庄子布置虽奇，却哪及桃花岛阴阳开阖、乾坤倒置之妙，这一迷路，若是乱闯，定然只有越走越糟，于是坐在一株桃树之下，只待黄蓉来接。哪知等了一个多时辰，黄蓉固然始终不来，四下里寂静无声，竟不见半个人影。

他焦急起来，跃上树巅，四下眺望，南边是海，向西是光秃秃的岩石，东面北面都是花树，五色缤纷，不见尽头，只看得头晕眼花。花树之间既无白墙黑瓦，亦无炊烟犬吠，静悄悄的情状怪异之极。他心中忽感害怕，下树一阵狂奔，更深入了树丛之中，一转念间，暗叫："不好！我胡闯乱走，别连蓉儿也找我不到了。"只想觅路退回，哪知起初是转来转去离不开原地，现下却是越想回去，似乎离原地越远了。

小红马本来紧跟在后，但他上树一阵奔跑，落下地来，连小红马也已不知去向。眼见天色渐暗，郭靖无可奈何，只得坐在地下，静候黄蓉到来，好在遍地绿草似茵，就如软软的垫子一般。坐了一阵，甚感饥饿，想起黄蓉替洪七公所做的诸般美食，更是饿得厉害，突然想起："若是蓉儿给她爹爹关了起来，不能前来相救，我岂不是要活活饿死在这树林子里？"又想到父仇未复，师恩未报，母亲孤身一人在大漠苦寒之地，将来依靠何人？想了一阵，终于沉沉睡去。

睡到中夜，正梦到与黄蓉在北京游湖，共进美点，黄蓉低声唱曲，忽听得有人吹箫拍和，一惊醒来，箫声兀自萦绕耳际。他定了定神，一抬头，只见皓月中天，花香草气在黑夜中更加浓冽，箫声远远传来，却非梦境。

郭靖大喜，跟着箫声曲曲折折的走去，有时路径已断，但箫声仍是在前。他在归云庄中曾走过这种盘旋往复的怪路，当下不理道路是否通行，只是跟随箫声，遇着无路可走时，就上树而行，果然越走箫声越是明彻。他愈走愈快，一转弯，眼前忽然出现了一片白色花丛，重重叠叠，月光下宛似一座白花堆成的小湖，白花之中有一块东西高高隆起。

这时那箫声忽高忽低，忽前忽后。他听着声音奔向东时，箫声忽焉在西，循声往北时，箫声倏尔在南发出，似乎有十多人伏在四周，此起彼伏的吹箫戏弄他一般。

他奔得几转，头也昏了，不再理会箫声，奔向那隆起的高处，原来是座石坟，坟前墓碑上刻着"桃花岛女主冯氏埋香之冢"十一个大字。郭靖心想："这必是蓉儿的母亲了。蓉儿自幼丧母，真是可怜。"当下在坟前跪倒，恭恭敬敬的拜了四拜。当他跪拜之时，箫声忽停，四下阒无声息，待他一站起身，箫声又在前面响起。郭靖心想："管他是吉是凶，我总是跟去。"当下又进了树丛之中，再行一会，箫声调子斗变，似浅笑，似低诉，柔靡万端。郭靖心中一荡，呆了一呆："这调子怎么如此好听？"

只听得箫声渐渐急促，似是催人起舞。郭靖又听得一阵，只感面红耳赤，百脉贲张，当下坐在地上，依照马钰所授的内功秘诀运转内息。初时只感心旌摇动，数次想跃起身来手舞足蹈一番，但用了一会功，心神渐渐宁定，到后来意与神会，心中一片空明，不着片尘，任他箫声再荡，他听来只与海中波涛、树梢风响一般无异，只觉得丹田中活泼泼地，全身舒泰，腹中也不再感到饥饿。他到了这个境界，已知外邪不侵，缓缓睁开眼来，黑暗之中，忽见前面两丈远处一对眼睛碧莹莹的闪闪发光。

他吃了一惊，心想："那是什么猛兽？"向后跃开几步，忽然那对眼睛一闪就不见了，心想："这桃花岛上真是古怪，就算是再快捷的豹子狸猫，也不能这样一霎之间就没了踪影。"正自沉吟，忽听得前面发出一阵急促喘气之声，听声音却是人的呼吸。他恍然而悟："这是人！闪闪发光的正是他的眼睛，他双眼一闭，我自然瞧不见他了，其实此人并未走开。"不禁自觉愚蠢，但不知对方是友是敌，当下不敢作声，静观其变。

这时那洞箫声情致飘忽，缠绵宛转，便似一个女子一会儿叹息，一会儿呻吟，一会儿又软语温存、柔声叫唤。郭靖年纪尚小，自幼勤习武功，对男女之事不甚了了，听到箫声时感应甚淡，箫中曲调虽比适才更加勾魂引魄，他听了也不以为意，但对面那人却气喘愈急，听他呼吸声直是痛苦难当，正拼了全力来抵御箫声的诱惑。

郭靖对那人暗生同情，慢慢走过去。那地方花树繁密，天上虽有明月，但月光都被枝叶密密的挡住了，透不进来，直走到相距那人数尺之地，才依稀看清他的面目。这人盘膝而坐，满头长发，直垂至地，长眉长须，鼻子嘴巴都被遮掩住了。他左手抚胸，右手放在背后。郭靖知道这是修练内功的姿式，丹阳子马钰曾在蒙古悬崖之顶传过他的，这是收敛心神的要诀，只要练到了家，任你雷轰电闪，水决山崩，全然不闻不见。这人既会玄门正宗的上乘内功，怎么反而不如自己，对箫声如此害怕？

箫声愈来愈急，那人身不由主的一震一跳，数次身子已伸起尺许，还是以极大定力坐了下来。郭靖见他宁静片刻，便即欢跃，间歇越来越短，知道事情要糟，暗暗代他着急。只听得箫声轻轻细细的耍了两个花腔，那人叫道："算了，算了！"作势便待跃起。

郭靖见情势危急，不及细想，当即抢上，伸左手牢牢按住他右肩，右手已拍在他的颈后"大椎穴"上。郭靖在蒙古悬崖上练功之时，每当胡思乱想、心神无法宁静，马钰常在他大椎穴上轻轻抚摸，以掌心一股热气助他镇定，而免走火入魔。郭靖内功尚浅，不能以内力助这老人抵拒箫声，但因按拍的部位恰到好处，那长发老人心中一静，便自闭目运功。

郭靖暗暗心喜，忽听身后有人骂了一声："小畜生，坏我大事！"箫声突止。

郭靖吓了一跳，回头过来，不见人影，听语音似是黄药师的说话，不禁大为忧急："不知这长须老人是好是坏？我胡乱出手救他，必定更增蓉儿她爹爹的怒气。倘若这老人是个妖邪魔头，岂非铸成了大错？"

只听长须老人气喘渐缓，呼吸渐匀，郭靖不便出言相询，只得坐在他对面，闭目内视，也用起功来，不久便即思止虑息，物我两忘，直到晨星渐隐，清露沾衣，才睁开眼睛。

日光从花树中照射下来，映得那老人满脸花影，这时他面容看得更加清楚了，须发苍然，并未全白，不知已有多少时候不加梳理，就如野人一般毛茸茸地甚是吓人。突然间那老人眼光闪烁，微微笑了笑，说道："你是全真七子中哪一人的门下？"

郭靖见他脸色温和，略觉宽心，站起来躬身答道："弟子郭靖参见前辈，弟子的受业恩师是江南七侠。"那老人似乎不信，说道："江南七侠？是柯镇恶一伙么？他们怎能传你全真派的武功？"郭靖道："丹阳真人马道长传过弟子两年内功，不过未曾令弟子列入全真派门墙。"

那老人哈哈一笑，装个鬼脸，神色甚是滑稽，犹如孩童与人闹着玩一般，说道："这就是了。你怎么会到桃花岛来？"郭靖道："黄岛主命弟子来的。"那老人脸色忽变，问道："来干什么？"郭靖道："弟子得罪了黄岛主，特来领死。"那老人道："你不打诳么？"郭靖恭恭敬敬的道："弟子不敢欺瞒。"那老人点点头道："很好，坐下罢。"郭靖依言坐在一块石上，这时看清楚那老人是坐在山壁的一个岩洞之中。

那老人又问："此外还有谁传过你功夫？"郭靖道："九指神丐洪恩师……"那老人脸上神情特异，似笑非笑，抢着问道："洪七公也传过你功夫？"郭靖道："是的。洪恩师传过弟子一套降龙十八掌。"那老人脸上登现欣羡无已的神色，说道："你会降龙十八掌？这套功夫可了不起哪。你传给我好不好？我拜你为师。"随即摇头道："不成，不成！做洪老叫化的徒孙，不大对劲。洪老叫化没传过你内功？"郭靖道："没有。"

那老人仰头向天，自言自语："瞧他小小年纪，就算在娘肚子里起始修练，也不过十八九年道行，怎么我抵挡不了箫声，他却能抵挡？"一时想不透其中原因，双目从上至下，又自下至上的向郭靖望了两遍，右手伸出，道："你在我掌上推一下，我试试你的功夫。"

郭靖依言伸掌与他右掌相抵。那老人道："气沉丹田，发劲罢。"郭靖凝力发劲。那老人手掌略缩，随即反推，叫道："小心了！"郭靖只觉一股强劲之极的内力涌到，实是抵挡不住，左掌向上疾穿，要待去格他手腕，哪知那老人转手反拨，四指已搭上他腕背，只以四根手指之力，便将他直挥出去。郭靖站立不住，跌出了七八步，背心在一棵树上一撞，这才站定。那老人喃喃自语："武功虽然不错，可也不算什么了不起，却怎么能挡得住黄老邪的'碧海潮生曲'？"

郭靖深深吸了口气，才凝定了胸腹间气血翻涌，向那老人望去，甚是讶异："此人的武功几与洪恩师、黄岛主差不多了，怎么桃花岛上又有这等人物？难道是'西毒'或是'南帝'么？"一想到"西毒"，不禁心头一寒："莫要着了他的道儿！"举起手掌在日光下一照，既未红肿，亦无黑痕，这才稍感放心。

那老人微笑问道："你猜我是谁？"郭靖道："弟子曾听人言道：天下武功登峰造极的共有五位高人。全真教主王真人已经逝世，九指神丐洪恩师与桃花岛主弟子都识得。前辈是欧阳前辈还是段皇爷么？"那老人笑道："你觉得我的武功与东邪、北丐差不多，是不是？"郭靖道："弟子武功低微，见识粗浅，不敢妄说。但适才前辈这样一推，弟子所拜见过的武学名家之中，除了洪恩师与黄岛主之外确无第三人及得。"

那老人听他赞扬，极是高兴，一张毛发掩盖的脸上显出孩童般的欢喜神色，笑道："我既不是西毒欧阳锋，也不是段皇爷，你再猜上一猜。"郭靖沉吟道："弟子会过一个自称与洪恩师等齐名的裘千仞，但此人有名无实，武功甚是平常。弟子愚蠢得紧，实在猜不到前辈的尊姓大名。"那老人呵呵笑道："我姓周，你想得起了么？"

郭靖冲口而出："啊，你是周伯通！"这句话一说出口，才想起当面直呼其名，可算得大大的不敬，忙躬身下拜，说道："弟子不敬，请周前辈恕罪。"

那老人笑道："不错，不错，我正是周伯通。我名叫周伯通，你叫我周伯通，有什么不敬？全真教主王重阳是我师兄，马钰、丘处机他们都是我的师侄。你既不是全真派门下，也不用啰里啰唆的叫我什么前辈不前辈的，就叫我周伯通好啦。"郭靖道："弟子怎敢？"

周伯通在桃花岛独居已久，无聊之极，忽得郭靖与他说话解闷，大感愉悦，忽然间心中起了一个怪念头，说道："小朋友，你我结义为兄弟如何？"

不论他说什么希奇古怪的言语，都不及这句话的匪夷所思，郭靖一听之下，登时张大了嘴合不拢来，瞧他神色俨然，实非说笑，过了一会，才道："弟子是马道长、丘道长的晚辈，该当尊您为师祖爷才是。"

周伯通双手乱摆，说道："我的武艺全是师兄所传，马钰、丘处机他们见我没点长辈样子，也不大敬我是长辈。你不是我儿子，我也不是你儿子，又分什么长辈晚辈？"

正说到这里，忽听脚步声响，一名老仆提了一只食盒，走了过来。周伯通笑道："有东西吃啦！"那老仆揭开食盒，取出四碟小菜，两壶酒，一木桶饭，放在周伯通面前的大石之上，给两人斟了酒，垂手在旁侍候。

郭靖忙问："黄姑娘呢？她怎不来瞧我？"那仆人摇摇头，指指自己耳朵，又指指自己的口，意思说又聋又哑。周伯通笑道："这人耳朵是黄药师刺聋的，你叫他张口来瞧瞧。"郭靖做个手势，那人张开口来。郭靖一看，不禁吓了一跳，原来他口中舌头被割去了半截。周伯通道："岛上的佣仆全都如此。你既来了桃花岛，若是不死，日后也与他一般。"郭靖听了，半晌做声不得，心道："蓉儿的爹爹怎么恁地残忍？"

周伯通又道："黄老邪晚晚折磨我，我偏不向他认输。昨晚差点儿就折在他的手里，若不是你助我一臂，我十多年的要强好胜，可就废于一夕了。来来来，小兄弟，这里有酒有菜，咱俩向天誓盟，结为兄弟，以后有福共享，有难共当。想当年我和王重阳结为兄弟之时，他也是推三阻四的……怎么？你真的不愿么？我师哥王重阳武功比我高得多，当年他不肯和我结拜，难道你的武功也比我高得多？我看大大的不见得。"郭靖道："晚辈的武功比你低得太多，结拜实在不配。"周伯通道："若说武功一样，才能结拜，那么我去跟黄老邪、老毒物结拜？他们又嫌我打他们不过了，岂有此理！你要我跟这又聋又哑的家伙结拜？"说着手指那老仆，双脚乱跳，大发脾气。

郭靖见他脸上变色，忙道："弟子与前辈辈份差着两辈，倘若依了前辈之言，必定被人笑骂。日后遇到马道长、丘道长、王道长，弟子岂不惭愧之极？"周伯通道："偏你就有这许多顾虑。你不肯和我结拜，定是嫌我太老，呜呜呜……"忽地掩面大哭，乱扯自己胡子。

郭靖慌了手脚，忙道："弟子依前辈吩咐就是。"周伯通哭道："你被我逼迫，勉强答应，那也是算不了数的。他日人家问起，你又推在我的身上。我知道你是不肯称我为义兄的了。"郭靖暗暗好笑，怎地此人如此为老不尊，只见他拿起菜碟，向外掷去，赌气不肯吃饭了。那老仆连忙拾起，不知为了何事，甚是惶恐。郭靖无奈，只得笑道："兄长既然有此美意，小弟如何不遵？咱俩就在此处撮土为香，义结兄弟便是。"

周伯通破涕为笑，说道："我向黄老邪发过誓的，除非我打赢了他，否则除了大小便，决不出洞一步。我在洞里磕头，你在洞外磕头罢。"郭靖心想："你一辈子打不过黄岛主，难道一辈子就呆在这个小小的石洞里？"当下也不多问，便跪了下去。

周伯通与他并肩而跪，朗声说道："老顽童周伯通，今日与郭靖义结金兰，日后有福共享，有难共当。如若违此盟誓，教我武功全失，连小狗小猫也打不过。"

郭靖听他自称"老顽童"，立的誓又这般希奇古怪，忍不住好笑。周伯通瞪眼道："笑什么？快跟着念。"郭靖便也依式念了一遍，两人以酒沥地，郭靖再行拜见兄长。

周伯通哈哈大笑，大叫："罢了，罢了。"斟酒自饮，说道："黄老邪小气得紧，给人这般淡酒喝。只有那天他女儿送来的美酒，喝起来才有点酒味，可惜从此她又不来了。"郭靖想起黄蓉说过，她因偷送美酒给周伯通被父亲知道了责骂，一怒而离桃花岛，看来周伯通尚不知此事呢。

郭靖已饿了一天，不想饮酒，一口气吃了五大碗白饭，这才饱足。那老仆等两人吃完，收拾了残肴回去。

周伯通道："兄弟，你因何得罪了黄老邪，说给哥哥听听。"郭靖于是将自己年幼时怎样无意中刺死陈玄风、怎样在归云庄恶斗梅超风、怎样黄药师生气要和江南六怪为难、自己怎样答应在一月之中到桃花岛领死等情由，说了一遍。周伯通最爱听人述说故事，侧过了头，眯着眼，听得津津有味，只要郭靖说得稍为简略，就必寻根究底的追问不休。

待得郭靖说完，周伯通还问："后来怎样？"郭靖道："后来就到了这里。"周伯通沉吟片刻，道："嗯，原来那个美貌小丫头是黄老邪的女儿。她和你好，怎么回岛之后，忽然影踪不见？其中必有缘由，定是给黄老邪关了起来。"郭靖忧形于色，说道："弟子也这样想……"

周伯通脸一板，厉声道："你说什么？"郭靖知道说错了话，忙道："做兄弟的一时失言，大哥不要介意。"周伯通笑道："这称呼是万万弄错不得的。若是你我假扮戏文，那么你叫我娘子也好，妈妈也好，女儿也好，更是错不得一点。"郭靖连声称是。

周伯通侧过了头，问道："你猜我怎么会在这里？"郭靖道："兄弟正要请问。"周伯通道："说来话长，待我慢慢对你说。你知道东邪、西毒、南帝、北丐、中神通五人在华山绝顶论剑较艺的事罢？"郭靖点点头道："兄弟曾听人说过。"周伯通道："那时是在寒冬岁尽，华山绝顶，大雪封山。他们五人口中谈论，手上比武，在大雪之中直比了七天七夜，东邪、西毒、南帝、北丐四个人终于拜服我师哥王重阳的武功是天下第一。你可知道五人因何在华山论剑？"郭靖道："这个兄弟倒不曾听说过。"周伯通道："那是为了一部经文……"郭靖接口道："《九阴真经》。"

周伯通道："是啊！兄弟，你年纪虽小，武林中的事情倒知道得不少。那你可知道《九阴真经》的来历？"郭靖道："这个我却不知了。"周伯通拉拉自己耳边垂下来的长发，神情甚是得意，说道："刚才你说了一个很好听的故事给我听，现下……"郭靖插口道："我说的都是真事，不是故事。"周伯通道："那有什么分别？只要好听就是了。有的人的一生一世便是吃饭、拉屎、睡觉，若是把他生平一件件鸡毛蒜皮的真事都说给我听，老顽童闷也给他闷死了。"郭靖点头道："那也说得是。那么请大哥说《九阴真经》的故事给兄弟听。"

周伯通道："徽宗皇帝于政和年间，遍搜普天下道家之书，雕版印行，一共有五千四百八十一卷，称为《万寿道藏》。皇帝委派刻书之人，叫做黄裳……"郭靖道："原来他也姓黄。"周伯通道："呸！什么也姓黄？这跟黄老邪黄药师全不相干，你可别想歪了。天下姓黄之人多得紧，黄狗也姓黄，黄猫也姓黄。"郭靖心想黄狗黄猫未必姓黄，却也不去和他多辩，只听他续道："这个跟黄老邪并不相干的黄裳，是个十分聪明之人……"郭靖本想说："原来他也是个十分聪明之人"，话到口边，却忍住不说出来。

周伯通说道："他生怕这部大道藏刻错了字，皇帝发觉之后不免要杀他的头，因此上一卷一卷的细心校读。不料想这么读得几年，他居然便精通道学，更因此而悟得了武功中的高深道理。他无师自通，修习内功外功，竟成为一位武功大高手。兄弟，这个黄裳可比你聪明得多了。我没他这般本事，料想你也没有。"郭靖道："这个自然。五千多卷道书，要我从头至尾读一遍，我这一辈子也就干不了，别说领会什么武功了。"

周伯通叹了口气，说道："世上聪明人本来是有的，不过这种人你若是遇上了，多半非倒大霉不可。"郭靖心下又不以为然，暗忖："蓉儿聪明之极，我遇上了正是天大的福气，怎会倒霉？"只是他素来不喜与人争辩，当下也不言语。

周伯通道："那黄裳练成了一身武功，还是做他的官儿。有一年他治下忽然出现了一个希奇古怪的教门，叫作什么'明教'，据说是西域的波斯胡人传来的。这些明教的教徒一不拜太上老君，二不拜至圣先师，三不拜如来佛祖，却拜外国的老魔，可是又不吃肉，只是吃菜。徽宗皇帝只信道教，他知道之后，便下了一道圣旨，要黄裳派兵去剿灭这些邪魔外道。不料明教的教徒之中，着实有不少武功高手，众教徒打起仗来又人人不怕死，不似官兵那么没用，打了几仗，黄裳带领的官兵大败。他心下不忿，亲自去向明教的高手挑战，一口气杀了几个什么法王、什么使者。哪知道他所杀的人中，有几个是武林中名门大派的弟子，于是他们的师伯、师叔、师兄、师弟、师姊、师妹、师姑、师姨、师干爹、师干妈，一古脑儿的出来，又约了别派的许多好手，来向他为难，骂他行事不按武林中的规矩。黄裳说道：'我是做官儿的，又不是武林中人，你们武林规矩什么的，我怎么知道？'对方那些姨妈干爹七张八嘴的吵了起来，说道：'你若非武林中人，怎么会武？难道你师父只教你武功，不教练武的规矩么？'黄裳说道：'我没师父。'那些人死也不信，吵到后来，你说怎样？"

郭靖道："那定是动手打架了。"周伯通道："可不是吗？一动上手，黄裳的武功古里古怪，对方谁都没见过，当场又给他打死了几人，但他寡不敌众，也受了伤，拼命逃走了。那些人气不过，将他家里的父母妻儿杀了个干干净净。"郭靖听到这里，叹了口气，觉得讲到练武，到后来总是不免要杀人，隐隐觉得这黄裳倘若不练武功，多半便没这样的惨事。

周伯通续道："那黄裳逃到了一处穷荒绝地，躲了起来。那数十名敌手的武功招数，他一招一式都记在心里，于是苦苦思索如何才能破解，他要想通破解的方法，然后去杀了他们报仇。也不知过了多少时候，终于对每一个敌人所使过的招数，他都想通了破解的法子。他十分高兴，料想这些敌人就算再一拥而上，他独个儿也对付得了。于是出得山来，去报仇雪恨。不料那些敌人一个个都不见了。你猜是什么原因？"

郭靖道："定是他的敌人得知他武功大进，怕了他啦，都躲了起来。"周伯通摇头道："不是，不是。当年我师哥说这故事给我听的时候，也叫我猜。我猜了七八次都不中，你再猜。"郭靖道："大哥既然七八次都猜不中，那我也不用猜了，只怕连猜七八十次也不会中。"周伯通哈哈大笑，说道："没出息，没出息。好罢，你既然认输，我便不叫你猜这哑谜儿了。原来他那几十个仇人全都死了。"郭靖"咦"的一声，道："这可奇了。难道是他的朋友还是他的弟子代他报仇，将他的仇人都杀死了？"周伯通摇头道："不是，不是！差着这么十万八千里。他没收弟子。他是文官，交的朋友也都是些文人学士，怎能代他杀人报仇？"郭靖搔搔头，说道："莫非忽然起了瘟疫，他的仇人都染上了疫病？"周伯通道："也不是。他的仇人有些在山东，有些在湖广，有些在河北、两浙，也没有一起都染上瘟疫之理。啊，是了，是了！对啦，有一项瘟疫，却是人人都会染上的，不论你逃到天涯海角，都避他不了，你猜那是什么瘟疫？"

郭靖把伤寒、天花、痢疾猜了六七种，周伯通总是摇头，最后郭靖说道："口蹄疫！"一出口便知不对，急忙按住了嘴，笑起来，左手在自己头上拍了一下，笑道："我真胡涂，口蹄疫是蒙古牛羊牲口的瘟疫，人可不会染上。"

周伯通哈哈大笑，说道："你越猜越乱了。那黄裳找遍四方，终于给他找到了一个仇人。这人是个女子，当年跟他动手之时，只是个十六七岁的小姑娘，但黄裳找到她时，见她已变成了个六十来岁的老婆婆……"郭靖大为诧异，说道："这可真希奇。啊，是了，她乔装改扮，扮作了个老太婆，盼望别让黄裳认出来。"

周伯通道："不是乔装改扮。你想，黄裳的几十个仇人，个个都是好手，武功包含诸家各派，何等深奥，何等繁复？他要破解每一人的绝招，可得耗费多少时候心血？原来他独自躲在深山之中钻研武功，日思夜想的就只是武功，别的什么也不想，不知不觉竟已过了四十多年。"郭靖惊道："过了四十多年？"

周伯通道："是啊。专心钻研武功，四十多年很容易就过去了。我在这里已住了十五年，也不怎样。黄裳见那小姑娘已变成了老太婆，心中很是感慨，但见那老婆婆病骨支离，躺在床上只是喘气，也不用他动手，过不了几天她自己就会死了。他数十年积在心底的深仇大恨，突然之间消失得无影无踪。兄弟，每个人都要死，我说那谁也躲不了的瘟疫，便是大限到来，人人难逃。"郭靖默然点头。周伯通又道："我师哥和他那七个弟子天天讲究修性养命，难道真又能修成不死的神仙之身？因此牛鼻子道士我是不做的。"郭靖茫然出神。

周伯通道："他那些仇人本来都已四五十岁，再隔上这么四十多年，到那时岂还有不一个个都死了？哈哈，哈哈，其实他压根儿不用费心想什么破法，钻研什么武功，只须跟这些仇人比赛长命。四十多年比下来，老天爷自会代他把仇人都收拾了。"郭靖点了点头，心想："那么我要找完颜洪烈报杀父之仇，该是不该？"周伯通又道："不过话说回来，钻研武功自有无穷乐趣，一个人生在世上，若不钻研武功，又有什么更有趣的事好干？天下玩意儿虽多，可是玩得久了，终究没味。只有武功，才越玩越有趣。兄弟，你说是不是？"郭靖"嗯"了一声，不置可否，他可不觉得练武有什么好玩，生平练武实是吃足了苦头，只是从小便咬紧了牙关苦挨，从来不肯贪懒而已。

周伯通见他不大起劲，说道："你怎么不问我后来怎样？"郭靖道："对，后来怎样？"周伯通道："你如不问后来怎样，我讲故事就不大有精神了。"郭靖道："是，是。大哥，后来怎样？"周伯通道："那黄裳心想：'原来我也老了，可也没几年好活啦。'他花了这几十年心血，想出了包含普天下各家各派功夫的武学，过得几年，也染上了那谁也逃不过的瘟疫，这番心血岂不是就此湮没？于是他将所想到的法门写成了上下两卷书，那是什么？"郭靖道："是什么？"周伯通道："唉，难道连这个也猜不到吗？"郭靖想了一会，问道："是不是《九阴真经》？"周伯通道："咱们说了半天，说的就是《九阴真经》的来历，你还问什么？"郭靖笑道："兄弟就怕猜错了。"

周伯通道："撰述《九阴真经》的原由，那黄裳写在经书的序文之中，我师哥因此得知。黄裳将经书藏于一处极秘密的所在，数十年来从未有人见到。那一年不知怎样，此书忽在世间出现，天下学武之人自然个个都想得到，大家你抢我夺，一塌里胡涂。我师哥说，为了争夺这部经文而丧命的英雄好汉，前前后后已有一百多人。凡是到了手的，都想依着经中所载修习武功，但练不到一年半载，总是给人发觉，追踪而来劫夺。抢来抢去，也不知死了多少人。得了书的千方百计躲避，但追夺的人有这么许许多多，总是放不过他。那阴谋诡计，硬抢软骗的花招，也不知为这部经书使了多少。"

郭靖道："这样说来，这部经书倒是天下第一害人的东西了。陈玄风如不得经书，那么与梅超风在乡间隐姓埋名，快快乐乐的过一世，黄岛主也未必能找到他。梅超风若是不得经书，也不致弄到今日的地步。"

周伯通道："兄弟你怎么如此没出息？《九阴真经》中所载的武功，奇幻奥秘，神妙之极。学武之人只要学到了一点半滴，岂能不为之神魂颠倒？纵然因此而招致杀身之祸，那又算得了什么？咱们刚才不说过吗，世上又有谁是不死的？"郭靖道："大哥那你是习武入迷了。"周伯通笑道："那还用说？习武练功，滋味无穷。世人愚蠢得紧，有的爱读书做官，有的爱黄金美玉，更有的爱绝色美女，但这其中的乐趣，又怎及得上习武练功的万一？"

郭靖道："兄弟虽也练了一点粗浅功夫，却体会不到其中有无穷之乐。"周伯通叹道："傻孩子，傻孩子，那你干么要练武？"郭靖道："师父要我练，我就练了。"周伯通摇头道："你真是笨得很。我对你说，一个人饭可以不吃，性命可以不要，功夫却不可不练。"郭靖答应了，心想："我这个把兄多半为了嗜武成癖，才弄得这般疯疯癫癫的。"说道："我见过黑风双煞练这《九阴真经》上的武功，十分阴毒邪恶，那是万万练不得的。"周伯通摇头道："那定是黑风双煞练错了。《九阴真经》正大光明，怎会阴毒邪恶？"郭靖亲眼见过梅超风的武功，说什么也不信。

周伯通问道："刚才咱们讲故事讲到了哪里？"郭靖道："你讲到天下的英雄豪杰都要抢夺《九阴真经》。"周伯通道："不错。后来事情越闹越大，连全真教教主、桃花岛主黄老邪、丐帮的洪帮主这些大高手也插上手了。他们五人约定在华山论剑，谁的武功天下第一，经书就归谁所有。"郭靖道："那经书终究是落在你师哥手里了。"

周伯通眉飞色舞，说道："是啊。我和王师哥交情大得很，他没出家时我们已经是好朋友，后来他传我武艺。他说我学武学得发了痴，过于执着，不是道家清静无为的道理，因此我虽是全真派的，我师哥却叫我不可做道士。我这正是求之不得。我那七个师侄之中，丘处机功夫最高，我师哥却最不喜欢他，说他耽于钻研武学，荒废了道家的功夫。说什么学武的要猛进苦练，学道的却要淡泊率性，这两者是颇不相容的。马钰得了我师哥的法统，但他武功却是不及丘处机和王处一了。"

郭靖道："那么全真教主王真人自己，为什么既是道家真人，又是武学大师？"周伯通道："他是天生的了不起，许多武学中的道理自然而然就懂了，并非如我这般勤修苦练的。刚才咱俩讲故事讲到什么地方？怎么你又把话题岔了开去？"

郭靖笑道："你讲到你师哥得到了《九阴真经》。"周伯通道："不错。他得到经书之后，却不练其中功夫，把经书放入了一只石匣，压在他打坐的蒲团下面的石板之下。我奇怪得很，问是什么原因，他微笑不答。我问得急了，他叫我自己想去。你倒猜猜看，那是为了什么？"郭靖道："他是怕人来偷来抢？"周伯通连连摇头，道："不是，不是！谁敢来偷来抢全真教主的东西？他是活得不耐烦了？"

郭靖沉思半晌，忽地跳起，叫道："对啊！正该好好的藏起来，其实烧了更好。"

周伯通一惊，双眼盯住郭靖，说道："我师哥当年也这么说，只是他说几次要想毁去，总是下不了手。兄弟，你傻头傻脑的，怎么居然猜得到？"

郭靖胀红了脸，答道："我想，王真人的武功既已天下第一，他再练得更强，仍也不过是天下第一。我还想，他到华山论剑，倒不是为了争天下第一的名头，而是要得这部《九阴真经》。他要得到经书，也不是为了要练其中的功夫，却是相救普天下的英雄豪杰，教他们免得互相斫杀，大家不得好死。"

周伯通抬头向天，出了一会神，半晌不语。郭靖很是担心，只怕说错了话，得罪了这位脾气古怪的把兄。

周伯通叹了一口气，说道："你怎能想到这番道理？"郭靖搔头道："我也不知道啊。我只想这部经书既然害死了这许多人，就算它再宝贵，也该毁去才是。"

周伯通道："这道理本来是明白不过的，可是我总想不通。师哥当年说我学武的天资聪明，又是乐此而不疲，可是一来过于着迷，二来少了一副救世济人的胸怀，就算毕生勤修苦练，终究达不到绝顶之境。当时我听了不信，心想学武自管学武，那是拳脚兵刃上的功夫，跟气度识见又有什么干系？这十多年来，却不由得我不信了。兄弟，你心地忠厚，胸襟博大，只可惜我师哥已经逝世，否则他见你一定喜欢，他那一身盖世武功，必定可以尽数传给你了。师哥若是不死，岂不是好？"想起师兄，忽然伏在石上哀哀痛哭起来。郭靖对他的话不甚明白，只是见他哭得凄凉，也不禁戚然。

周伯通哭了一阵，忽然抬头道："啊，咱们故事没说完，说完了再哭不迟。咱们说到哪里了啊？怎么你也不劝我别哭？"郭靖笑道："你说到王真人把那部《九阴真经》压在蒲团下面的石板底下。"周伯通一拍大腿，说道："是啊。他把经文压在石板之下，我说可不可以给我瞧瞧，却给他板起脸数说了一顿，我从此也就不敢再提了。武林之中倒也真的安静了一阵子。后来师哥去世，他临死之时却又起了一场风波。"

郭靖听他语音忽急，知道这场风波不小，当下凝神倾听，只听他道："师哥自知寿限已到，那场谁也逃不过的瘟疫终究找上他啦，于是安排了教中大事之后，命我将《九阴真经》取来，生了炉火，要待将经书焚毁，但抚摸良久，长叹一声，说道：'前辈毕生心血，岂能毁于我手？水能载舟，亦能覆舟，要看后人如何善用此经了。只是凡我门下，决不可习练经中武功，以免旁人说我夺经是怀有私心。'他说了这几句话后，闭目而逝。当晚停灵观中，不到三更，就出了事儿。"

郭靖"啊"了一声。周伯通道："那晚我与全真教的七个大弟子守灵。半夜里突有敌人来攻，来的个个都是高手，全真七子立即分头迎敌。七子怕敌人伤了师父遗体，将对手都远远引到观外拼斗，只我独自守在师哥灵前，突然观外有人喝道：'快把《九阴真经》交出来，否则一把火烧了你的全真道观。'我向外张去，不由得倒抽了一口凉气，只见一个人站在树枝上，顺着树枝起伏摇晃，那一身轻功，可当真了不起。当时我就想：'这门轻功我可不会，他若肯教，我不妨拜他为师。'但转念一想：'不对，不对，此人要来抢《九阴真经》，不但拜不得师，这一架还非打不可。'明知不敌，也只好和他斗一斗了。我纵身出去，跟他在树顶上拆了三四十招，越打越心惊胆怕，敌人年纪比我小着好几岁，但出手狠辣之极，我硬接硬架，终于技逊一筹，肩头上被他打了一掌，跌下树来。"

郭靖奇道："你这样高的武功还打他不过，那是谁啊？"

周伯通反问："你猜是谁？"郭靖沉吟良久，答道："西毒！"周伯通奇道："咦！你这次怎地居然猜中了？"郭靖道："兄弟心想，并世武功能比大哥高的，也只华山论剑的五人。洪恩师为人光明磊落；那段皇爷既是皇爷，总当顾到自己身份；黄岛主为人怎样，兄弟虽不深知，但瞧他气派很大，必非乘人之危的卑鄙小人！"

花树外突然有人喝道："小畜生还有眼光！"

郭靖跳起身来，抢到说话之人的所在，但那人身法好快，早已影踪全无，唯见几棵花树兀自晃动，花瓣纷纷跌落。

周伯通叫道："兄弟回来，那是黄老邪，他早已去得远了。"

郭靖回到岩洞前面，周伯通道："黄老邪精于奇门五行之术，他这些花树都是依着诸葛亮当年八阵图的遗法种植的。"郭靖骇然道："诸葛亮的遗法？"周伯通叹道："是啊，黄老邪聪明之极，琴棋书画、医卜星相，以及农田水利、经济兵略，无一不晓，无一不精，只可惜定要跟老顽童过不去，我偏偏又打他不赢。他在这些花树之中东窜西钻，别人再也找他不到。"

郭靖半晌不语，想着黄药师一身本事，不禁神往，隔了一会才道："大哥，你被西毒打下树来，后来怎样？"

周伯通一拍大腿，说道："对了，这次你没忘了提醒我说故事。我中了欧阳锋一掌，痛入心肺，半晌动弹不得，但见他奔入灵堂，也顾不得自己已经受伤，舍命追进，只见他抢到师哥灵前，伸手就去拿供在桌上的那部经书。我暗暗叫苦，自己既敌他不过，众师侄又都御敌未返，正在这紧急当口，突然间喀喇一声巨响，棺材盖上木屑纷飞，穿了一个大洞。"

郭靖惊道："欧阳锋用掌力震破了王真人的灵柩？"周伯通道："不是，不是！是我师哥自己用掌力震破了灵柩。"郭靖听到这荒唐奇谈，只惊得睁着一对圆圆的大眼，说不出话来。

老顽童周伯通和东邪黄药师比赛打石弹，以借阅《九阴真经》与桃花岛至宝软猬甲作赌注。黄药师的新婚夫人在旁观看。这打石弹虽是小孩儿的玩意，其中却另有窍门。

第十七回　双手互搏

　　周伯通道："你道是我师哥死后显灵？还是还魂复生？都不是，他是假死。"

　　郭靖"啊"了一声，道："假死？"周伯通道："是啊。原来我师哥死前数日，已知西毒在旁躲着，只等他一死，便来抢夺经书，因此以上乘内功闭气装死，但若示知弟子，众人假装悲哀，总不大像，那西毒狡猾无比，必定会看出破绽，自将另生毒计，是以众人都不知情。那时我师哥身随掌起，飞出棺来，迎面一招'一阳指'向那西毒点去。欧阳锋明明在窗外见我师哥逝世，一切看得清清楚楚，这时忽见他从棺中飞跃而出，只吓得魂不附体。他本就对我师哥十分忌惮，这时大惊之下不及运功抵御，我师哥一击而中，'一阳指'正点中他的眉心，破了他多年苦练的'蛤蟆功'。欧阳锋逃赴西域，听说从此不履中土。我师哥一声长笑，盘膝坐在供桌之上。我知道使'一阳指'极耗精神，师哥必是在运气养神，当下不去惊动，径行奔去接应众师侄，杀退来袭的敌人。众师侄听说师父未死，无不大喜，一齐回到道观，只叫得一声苦，不知高低。"

　　郭靖忙问："怎样？"周伯通道："只见我师哥身子歪在一边，神情大异。我抢上去一摸，师哥全身冰凉，这次是真的仙去了。师哥遗言，要将《九阴真经》的上卷与下卷分置两处，以免万一有什么错失，也不致同时落入奸人的手中。我将真经的上卷藏妥之后，身上带了下卷经文，要送到南方雁荡山去收藏，途中却撞上了黄

·573·

老邪。"

郭靖"啊"了一声。周伯通道："黄老邪为人虽然古怪，但他十分骄傲自负，决不会如西毒那么不要脸，敢来强抢经书，可是那一次糟在他的新婚夫人正好与他同在一起。"

郭靖心想："那是蓉儿的母亲了。她与这件事不知又有什么干连？"只听周伯通道："我见他满面春风，说是新婚。我想黄老邪聪明一世，胡涂一时，讨老婆有什么好，便取笑他几句。黄老邪倒不生气，反而请我喝酒。我说起师哥假死复活、击中欧阳锋的情由。黄老邪的妻子听了，求我借经书一观。她说她不懂半点武艺，只是心中好奇，想见见这部害死了无数武林高手的书到底是什么样子。我自然不肯。黄老邪对这少年夫人宠爱得很，什么事都不肯拂她之意，就道：'伯通，内子当真全然不会武功。她年纪轻，爱新鲜玩意儿。你就给她瞧瞧，那又有什么干系？我黄药师只要向你的经书瞟了一眼，我就挖出这对眼珠子给你。'黄老邪是当世数一数二的人物，说了话当然言出如山，但这部经书实在干系太大，我只是摇头。黄老邪不高兴了，说道：'我岂不知你有为难之处？你肯借给内人一观，黄某人总有报答你全真派之日。若是一定不肯，那也只得由你，谁教我跟你有交情呢？我跟你全真派的弟子们可不相识。'我懂得他的意思，这人说得出做得到，他不好意思跟我动手，却会借故去和马钰、丘处机他们为难。这人武功太高，惹恼了他可真不好办。"郭靖道："是啊，马道长、丘道长他们是打不过他的。"

周伯通道："那时我就说道：'黄老邪，你要出气，尽管找我老顽童，找我的师侄们干么？这却不是以大欺小么？'他夫人听到我'老顽童'这个浑号，格格一笑，说道：'周大哥，你爱胡闹顽皮，大家可别说拧了淘气，咱们一起玩玩罢。你那宝贝经书我不瞧也罢。'她转头对黄老邪道：'看来《九阴真经》是给那姓欧阳的抢去了，周大哥拿不出来，你又何必苦苦逼他，让他失了面子？'黄老邪笑道：'是啊，伯通，还是我帮你去找老毒物算帐罢。他武功了得，你是打他不过的。'"

　　郭靖心想："蓉儿的母亲和她是一样的精灵古怪。"插口道："他们是在激你啊！"周伯通道："我当然知道，但这口气不肯输。我说：'经书是在我这里，借给嫂子看一看原也无妨。但你瞧不起老顽童守不住经书，你我先比划比划。'黄老邪笑道：'比武伤了和气，你是老顽童，咱们就比比孩子们的玩意儿。'我还没答应，他夫人已拍手叫了起来：'好好，你们两人比赛打石弹儿。'"

　　郭靖微微一笑。周伯通道："打石弹儿我最拿手，接口就道：'比就比，难道我还能怕他？'黄夫人笑道：'周大哥，要是你输了，就把经书借给我瞧瞧。但若是你赢了，你要什么？'黄老邪道：'全真教有宝，难道桃花岛就没有？'他从包裹取出一件黑黝黝、满生倒刺的衣服在桌上一放。你猜是什么？"郭靖道："软猬甲。"

　　周伯通道："是啊，原来你也知道。黄老邪道：'伯通，你武功卓绝，自然用不着这副甲护身，但他日你娶了女顽童，生下小顽童，小孩儿穿这副软猬甲可是妙用无穷，谁也欺他不得。你打石弹儿只要胜了我，桃花岛这件镇岛之宝就是你的。'我道：'女顽童是说什么也不娶的，小顽童当然更加不生，不过你这副软猬甲武林中大大有名，我赢到手来，穿在衣服外面，在江湖上到处大摇大摆，出出风头，倒也不错，好让天下豪杰都知道桃花岛主栽在老顽童手里。'黄夫人接口道：'您先别说嘴，哥儿俩比了再说。'当下三人说好，每人九粒石弹，共是十八个小洞，谁的九粒石弹先打进洞就是谁胜。"

　　郭靖听到这里，想起当年与义弟拖雷在沙漠中玩石弹的情景，不禁微笑。周伯通道："石弹子我随身带着有的是，于是三人同到屋外空地上去比试。我留心瞧黄夫人的身形步法，果然没学过武功。我在地上挖了小孔，让黄老邪先挑石弹，他随手拿了九颗，我们就比了起来。他暗器功夫当世独步，'弹指神通'天下有名，他只道取准的本事远胜过我，玩起石弹来必能占上风。哪知道这种小孩儿的玩意与暗器虽然大同，却有小异，中间另有窍门。我挖的小洞又很特别，石弹儿打了进去会再跳出来。打弹时不但劲力必须用得不轻不重，恰到好处，而且劲力的结尾尚须一收，把反弹的力道消了，石弹儿才能留在洞内。"

郭靖想不到中原人士打石弹还有这许多讲究，蒙古小孩可就不懂了，只听周伯通得意洋洋的接着说道："黄老邪连打三颗石弹，都是不错厘毫的进了洞，但一进去却又跳了出来。待得他悟到其中道理。我已有五颗弹子进了洞。他暗器的功夫果然厉害，一面把我余下的弹子撞在最不易使力的地位，一面也打了三颗进洞。但我既占了先，岂能让他赶上？你来我往的争了一阵，我又进了一颗。我暗暗得意，知道这次他输定了，就是神仙来也帮他不了。唉，谁知道黄老邪忽然使用诡计。你猜是什么？"

郭靖道："他用武功伤你的手吗？"周伯通道："不是，不是。黄老邪坏得很，决不用这种笨法子。打了一阵，他知道决计胜我不了，忽然手指上暗运潜力，三颗弹子出去，把我余下的三颗弹子打得粉碎，他自己的弹子却是完好无缺。"郭靖叫道："啊，那你没弹子用啦！"周伯通道："是啊，我只好眼睁睁的瞧着他把余下的弹子一一的打进了洞。这样，我就算输啦！"

郭靖道："那不能算数。"周伯通道："我也是这么说。但黄老邪道：'伯通，咱们可说得明明白白，谁的九颗弹子先进了洞，谁就算赢。你混赖那可不成！别说我用弹子打碎了你的弹子，就算是我硬抢了你的，只要你少了一颗弹子入洞，终究是你输了。'我想他虽然使奸，但总是怪我自己事先没料到这一步。再说，要我打碎他的弹子而自己弹子不损，那时候我的确也办不到，心中也不禁对他的功夫很是佩服，便道：'黄家嫂子，我就把经书借给你瞧瞧，今日天黑之前可得还我。'我补上了这句，那是怕他们一借不还，胡赖道：'我们又没说借多久，这会儿可还没瞧完，你管得着么？'这样一来，经书到了他们手里，十年是借，一百年也是借。"

郭靖点头道："对，幸亏大哥聪明，料到了这着，倘若是我，定是上了他们的大当。"周伯通摇头道:"说到聪明伶俐,天下又有谁及得上黄老邪的? 只不知他用什么法子,居然找到了一个跟他一般聪明的老婆。那时候黄家嫂子微微一笑,道:'周大哥,你号称老顽童,人可不胡涂啊,你怕我刘备借荆州是不是? 我就在这里坐着瞧瞧,看完了马上还你,也不用到天黑,你不放心,在旁边守着我就是。'

"我听她这么说,就从怀里取出经书,递了给她。黄家嫂子接了,走到一株树下,坐在石上翻了起来。黄老邪见我神色之间总是有点提心吊胆,说道:'老顽童,当世之间,有几个人的武功胜得过你我两人?'我道:'胜得过你的未必有。胜过我的,连你在内,总有四五人罢!'黄老邪笑道:'那你太捧我啦。东邪、西毒、南帝、北丐四个人,武功各有所长,谁也胜不了谁。欧阳锋既给你师哥破去了"蛤蟆功",那么十年之内,他是比兄弟要逊一筹的了。还有个铁掌水上飘裘千仞,听说武功也很了得,那次华山论剑他却没来,但他功夫再好,也未必真能出神入化。老顽童,你的武功兄弟决计不敢小看了,除了这几个人,武林中数到你是第一。咱俩联起手来,并世无人能敌。'我道:'那自然!'黄老邪道:'所以啊,你何必心神不定? 有咱哥儿俩守在这里,天下还有谁能来抢得了你的宝贝经书去?'

"我一想不错,稍稍宽心,只见黄夫人一页一页的从头细读,嘴唇微微而动,我倒觉得有点好笑了。《九阴真经》中所录的都是最秘奥精深的武功,她武学一窍不通,虽说书上的字个个识得,只怕半句的意思也未能领会。她从头至尾慢慢读了一遍,足足花了一个时辰。我等得有些不耐烦了,眼见她翻到了最后一页,心想总算是瞧完了,哪知她又从头再瞧起。不过这次读得很快,只一盏茶时分,也就瞧完了。

"她把书还给我,笑道:'周大哥,你上了西毒的当了啊,这部不是《九阴真经》!'我大吃一惊,说道:'怎么不是? 这明明是师哥遗下来的,模样儿一点也不错。'黄夫人道:'模样儿不错有什么

·577·

用？欧阳锋把你的经书掉包掉去啦，这是一部算命占卜用的杂书。'"

郭靖惊道："难道欧阳锋在王真人从棺材中出来之前，已把真经掉了去？"周伯通道："当时我也这么想，可是我素知黄老邪专爱做鬼灵精怪的事，他夫人的话我也不甚相信。黄夫人见我呆在当地，做声不得，半信半疑，又问：'周大哥，《九阴真经》真本的经文是怎样的，你可知道么？'我道：'自从经书归于先师兄之后，无人翻阅过。先师兄当年曾道，他以七日七夜之功夺得经书，是为武林中免除一大祸患，决无自利之心，是以遗言全真派弟子，任谁不得习练经中所载武功。'黄夫人道：'王真人这番仁义之心，真是令人钦佩无已，可是也正如此，才着了人家的道儿。周大哥，你翻开书来瞧瞧。'我当时颇为迟疑，记得师哥的遗训，不敢动手。黄夫人道：'这是一本江南到处流传的占卜之书，不值半文。再说，就算确是《九阴真经》，你只要不练其中武功，瞧瞧何妨？'我依言翻开一看，却见书里写的正是诸般武功的练法和秘诀，何尝是占卜星相之书？

"黄夫人道：'这部书我五岁时就读着玩，从头至尾背得出，我们江南的孩童，十九都曾熟读。你若不信，我背给你听听。'说了这几句话，便从头如流水般背将下来。我对着经书瞧去，果真一字不错。我全身都冷了，如堕冰窖。黄夫人又道：'任你从哪一页中间抽出来问我，只要你提个头，我谅来也还背得出。这是从小读熟了的书，到老也忘不了。'我依言从中间抽了几段问她，她当真背得滚瓜烂熟，更无半点窒滞。黄老邪哈哈大笑。我怒从心起，随手把那部书撕得粉碎，火折一晃，给他烧了个干干净净。

"黄老邪忽道：'老顽童，你也不用发顽童脾气，我这副软猬甲送了给你罢。'我不知是受了他的愚弄，只道他瞧着过意不去，因此想送我一件重宝消消我的气，当时我心中烦恼异常，又想这是人家镇岛之宝，如何能够要他？只谢了他几句，便回到家乡去闭门习武。那时我自知武功不是欧阳锋的对手，决心苦练五年，练成几门厉害功夫，再到西域去找西毒索书。我师哥交下来的东西，老顽童看管不住，怎对得住师哥？"

郭靖道："这西毒如此奸猾，那是非跟他算帐不可的。但你和马道长、丘道长他们一起去，声势不是大得多么？"周伯通道："唉，只怪我好胜心盛，以致受了愚弄一直不知道，当时只要和马钰他们商量一下，总有人瞧得出这件事里的破绽。过了几年，江湖上忽然有人传言，说桃花岛门下黑风双煞得了《九阴真经》，练就了几种经中所载的精妙武功，到处为非作歹。起初我还不相信，但这话越传越盛。又过一年，丘处机忽然到我家来，说他访得实在，《九阴真经》的下卷确是给桃花岛的门人得去了。我听了很生气，说道：'黄药师不够朋友！'丘处机问我：'师叔，怎么说黄药师不够朋友？'我道：'他去跟西毒索书，事先不对我说，要了书之后，就算不还我，也该向我知会一声。'"

郭靖道："黄岛主夺来经书之后，或许本是想还给你的，却被他不肖的徒儿偷去了，我瞧他对这件事恼怒得很，连四个无辜的弟子都被他打断腿骨，逐出师门。"

周伯通不住摇头，说道："你和我一样老实，这件事要是撞在你手里，你也必定受了欺还不知道。那日丘处机与我说了一阵子话，研讨了几日武功，才别我离去。过了两个月，他又来瞧我。这次他访出陈玄风、梅超风二人确是偷了黄老邪的经书，在练'九阴白骨爪'与'摧心掌'两门邪恶武功。他冒了大险偷听黑风双煞的说话，才知黄老邪这卷经书原来并非自欧阳锋那里夺来，却是从我手里偷去的。"

郭靖奇道："你明明将书烧毁了，难道黄夫人掉了包去，还你的是一部假经书？"周伯通道："这一着我早防到的。黄夫人看那部经书时，我眼光没片刻离开过她。她不会武功，手脚再快，也逃不过咱们练过暗器之人的眼睛。她不是掉包，她是硬生生的记了去啊！"

郭靖不懂，问道："怎么记了去？"周伯通道："兄弟，你读书读几遍才背得出？"郭靖道："容易的，大概三四十遍；倘若是又难又长的，那么七八十遍、一百遍也说不定。就算一百多遍，也未必准背得出。"周伯通道："是啊，说到资质，你确是不算聪明的了。"郭靖道："兄弟天资鲁钝，不论读书学武，进境都慢得很。"周伯通叹道："读书的事你不大懂，咱们只说学武。师父教你一套拳法掌法，只怕总得教上几十遍，你才学会罢？"郭靖脸现惭色，说道："正是。"又道："有时学会了，却记不住；有时候记倒是记住了，偏偏又不会使。"

周伯通道："可是世间却有人只要看了旁人打一套拳脚，立时就能记住。"郭靖叫道："一点儿不错！黄岛主的女儿就是这样。洪恩师教她武艺，至多教两遍，从来不教第三遍。"周伯通缓缓的道："这位姑娘如此聪明，可别像她母亲一般短寿！那日黄夫人借了我经书去看，只看了两遍，可是她已一字不漏的记住啦。她和我一分手，就默写了出来给她丈夫。"郭靖不禁骇然，隔了半晌才道："黄夫人不懂经中意，却能从头至尾的记住，世上怎能有如此聪明之人？"

周伯通道："只怕你那位小朋友黄姑娘也能够。我听了丘处机的话后，又惊又愧，约了全真教七名大弟子会商。大家议定去勒逼黑风双煞交出经书来。丘处机道：'那黑风双煞纵然武功高强，也未必胜得了全真教门下的弟子。他们是您晚辈，师叔您老人家不必亲自出马，莫被江湖上英雄知晓，说咱们以大压小。'我一想不错，当下命处机、处一二人去找黑风双煞，其余五人在旁接应监视，以防双煞漏网。"

郭靖点头道："全真七子一齐出马，黑风双煞是打不过的。"不禁想起那日在蒙古悬崖之上马钰与六怪假扮全真七子的事来。周伯通道："哪知处机、处一赶到河南，双煞却已影踪不见，他们一打听，才知是被黄老邪另一个弟子陆乘风约了中原豪杰，数十条好汉围攻他们二人，本拟将之捕获，送去桃花岛交给黄老邪，不料还是被他们逃得不知去向。"郭靖道："陆庄主无辜被逐出师门，也真该恼恨他的师兄、师姊。"

周伯通道："找不到黑风双煞，当然得去找黄老邪。我把上卷《九阴真经》带在身边，以防经一离身，又给人偷盗了去，到了桃花岛上，责问于他。黄老邪道：'伯通，黄药师素来说一是一。我说过决不向你的经书瞟上一眼，我几时瞧过了？我看过的《九阴真经》，是内人笔录的，可不是你的经书。'我听他强辞夺理，自然大发脾气，三言两语，跟他说僵了，要找他夫人评理。他脸现苦笑，带我到后堂去，我一瞧之下，吃了一惊，原来黄夫人已经逝世，后堂供着她的灵位。

"我正想在灵位前行礼，黄老邪冷笑道：'老顽童，你也不必假惺惺了，若不是你炫夸什么狗屁真经，内人也不会离我而去。'我道：'什么？'他不答话，满脸怒容的望着我，忽然眼中流下泪来，过了半晌，才说起他夫人的死因。

"原来黄夫人为了帮着丈夫，记下了经文。黄药师以那真经只有下卷，习之有害，要设法得到上卷后才自行修习，哪知却被陈玄风与梅超风偷了去。黄夫人为了安慰丈夫，再想把经文默写出来。她对经文的含义本来毫不明白，当日一时硬记，默了下来，到那时却已事隔数年，怎么还记得起？那时她怀孕已有八月，苦苦思索了几天几晚，写下了七八千字，却都是前后不能连贯，心智耗竭，忽尔流产，生下了一个女婴，她自己可也到了油尽灯枯之境。任凭黄药师智计绝世，终于也救不了爱妻的性命。

"黄老邪本来就爱迁怒旁人，这时爱妻逝世，心智失常，对我胡言乱语一番。我念他新丧妻子，也不跟他计较，只笑了一笑，说道：'你是习武之人，把夫妻之情瞧得这么重，也不怕人笑话？'他道：'我这位夫人与众不同。'我道：'你死了夫人，正好专心练功，若是换了我啊，那正是求之不得！老婆死得越早越好。恭喜，恭喜！'"

郭靖"啊哟"一声，道："你怎么说这话？"周伯通双眼一翻，道："我想到什么就说什么，有什么说不得的？可是黄老邪一听，忽然大怒，发掌向我劈来，我二人就动上手。这一架打下来，我在这里呆了十五年。"

郭靖道："你输给他啦?"周伯通笑道:"若是我胜,也不在这里了。他打得我重伤呕血,我逃到这洞里,他追来又打断了我的两条腿,逼我把《九阴真经》的上卷拿出来,说要火化了祭他的夫人。我把经书藏在洞内,自己坐在洞口守住,只要他一用强抢夺,我就把经书毁了。他道:'总有法子叫你离开这洞。'我道:'咱们就试试!'

"这么一耗,就对耗了一十五年。这人自负得紧,并不饿我逼我,当然更不会在饮食之中下毒,只是千方百计的诱我出洞。我出洞大便小便,他也不乘虚而入,占这个臭便宜。有时我假装大便了一个时辰,他心痒难搔,居然也沉得住气。"说着哈哈大笑。郭靖听了也觉有趣,这位把兄竟在这种事上也跟人斗智。

周伯通道:"一十五年来,他用尽了心智,始终奈何我不得。只是昨晚我险些着了他的道儿,若不是鬼使神差的,兄弟你忽来助我,这经书已到了黄老邪手中了。唉,黄老邪这套'碧海潮生曲'之中,含有上乘内功,果真了不起得很。"

郭靖听他述说这番恩怨,心头思潮起伏,问道:"大哥,今后你待怎样?"周伯通笑道:"我跟他耗下去啊,瞧黄老邪长寿呢还是我多活几年。刚才我跟你说过黄裳的故事,他寿命长过所有的敌人,那便赢了。"郭靖心想这总不是法子,但现下自己也不知如何是好,又问:"马道长他们怎么不来救你?"周伯通道:"他们多半不知我在此地,就是知道,这岛上树木山石古里古怪,若不是黄老邪有心放人进内,旁人也休想能入得桃花岛来。再说,他们就是来救,我也是不去的,跟黄老邪这场比试还没了结呢。"

郭靖和他说了半日话,觉得此人虽然年老,却是满腔童心,说话天真烂漫,没半丝机心,言谈之间,甚是投缘。

眼见红日临空,那老仆又送饭菜来,用过饭后,周伯通道:"我在桃花岛上耗了一十五年,时光可没白费。我在这洞里没事分心，所练的功夫若在别处练，总得二十五年时光。只是一人闷练，虽然自知大有进境，苦在没人拆招，只好左手和右手打架。"

郭靖奇道："左手怎能和右手打架？"周伯通道："我假装右手是黄老邪，左手是老顽童。右手一掌打过去，左手拆开之后还了一拳，就这样打了起来。"说着当真双手出招，左攻右守的打得甚是猛烈。

郭靖起初觉得十分好笑，但看了数招，只觉得他双手拳法诡奇奥妙，匪夷所思，不禁怔怔的出了神。天下学武之人，双手不论挥拳使掌、抡刀动枪，不是攻敌，就是防身，但周伯通双手却互相攻防拆解，每一招每一式都是攻击自己要害，同时又解开自己另一手攻来的招数，因此上左右双手的招数截然分开，真是见所未见、闻所未闻的怪拳。

周伯通打了一阵，郭靖忽道："大哥，你右手这招为什么不用足了。"周伯通停了手，笑道："你眼光不差啊，瞧出我这招没用足，来来来，你来试试。"说着伸出掌来，郭靖伸掌与他相抵。

周伯通道："你小心了，我要将你推向左方。"一言方毕，劲力已发。郭靖先经他说知，心中预有提防，以降龙十八掌的功夫还了一掌，两人掌力相抵，郭靖退出七八步去，只感手臂酸麻。

周伯通道："这一招我用足了劲，只不过将你推开，现下我劲不用足，你再试试。"郭靖再与他对上了掌，突感他掌力陡发陡收，脚下再也站立不稳，向前直跌下去，蓬的一声，额头直撞在地下，一骨碌爬起来，怔怔的发呆。

周伯通笑道："你懂了么？"郭靖摇头道："不懂！"周伯通道："这个道理，是我在洞里苦练十年后忽然参悟出来的。我师哥在日，曾对我说过以虚击实、以不足胜有余的妙旨。当日我只道是道家修心养性之道，听了也不在意。直到五年之前，才忽然在双手拆招时豁然贯通。其中精奥之处，只能意会，我却也说不明白。我想通之后，还不敢确信，兄弟，你来和我拆招，那是再好没有。你别怕痛，我再摔你几交。"眼见郭靖脸有难色，央求道："好兄弟，我

· 583 ·

在这里一十五年，只盼有人能来和我拆招试手。几个月前黄老邪的女儿来和我说话解闷，我正想引她动手，哪知第二天她又不来啦。好兄弟，我一定不会摔得你太重。"

郭靖见他双手跃跃欲试，脸上一副心痒难搔的模样，说道："摔几交也算不了什么。"发掌和他拆了几招，斗然间觉到周伯通的掌力忽虚，一个收势不及，又是一交跌了下去，却被他左手挥出，自己身子在空中不由自主的翻了个筋斗，左肩着地，跌得着实疼痛。

周伯通脸现歉色，道："好兄弟，我也不能叫你白摔了，我把摔你这一记手法说给你听。"郭靖忍痛爬起，走近身去。

周伯通道："老子《道德经》里有句话道：'埏埴以为器，当其无，有器之用。凿户牖以为室，当其无，有室之用。'这几句话你懂么？"郭靖也不知那几句话是怎么写的，自然不懂，笑着摇头。

周伯通顺手拿起刚才盛过饭的饭碗，说道："这只碗只因为中间是空的，才有盛饭的功用，倘若它是实心的一块瓷土，还能装什么饭？"郭靖点点头，心想："这道理说来很浅，只是我从未想到过。"周伯通又道："建造房屋，开设门窗，只因为有了四壁中间的空隙，房子才能住人。倘若房屋是实心的，倘若门窗不是有空，砖头木材四四方方的砌上这么一大堆，那就一点用处也没有了。"郭靖又点头，心中若有所悟。

周伯通道："我这全真派最上乘的武功，要旨就在'空、柔'二字，那就是所谓'大成若缺，其用不弊。大盈若冲，其用不穷'。"跟着将这四句话的意思解释了一遍。郭靖听了默默思索。

周伯通又道："你师父洪七公的功夫是外家中的顶儿尖儿，我虽懂得一些全真派的内家功夫诀窍，想来还不是他的敌手。只是外家功夫练到像他那样，只怕已到了尽处，而全真派的武功却没有止境，像做哥哥的那样，只可说是初窥门径而已。当年我师哥赢得'武功天下第一'的尊号，决不是碰运气碰上的，若他今日尚在，加上这十多年的进境，再与东邪、西毒他们比武，决不须再比七日七夜，我瞧半日之间，就能将他们折服了。"

郭靖道："王真人武功通玄，兄弟只恨没福拜见。洪恩师的降龙十八掌是天下之至刚，那么大哥适才摔跌兄弟所用的手法，便是天下之至柔了，不知是不是？"

周伯通笑道："对啊，对啊。虽说柔能克刚，但如你的降龙十八掌练到了洪七公那样，我又克不了你啦。这是在于功力的深浅。我刚才摔你这一下是这样的，你小心瞧着。"仔仔细细述说如何出招使劲，如何运用内力。他知郭靖领悟其慢，教得其是周到。

郭靖试了数十遍，仗着已有全真派内功的极佳根底，慢慢也就懂了。

周伯通大喜，叫道："兄弟，你身上倘若不痛了，我再摔你一交。"

郭靖笑道："痛是不痛了，但你教我的那手功夫，我却还没记住。"凝神思考，默默记忆。周伯通不住催促："行了，记住了没有？快点，来！"这般扰乱了他的心神，郭靖记得反而更加慢了，又过了一顿饭时分，才把这一招功夫牢牢记住，再陪周伯通拆招，又被他摔跌一交。

两人日夜不停，如此这般的拆招过拳。周伯通又将空明拳的十六字诀向他详加解释。郭靖是少年人，非睡足不可，若非如此，周伯通就是拼着不睡，也要跟他拆招。郭靖只摔得全身都是乌青瘀肿，前前后后摔了七八百交，仗着身子硬朗，才咬牙挺住，但周伯通在洞中十五年悟出来的七十二手"空明拳"，却也尽数传了给他。

两人研习武功，也不知过了几日，郭靖虽朝夕想着黄蓉，但无法相寻，也只有苦等。几次想跟着送饭的哑仆前去查探，总是给周伯通叫住。

这一天用过午饭，周伯通道："这套空明拳你学全了，以后我也摔你不倒了，咱俩变个法儿玩玩。"郭靖笑道："好啊，玩什么？"周伯通道："咱们玩四个人打架。"郭靖奇道："四个人？"周伯通道："一点儿不错，四个人。我的左手是一人，右手是一人，你的双手也是两个人。四个人谁也不帮谁，分成四面混战一场，一定有趣得紧。"

郭靖心中一乐，笑道："玩是一定好玩的，只可惜我不会双手分开来打。"

周伯通道："待会我来教你。现下咱们先玩三个人相打。"双手分作两人，和郭靖拆招比拳。他一人分作二人，每一只手的功夫，竟不减双手同使，只是每当左手逼得郭靖无法抵御之际，右手必来相救，反之左手亦然。这般以二敌一，郭靖占了上风，他双手又结了盟，就如三国之际反覆争锋一般。

两人打了一阵，罢手休息。郭靖觉得很好玩，又想起黄蓉来，心想倘若蓉儿在此，三个人玩六国大交兵，她必定十分欢喜。周伯通兴致勃勃，一等郭靖喘息已定，当即将双手互搏的功夫教他。

这门本事可比空明拳又难了几分。常言道："心无二用。"又道："左手画方，右手画圆，则不能成规矩。"这双手互搏之术却正是要人心有二用，而研习之时也正是从"左手画方，右手画圆"起始。郭靖初练时双手画出来的不是同方，就是同圆，又或是方不成方、圆不成圆。苦学良久，不知如何，竟然终于领会了诀窍，双手能任意各成方圆。

周伯通甚是喜慰，说道："你若不是练过我全真派的内功，能一神守内、一神游外，这双手各成方圆的功夫哪能这般迅速练成？现下你左手打南山拳，右手使越女剑。"这是郭靖自小就由南希仁和韩小莹传授的武功，使起来时不用费半点心神，但要双手分使，却也极难。周伯通为了要和他玩"四人打架"之戏，极是心急，尽力的教他诸般诀门。

过得数日，郭靖已粗会双手互搏。周伯通大喜，道："来来，你的右手和我的左手算是一党，我的右手和你的左手是他们的敌人，双方比试一下武艺。"

郭靖正当年少，对这种玩意岂有不喜之理？当下右手与周伯通的左手联成一气，和自己左手及周伯通的右手打了起来。这番搏击，确是他一生之中不但从未见过，而且也是从未听过。两人搏击之际，周伯通又不断教他如何方能攻得凌厉，怎样才会守得稳固，郭靖一一牢记在心。周伯通只是要玩得有趣，哪知这样一来，郭靖却学到了一套千古未有之奇的怪功夫。有一日他忽然想到："倘若双足也能互搏，我和他二人岂不是能玩八个人打架？"但知此言一出口，势必后患无穷，终于硬生生的忍住了不说。

又过数日，这天郭靖又与周伯通拆招，这次是分成四人，互相混战。周伯通高兴异常，一面打，一面哈哈大笑。郭靖究竟功力尚浅，两只手都招架不住，右手一遇险招，左手自然而然的过来救援。周伯通拳法快速之极，郭靖竟是无法回复四手互战之局，又成为双手合力的三国交锋，只是这时他已通悉这套怪拳的拳路，双手合力，可与周伯通的左手或右手打个旗鼓相当。

周伯通呵呵笑道："你没守规矩！"郭靖忽地跳开，呆了半晌，叫道："大哥，我想到了一件事。"周伯通道："怎么？"郭靖道："你双手的拳路招数全然不同，岂不是就如有两个人在各自发招？临敌之际，要是使将这套功夫出来，那便是以两对一，这门功夫可有用得很啊。虽然内力不能增加一倍，但招数上总是占了大大的便宜。"

周伯通只为了在洞中长年枯坐，十分无聊，才想出这套双手互搏的玩意儿来，从未想到这功夫竟有克敌制胜之效，这时得郭靖片言提醒，将这套功夫从头至尾在心中想了一遍，忽地跃起，窜出洞来，在洞口走来走去，笑声不绝。

郭靖见他突然有如中疯着魔，心中大骇，连问："大哥，你怎么了？怎么了？"

周伯通不答，只是大笑，过了一会，才道："兄弟，我出洞了！我不是要小便，也不是要大便，可是我还是出洞了。"郭靖道："是啊！"周伯通笑道："我现下武功已是天下第一，还怕黄药师怎地？现下只等他来，我打他个落花流水。"

郭靖道："你拿得定能够胜他？"周伯通道："我武功仍是逊他

一筹，但既已练就了这套分身双击的功夫，以二敌一，天下无人再胜得了我。黄药师、洪七公、欧阳锋他们武功再强，能打得过两个老顽童周伯通么？"郭靖一想不错，也很代他高兴。周伯通又道："兄弟，这分身互击功夫的精要，你已全然领会，现下只差火候而已，数年之后，等到练成做哥哥那样的纯熟，你武功是斗然间增强一倍了。"两人谈谈讲讲，都是喜不自胜。

以前周伯通只怕黄药师来跟自己为难，这时却盼他快些来到，好打他一顿，出了胸中这口恶气。他眼睁睁的向外望着，极不耐烦，若非知道岛上布置奥妙，早已前去寻他了。

到得晚饭时分，那老仆送来饭菜，周伯通一把拉住他道："快去叫黄药师来，我在这等他，叫他试试我的手段！"那老仆只是摇头。

周伯通说完了话，才恍然而笑，道："呸！我忘了你又聋又哑！"转头向郭靖道："今晚咱俩要大吃一顿。"伸手揭开食盒。郭靖闻到一阵扑鼻的香气，与往日菜肴大有不同，过来一看，见两碟小菜之外另有一大碗冬菇炖鸡，正是自己最爱吃的。

他心中一凛，拿起匙羹舀了一匙汤一尝，鸡汤的咸淡香味，正与黄蓉所做的一模一样，知是黄蓉特地为己而做，一颗心不觉突突乱跳，向其他食物仔细瞧去，别无异状，只是食盒中有十多个馒头，其中一个皮上用指甲刻了个葫芦模样。印痕刻得极淡，若不留心，决然瞧不出来。郭靖心知这馒头有异，检了起来，双手一拍，分成两半，中间露出一个蜡丸。郭靖见周伯通和老仆都未在意，顺手放入怀中。

这一顿饭，两人都是食而不知其味，一个想到自己在无意之间练成了天下无敌的绝世武功，右手抓起馒头来吃，左手就打几拳，那也是双手二用，一手抓馒头，一手打拳；另一个急着要把饭吃完，好瞧黄蓉在蜡丸之中藏着什么消息。

好容易周伯通吃完馒头，骨都骨都的喝干了汤，那老仆收拾了食盒走开，郭靖急忙掏出蜡丸，捏碎蜡皮，拿出丸中所藏的纸来，果是黄蓉所书，上面写道："靖哥哥：你别心急，爹爹已经跟我和好，待我慢慢求他放你。"最后署着"蓉儿"两字。

郭靖狂喜之下，将纸条给周伯通看了。周伯通笑道："有我在此，他不放你也不能了。咱们逼他放，不用求他。他若是不答允，我把他在这洞里关上一十五年。啊哟，不对，还是不关的为是，别让他在洞里也练成了分心二用、双手互搏的奇妙武功。"

眼见天色渐渐黑了下去，郭靖盘膝坐下用功，只是心中想着黄蓉，久久不能宁定，隔了良久，才达静虚玄默、胸无杂虑之境，把丹田之气在周身运了几转，忽然心想：若要练成一人作二、左右分击的上乘武功，内息运气也得左右分别、各不相涉才是，当下用手指按住鼻孔，分别左呼左吸、右呼右吸的练了起来。

练了约莫一个更次，自觉略有进境，只听得风声虎虎，睁开眼来，但见黑暗中长须长发飘飘而舞，周伯通正在练拳。郭靖睁大了眼，凝神注视，见他左手打的正是七十二路"空明拳"，右手所打的却是另一套全真派掌法。他出掌发拳，势道极慢，但每一招之出，仍是带着虎虎掌风，足见柔中蓄刚，劲力非同小可。郭靖只瞧得钦佩异常。

正在这一个打得忘形、一个瞧得出神之际，忽听周伯通一声"啊哟"急叫，接着拍的一声，一条黑黝黝的长形之物从他身旁飞起，撞在远处树干之上，似是被他用手掷出。郭靖见他身子晃了几晃，吃了一惊，急忙抢上，叫道："大哥，什么事？"周伯通道："我给毒蛇咬了！这可糟糕透顶！"

郭靖更惊，忙奔近身去。周伯通神色已变，扶住他的肩膀，走回岩洞，撕下一块衣襟来扎住大腿，让毒气一时不致行到心中。郭靖从怀中取出火折，晃亮了看时，心中突的一跳，只见他一只小腿已肿得比平常粗壮倍余。

周伯通道："岛上向来没有这种奇毒无比的青蝮蛇，不知自何而来？本来我正在打拳，蛇儿也不能咬到我，偏生我两只手分打两套拳法，这一分心……唉！"郭靖听他语音发颤，知他受毒甚深，若非以上乘内功强行抵御，早已昏迷而死，慌急之中，弯下腰去就在他伤口之上吮吸。周伯通急叫："使不得，这蛇毒非比寻常，你一吸就死。"

郭靖这时只求救他性命，哪里还想到自身安危，右臂牢牢按住他的下身，不住在他创口之上吮吸。周伯通待要挣扎阻止，可是全身已然酸软，动弹不得，再过一阵，竟自晕了过去。郭靖吸了一顿饭功夫，把毒液吸出了大半，都吐在地下。毒力既减，周伯通究竟功力深湛，晕了半个时辰，重又醒转，低声道："兄弟，做哥哥的今日是要归天了，临死之前结交了你这位情义深重的兄弟，做哥哥的很是欢喜。"郭靖和他相交日子虽浅，但两人都是直肠直肚的性子，肝胆相照，竟如同是数十年的知己好友一般，这时见他神情就要逝去，不由得泪水滚滚而下。

周伯通凄然一笑，道："那《九阴真经》的上卷经文，放在我身下土中的石匣之内，本该给了你，但你吮吸了蝮蛇毒液，性命也不长久，咱俩在黄泉路上携手同行，倒是不怕没伴儿玩耍，在阴世玩玩四个人……不，四只鬼打架，倒也有趣，哈哈，哈哈。那些大头鬼、无常鬼一定瞧得莫名其妙，鬼色大变。"说到后来，竟又高兴起来。

郭靖听他说自己也就要死，但自觉全身了无异状，当下又点燃火折，要去察看他的创口。那火折烧了一阵，只剩下半截，眼见就要熄灭，他顺手摸出黄蓉夹在馒头中的那张字条，在火上点着了，想在洞口找些枯枝败叶来烧，但这时正当盛暑，草木方茂，在地下一摸，湿漉漉的尽是青草。

他心中焦急，又到怀中掏摸，看有什么纸片木爿可以引火，右手探入衣囊，触到了一张似布非布、似革非革的东西，原来是梅超风用以包裹匕首之物，这时也不及细想，取出来移在火上点着了，伸到周伯通脸前，要瞧瞧他面色如何。火光照映之下，只见他脸上灰扑扑的罩着一层黑气，原本一张白发童颜的孩儿面已全无光采。

周伯通见到火光，向他微微一笑，但见郭靖面色如常，没丝毫中毒之象，大为不解，正自寻思，瞥眼见他手中点着了火的那张东西上写满了字，凝神看去，密密麻麻的竟然都是练功的秘奥和口诀，只看了十多个字，已知这是《九阴真经》的经文，蓦地一惊，不及细问此物从何而来，立即举手扑灭火光，吸了口气，问道："兄弟，你服过什么灵丹妙药？为什么这般厉害的蛇毒不能伤你？"郭靖一怔，料想必是喝了参仙老怪的大蝮蛇血之故，说道："我曾喝过一条大蝮蛇的血，或许因此不怕蛇毒。"周伯通指着掉在地下的那片人皮，道："这是至宝，千万不可毁了……"话未说完，又晕了过去。

郭靖这当儿也不理会什么至宝不至宝，忙着替他推宫过血，却是全然无效，去摸他小腿时，竟是着手火烫，肿得更加粗了。只听他喃喃的道："四张机，鸳鸯织就欲双飞……"郭靖问道："你说什么？"周伯通叹道："可怜未老头先白，可怜……"郭靖见他神智胡涂，不知所云，心中大急，奔出洞去跃上树顶，高声叫道："蓉儿，蓉儿！黄岛主，黄岛主！救命啊，救命！"但桃花岛周围数十里，地方极大，黄药师的住处距此甚远，郭靖喊得再响，别人也无法听见，过了片刻，山谷间传来"……黄岛主，救命啊，救命！"的回声。

郭靖跃下地来，束手无策，危急中一个念头突然在心中闪过："蛇毒既然不能伤我，我血中或有克制蛇毒之物。"不及细想，在地下摸到周伯通日常饮茶的一只青瓷大碗，拔出匕首，在左臂上割了一道口子，让血流在碗里，流了一会，鲜血凝结，再也流不出来，他又割一刀，再流了些鲜血，扶起周伯通的头放在自己膝上，左手撬开他牙齿，右手将小半碗血水往他口中灌了下去。

郭靖身上放去了这许多血，饶是体质健壮，也感酸软无力，给周伯通灌完血后，靠上石壁，便即沉沉睡去。也不知过了多少时候，忽觉有人替他包扎臂上的伤口，睁开眼来，眼前白须垂地，正是周伯通。郭靖大喜，叫道："你……你……好啦！"周伯通道：

"我好啦，兄弟，你舍命救活了我。来索命的无常鬼大失所望，知难而退。"郭靖瞧他腿上伤势，见黑气已退，只是红肿，那是全然无碍的了。

这一日早晨两人都是静坐运功，培养元气。用过中饭，周伯通问起那张人皮的来历。郭靖想了一会，方始记起，于是述说二师父朱聪如何在归云庄上从梅超风怀里连匕首一起盗来。他后来见到，其上所刺的字一句也不懂，便一直放在怀中，也没加理会。

周伯通沉吟半晌，实想不明白其中原由。郭靖问道："大哥，你说这是至宝，那是什么？"周伯通道："我要仔细瞧瞧，才能答你，也不知这是真是假。既是从梅超风处得来，想必有些道理。"接过人皮，从头看了下去。

当日王重阳夺经绝无私心，只是要为武林中免除一个大患，因此遗训本门中人不许研习经中武功。师兄遗言，周伯通当然说什么也不敢违背，但想到黄药师夫人的话："只瞧不练，不算违了遗言。"因此在洞中一十五年，枯坐无聊，已把上卷经文翻阅得滚瓜烂熟。这上卷经文中所载，都是道家修练内功的大道，以及拳经剑理，并非克敌制胜的真实功夫，若未学到下卷中的实用法门，徒知诀窍要旨，却是一无用处。周伯通这十多年来，无日不在揣测下卷经文中该载着些什么，是以一见人皮，就知必与《九阴真经》有关，这时再一反覆推敲，确知正是与他一生关连至深且巨的下卷经文。

他抬头看着山洞洞顶，好生难以委决。他爱武如狂，见到这部天下学武之人视为至宝的经书，实在极盼研习一下其中的武功，这既不是为了争名邀誉、报怨复仇，也非好胜逞强、欲恃此以横行天下，纯是一股难以克制的好奇爱武之念，亟欲得知经中武功练成之后到底是怎样的厉害法。想到师哥所说的故事，当年那黄裳阅遍了五千四百八十一卷《万寿道藏》，苦思四十余年，终于想明了能破解各家各派招数的武学，其中所包含的奇妙法门，自是非同小可。那黑风双煞只不过得了下卷经文，练了两门功夫，便已如此横行江湖，倘若上下卷尽数融会贯通，简直是不可思议。但师兄的遗训却又万万不可违背，左思右想，叹了一口长气，把人皮收入怀中，闭眼睡了。

睡了一大觉醒来，他以树枝撬开洞中泥土，要将人皮与上卷经书埋在一起，一面挖掘，一面唉声叹气，突然之间，欢声大叫："是了，是了，这正是两全其美的妙法！"说着哈哈大笑，高兴之极。郭靖问道："大哥，什么妙法？"周伯通只是大笑不答，原来他忽然想到一个主意："郭兄弟并非我全真派门人，我把经中武功教他，让他全数学会，然后一一演给我瞧，岂非过了这心痒难搔之瘾？这可没违了师哥遗训。"

正要对郭靖说知，转念一想："他口气中对《九阴真经》颇为憎恶，说道那是阴毒的邪恶武功。其实只因为黑风双煞单看下卷经文，不知上卷所载养气归元等等根基法门，才把最上乘的武功练到了邪路上去。我且不跟他说知，待他练成之后，再让他大吃一惊。那时他功夫上身，就算大发脾气，可再也甩不脱、挥不去了，岂非有趣之极？"

他天生的胡闹顽皮，人家骂他气他，他并不着恼，爱他宠他，他也不放在心上，只要能够干些作弄旁人的恶作剧玩意，那就再也开心不过。这时心中想好了这番主意，脸上不动声色，庄容对郭靖道："贤弟，我在洞中耽了十五年，除了一套空明拳和双手互搏的玩意儿之外，还想到许多旁的功夫，咱们闲着也是闲着，待我慢慢传你如何？"郭靖道："那再好也没有了。只不过蓉儿说就会设法来放咱们出去……"周伯通道："她放了咱们出去没有？"郭靖道："那倒还没有。"周伯通道："你一面等她来放你，一面学功夫不成吗？"郭靖喜道："那当然成。大哥教的功夫一定是妙得紧的。"

周伯通暗暗好笑，心道："且莫高兴，你是上了我的大当啦！"当下一本正经的将《九阴真经》上卷所载要旨，选了几条说与他知。郭靖自然不明白，于是周伯通耐了性子解释。传过根源法门，周伯通又照着人皮上所记有关的拳路剑术，一招招的说给他听。只是自己先行走在一旁，看过了记住再传，传功时决不向人皮瞧上一眼，以防郭靖起疑。

这番传授武功，可与普天下古往今来的教武大不相同，所教的功夫，教的人自己竟是全然不会。他只用口讲述，决不出手示范，待郭靖学会了经上的几招武功，他就以全真派的武功与之拆招试拳，果见经上武功妙用无穷。

如此过了数日，眼见妙法收效，《九阴真经》中所载的武功渐渐移到了郭靖身上，而他完全给蒙在鼓里，丝毫不觉，心中不禁大乐，连在睡梦之中也常常笑出声来。

这数日之中，黄蓉总是为郭靖烹饪可口菜肴，只是并不露面。郭靖心中一安，练功进境更快。这日周伯通教他练"九阴神抓"之法，命他凝神运气，以十指在石壁上撕抓拉击。郭靖依法练了几次，忽然起疑，道："大哥，我见梅超风也练过这个功夫，只是她用活人来练，把五指插入活人的头盖骨中，残暴得紧。"

周伯通闻言一惊，心想："是了，梅超风不知练功正法，见到下卷文中说道'五指发劲，无坚不破，摧敌首脑，如穿腐土'。她不知经中所云'摧敌首脑'是攻敌要害之意，还道是以五指去插入敌人的头盖，又以为练功时也须如此。这《九阴真经》源自道家法天自然之旨，驱魔除邪是为葆生养命，岂能教人去练这种残忍凶恶的武功？那婆娘当真胡涂得紧。郭兄弟既已起疑，我不可再教他练这门功夫。"于是笑道："梅超风所学的是邪派功夫，和我这玄门正宗的武功如何能比？好罢，咱们且不练这神抓功夫，我再教你一些内家要诀。"说这话时，又已打好了主意："我把上卷经文先教他记熟，通晓了经中所载的根本法门，那时他再见到下卷经文中所载武功，必觉顺理成章，再也不会起疑。"于是一字一句，把上卷真经的经文从头念给他听。

经中所述句句含义深奥，字字蕴蓄玄机，郭靖一时之间哪能领悟得了？周伯通见他资质太过迟钝，便说一句，命他跟一句，反来覆去的念诵，数十遍之后，郭靖虽然不明句中意义，却已能朗朗背诵，再念数十遍，已自牢记心头。又过数日，周伯通已将大半部经文教了郭靖，命他用心记诵，同时照着经中所述修习内功。郭靖觉得这些内功的法门与马钰所传理路一贯，只是更为玄深奥微，心想周伯通既是马钰的师叔，所学自然更为精深。那日梅超风在赵王府中坐在他肩头迎敌，兀自苦苦追问道家的内功秘诀，可见她于此道全无所知，是以心中更无丝毫怀疑。虽见周伯通眉目之间常常含着嬉顽神色，也只道他是生性如此，哪料到他是在与自己开一个大大的玩笑。

那真经上卷最后一段，有一千余字全是咒语一般的怪文，叽哩咕噜，浑不可解。周伯通在洞中这些年来早已反覆思索了数百次，始终想不到半点端倪。这时不管三七二十一，要郭靖也一般的尽数背熟。郭靖问他这些咒语是何意思，周伯通道："此刻天机不可泄漏，你读熟便了。"要读熟这千余字全无意义的怪文，更比背诵别的经文难上百倍，若是换作了一个聪明伶俐之人，反而定然背不出，郭靖却天生有一股毅力狠劲，读上千余遍之后，居然也将这一大篇诘曲诡谲的怪文牢牢记住了。

这天早晨起来，郭靖练过功夫，揭开老仆送来的早饭食盒，只见一个馒头上又做着藏有书信的记认。他等不及吃完饭，拿了馒头走入树林，拍开馒头取出蜡丸，一瞥之间，不由得大急，见信上写道："靖哥哥：西毒为他的侄儿向爹爹求婚，要娶我为他侄媳，爹爹已经答……"这信并未写完，想是情势紧急，匆匆忙忙的便封入了蜡丸，看信中语气，"答"字之下必定是个"允"字。

郭靖心中慌乱，一等老仆收拾了食盒走开，忙将信给周伯通瞧。周伯通道："他爹爹答允也好，这不干咱们的事。"郭靖急道："不能啊，蓉儿自己早就许给我了，她一定要急疯啦。"周伯通道："娶了老婆哪，有许多好功夫不能练，这就可惜得很了。我……我就常常懊悔，那也不用说他。好兄弟，你听我说，还是不要老婆的好。"

郭靖跟他越说越不对头，只有空自着急。周伯通道："当年我若不是失了童子之身，不能练师兄的几门厉害功夫，黄老邪又怎能囚禁我在这鬼岛之上？你瞧，你还只是想想老婆，已就分了心，今日的功夫是必定练不好的了。若是真的娶了黄老邪的闺女，唉，可惜啦可惜！想当年，我只不过……唉，那也不用说了，总而言之，若是有女人缠上了你，你练不好武功，固然不好，还要对不起朋友，得罪了师哥，而且你自是忘不了她，不知道她现今……总而言之，女人的面是见不得的，她身子更加碰不得，你教她点穴功夫，让她抚摸你周身穴道，那便上了大当……要娶她为妻，更是万万不可……"

郭靖听他唠唠叨叨，数说娶妻的诸般坏处，心中愈烦，说道："我娶不娶她，将来再说。大哥，你先得设法救她。"周伯通笑道："西毒为人很坏，他侄儿谅来也不是好人，黄老邪的女儿虽然生得好看，也必跟黄老邪一样，周身邪气，让西毒的侄儿娶了她做媳妇，又吃苦头，又练不成童子功，一举两得，不，一举两失，两全其不美，岂不甚好？"

郭靖叹了口气，走到树林之中，坐在地下，痴痴发呆，心想："我就是在桃花岛中迷路而死，也得去找她。"心念已决，跃起身来，忽听空中两声唳叫，两团白影急扑而下，正是拖雷从大漠带来的两头白雕。郭靖大喜，伸出手臂让雕儿停住，只见雄雕脚上缚着一个竹筒，忙即解下，见筒内藏着一通书信，正是黄蓉写给他的，略称现下情势已迫，西毒不日就要为侄儿前来下聘。父亲管得她极为严紧，非但不准她走出居室半步，连给他煮菜竟也不许。事到临头，若是真的无法脱离，只有以死明志了。岛上道路古怪，处处陷阱，千万不可前去寻她云云。

郭靖怔怔的发了一阵呆，拔出匕首，在竹筒上刻了"一起活，一起死"六个字，将竹筒缚在白雕脚上，振臂一挥，双雕升空打了几个盘旋，投北而去。他心念既决，即便泰然，坐在地下用了一会功，又去听周伯通传授经义。

又过了十余日，黄蓉音讯杳然，那上卷经文郭靖早已全然能够背诵。周伯通暗暗心喜，将下卷经文中的武功练法也是一件件的说给了他听，却不教他即练，以免给他瞧出破绽。郭靖也是慢慢的一一牢记在心，前后数百遍念将下来，已把上下卷经文都背得烂熟，连那一大篇什么"昂理纳得"、什么"哈虎文钵英"的怪文，竟也背得一字无误。周伯通只听得暗暗佩服，心想："这傻小子这份呆功夫，老顽童自愧不如，甘拜下风。"

　　这一晚晴空如洗，月华照得岛上海面一片光明。周伯通与郭靖拆了一会招，见他武功在不知不觉中已自大进，心想那真经中所载果然极有道理，日后他将经中武功全数练成，只怕功夫更要在黄药师、洪七公之上。

　　两人正坐下地来闲谈，忽然听得远处草中一阵簌簌之声。周伯通惊叫："有蛇！"一言甫毕，异声斗起，似乎是群蛇大至。

　　周伯通脸色大变，返奔入洞，饶是他武功已至出神入化之境，但一听到这种蛇虫游动之声，却是吓得魂飞魄散。

　　郭靖搬了几块巨石，拦在洞口，说道："大哥，我去瞧瞧，你别出来。"周伯通道："小心了，快去快回。我说那也不用去瞧了，毒蛇有什么好看？怎……怎么会有这许多蛇？我在桃花岛上一十五年，以前可从来没见过一条蛇，定是什么事情弄错了！黄老邪自夸神通广大，却连个小小桃花岛也搞得不干不净。乌龟甲鱼、毒蛇蜈蚣，什么都给爬了上来。"

黄药师又吹了一阵，郭靖忽地举起手来，将竹枝打了下去，空的一响，刚巧打在箫声的两拍之间。他跟着再打一记，仍是打在两拍之间，他连击四下，记记都打错了。

第十八回　三道试题

　　郭靖循着蛇声走去，走出数十步，月光下果见千千万万条青蛇排成长队蜿蜒而前。十多名白衣男子手持长杆驱蛇，不住将逸出队伍的青蛇挑入队中。郭靖大吃一惊："这些人赶来这许多蛇干什么？难道是西毒到了？"当下顾不得危险，隐身树后，随着蛇队向北。驱蛇的男子似乎无甚武功，并未发觉。

　　蛇队之前有黄药师手下的哑仆领路，在树林中曲曲折折的走了数里，转过一座山岗，前面出现一大片草地，草地之北是一排竹林。蛇群到了草地，随着驱蛇男子的竹哨之声，一条条都盘在地下，昂起了头。

　　郭靖知道竹林之中必有蹊跷，却不敢在草地上显露身形，当下闪身穿入东边树林，再转而北行，奔到竹林边上，侧身细听，林中静寂无声，这才放轻脚步，在绿竹之间挨身进去。竹林内有座竹枝搭成的凉亭，亭上横额在月光下看得分明，是"积翠亭"三字，两旁悬着副对联，正是"桃花影里飞神剑，碧海潮生按玉箫"那两句。亭中放着竹台竹椅，全是多年之物，用得润了，月光下现出淡淡黄光。竹亭之侧并肩生着两棵大松树，枝干虬盘，只怕已是数百年的古树。苍松翠竹，清幽无比。

　　郭靖再向外望，但见蛇队仍是一排排的不断涌来，这时来的已非青身蝮蛇，而是巨头长尾、金鳞闪闪的怪蛇，金蛇走完，黑蛇涌至。大草坪上万蛇晃头，火舌乱舞。驱蛇人将蛇队分列东西，中间留出一条通路，数十名白衣女子手持红纱宫灯，姗姗而至，相隔数丈，两人缓步走来，先一人身穿白缎子金线绣花的长袍，手持折扇，正是欧阳克。只见他走近竹林，朗声说道："西域欧阳先生拜见桃花岛黄岛主。"

郭靖心道："果然是西毒到了，怪不得这么大的气派。"凝神瞧欧阳克身后那人，但见他身材高大，也穿白衣，只因身子背光，面貌却看不清楚。这两人刚一站定，竹林中走出两人，郭靖险些儿失声惊呼，原来是黄药师携了黄蓉的手迎了出来。

欧阳锋抢上数步，向黄药师奉揖，黄药师作揖还礼。欧阳克却已跪倒在地，磕了四个头，说道："小婿叩见岳父大人，敬请岳父大人金安。"黄药师道："罢了！"伸手相扶。他二人对答，声音均甚清朗，郭靖听在耳中，心头说不出的难受。

欧阳克料到黄药师定会伸量自己武功，在叩头时早已留神，只觉他右手在自己左臂上一抬，立即凝气稳身，只盼不动声色的站起，岂知终于还是身子剧晃，刚叫得一声："啊唷！"已头下脚上的猛向地面直冲下去。欧阳锋横过手中拐杖，靠在侄儿背上轻轻一挑，欧阳克借势翻了过来，稳稳的站在地下。

欧阳锋笑道："好啊，药兄，把女婿摔个筋斗作见面礼么？"郭靖听他语声之中，铿铿然似有金属之音，听来十分刺耳。黄药师道："他曾与人联手欺侮过我的瞎眼徒儿，后来又摆了蛇阵欺她，倒要瞧瞧他有多大道行。"

欧阳锋哈哈一笑，说道："孩儿们小小误会，药兄不必介意。我这孩子，可还配得上你的千金小姐么？"侧头细细看了黄蓉几眼，啧啧赞道："黄老哥，真有你的，这般美貌的小姑娘也亏你生得出来。"伸手入怀，掏出一个锦盒，打开盒盖，只见盒内锦缎上放着一颗鸽蛋大小的黄色圆球，颜色沉暗，并不起眼，对黄蓉笑道："这颗'通犀地龙丸'得自西域异兽之体，并经我配以药材制炼过，佩在身上，百毒不侵，普天下就只这一颗而已。以后你做了我侄媳妇，不用害怕你叔公的诸般毒蛇毒虫。这颗地龙丸用处是不小的，不过也算不得是什么奇珍异宝。你爹爹纵横天下，什么珍宝没有见过？我这点乡下佬的见面礼，真让他见笑了。"说着递到她的面前。欧阳锋擅使毒物，却以避毒的宝物赠给黄蓉，足见求亲之意甚诚，一上来就要黄药师不起疑忌之心。

郭靖瞧着这情景，心想："蓉儿跟我好了，再也不会变心，她定然不会要你的什么见面礼。"不料却听得黄蓉笑道："多谢您啦!"伸手去接。

欧阳克见到黄蓉的雪肤花貌，早已魂不守舍，这时见她一言一笑，更是全身如在云端，心道："她爹爹将她许给了我，果然她对我的神态便与前大不相同。"正自得意，突然眼前金光闪动，叫声："不好!"一个"铁板桥"，仰后便倒。

黄药师喝骂："干什么?"左袖挥出，拂开了黄蓉掷出的一把金针，右手反掌便往她肩头拍去。黄蓉"哇"的一声，哭了出来，叫道："爹爹你打死我最好，反正我宁可死了，也不嫁这坏东西。"

欧阳锋将通犀地龙丸往黄蓉手中一塞，顺手挡开黄药师拍下去的手掌，笑道："令爱试试舍侄的功夫，你这老儿何必当真?"黄药师击打女儿，掌上自然不含内力，欧阳锋也只轻轻架开。

欧阳克站直身子，只感左胸隐隐作痛，知道已中了一两枚金针，只是要强好胜，脸上装作没事人一般，但神色之间已显得颇为尴尬，心下更是沮丧："她终究是不肯嫁我。"

欧阳锋笑道："药兄，咱哥儿俩在华山一别，二十余年没会了。承你瞧得起，许了舍侄的婚事，今后你有什么差遣，做兄弟的决不敢说个不字。"黄药师道："谁敢来招惹你这老毒物? 你在西域二十年，练了些什么厉害功夫啊，显点出来瞧瞧。"

黄蓉听父亲说要他显演功夫，大感兴趣，登时收泪，靠在父亲身上，一双眼睛盯住了欧阳锋，见他手中拿着一根弯弯曲曲的黑色粗杖，似是钢铁所制，杖头铸着个裂口而笑的人头，人头口中露出尖利雪白的牙齿，模样甚是狰狞诡异，更奇的是杖上盘着两条银鳞闪闪的小蛇，不住的蜿蜒上下。

欧阳锋笑道:"我当年的功夫就不及你,现今抛荒了二十余年,跟你差得更多啦。咱们现下已是一家至亲,我想在桃花岛多住几日,好好跟你讨教讨教。"

欧阳锋遣人来为侄儿求婚之时,黄药师心想,当世武功可与自己比肩的只寥寥数人而已,其中之一就是欧阳锋了,两家算得上门当户对,眼见来书辞卑意诚,看了心下欢喜;又想自己女儿顽劣得紧,嫁给旁人,定然恃强欺压丈夫,女儿自己选中的那姓郭小子他却十分憎厌。欧阳克既得叔父亲传,武功必定不弱,当世小一辈中只怕无人及得,是以对欧阳锋的使者竟即许婚。这时听欧阳锋满口谦逊,却不禁起疑,素知他口蜜腹剑,狡猾之极,武功上又向来不肯服人,难道他蛤蟆功被王重阳以一阳指破去后,竟是练不回来么?当下从袖中取出玉箫,说道:"嘉宾远来,待我吹奏一曲以娱故人。请坐了慢慢的听罢。"

欧阳锋知他要以"碧海潮生曲"试探自己功力,微微一笑,左手一挥,提着纱灯的三十二名白衣女子姗姗上前,拜倒在地。欧阳锋笑道:"这三十二名处女,是兄弟派人到各地采购来的,当作一点微礼,送给老友。她们曾由名师指点,歌舞弹唱,也都还来得。只是西域鄙女,论颜色是远远不及江南佳丽的了。"

黄药师道:"兄弟素来不喜此道,自先室亡故,更视天下美女如粪土。锋兄厚礼,不敢拜领。"欧阳锋笑道:"聊作视听之娱,以遣永日,亦复何伤?"

黄蓉看那些女子都是肤色白皙,身材高大,或金发碧眼,或高鼻深目,果然和中土女子大不相同。但容貌艳丽,姿态妖媚,亦自动人。

欧阳锋手掌击了三下,八名女子取出乐器,弹奏了起来,余下二十四人翩翩起舞。八件乐器非琴非瑟,乐音节奏甚是怪异。黄蓉见众女前伏后起,左回右旋,身子柔软已极,每个人与前后之人紧紧相接,恍似一条长蛇,再看片刻,只见每人双臂伸展,自左手指尖至右手指尖,扭扭曲曲,也如一条蜿蜒游动的蛇一般。

黄蓉想起欧阳克所使的"灵蛇拳"来，向他望了一眼，只见他双眼正紧紧的盯住自己，心想此人可恶已极，适才掷出金针被父亲挡开，必当另使计谋伤他性命，那时候父亲就算要再逼我嫁他，也无人可嫁了，这叫作"釜底抽薪"之计，想到得意之处，不禁脸现微笑。欧阳克还道她对自己忽然有情，心下大喜，连胸口的疼痛也忘记了。

　　这时众女舞得更加急了，媚态百出，变幻多端，跟着双手虚抚胸臀，作出宽衣解带、投怀送抱的诸般姿态。驱蛇的男子早已紧闭双眼，都怕看了后把持不定，心神错乱。黄药师只是微笑，看了一会，把玉箫放在唇边，吹了几声。众女突然间同时全身震荡，舞步顿乱，箫声又再响了几下，众女已随着箫声而舞。

　　欧阳锋见情势不对，双手一拍，一名侍女抱着一具铁筝走上前来。这时欧阳克渐感心旌摇动。八女乐器中所发出的音调节奏，也已跟随黄药师的箫声伴和。驱蛇的众男子已在蛇群中上下跳跃、前后奔驰了。欧阳锋在筝弦上铮铮铮的拨了几下，发出几下金戈铁马的肃杀之声，立时把箫声中的柔媚之音冲淡了几分。

　　黄药师笑道："来，来，咱们合奏一曲。"他玉箫一离唇边，众人狂乱之势登缓。

　　欧阳锋叫道："大家把耳朵塞住了，我和黄岛主要奏乐。"他随来的众人知道这一奏非同小可，登时脸现惊惶之色，纷撕衣襟，先在耳中紧紧塞住，再在头上密密层层的包了，只怕漏进一点声音入耳。连欧阳克也忙以棉花塞住双耳。

　　黄蓉道："我爹爹吹箫给你听，给了你多大脸面，你竟塞起耳朵，也太无礼。来到桃花岛上作客，胆敢侮辱主人！"黄药师道："这不算无礼。他不敢听我箫声，乃是有自知之明。先前他早听过一次了，哈哈。你叔公铁筝之技妙绝天下，你有多大本事敢听？那是轻易试得的么？"从怀里取出一块丝帕撕成两半，把她两耳掩住了。郭靖好奇心起，倒要听听欧阳锋的铁筝是如何的厉害法，反而走近了几步。

黄药师向欧阳锋道："你的蛇儿不能掩住耳朵。"转头向身旁的哑巴老仆打了个手势，那老仆点点头，向驱蛇男子的头脑挥了挥手，要他领下属避开。那些人巴不得溜之大吉，见欧阳锋点头示可，急忙驱赶蛇群，随着哑巴老仆指点的途径，远远退去。

欧阳锋道："兄弟功夫不到之处，要请药兄容让三分。"盘膝坐在一块大石之上，闭目运气片刻，右手五指挥动，铿铿锵锵的弹了起来。

秦筝本就声调酸楚激越，他这西域铁筝声音更是凄厉。郭靖不懂音乐，但这筝声每一音都和他心跳相一致。铁筝响一声，他心一跳，筝声渐快，自己心跳也逐渐加剧，只感胸口怦怦而动，极不舒畅。再听少时，一颗心似乎要跳出腔子来，斗然惊觉："若他筝声再急，我岂不是要给他引得心跳而死？"急忙坐倒，宁神屏思，运起全真派道家内功，心跳便即趋缓，过不多时，筝声已不能再带动他心跳。

只听得筝声渐急，到后来犹如金鼓齐鸣、万马奔腾一般，蓦地里柔韵细细，一缕箫声幽幽的混入了筝音之中，郭靖只感心中一荡，脸上发热，忙又镇慑心神。铁筝声音虽响，始终掩没不了箫声，双声杂作，音调怪异之极。铁筝犹似巫峡猿啼、子夜鬼哭，玉箫恰如昆岗凤鸣，深闺私语。一个极尽惨厉凄切，一个却是柔媚宛转。此高彼低，彼进此退，互不相下。

黄蓉原本笑吟吟的望着二人吹奏，看到后来，只见二人神色郑重，父亲站起身来，边走边吹，脚下踏着八卦方位。她知这是父亲平日修习上乘内功时所用的姿式，必是对手极为厉害，是以要出全力对付，再看欧阳锋头顶犹如蒸笼，一缕缕的热气直往上冒，双手弹筝，袖子挥出阵阵风声，看模样也是丝毫不敢怠懈。

郭靖在竹林中听着二人吹奏，思索这玉箫铁筝与武功有什么干系，何以这两般声音有恁大魔力，引得人心中把持不定？当下凝守心神，不为乐声所动，然后细辨箫声筝韵，听了片刻，只觉一柔一刚，相互激荡，或猛进以取势，或缓退以待敌，正与高手比武一般无异，再想多时，终于领悟："是了，黄岛主和欧阳锋正以上乘内功互相比拼。"想明白了此节，当下闭目听斗。

他原本运气同时抵御箫声筝音，甚感吃力，这时心无所滞，身在局外，静听双方胜败，乐音与他心灵已不起丝毫感应，但觉心中一片空明，诸般细微之处反而听得更加明白。周伯通授了他七十二路"空明拳"，要旨原在"以空而明"四字，若以此拳理与黄药师、欧阳锋相斗，他既内力不如，自难取胜，但若袖手静观，却能因内心澄澈而明解妙诣，那正是所谓"旁观者清"之意。他一直不明白自己内力远逊于周伯通，何以抗御箫声之能反较他为强，殊不知那晚周伯通自己身在局中，又因昔年犯下的一段情孽，魔由心生，致为箫声所乘，却不是纯由内力高低而决强弱。

这时郭靖只听欧阳锋初时以雷霆万钧之势要将黄药师压倒。箫声东闪西避，但只要筝声中有些微间隙，便立时透了出来。过了一阵，筝音渐缓，箫声却愈吹愈是回肠荡气。郭靖忽地想到周伯通教他背诵的"空明拳"拳诀中的两句："刚不可久，柔不可守。"心想："筝声必能反击。"果然甫当玉箫吹到清羽之音，猛然间铮铮之声大作，铁筝重振声威。

郭靖虽将"空明拳"拳诀读得烂熟，但他悟性本低，周伯通又不善讲解，于其中含义，十成中也懂不了一成，这时听着黄药师与欧阳锋以乐声比武，双方攻拒进退，与他所熟读的拳诀似乎颇有暗合之处，本来不懂的所在，经过两般乐音数度拼斗，渐渐悟到了其中的一些关窍，不禁暗暗欢喜。跟着又隐隐觉得，《九阴真经》中有些句子，与此刻耳中所闻的筝韵箫声似乎也可互通，但经文深奥，又未经详细讲解，此刻两般乐音纷至沓来，他一想到经文，心中混乱，知道危机重重，立时撇开，再也不敢将思路带到经文上去。

再听一会，忽觉两般乐音的消长之势、攻合之道，却有许多地方与所习口诀甚不相同，心下疑惑，不明其故。好几次黄药师明明已可获胜，只要箫声多几个转折，欧阳锋势必抵挡不住；而欧阳锋却也错过了不少可乘之机。

　　郭靖本来还道双方互相谦让，再听一阵，却又不像。他资质虽然迟钝，但两人反覆吹奏攻拒，听了小半个时辰下来，也已明白了一些箫筝之声中攻伐解御的法门。再听一会，忽然想起："依照空明拳拳诀中的道理，他们双方的攻守之中，好似各有破绽和不足之处，难道周大哥传我的口诀，竟比黄岛主和西毒的武功还要厉害么？"转念一想："一定不对。倘若周大哥武功真的高过黄岛主，这一十五年之中，他二人已不知拼斗过多少次，岂能仍然被困在岩洞之中？"

　　他呆呆的想了良久，只听得箫声越拔越高，只须再高得少些，欧阳锋便非败不可，但至此为极，说什么也高不上去了，终于大悟，不禁哑然失笑："我真是蠢得到了家！人力有时而穷，心中所想的事，十九不能做到。我知道一拳打出，如有万斤之力，敌人必然粉身碎骨，可是我拳上又如何能有万斤的力道？七师父常说：'看人挑担不吃力，自己挑担压断脊。'挑担尚且如此，何况是这般高深的武功。"

　　只听得双方所奏乐声愈来愈急，已到了短兵相接、白刃肉搏的关头，再斗片刻，必将分出高下，正自替黄药师耽心，突然间远处海上隐隐传来一阵长啸之声。

　　黄药师和欧阳锋同时心头一震，箫声和筝声登时都缓了。那啸声却愈来愈近，想是有人乘船近岛。欧阳锋挥手弹筝，铮铮两下，声如裂帛，远处那啸声忽地拔高，与他交上了手。过不多时，黄药师的洞箫也加入战团，箫声有时与长啸争持，有时又与筝音缠斗，三般声音此起彼伏，斗在一起。郭靖曾与周伯通玩过四人相搏之戏，于这三国交兵的混战局面并不生疏，心知必是又有一位武功极高的前辈到了。

　　这时发啸之人已近在身旁树林之中，啸声忽高忽低，时而如龙吟狮吼，时而如狼嗥枭鸣，或若长风振林，或若微雨湿花，极尽千变万化之致。箫声清亮，筝声凄厉，却也各呈妙音，丝毫不落下风。三般声音纠缠在一起，斗得难解难分。

郭靖听到精妙之处，不觉情不自禁的张口高喝："好啊！"他一声喝出便即惊觉，知道不妙，待要逃走，突然青影闪动，黄药师已站在面前。这时三般乐音齐歇，黄药师低声喝道："好小子，随我来。"郭靖只得叫了声："黄岛主。"硬起头皮，随他走入竹亭。

黄蓉耳中塞了丝巾，并未听到他这一声喝采，突然见他进来，惊喜交集，奔上来握住他的双手，叫道："靖哥哥，你终于来了……"又是喜悦，又是悲苦，一言未毕，眼泪已流了下来，跟着扑入他的怀中。郭靖伸臂搂住了她。

欧阳克见到郭靖本已心头火起，见黄蓉和他这般亲热，更是恼怒，晃身抢前，挥拳向郭靖迎面猛击过去，一拳打出，这才喝道："臭小子，你也来啦！"

他自忖武功本就高过郭靖，这一拳又带了三分偷袭之意，突然间攻敌不备，料想必可打得对方目肿鼻裂，出一口心中闷气。不料郭靖此时身上的功夫，较之在宝应刘氏宗祠中与他比拳时已颇不相同，眼见拳到，身子略侧，便已避过，跟着左手发"鸿渐于陆"，右手发"亢龙有悔"，双手各使一招降龙十八掌中的绝招。这降龙十八掌掌法之妙，天下无双，一招已难抵挡，何况他以周伯通双手互搏、一人化二的奇法分进合击？以黄药师、欧阳锋眼界之宽，腹笥之广，却也是从所未见，都不禁吃了一惊。

欧阳克方觉他左掌按到自己右胁，已知这是降龙十八掌中的厉害家数，只可让，不可挡，忙向左急闪，郭靖那一招"亢龙有悔"刚好凑上，蓬的一声，正击在他左胸之上，喀喇声响，打断了一根肋骨。他当对方掌力及胸之际，已知若是以硬碰硬，自己心肺都有被掌力震碎之虞，急忙顺势后纵，郭靖一掌之力，再加上他向后飞纵，身子直飞上竹亭，在竹亭顶上踉跄数步，这才落下地来，心中羞惭，胸口剧痛，慢慢走回。

郭靖这下出手，不但东邪西毒齐感诧异，欧阳克惊怒交迸，黄蓉拍手大喜，连他自己也是大出意料之外，不知自己武功已然大进，还道欧阳克忽尔疏神，以致被自己打了个措手不及，只怕他要使厉害杀手反击，退后两步，凝神待敌。

欧阳锋怒目向他斜视一眼，高声叫道："洪老叫化，恭喜你收的好徒儿啊。"

这时黄蓉早已将耳上丝巾除去，听得欧阳锋这声呼叫，知道是洪七公到了，真是天上送下来的救星，发足向竹林外奔去，大声叫道："师父，师父。"

黄药师一怔："怎地蓉儿叫老叫化作师父？"只见洪七公背负大红葫芦，右手拿着竹杖，左手牵着黄蓉的手，笑吟吟的走进竹林。黄药师与洪七公见过了礼，寒暄数语，便问女儿："蓉儿，你叫七公作什么？"黄蓉道："我拜了七公他老人家为师。"黄药师大喜，向洪七公道："七兄青眼有加，兄弟感激不尽，只是小女胡闹顽皮，还盼七兄多加管教。"说着深深一揖。洪七公笑道："药兄家传武学，博大精深，这小妮子一辈子也学不了，又怎用得着我来多事？不瞒你说，我收她为徒，其志在于吃白食，骗她时时烧些好菜给我吃，你也不用谢我。"说着两人相对大笑。

黄蓉指着欧阳克道："爹爹，这坏人欺侮我，若不是七公他老人家瞧在你的面上出手相救，你早见不到蓉儿啦。"黄药师斥道："胡说八道！好端端的他怎会欺侮你？"

黄蓉道："爹爹你不信，我来问他。"转头向着欧阳克道："你先罚个誓，若是回答我爹爹的问话中有半句谎言，日后便给你叔叔杖头上的毒蛇咬死。"她此言一出，欧阳锋与欧阳克均是脸色大变。

原来欧阳锋杖头双蛇是花了十多年的功夫养育而成，以数种最毒之蛇相互杂交，才产下这两条毒中之毒的怪蛇下来。欧阳锋惩罚手下叛徒或是心中最憎恶之人，常使杖头毒蛇咬他一口，被咬了的人浑身奇痒难当，顷刻毙命。欧阳锋虽有解药，但蛇毒入体之后，纵然服药救得性命，也不免武功全失，终身残废。黄蓉见到他杖头盘旋上下的双蛇形状怪异，顺口一句，哪知恰正说到西毒叔侄最犯忌之事。

欧阳克道："岳父大人问话，我焉敢打诳。"黄蓉啐道："你再胡言乱语，我先打你老大几个耳括子。我问你，我跟你在北京赵王府中见过面，是不是？"

欧阳克肋骨折断，胸口又中了她的金针，实是疼痛难当，只是要强好胜，拼命运内功忍住，不说话时还可运气强行抵挡，刚才说了那两句话，已痛得额头冷汗直冒，听黄蓉又问，再也不敢开口回答，只得点了点头。

黄蓉又道："那时你与沙通天、彭连虎、梁子翁、灵智和尚他们联了手来打我一个人，是不是？"欧阳克待要分辩，说明并非自己约了这许多好手来欺侮她，但只说了一句："我……我不是和他们联手……"胸口已痛得不能再吐一字。

黄蓉道："好罢，我也不用你答话，你听了我的问话，只须点头或摇头便是。我问你：沙通天、彭连虎、梁子翁、灵智和尚这干人都跟我作对，是不是？"欧阳克点了点头。黄蓉道："他们都想抓住我，都没能成功，后来你就出马了，是不是？"欧阳克只得又点了点头。黄蓉又道："那时我在赵王府的大厅之中，并没谁来帮我，孤零零的好不可怜。我爹爹又不知道，没来救我，是不是？"欧阳克明知她是要激起父亲怜惜之情，因而对他厌恨，但事实确是如此，难以抵赖，只得又再点头。

黄蓉牵着父亲的手，说道："爹，你瞧，你一点也不可怜蓉儿，要是妈妈还在，你一定不会这样待我……"黄药师听她提到过世了的爱妻，心中一酸，伸出左手搂住了她。

欧阳锋见形势不对，接口道："黄姑娘，这许多成名的武林人物要留住你，但你身有家传的绝世武艺，他们都奈何你不得，是也不是？"黄蓉笑着点头。黄药师听欧阳锋赞她家传武功，微微一笑。欧阳锋转头向他道："药兄，舍侄见了令爱如此身手，倾倒不已，这才飞鸽传书，一站接一站的将讯息自中原传到白驼山，求兄弟万里迢迢的赶到桃花岛亲来相求，以附婚姻。兄弟虽然不肖，但要令我这般马不停蹄的兼程赶来，当世除了药兄而外，也没第二人了。"黄药师笑道："有劳大驾，可不敢当。"想到欧阳锋以如此身份，竟远道来见，却也不禁得意。

欧阳锋转身向洪七公道："七兄，我叔侄倾慕桃花岛的武功人才，你怎么又瞧不顺眼了，跟小辈当起真来？不是舍侄命长，早已丧生在你老哥满天花雨掷金针的绝技之下了。"

洪七公当日出手相救欧阳克逃脱黄蓉所掷的金针，这时听欧阳锋反以此相责，知道若非欧阳克谎言欺叔，便是欧阳锋故意颠倒黑白，他也不愿置辩，哈哈一笑，拔下葫芦塞子，喝了一大口酒。

郭靖却已忍耐不住，叫道："是七公他老人家救了你侄儿的性命，你怎么反恁地说？"黄药师喝道："我们说话，怎容得你这小子来插嘴？"郭靖急道："蓉儿，你把他……强抢程大小姐的事说给你爹爹听。"

黄蓉深悉父亲性子，知他素来厌憎世俗之见，常道："礼法岂为吾辈而设？"平素思慕晋人的率性放诞，行事但求心之所适，常人以为是的，他或以为非，常人以为非的，他却又以为是，因此上得了个"东邪"的浑号。这时她想："这欧阳克所作所为十分讨厌，但爹爹或许反说他风流潇洒。"见父亲对郭靖横眼斜睨，一脸不以为然的神色，计上心来，又向欧阳克道："我问你的话还没完呢！那日你和我在赵王府比武，你两只手缚在背后，说道不用手、不还招便能胜我，是不是？"欧阳克点头承认。

黄蓉又问："后来我拜了七公他老人家为师，在宝应第二次和你比武，你说任凭我用爹爹或是七公所传的多少武功，你都只须用你叔叔所传的一门拳法，就能将我打败，是么？"欧阳克心想："那是你定下来的法子，可不是我定的。"黄蓉见他神色犹疑，追问道："你在地下用脚尖画了个圈子，说道只消我用爹爹所传的武功将你逼出这圈子，你便算输了，是不是？"欧阳克点了点头。

黄蓉对父亲道："爹，你听，他既瞧不起七公，也瞧不起你，说你们两人的武艺就是加在一起，也远不及他叔叔的。那不是说你们两人联起手来，也打不过他叔叔吗？我可不信了。"黄药师道："小丫头别搬嘴弄舌。天下武学之士，谁不知东邪、西毒、南帝、北丐的武功是铢两悉称，功力悉敌。"他口中虽如此说，但对欧阳克的狂妄已颇感不满，对这事不愿再提，转头向洪七公道："七兄，大驾光临桃花岛，不知有何贵干？"洪七公道："我来向你求一件事。"

洪七公虽然滑稽玩世，但为人正直，行侠仗义，武功又是极高，黄药师对他向来甚是钦佩，又知他就有天大事情，也只是和属下丐帮中人自行料理，这时听他说有求于己，不禁十分高兴，忙道："咱们数十年的交情，七兄有命，小弟敢不遵从？"

洪七公道："你别答应得太快，只怕这件事不易办。"黄药师笑道："若是易办之事，七兄也想不到小弟了。"洪七公拍手笑道："是啊，这才是知己的好兄弟呢！那你是答应定了？"黄药师道："一言为定！火里火里去，水里水里去！"

欧阳锋蛇杖一摆，插口道："药兄且慢，咱们先问问七兄是什么事？"洪七公笑道："老毒物，这不干你的事，你别来横里啰唆，你打叠好肚肠喝喜酒罢。"欧阳锋奇道："喝喜酒？"洪七公道："不错，正是喝喜酒。"指着郭靖与黄蓉道："这两个都是我徒儿，我已答允他们，要向药兄恳求，让他们成亲。现下药兄已经答允了。"

郭靖与黄蓉又惊又喜，对望了一眼。欧阳锋叔侄与黄药师却都吃了一惊。欧阳锋道："七兄，你此言差矣！药兄的千金早已许配舍侄，今日兄弟就是到桃花岛来行纳币文定之礼的。"洪七公道："药兄，有这等事么？"黄药师道："是啊，七兄别开小弟的玩笑。"洪七公沉脸道："谁跟你们开玩笑？现今你一女许配两家，父母之命是大家都有了。"转头向欧阳锋道："我是郭家的大媒，你的媒妁之言在哪里？"

欧阳锋料不到他有此一问，一时倒答不上来，愕然道："药兄答允了，我也答允了，还要什么媒妁之言？"洪七公道："你可知道还有一人不答允？"欧阳锋道："谁啊？"洪七公道："哈哈不敢，就是老叫化!"欧阳锋听了此言,素知洪七公性情刚硬,行事坚毅,今日势不免要和他一斗,但脸上神色无异,只沉吟不答。

洪七公笑道:"你这侄儿人品不端,哪配得上药兄这个花朵般的闺女?就算你们二老硬逼成亲,他夫妇两人不和,天天动刀动枪,你砍我杀,又有什么味儿?"

黄药师听了这话,心中一动,向女儿望去,只见她正含情脉脉的凝视郭靖,瞥眼之下,只觉得这楞小子实是说不出的可厌。他绝顶聪明,文事武略,琴棋书画,无一不晓,无一不精,自来交游的不是才子,就是雅士,他夫人与女儿也都智慧过人,想到要将独生爱女许配给这傻头傻脑的浑小子,当真是一朵鲜花插在牛粪上了。瞧他站在欧阳克身旁,相比之下,欧阳克之俊雅才调无不胜他百倍,于是许婚欧阳之心更是坚决,只是洪七公面上须不好看,当下想到一策,说道:"锋兄,令侄受了点微伤,你先给他治了,咱们从长计议。"

欧阳锋一直在担心侄儿的伤势,巴不得有他这句话,当即向侄儿一招手,两人走入竹林之中。黄药师自与洪七公说些别来之情。过了一顿饭时分,叔侄二人回到亭中。欧阳锋已替侄儿吸出金针,接妥了折断的肋骨。

黄药师道:"小女蒲柳弱质,性又顽劣,原难侍奉君子,不意七兄与锋兄瞧得起兄弟,各来求亲,兄弟至感荣宠。小女原已先许配了欧阳氏,但七兄之命,实也难却。兄弟有个计较在此,请两兄瞧着是否可行?"

洪七公道:"快说,快说。老叫化不爱听你文诌诌的闹虚文。"

黄药师微微一笑,说道:"兄弟这个女儿,什么德容言工,那是一点儿也说不上的,但兄弟总是盼她嫁个好郎君。欧阳世兄是锋兄的贤阮,郭世兄是七兄的高徒,身世人品都是没得说的。取舍之间,倒教兄弟好生为难,只得出三个题目,考两位世兄一考。哪一位高才捷学,小女就许配于他,兄弟决不偏祖。两位老友瞧着好也不好?"

欧阳锋拍掌叫道："妙极，妙极！只是舍侄身上有伤，若要比试武功，只有等他伤好之后。"他见郭靖只一招便打伤了侄儿，若是比武，侄儿必输无疑，适才侄儿受伤，倒成了推托的最佳借口。黄药师道："正是。何况比武动手，伤了两家和气。"

洪七公心想："你这黄老邪好坏。大伙儿都是武林中人，要考试居然考文不考武，你干么又不去招个状元郎做女婿？你出些诗词歌赋的题目，我这傻徒弟就再投胎转世，也比他不过。嘴里说不偏袒，明明是偏袒了个十足十。如此考较，我的傻徒儿必输。肯娘贼，先跟老毒物打一架再说。"当下仰天一笑，瞪眼直视欧阳锋，说道："咱们都是学武之人，不比武难道还比吃饭拉屎？你侄儿受了伤，你可没伤，来来来，咱俩代他们上考场罢。"也不等欧阳锋回答，挥掌便向他肩头拍去。

欧阳锋沉肩回臂，倒退数尺。洪七公将竹棒在身旁竹几上一放，喝道："还招罢。"语音甫毕，双手已发了七招，端的是快速无伦。欧阳锋左挡右闪，把这七招全都让了开去，右手将蛇杖插入亭中方砖，在这一瞬之间，左手也已还了七招。

黄药师喝一声采，并不劝阻，有心要瞧瞧这两位与他齐名的武林高手，这二十年来功夫进境到如何地步。

洪七公与欧阳锋都是一派宗主，武功在二十年前就均已登峰造极，华山论剑之后，更是潜心苦练，功夫愈益精纯。这次在桃花岛上重逢比武，与在华山论剑时又自大不相同。两人先是各发快招，未曾点到，即已收势，互相试探对方虚实。两人的拳势掌影在竹叶之间飞舞来去，虽是试招，出手之中却尽是包藏了极精深的武学。

郭靖在旁看得出神，只见两人或攻或守，无一招不是出人意表的极妙之作。那《九阴真经》中所载原是天下武学的要旨，不论内家外家、拳法剑术，诸般最根基的法门诀窍，都包含在真经的上卷之内。郭靖背熟之后，虽于其中至理并不明晓，但不知不觉之间，识见却已大大不同，这时见到两人每一次攻合似乎都与经中所述法门隐然若合符节，又都是自己做梦也未曾想到过的奇法巧招，待欲深究，两人拳招早变，只在他心头模模糊糊的留下一个影子。先前他听黄药师与欧阳锋箫筝相斗，那是无形的内力，毕竟极难与经文印证，这有形的拳脚可就易明得多了。只看得他眉飞色舞，心痒难搔。

转眼之间，两人已拆了三百余招，洪七公与欧阳锋都不觉心惊，钦服对方了得。

黄药师旁观之下，不禁暗暗叹气，心道："我在桃花岛勤修苦练，只道王重阳一死，我武功已是天下第一，哪知老叫化、老毒物各走别径，又都练就了这般可敬可畏的功夫！"

欧阳克和黄蓉各有关心，只盼两人中的一人快些得胜，但于两人拳招中的精妙之处，却是不能领会。黄蓉一斜眼间，忽见身旁地下有个黑影在手舞足蹈的不住乱动，抬头看时，正是郭靖，只见他脸色怪异，似乎是陷入了狂喜极乐之境，心下惊诧，低低的叫了声："靖哥哥！"郭靖并未听见，仍是在拳打足踢。黄蓉大异，仔细瞧去，才知他是在模拟洪七公与欧阳锋的拳招。

这时相斗的二人拳路已变，一招一式，全是缓缓发出。有时一人凝思片刻，打出一掌，对手避过之后，坐下地来休息一阵，再站起来还了一拳。这哪里是比武斗拳，较之师徒授武还要迂缓松懈得多。但看两人模样，却又比适才快斗更是郑重。

黄蓉侧头去看父亲，见他望着二人呆呆出神，脸上神情也很奇特，只有欧阳克却不住的向她眉目传情，手中折扇轻挥，显得十分的倜傥风流。

郭靖看到忘形处，忍不住大声喝采叫好。欧阳克怒道："你浑小子又不懂，乱叫乱嚷什么？"黄蓉道："你自己不懂，怎知旁人也不懂？"欧阳克笑道："他是在装腔作势发傻，谅他小小年纪，怎识得我叔父的神妙功夫。"黄蓉道："你不是他，怎知他不识得？"两人在一旁斗口，黄药师与郭靖却充耳不闻，只是凝神观斗。

这时洪七公与欧阳锋都蹲在地下，一个以左手中指轻弹自己脑门，另一个捧住双耳，都闭了眼苦苦思索，突然间发一声喊，同时跃起来交换了一拳一脚，然后分开再想。他两人功夫到了这境界，各家各派的武术无一不通，世间已有招数都已不必使用，知道不论如何厉害的杀手，对方都能轻易化解，必得另创神奇新招，方能克敌制胜。

两人二十年前论剑之后，一处中原，一在西域，自来不通音问，互相不知对方新练武功的路子，这时一交手，两人武功俱已大进，但相互对比竟然仍与二十年前无异，各有所长，各有所忌，谁也克制不了谁。眼见月光隐去，红日东升，两人穷智竭思，想出了无数新招，拳法掌力，极尽千变万化之致，但功力悉敌，始终难分高低。

郭靖目睹当世武功最强的二人拼斗，奇招巧法，端的是层出不穷。这些招数他看来都在似懂非懂之间，有时看到几招，似乎与周伯通所授的拳理有些相近，跟着便模拟照学。可是刚学到一半，洪七公与欧阳锋又有新招出来，他先前所记得的又早忘了。

黄蓉见他如此，暗暗惊奇，想道："十余日不见，难道他忽然得了神授天传，武功斗进？我看得莫名其妙，怎么他能如此的惊喜赞叹？"转念忽想："莫非我这傻哥哥想我想得疯了？"她与郭靖暌别多日，无法相见，见面后却又不得亲近，于是上前想拉住他的手。这时郭靖正在模仿欧阳锋反身推出的掌法，这一掌看来平平无奇，内中却是暗藏极大潜力。黄蓉刚捏住他手掌，却不料他掌中劲力忽发，只感一股强力把自己猛推，登时身不由主的向半空飞去。郭靖手掌推出，这才知觉，叫声："啊哟！"纵身上去待接，黄蓉纤腰一扭，已站在竹亭顶上。郭靖落地后跟着跃起，左手拉住亭角的飞檐，借势翻上。两人并肩坐在竹亭顶上，居高临下的观战。

此时场上相斗的情势，又已生变，只见欧阳锋蹲在地下，双手弯与肩齐，宛似一只大青蛙般作势相扑，口中发出老牛嘶鸣般的咕咕之声，时歇时作。

黄蓉见他形相滑稽，低声笑道："靖哥哥，他在干什么？"郭靖刚说得一句："我也不知道啊!"忽然想起周伯通所说王重阳以"一阳指"破欧阳锋"蛤蟆功"之事,点头道："是了,这是他一门极厉害的功夫,叫做蛤蟆功。"黄蓉拍手笑道："真像一只癞蛤蟆!"

欧阳克见两人偎倚在一起,指指点点,又说又笑,不觉醋心大起,待要跃上去与郭靖拼斗,却是胸痛仍剧,使不出气力,又自料非他之敌,隐隐听得黄蓉说："真像一只癞蛤蟆。"还道两人讥嘲他癞蛤蟆想吃天鹅肉,更是怒火中烧,右手扣了三枚飞燕银梭,悄悄绕到竹亭后面,咬牙扬手,三枚银梭齐往郭靖背心飞去。

这时洪七公前一掌,后一掌,正绕着欧阳锋身周转动,以降龙十八掌和他的蛤蟆功拼斗。这都是两人最精纯的功夫,打到此处,已不是适才那般慢吞吞的斗智炫巧、赌奇争胜,而是各以数十年功力相拼,到了生死决于俄顷之际。郭靖的武功原以降龙十八掌学得最精,见师父把这路掌法使将开来,神威凛凛,妙用无穷,比之自己所学实是不可同日而语,只看得他心神俱醉,怎料得到背后有人候施暗算?

黄蓉不知这两位当世最强的高手已斗到了最紧切的关头,尚在指点笑语,瞥眼忽见竹亭外少了一人。她立时想到欧阳克怕要弄鬼,正待查察,只听得背后风声劲急,有暗器射向郭靖后心,斜眼见他兀自未觉,急忙纵身伏在他背上,噗噗噗三声,三枚飞燕银梭都打正她的背心。她穿着软猬甲,银梭只打得她一阵疼痛,却是伤害不得,反手把三枚银梭抄在手里,笑道:"你给我背上搔痒是不是?谢谢你啦,还给你罢。"

欧阳克见她代挡了三枚银梭,醋意更盛,听她这么说,只待她还掷过来,等了片刻,却见她把银梭托在手里,并不掷出,只伸出了手等他来取。

欧阳克左足一点,跃上竹亭,他有意卖弄轻功,轻飘飘的在亭角上一立,白袍在风中微微摆动,果然丰神隽美,飘逸若仙。黄蓉喝一声采,叫道:"你轻功真好!"走上一步,伸手把银梭还给他。

欧阳克看到她皎若白雪的手腕,心中一阵迷糊,正想在接银梭时顺便在她手腕上一摸，突然间眼前金光闪动，他吃过两次苦头，一个筋斗翻下竹亭，长袖舞处，把金针纷纷打落。黄蓉格格一声笑，三枚银梭向蹲在地下的欧阳锋顶门猛掷下去。

郭靖惊叫："使不得！"拦腰一把将她抱起，跃下地来，双足尚未着地，只听得黄药师急叫："锋兄留情！"郭靖只感一股极大力量排山倒海般推至，忙将黄蓉在身旁一放，急运劲力，双手同使降龙十八掌中的"见龙在田"，平推出去，砰的一声响，登时被欧阳锋的蛤蟆功震得倒退了七八步。他胸口气血翻涌，难过之极，只是生怕欧阳锋这股凌厉无俦的掌力伤了黄蓉，硬生生的站定脚步，深深吸一口气，待要再行抵挡欧阳锋攻来的招术，只见洪七公与黄药师已双双挡在面前。

欧阳锋长身直立，叫道："惭愧，惭愧，一个收势不及，没伤到了姑娘么？"

黄蓉本已吓得花容失色，听他这么说，强自笑道："我爹爹在这里，你怎伤得了我？"

黄药师甚是担心，拉着她的手，悄声问道："身上觉得有什么异样？快呼吸几口。"黄蓉依言缓吸急吐，觉得无甚不适，笑着摇了摇头。黄药师这才放心，斥道："两位伯伯在这里印证功夫，要你这丫头来多手多脚？欧阳伯伯的蛤蟆功非同小可，若不是他手下留情，你这条小命还在么？"

原来欧阳锋这蛤蟆功纯系以静制动，他全身涵劲蓄势，蕴力不吐，只要敌人一施攻击，立时便有猛烈无比的劲道反击出来，他正以全力与洪七公周旋，犹如一张弓拉得满满地，张机待发，黄蓉贸然碰了上去，直是自行寻死。待得欧阳锋得知向他递招的竟是黄蓉，自己劲力早已发出，不由得大吃一惊，心想这一下闯下了祸，这个如花似玉般的小姑娘活生生的要毙于自己掌下，耳听得黄药师叫道："锋兄留情！"急收掌力，哪里还来得及，突然间一股掌力与自己一抵，他乘势急收，看清楚救了黄蓉的竟是郭靖，心中对洪七公更是钦服："老叫化果然了得，连这个少年弟子也调教得如此功夫！"

黄药师在归云庄上试过郭靖的武功，心想："你这小子不知天高地厚，竟敢出手抵挡欧阳锋的生平绝技蛤蟆功，若不是他瞧在我脸上手下留情，你早给打得骨断筋折了。"他不知郭靖功力与在归云庄时已自不同，适才这一下确是他救了黄蓉的性命，但见这傻小子为了自己女儿奋不顾身，对他的恶感登时消去了大半，心想："这小子性格诚笃，对蓉儿确是一片痴情，蓉儿是不能许他的，可得好好赏他些什么。"眼见这小子虽是傻不楞登，但这个"痴"字，却大合自己脾胃。洪七公又叫了起来："老毒物，真有你的！咱俩胜败未分，再来打啊！"欧阳锋叫道："好，我是舍命陪君子。"洪七公笑道："我不是君子，你舍命陪叫化罢！"身子一晃，又已跃到了场中。

欧阳锋正要跟出，黄药师伸出左手一拦，朗声说道："且慢！七兄、锋兄，你们两位拆了千余招，兀自不分高下。今日两位都是桃花岛的嘉宾，不如多饮几杯兄弟自酿的美酒。华山论剑之期，转眼即届，那时不但二位要决高低，兄弟与段皇爷也要出手。今天的较量，就到此为止如何？"

欧阳锋笑道："好啊，再比下去，我是甘拜下风的了。"洪七公转身回来，笑道："西域老毒物口是心非，天下闻名。你说甘拜下风，那就是必占上风。老叫化倒不大相信。"欧阳锋道："那我再领教七兄的高招。"洪七公袖子一挥，说道："再好也没有。"

黄药师笑道："两位今日驾临桃花岛，原来是显功夫来了。"洪七公哈哈笑道："药兄责备得是，咱们是来求亲，可不是来打架。"

黄药师道："兄弟原说要出三个题目，考较考较两位世兄的才学。中选的，兄弟就认他为女婿；不中的，兄弟也不让他空手而回。"洪七公道："怎么？你还有一个女儿？"黄药师笑道："现今还没有，就是赶着娶妻生女，那也来不及啦。兄弟九流三教、医卜星相的杂学，都还粗识一些。那一位不中选的世兄，若是不嫌鄙陋，愿意学的，任选一项功夫，兄弟必当尽心传授，不教他白走桃花岛这一遭。"

洪七公素知黄药师之能，心想郭靖若不能为他之婿，得他传授一门功夫，那也是终身受用不尽，只是说到考较什么的，郭靖必输无疑，又未免太也吃亏。

欧阳锋见洪七公沉吟未答，抢着说道："好，就是这么着！药兄本已答允了舍侄的亲事，但冲着七兄的大面子，就让两个孩子再考上一考。这是不伤和气的妙法。"转头向欧阳克道："待会若是你及不上郭世兄，那可是你自己无能，怨不得旁人，咱们喜喜欢欢的喝郭世兄一杯喜酒就是。要是你再有三心两意，旁生枝节，那可太不成话了，不但这两位前辈容你不得，我也不能轻易饶恕。"

洪七公仰天打个哈哈，说道："老毒物，你是十拿九稳的能胜了，这番话是说给我师徒听的，叫我们考不上就乖乖的认输。"欧阳锋笑道："谁输谁赢，岂能预知？只不过以你我身份，输了自当大大方方的认输，难道还能撒赖胡缠么？药兄，便请出题。"

黄药师存心要将女儿许给欧阳克，决意出三个他必能取胜的题目，可是如明摆着偏袒，既有失自己的高人身份，又不免得罪了洪七公，正自寻思，洪七公道："咱们都是打拳踢腿之人，药兄你出的题目可得都须是武功上的事儿。若是考什么诗词歌赋、念经画符的劳什子，那我们师徒干脆认栽，拍拍屁股走路，也不用丢丑现眼啦。"

黄药师道："这个自然。第一道题目就是比试武艺。"欧阳锋道："那不成，舍侄眼下身上有伤。"黄药师笑道："这个我知道。我也不会让两位世兄在桃花岛上比武，伤了两家和气。"欧阳锋道："不是他们两人比？"黄药师道："不错。"欧阳锋笑道："是啦！那是主考官出手考试，每个人试这么几招。"

黄药师摇头道："也不是。如此试招，难保没人说我心存偏袒，出手之中，有轻重之别。锋兄，你与七兄的功夫同是练到了登峰造极、炉火纯青的地步，刚才拆了千余招不分高低，现下你试郭世兄，七兄试欧阳世兄。"

洪七公心想："这倒公平得很，黄老邪果真聪明，单是这个法子，老叫化便想不出。"笑道："这法儿倒真不坏，来来来，咱们干干。"说着便向欧阳克招手。

黄药师道："且慢，咱们可得约法三章。第一，欧阳世兄身上有伤，不能运气用劲，因此大家只试武艺招术，不考功力深浅。第二，你们四位在这两棵松树上试招，哪一个小辈先落地，就是输了。"说着向竹亭旁两棵高大粗壮的松树一指，又道："第三，锋兄七兄哪一位若是出手太重，不慎误伤了小辈，也就算输。"

洪七公奇道："伤了小辈算输？"黄药师道："那当然。你们两位这么高的功夫，假如不定下这一条，只要一出手，两位世兄还有命么？七兄，你只要碰伤欧阳世兄一块油皮，你就算输，锋兄也是这般。两个小辈之中，总有一个是我女婿，岂能一招之间，就伤在你两位手下。"洪七公搔头笑道："黄老邪刁钻古怪，果然名不虚传。打伤了对方反而算输，这规矩可算得是千古奇闻。好罢，就这么着。只要公平，老叫化便干。"

黄药师一摆手，四人都跃上了松树，分成两对。洪七公与欧阳克在右，欧阳锋与郭靖在左。洪七公仍是嬉皮笑脸，余下三人却都是神色肃然。

黄蓉知道欧阳克武功原比郭靖为高，幸而他身上受了伤，但现下这般比试，他轻功了得，显然仍比郭靖占了便宜，不禁甚是担忧，只听得父亲朗声道："我叫一二三，大家便即动手。欧阳世兄、郭世兄，你们两人谁先掉下地来就是输了！"黄蓉暗自筹思相助郭靖之法，但想欧阳锋功夫如此厉害，自己如何插得下手去？

黄药师叫道："一、二、三！"松树上人影飞舞，四人动上了手。

黄蓉关心郭靖，单瞧他与欧阳锋对招，但见两人转瞬之间已拆了十余招。她和黄药师都不禁暗暗惊奇："怎么他的武功忽然之间突飞猛进，拆了这许多招还不露败象？"欧阳锋更是焦躁，掌力渐放，着着进逼，可是又怕打伤了他，忽然间灵机一动，双足犹如车轮般交互横扫，要将他踢下松树。郭靖使出降龙十八掌中"飞龙在天"的功夫，不住高跃，双掌如刀似剪，掌掌往对方腿上削去。

黄蓉心中怦怦乱跳，斜眼往洪七公望去，只见两人打法又自不同。欧阳克使出轻功，在松枝上东奔西逃，始终不与洪七公交拆一招半式。洪七公逼上前去，欧阳克不待他近身，早已逃开。洪七公心想："这厮鸟一味逃闪，拖延时刻。郭靖那傻小子却和老毒物货真价实的动手，当然是先落地。哼，凭你这点儿小小奸计，老叫化就能折在你手下？"忽地跃在空中，十指犹如钢爪，往欧阳克头顶扑击下来。

欧阳克见他来势凌厉，显非比武，而是要取自己性命，心下大惊，急忙向右窜去。哪知洪七公这一扑却是虚招，料定他必会向右闪避，当即在半空中腰身一扭，已先落上了右边树梢，双手往前疾探，喝道："输就算我输，今日先毙了你这臭小子！"欧阳克见他竟能在空中转身，已自吓得目瞪口呆，听他这么呼喝，哪敢接他招数，脚下踏空，身子便即下落，正想第一道考试我是输啦，忽听风声响动，郭靖也正自他身旁落下。

原来欧阳锋久战不下，心想："若让这小子拆到五十招以上，西毒的威名何存？"忽地欺进，左手快如闪电，来扭郭靖领口，口中喝道："下去罢！"郭靖低头让过，也是伸出左手，反手上格。欧阳锋突然发劲，郭靖叫道："你……你……"正想说他不守黄药师所定的规约，同时急忙运劲抵御。哪知欧阳锋笑道："我怎样？"劲力忽收。

郭靖这一格用足了平生之力，生怕他以蛤蟆功伤害自己内脏，岂料在这全力发劲之际，对方的劲力忽然无影无踪。他究竟功力尚浅，哪能如欧阳锋般在倏忽之间收发自如，幸好他跟周伯通练过七十二路空明拳，武功之中已然刚中有柔，否则又必如在归云庄上与黄药师过招时那样，这一下胳臂的臼也会脱了。虽然如此，却也是立足不稳，一个倒栽葱，头下脚上的撞下地来。

欧阳克是顺势落下，郭靖却是倒着下来，两人在空中一顺一倒的跌落，眼见要同时着地。欧阳克见郭靖正在他的身边，大有便宜可捡，当即伸出双手，顺手在郭靖双脚脚底心一按，自己便即借势上跃。郭靖受了这一按，下堕之势更加快了。

黄蓉眼见郭靖输了，叫了一声："啊哟！"斗然间只见郭靖身子跃在空中，砰的一声，欧阳克横跌在地，郭靖却又站在一根松枝之上，借着松枝的弹力，在半空上下起伏。黄蓉这一下喜出望外，却没看清楚郭靖如何在这离地只有数尺的紧急当口，竟然能反败为胜，情不自禁的又叫了一声："啊哟！"两声同是"啊哟"，心情却是大异了。

欧阳锋与洪七公这时都已跃下地来。洪七公哈哈大笑，连呼："妙极！"欧阳锋铁青了脸，阴森森的道："七兄，你这位高徒武功好杂，连蒙古人的摔跤玩意儿也用上了。"洪七公笑道："这个连我也不会，可不是我教的。你别寻老叫化晦气。"

原来郭靖脚底被欧阳克一按，直向下堕，只见欧阳克双腿正在自己面前，危急中想也不想，当即双手合抱，已扭住了他的小腿，用力往下摔去，自身借势上纵，这一下使的正是蒙古人盘打扭跌的法门。蒙古人摔跤之技，世代相传，天下无对。郭靖自小长于大漠，于得江南六怪传授武功之前，即已与拖雷等小友每日里扭打相扑，这摔跤的法门于他便如吃饭走路一般，早已熟习而流。否则以他脑筋之钝，当此自空堕地的一瞬之间，纵然身有此技，也万万来不及想到使用，只怕要等腾的一声摔在地下，过得良久，这才想到："啊哟，我怎地不扭他小腿？"这次无意中演了一场空中摔跤，以此取胜，胜了之后，一时兀自还不大明白如何竟会胜了。

黄药师微微摇头，心想："郭靖这小子笨头笨脑，这一场获胜，显然是侥幸碰上的。"说道："这一场是郭贤侄胜了。锋兄也别烦恼，但教令侄胸有真才实学，安知第二三场不能取胜。"欧阳锋道："那么就请药兄出第二道题目。"黄药师道："咱们第二三场是文考……"黄蓉撅嘴道："爹，你明明是偏心。刚才说好是只考武艺，怎么又文考了？靖哥哥，你干脆别比了。"黄药师道："你知道什么？武功练到了上乘境界，难道还是一味蛮打的么？凭咱们这些人，岂能如世俗武人一般，还玩什么打擂台招亲这等大煞风景之事……"黄蓉听到这句话，向郭靖望了一眼，郭靖的眼光也正向她瞧来，两人心中，同时想到了穆念慈与杨康在中都的"比武招亲"，只听黄药师续道："……我这第二道题目，是要请两位贤侄品题品题老朽吹奏的一首乐曲。"

欧阳克大喜，心想这傻小子懂什么管弦丝竹，那自是我得胜无疑。欧阳锋却猜想黄药师要以箫声考较二人内力，适才竹梢过招，他已知郭靖内力浑厚，侄儿未必胜得过他，又怕侄儿受伤之余，再为黄药师的箫声所伤，说道："小辈们定力甚浅，只怕不能聆听药兄的雅奏。是否可请药兄……"黄药师不待他说完，便接口道："我奏的曲子平常得紧，不是考较内力，锋兄放心。"向欧阳克和郭靖道："两位贤侄各折一根竹枝，敲击我箫声的节拍，瞧谁打得好，谁就胜这第二场。"

郭靖上前一揖，说道："黄岛主，弟子愚蠢得紧，对音律是一窍不通，这一场弟子认输就是。"洪七公道："别忙，别忙，反正是输，试一试又怎地？还怕人家笑话么？"郭靖听师父如此说，见欧阳克已折了一根竹枝在手，只得也折了一根。

黄药师笑道："七兄、锋兄在此，小弟贻笑方家了。"玉箫就唇，幽幽咽咽的吹了起来。这次吹奏不含丝毫内力，便与常人吹箫无异。

欧阳克辨音审律，按宫引商，一拍一击，打得丝毫无误。郭靖茫无头绪，只是把竹枝举在空中，始终不敢下击，黄药师吹了一盏茶时分，他竟然未打一记节拍。欧阳叔侄甚是得意，均想这一场是赢定了，第三场既然也是文考，自必十拿九稳。

黄蓉好不焦急，将右手手指在左手腕上一拍一拍的轻扣，盼郭靖依样葫芦的跟着击打，哪知他抬头望天，呆呆出神，并没瞧见她的手势。

黄药师又吹了一阵，郭靖忽地举起手来，将竹枝打了下去，空的一响，刚巧打在两拍之间。欧阳克登时哈的一声笑了出来，心想这浑小子一动便错。郭靖跟着再打了一记，仍是打在两拍之间，他连击四下，记记都打错了。

　　黄蓉摇了摇头，心道："我这傻哥哥本就不懂音律，爹爹不该硬要考他。"心中怨怼，待要想个什么法儿搅乱局面，叫这场比试比不成功，就算和局了事，转头望父亲时，却见他脸有诧异之色。

　　只听得郭靖又是连击数下，箫声忽地微有窒滞，但随即回归原来的曲调。郭靖竹枝连打，记记都打在节拍前后，时而快时而慢，或抢先或堕后，玉箫声数次几乎被他打得走腔乱板。这一来，不但黄药师留上了神，洪七公与欧阳锋也是甚为讶异。

　　原来郭靖适才听了三人以箫声、筝声、啸声相斗，悟到了在乐音中攻合拒战的法门，他又丝毫不懂音律节拍，听到黄药师的箫声，只道考较的便是如何与箫声相抗，当下以竹枝的击打扰乱他的曲调。他以竹枝打在枯竹之上，发出"空、空"之声，饶是黄药师的定力已然炉火纯青，竟也有数次险些儿把箫声去跟随这阵极难听、极嘈杂的节拍。黄药师精神一振，心想你这小子居然还有这一手，曲调突转，缓缓的变得柔靡万端。

　　欧阳克只听了片刻，不由自主的举起手中竹枝婆娑起舞。欧阳锋叹了口气，抢过去扣住他腕上脉门，取出丝巾塞住了他的双耳，待他心神宁定，方始放手。

　　黄蓉自幼听惯了父亲吹奏这"碧海潮生曲"，又曾得他详细讲解，尽知曲中诸般变化，父女俩心神如一，自是不受危害，但知父亲的箫声具有极大魔力，担心郭靖抵挡不住。这套曲子模拟大海浩淼，万里无波，远处潮水缓缓推近，渐近渐快，其后洪涛汹涌，白浪连山，而潮水中鱼跃鲸浮，海面上风啸鸥飞，再加上水妖海怪，群魔弄潮，忽而冰山飘至，忽而热海如沸，极尽变幻之能事，而潮退后水平如镜，海底却又是暗流湍急，于无声处隐伏凶险，更令聆曲者不知不觉而入伏，尤为防不胜防。

郭靖盘膝坐在地下，一面运起全真派内功，摒虑宁神，抵御箫声的引诱，一面以竹枝相击，扰乱箫声。黄药师、洪七公、欧阳锋三人以音律较艺之时，各自有攻有守，本身固须抱元守一，静心凝志，尚不断乘瑕抵隙，攻击旁人心神。郭靖功力远逊三人，但守不攻，只是一味防护周密，虽无反击之能，但黄药师连变数调，却也不能将他降服。

　　又吹得半晌，箫声愈来愈细，几乎难以听闻。郭靖停竹凝听。哪知这正是黄药师的厉害之处，箫声愈轻，诱力愈大。郭靖凝神倾听，心中的韵律节拍渐渐与箫声相合。若是换作旁人，此时已陷绝境，再也无法脱身，但郭靖练过双手互搏之术，心有二用，惊悉凶险，当下硬生生分开心神，左手除下左脚上的鞋子，在空竹上"秃、秃、秃"的敲将起来。

　　黄药师吃了一惊，心想："这小子身怀异术，倒是不可小觑了。"脚下踏着八卦方位，边行边吹。郭靖双手分打节拍，记记都是与箫声的韵律格格不入，他这一双手分打，就如两人合力与黄药师相拒一般，空空空，秃秃秃，力道登时强了一倍。洪七公和欧阳锋暗暗凝神守一，以他二人内力，专守不攻，对这箫声自是应付裕如，却也不敢有丝毫怠忽，倘若显出了行功相抗之态，可不免让对方及黄药师小觑了。

　　那箫声忽高忽低，愈变愈奇。郭靖再支持了一阵，忽听得箫声中飞出阵阵寒意，霎时间便似玄冰裹身，不禁簌簌发抖。洞箫本以柔和宛转见长，这时的音调却极具峻峭肃杀之致。郭靖渐感冷气侵骨，知道不妙，忙分心思念那炎日临空、盛暑锻铁、手执巨炭、身入洪炉种种苦热的情状，果然寒气大减。

　　黄药师见他左半边身子凛有寒意，右半边身子却腾腾冒汗，不禁暗暗称奇，曲调便转，恰如严冬方逝，盛夏立至。郭靖刚待分心抵挡，手中节拍却已跟上了箫声。黄药师心想："此人若要勉强抵挡，还可支撑得少时，只是忽冷忽热，日后必当害一场大病。"一音袅袅，散入林间，忽地曲终音歇。

郭靖呼了一口长气，站起身来几个踉跄，险些又再坐倒，凝气调息后，知道黄药师有意容让，上前称谢，说道："多谢黄岛主眷顾，弟子深感大德。"

黄蓉见他左手兀自提着一只鞋子，不禁好笑，叫道："靖哥哥，你穿上了鞋子。"郭靖道："是！"这才穿鞋。

黄药师忽然想起："这小子年纪幼小，武功却练得如此之纯，难道他是装傻作呆，其实却是个绝顶聪明之人？若真如此，我把女儿许给了他，又有何妨？"于是微微一笑，说道："你很好呀，你还叫我黄岛主么？"这话明明是说三场比试，你已胜了两场，已可改称"岳父大人"了。

哪知郭靖不懂这话中含意，只道："我……我……"却说不下去了，双眼望着黄蓉求助。黄蓉芳心暗喜，右手大拇指不住弯曲，示意要他磕头。郭靖懂得这是磕头，当下爬翻在地，向黄药师磕了四个头，口中却不说话。黄药师笑道："你向我磕头干么啊？"郭靖道："蓉儿叫我磕的。"

黄药师暗叹："傻小子终究是傻小子。"伸手拉开了欧阳克耳上蒙着的丝巾，说道："论内功是郭贤侄强些，但我刚才考的是音律，那却是欧阳贤侄高明得多了……这样罢，这一场两人算是平手。我再出一道题目，让两位贤侄一决胜负。"

欧阳锋眼见侄儿已经输了，知他心存偏袒，忙道："对，对，再比一场。"

洪七公含怒不语，心道："女儿是你生的，你爱许给那风流浪子，别人也管不着。老叫化有心跟你打一架，只是双拳难敌四手，待我去邀段皇爷助拳，再来打个明白。"

只见黄药师从怀中取出一本红绫面的册子来，说道："我和拙荆就只生了这一个女儿。拙荆不幸在生她的时候去世。今承蒙锋兄、七兄两位瞧得起，同来求亲，拙荆若是在世，也必十分欢喜……"黄蓉听父亲说到这里，眼圈早已红了。黄药师接着道：

"这本册子是拙荆当年所手书，乃她心血所寄，现下请两位贤侄同时阅读一遍，然后背诵出来，谁背得又多又不错，我就把女儿许配于他。"他顿了一顿，见洪七公在旁微微冷笑，又道："照说，郭贤侄已多胜了一场，但这书与兄弟一生大有关连，拙荆又因此书而死，现下我默祝她在天之灵亲自挑选女婿，庇佑那一位贤侄获胜。"

洪七公再也忍耐不住，喝道："黄老邪，谁听你鬼话连篇？你明知我徒儿傻气，不通诗书，却来考他背书，还把死了的婆娘搬出来吓人，好不识害臊！"大袖一拂，转身便走。

黄药师冷笑一声，说道："七兄，你要到桃花岛来逞威，还得再学几年功夫。"

洪七公停步转身，双眉上扬，道："怎么？讲打么？你要扣住我？"黄药师道："你不通奇门五行之术，若不得我允可，休想出得岛去。"洪七公怒道："我一把火烧光你的臭花臭树。"黄药师冷笑道："你有本事就烧着瞧瞧。"

郭靖眼见两人说僵了要动手，心知桃花岛上的布置艰深无比，别要让师父也失陷在岛上，忙抢上一步，说道："黄岛主、师父，弟子与欧阳大哥比试一下背书就是。弟子资质鲁钝，输了也是该的。"心想："让师父脱身而去，我和蓉儿一起跳入大海，游到筋疲力尽，一起死在海中便是。"洪七公道："好哇！你爱丢丑，只管现眼就是，请啊，请啊！"他想必输之事，何必去比？他本来有意和黄药师闹僵，混乱中师徒三人夺路便走，到海边抢船只离岛再说，岂知这傻徒儿全然的不会随机应变，可当真无可奈何了。

黄药师向女儿道："你给我乖乖的坐着，可别弄鬼。"

黄蓉不语，料想这一场郭靖必输，父亲说过这是让自己过世了的母亲挑女婿，那么以前两场比试郭靖虽胜，却也不算了。就算三场通计，其中第二场郭靖明明赢了，却硬算是平手，余下两场互有胜败，那么父亲又会再出一道题目，总之是要欧阳克胜了为止，暗暗盘算和郭靖一同逃出桃花岛之策。

黄药师命欧阳克和郭靖两人并肩坐在石上，自己拿着那本册子，放在两人眼前。欧阳克见册子面上用篆文书着"九阴真经下卷"六字，登时大喜，心想："这《九阴真经》是天下武功的绝学，岳父大人有心眷顾，让我得阅奇书。"郭靖见了这六个篆字，却一字不识，心道："他故意为难，这弯弯曲曲的蝌蚪字我哪里识得？反正认输就是了。"

黄药师揭开首页，册内文字却是用楷书缮写，字迹娟秀，果是女子手笔。郭靖只望了一行，心中便怦的一跳，只见第一行写道："天之道，损有余而补不足，是故虚胜实，不足胜有余。"正是周伯通教他背诵的句子，再看下去，句句都是心中熟极而流的。

黄药师隔了片刻，算来两人该读完了，便揭过一页。到得第二页，词句已略有脱漏，愈到后面，文句愈是散乱颠倒，笔致也愈是软弱无力。

郭靖心中一震，想起周伯通所说黄夫人硬默《九阴真经》，因而心智虚耗、小产逝世之事，那么这本册子正是她临终时所默写的了。"难道周大哥教我背诵的，竟就是《九阴真经》么？不对，不对，那真经下卷已被梅超风失落，怎会在他手中？"黄药师见他呆呆出神，只道他早已瞧得头昏脑胀，也不理他，仍是缓缓的一页页揭过。

欧阳克起初几行尚记得住，到后来看到练功的实在法门之际，见文字乱七八糟，无一句可解，再看到后来，满页都是跳行脱字，不禁废然暗叹，心想："原来他还是不肯以真经全文示人。"但转念一想："我虽不得目睹真经全文，但总比这傻小子记得多些。这一场考试，我却是胜定了。"言念及此，登时心花怒放，忍不住向黄蓉瞧去。

却见她伸伸舌头，向自己做个鬼脸，忽然说道："欧阳世兄，你把我穆姊姊捉了去，放在那祠堂的棺材里，活生生的闷死了她。她昨晚托梦给我，披头散发，满脸是血，说要找你索命。"欧阳克早已把这件事忘了，忽听她提起，微微一惊，失声道："啊哟，我忘了放她出来！"心想："闷死了这小妞儿，倒是可惜。"但见黄蓉笑吟吟地，便知她说的是假话，问道："你怎知她在棺材里？是你救了她么？"

欧阳锋料知黄蓉有意要分侄儿心神，好教他记不住书上文字，说道："克儿，别理旁的事，留神记书。"欧阳克一凛，道："是。"忙转过头来眼望册页。

郭靖见册中所书，每句都是周伯通曾经教自己背过的，只是册中脱漏跳文极多，远不及自己心中所记的完整。他抬头望着树梢，始终想不通其中原由。

过了一会，黄药师揭完册页，问道："哪一位先背？"欧阳克心想："册中文字颠三倒四，难记之极。我乘着记忆犹新，必可多背一些。"便抢着道："我先背罢。"黄药师点了点头，向郭靖道："你到竹林边上去，别听他背书。"郭靖依言走出数十步。

黄蓉见此良机，心想咱俩正好溜之大吉，便悄悄向郭靖走去。黄药师叫道："蓉儿，过来。你来听他们背书，莫要说我偏心。"黄蓉道："你本就偏心，用不着人家说。"黄药师笑骂："没点规矩。过来！"黄蓉口中说："我偏不过来。"但知父亲精明之极，他既已留心，那就难以脱身，必当另想别计，于是慢慢的走了过去，向欧阳克嫣然一笑，道："欧阳世兄，我有什么好，你干么这般喜欢我？"

欧阳克只感一阵迷糊，笑嘻嘻的道："妹子，你……你……"一时却说不出话来。黄蓉又道："你且别忙回西域去，在桃花岛多住几天。西域很冷，是不是？"欧阳克道："西域地方大得紧，冷的处所固然很多，但有些地方风和日暖，就如江南一般。"黄蓉笑道："我不信！你就爱骗人。"欧阳克待要辩说，欧阳锋冷冷的道："孩子，不相干的话慢慢再说不迟，快背书罢！"

欧阳克一怔，给黄蓉这么一打岔，适才强记硬背的杂乱文字，果然忘记了好些，当下定一定神，慢慢的背了起来："天之道，损有余而补不足，是故虚胜实，不足胜有余……"他果真聪颖过人，前面几句开场的总纲，背得一字不错。但后面实用的练功法门，黄夫人不懂武功，本来就只记得一鳞半爪，文字杂乱无序，他十成中只背出一成；再加黄蓉在旁不住打岔，连说："不对，背错了！"到后来连半成也背不上来了。黄药师笑道："背出了这许多，那可真难为你了。"提高嗓子叫道："郭贤侄，你过来背罢！"

郭靖走了过来，见欧阳克面有得色，心想："这人真有本事，只读一遍就把这些七颠八倒的句子都记得了。我可不成，只好照周大哥教我的背。那定然不对，却也没法。"洪七公道："傻小子，他们存心要咱们好看，爷儿俩认栽了罢。"

黄蓉忽地顿足跃上竹亭，手腕翻处，把一柄匕首抵在胸口，叫道："爹，你若是硬要叫我跟那个臭小子上西域去，女儿今日就死给你看罢。"黄药师知道这个宝贝女儿说得出做得到，叫道："放下匕首！有话慢慢好说。"欧阳锋将拐杖在地下一顿，鸣的一声怪响，杖头中飞出一件奇形暗器，笔直往黄蓉射去。那暗器去得好快，黄蓉尚未看清来路，只听当的一声，手中匕首已被打落在地。

黄药师飞身跃上竹亭，伸手搂住女儿肩头，柔声道："你当真不嫁人，那也好，在桃花岛上一辈子陪着爹爹就是。"黄蓉双足乱顿，哭道："爹，你不疼蓉儿，你不疼蓉儿。"洪七公见黄药师这个当年纵横湖海、杀人不眨眼的大魔头，竟被一个小女儿缠得没做手脚处，不禁哈哈大笑。

欧阳锋心道："待先定下名分，打发了老叫化和那姓郭的小子，以后的事，就容易办了。女孩儿家撒娇撒痴，理她怎地？"于是说道："郭贤侄武艺高强，真乃年少英雄，记诵之学，也必是好的。药兄就请他背诵一遍罢。"黄药师道："正是。蓉儿你再吵，郭贤侄的心思都给你搅乱啦。"黄蓉当即住口。欧阳锋一心要郭靖出丑，道："郭贤侄请背罢，我们大伙儿在这儿恭听。"

郭靖羞得满脸通红，心道："说不得，只好把周大哥教我的胡乱背背。"于是背道："天之道，损有余而补不足……"这部《九阴真经》的经文，他反来覆去无虑已念了数百遍，这时背将出来，当真是滚瓜烂熟，再没半点窒滞。他只背了半页，众人已都惊得呆了，心中都道："此人大智若愚，原来聪明至斯。"转眼之间，郭靖一口气已背到第四页上。洪七公和黄蓉深知他决无这等才智，更是大惑不解，满脸喜容之中，又都带着万分惊奇诧异。

黄药师听他所背经文，比之册页上所书几乎多了十倍，而且句句顺理成章，确似原来经文，心中一凛，不觉出了一身冷汗："难道我那故世的娘子当真显灵，在阴世间把经文想了出来，传了给这少年？"只听郭靖犹在流水般背将下去，心想此事千真万确，抬头望天，喃喃说道："阿衡，阿衡，你对我如此情重，借这少年之口来把真经授我，怎么不让我见你一面？我晚晚吹箫给你听，你可听见么！"那"阿衡"是黄夫人的小字，旁人自然不知。众人见他脸色有异，目含泪光，口中不知说些什么，都感奇怪。

黄药师出了一会神，忽地想起一事，挥手止住郭靖再背，脸上犹似罩了一层严霜，厉声问道："梅超风失落的《九阴真经》，可是到了你的手中？"

郭靖见他眼露杀气，甚是惊惧，说道："弟子不知梅……梅前辈的经文落在何处，若是知晓，自当相助找来，归还岛主。"

黄药师见他脸上没丝毫狡狯作伪神态，更信定是亡妻在冥中所授，又是欢喜，又是酸楚，朗声说道："好，七兄、锋兄，这是先室选中了的女婿，兄弟再无话说。孩子，我将蓉儿许配于你，你可要好好待她。蓉儿被我娇纵坏了，你须得容让三分。"

黄蓉听得心花怒放，笑道："我可不是好好地，谁说我被你娇纵坏了？"

郭靖就算再傻，这时也不再待黄蓉指点，当即跪下磕头，口称："岳父！"

他尚未站起，欧阳克忽然喝道："且慢！"

她独处地下斗室，望着父亲手绘的亡母遗像，心中思潮起伏："我从来没见过妈，我死了之后是不是能见到她呢？她是不是还像画上这么年轻美丽？她现下却在哪里？在天上，在地府，还是就在这圹室之中？"

第十九回　洪涛群鲨

洪七公万万想不到这场背书比赛竟会如此收场，较之郭靖将欧阳克连摔十七八个筋斗都更令他惊诧十倍，只喜得咧开了一张大口合不拢来，听欧阳克一声喝，忙道："怎么？你不服气么？"欧阳克道："郭兄所背诵的，远比这册页上所载为多，必是他得了《九阴真经》。晚辈斗胆，要放肆在他身上搜一搜。"洪七公道："黄岛主都已许了婚，却又另生枝节作甚？适才你叔叔说了什么来着？"欧阳锋怪眼上翻，说道："我姓欧阳的岂能任人欺蒙？"他听了侄儿之言，料定郭靖身上必然怀有《九阴真经》，此时一心要想夺取经文，相较之下，黄药师许婚与否，倒是次等之事了。

郭靖解了衣带，敞开大襟，说道："欧阳前辈请搜便是。"跟着将怀中物事一件件的拿了出来，放在石上，是些银两、汗巾、火石之类。欧阳锋哼了一声，伸手到他身上去摸。

黄药师素知欧阳锋为人极是歹毒，别要恼怒之中暗施毒手，他功力深湛，下手之后可是解救不得，当下咳嗽一声，伸出左手放在欧阳克颈后脊骨之上。那是人身要害，只要他手劲发出，立时震断脊骨，欧阳克休想活命。

洪七公知道他的用意，暗暗好笑："黄老邪偏心得紧，这时爱女及婿，反过来一心维护我这傻徒儿了。唉，他背书的本领如此了得，却也不能算傻。"

欧阳锋原想以蛤蟆功在郭靖小腹上偷按一掌，叫他三年后伤发而死，但见黄药师预有提防，也就不敢下手，细摸郭靖身上果无别物，沉吟了半响。他可不信黄夫人死后选婿这等说话，忽地想起，这小子傻里傻气，看来不会说谎，或能从他嘴里套问出真经的下落，当下蛇杖一抖，杖上金环当啷啷一阵乱响，两条怪蛇从杖底直盘上来。黄蓉和郭靖见了这等怪状，都退后了一步。欧阳锋尖着嗓子问道："郭贤侄，这《九阴真经》的经文，你是从何处学来的？"眼中精光大盛，目不转睛的瞪视着他。

郭靖道："我知道有一部《九阴真经》，可是从未见过。上卷是在周伯通周大哥那里……"洪七公奇道："你怎地叫周伯通作周大哥？你遇见过老顽童周伯通？"郭靖道："是！周大哥和弟子结义为把兄弟了。"洪七公笑骂："一老一小，荒唐荒唐！"

欧阳锋问道："那下卷呢？"郭靖道："那被梅超风……梅……梅师姊在太湖边上失落了，现下她正奉了岳父之命，四下寻访。弟子禀明岳父之后，便想去助她一臂之力。"欧阳锋厉声道："你既未见过《九阴真经》，怎能背得如是纯熟？"郭靖奇道："我背的是《九阴真经》？不对，不是的。那是周大哥教我背的，是他自创的武功秘诀。"

黄药师暗暗叹气，好生失望，心道："周伯通奉师兄遗命看管《九阴真经》。他打石弹输了给我，这才受骗毁经，在此之前，自然早就读了个熟透。那是半点不奇。原来鬼神之说，终属渺茫。想来我女与他确有姻缘之分，是以如此凑巧。"

黄药师黯然神伤，欧阳锋却紧问一句："那周伯通今在何处？"郭靖正待回答，黄药师喝道："靖儿，不必多言。"转头向欧阳锋道："此等俗事，理他作甚？锋兄，七兄，你我二十年不见，且在桃花岛痛饮三日！"

黄蓉道："师父，我去给您做几样菜，这儿岛上的荷花极好，荷花瓣儿蒸鸡、鲜菱荷叶羹，您一定喜欢。"洪七公笑道："今儿遂了你的心意，瞧小娘们乐成这个样子！"黄蓉微微一笑，说道："师父，欧阳伯伯、欧阳世兄，请罢。"她既与郭靖姻缘得谐，喜乐不胜，对欧阳克也就消了憎恨之心，此时此刻，天下个个都是好人。

欧阳锋向黄药师一揖，说道："药兄，你的盛情兄弟心领了，今日就此别过。"黄药师道："锋兄远道驾临，兄弟一点地主之谊也没尽，那如何过意得去？"

欧阳锋万里迢迢的赶来，除了替侄儿联姻之外，原本另有重大图谋。他得到侄儿飞鸽传书，得悉《九阴真经》重现人世，现下是在黄药师一个盲了双眼的女弃徒手中，便想与黄药师结成姻亲之后，两人合力，将天下奇书《九阴真经》弄到手中。现下婚事不就，落得一场失意，心情甚是沮丧，坚辞要走。欧阳克忽道："叔叔，侄儿没用，丢了您老人家的脸。但黄伯父有言在先，他要传授一样功夫给侄儿。"欧阳锋哼了一声，心知侄儿对黄家这小妮子仍不死心，要想借口学艺，与黄蓉多所亲近，然后施展风流解数，将她弄到手中。

黄药师本以为欧阳克比武定然得胜，所答允下的一门功夫是要传给郭靖的，不料欧阳克竟致连败三场，也觉歉然，说道："欧阳贤侄，令叔武功妙绝天下，旁人望尘莫及，你是家传的武学，不必求诸外人的了。只是左道旁门之学，老朽差幸尚有一日之长。贤侄若是不嫌鄙陋，但教老朽会的，定必倾囊相授。"

欧阳克心想："我要选一样学起来最费时日的本事。久闻桃花岛主五行奇门之术，天下无双，这个必非朝夕之间可以学会。"于是躬身下拜，说道："小侄素来心仪伯父的五行奇门之术，求伯父恩赐教导。"

黄药师沉吟不答，心中好生为难，这是他生平最得意的学问，除了尽通先贤所学之外，尚有不少独特的创见，发前人之所未发，端的非同小可，连亲生女儿亦以年纪幼小，尚未尽数传授，岂能传诸外人？但言已出口，难以反悔，只得说道："奇门之术，包罗甚广，你要学哪一门？"

欧阳克一心要留在桃花岛上，道："小侄见桃花岛上道路盘旋，花树繁复，心中仰慕之极。求伯父许小侄在岛上居住数月，细细研习这中间的生克变化之道。"黄药师脸色微变，向欧阳锋望了一眼，心想："你们要查究桃花岛上的机巧布置，到底是何用意？"欧阳锋见了他神色，知他起疑，向侄儿斥道："你太也不知天高地厚！桃花岛花了黄伯父半生心血，岛上布置何等奥妙，外敌不敢入侵，全仗于此，怎能对你说知？"

黄药师一声冷笑，说道："桃花岛就算只是光秃秃一座石山，也未必就有人能来伤得了黄某人去。"欧阳锋陪笑道："小弟鲁莽失言，药兄万勿见怪。"洪七公笑道："老毒物，你这激将之计，使得可不高明呀！"黄药师将玉箫在衣领中一插，道："各位请随我来。"

欧阳克见黄药师脸有怒色，眼望叔父请示。欧阳锋点点头，跟在黄药师后面，众人随后跟去。

曲曲折折的转出竹林，眼前出现一大片荷塘。塘中白莲盛放，清香阵阵，莲叶田田，一条小石堤穿过荷塘中央。黄药师踏过小堤，将众人领入一座精舍。那屋子全是以不刨皮的松树搭成，屋外攀满了青藤。此时虽当炎夏，但众人一见到这间屋子，都是突感一阵清凉。黄药师将四人让入书房，哑仆送上茶来。那茶颜色碧绿，冷若雪水，入口凉沁心脾。

洪七公笑道："世人言道：做了三年叫化，连官也不愿做。药兄，我若是在你这清凉世界中住上三年，可连叫化也不愿做啦！"黄药师道："七兄若肯在此间盘桓，咱哥儿俩饮酒谈心，小弟真是求之不得。"洪七公听他说得诚恳，心下感动，说道："多谢了。就可惜老叫化生就了一副劳碌命，不能如药兄这般消受清福。"

欧阳锋道："你们两位在一起，只要不打架，不到两个月，必有几套新奇的拳法剑术创了出来。"洪七公笑道："你眼热么？"欧阳锋道："这是光大武学之举，那是再妙也没有了。"洪七公笑道："哈哈，又来口是心非那一套了。"他二人虽无深仇大怨，却素来心存嫌隙，只是欧阳锋城府极深，未到一举而能将洪七公致于死地之时，始终不与他破脸，这时听他如此说，笑笑不语。

黄药师在桌边一按，西边壁上挂着的一幅淡墨山水忽地徐徐升起，露出一道暗门。他走过去揭开了门，取出一卷卷轴，捧在手中轻轻抚摸了几下，对欧阳克道："这是桃花岛的总图，岛上所有五行生克、阴阳八卦的变化，全记在内，你拿去好好研习罢。"

欧阳克好生失望，原盼在桃花岛多住一时，哪知他却拿出一张图来，所谋眼见是难成的了，也只得躬身去接。黄药师忽道："且慢！"欧阳克一怔，双手缩了回去。黄药师道："你拿了这图，到临安府找一家客店或是寺观住下，三月之后，我派人前来取回。图中一切，只许心记，不得另行抄录印摹。"欧阳克心道："你既不许我在桃花岛居住，这邪门儿的功夫我也懒得理会。这三月之中，还得给你守着这幅图儿，若是一个不小心有什么损坏失落，尚须担待干系。这件事不干也罢！"正待婉言谢却，忽然转念："他说派人前来取回，必是派他女儿的了，这可是大好的亲近机会。"心中一喜，当即称谢，接过图来。

黄蓉取出那只藏有"通犀地龙丸"的小盒，递给欧阳锋道："欧阳伯伯，这是辟毒奇宝，侄女不敢拜领。"欧阳锋心想："此物落在黄老邪手中，他对我的奇毒便少了一层顾忌。虽然送出的物事又再收回，未免小气，却也顾不得了。"于是接过收起，举手向黄药师告辞。黄药师也不再留，送了出来。

走到门口，洪七公道："毒兄，明年岁尽，又是华山论剑之期，你好生将养气力，咱们再打一场大架。"

欧阳锋淡淡一笑，说道："我瞧你我也不必枉费心力来争了。武功天下第一的名号，早已有了主儿。"洪七公奇道："有了主儿？莫非你毒兄已练成了举世无双的绝招？"欧阳锋微微一笑，说道："想欧阳锋这点儿微末功夫，怎敢觊觎'武功天下第一'的尊号？我说的是传授过这位郭贤侄功夫的那人。"洪七公笑道："你说老叫化？这个嘛，兄弟想是想的，但药兄的功夫日益精进，你毒兄又是越活越命长，段皇爷的武功只怕也没搁下，这就挨不到老叫化啦。"

欧阳锋冷冷的道："传授过郭贤侄功夫的诸人中，未必就数七兄武功最精。"洪七公刚说了句："什么?"黄药师已接口道："嗯,你是说老顽童周伯通?"欧阳锋道："是啊!老顽童既然熟习《九阴真经》,咱们东邪、西毒、南帝、北丐,就都远不是他的敌手了。"黄药师道："那也未必尽然,经是死的,武功是活的。"

欧阳锋先前见黄药师岔开他的问话,不让郭靖说出周伯通的所在,心知必有蹊跷,是以临别之时又再提及,听黄药师如此说,正合心意,脸上却是不动声色,淡淡的道："全真派的武功非同小可,这个咱们都是领教过的。老顽童再加上《九阴真经》,就算王重阳复生,也未见得是他师弟对手,更不必说咱们了。唉,全真派该当兴旺,你我三人辛勤一世,到头来总还是棋差一着。"

黄药师道："老顽童功夫就算比兄弟好些,可也决计及不上锋兄、七兄,这一节我倒深知。"欧阳锋道："药兄不必过谦,你我向来是半斤八两。你既如此说,那是拿得定周伯通的功夫准不及你。这个,只怕……"说着不住摇头。黄药师微笑道："明岁华山论剑之时,锋兄自然知道。"欧阳锋正色道："药兄,你的功夫兄弟素来钦服,但你说能胜过老顽童,兄弟确是疑信参半,你可别小觑了他。"以黄药师之智,如何不知对方又在故意以言语相激,只是他心高气傲,再也按捺不下这一口气,说道："那老顽童就在桃花岛上,已被兄弟囚禁了一十五年。"

此言一出,欧阳锋与洪七公都吃了一惊。洪七公扬眉差愕,欧阳锋却哈哈大笑,说道："药兄好会说笑话!"

黄药师更不打话,手一指,当先领路,他足下加劲,登时如飞般穿入竹林。洪七公左手携着郭靖,右手携着黄蓉,欧阳锋也拉着侄儿手臂,两人各自展开上乘轻功,片刻间到了周伯通的岩洞之外。

黄药师远远望见洞中无人,低呼一声："咦!"身子轻飘飘纵起,犹似凭虚临空一般,几个起落,便已跃到了洞口。

他左足刚一着地,突觉脚下一轻,踏到了空处。他猝遇变故,毫不惊慌,右足在空中虚踢一脚,已借势跃起,反向里窜,落下时左足在地下轻轻一点，哪知落脚处仍是个空洞。此时足下已无可借力，反手从领口中拔出玉箫，横里在洞壁上一撑，身子如箭般倒射出来。拔箫撑壁、反身倒跃，实只一瞬间之事。

洪七公与欧阳锋见他身法佳妙，齐声喝采，却听得"波"的一声，只见黄药师双足已陷入洞外地下一个深孔之中。

他刚感到脚下湿漉漉、软腻腻，脚已着地，足尖微一用劲，跃在半空，见洪七公等已走到洞前，地下却无异状，这才落在女儿身旁，忽觉臭气冲鼻，低头看时，双脚鞋卜都沾满了大粪。众人暗暗纳罕，以黄药师武功之高强，生性之机伶，怎会着了旁人的道儿？

黄药师气恼之极，折了根树枝在地下试探虚实，东敲西打，除了自己陷入过的三个洞孔之外，其余均是实地。显然周伯通料到他奔到洞前之时必会陷入第一个洞孔，又料到他轻身功夫了得，第一孔陷他不得，定会向里纵跃，便又在洞内挖第二孔；又料知第二孔仍然奈何他不得，算准了他退跃出来之处，再挖第三孔，并在这孔里撒了一堆粪。

黄药师走进洞内，四下一望，洞内除了几只瓦罐瓦碗，更无别物，洞壁上依稀写着几行字。

欧阳锋先见黄药师中了机关，心中暗笑，这时见他走近洞壁细看，心想这里一针一线之微，都会干连到能否取得《九阴真经》的大事，万万忽略不得，忙也上前凑近去看，只见洞壁上用尖利之物刻着字道："黄老邪，我给你打断双腿，在这里关了一十五年，本当也打断你的双腿，出口恶气。后来想想，饶了你算了。奉上大粪成堆，臭尿数罐，请啊请啊……"在这"请啊请啊"四字之下，黏着一张树叶，把下面的字盖没了。

黄药师伸手揭起树叶，却见叶上连着一根细线，随手一扯，猛听得头顶忽喇喇声响，立时醒悟，忙向左跃开。欧阳锋见机也快，一见黄药师身形晃动，立时跃向右边，哪知乒乒乓乓一阵响亮，左边右边山洞顶上同时掉下几只瓦罐，两人满头满脑都淋满了臭尿。

洪七公大叫："好香，好香！"哈哈大笑。

黄药师气极，破口大骂。欧阳锋喜怒不形于色，却只笑了笑。黄蓉飞奔回去，取了衣履给父亲换过，又将父亲的一件长袍给欧阳锋换了。

　　黄药师重入岩洞，上下左右仔细检视，再无机关，到那先前树叶遮没之处看时，见写着两行极细之字："树叶决不可扯，上有臭尿淋下，千万千万，莫谓言之不预也。"黄药师又好气又好笑，猛然间想起，适才臭尿淋头之时，那尿尚有微温，当下返身出洞，说道："老顽童离去不久，咱们追他去。"

　　郭靖心想："两人碰上了面，必有一番恶斗。"待要出言劝阻，黄药师早已向东而去。

　　众人知道岛上道路古怪，不敢落后，紧紧跟随，追不多时，果见周伯通在前缓步而行。黄药师足下发劲，身子如箭离弦，倏忽间已追到他身后，伸手往他颈中抓下。

　　周伯通向左一让，转过身来，叫道："香喷喷的黄老邪啊！"

　　黄药师这一抓是他数十年勤修苦练之功，端的是快捷异常，威猛无伦，他踏粪淋尿，心下恼怒之极，这一抓更是使上了十成劲力，哪知周伯通只随随便便的一个侧身就避了开去，当真是举重若轻。黄药师心中一凛，不再进击，定神瞧时，只见他左手与右手用绳索缚在胸前，脸含微笑，神情得意之极。

　　郭靖抢上几步，说道："大哥，黄岛主成了我岳父啦，大家是一家人。"周伯通叹道："岳什么父？你怎地不听我劝？黄老邪刁钻古怪，他女儿会是好相与的么？你这一生一世之中，苦头是有得吃的了。好兄弟，我跟你说，天下什么事都干得，头上天天给人淋几罐臭尿也不打紧，就是媳妇儿娶不得。好在你还没跟她拜堂成亲，这就赶快溜之大吉罢。你远远的躲了起来，叫她一辈子找你不到……"

　　他兀自唠叨不休，黄蓉走上前来，笑道："周大哥，你后面是谁来了？"周伯通回头一看，并不见人。黄蓉扬手将父亲身上换下来的一包臭衣向他后心掷去。周伯通听到风声，侧身让过，拍的一声，那包衣服落地散开，臭气四溢。

周伯通笑得前仰后合，说道："黄老邪，你关了我一十五年，打断了我两条腿，我只叫你踩两脚屎，淋一头尿，两下就此罢手，总算对得起你罢？"

黄药师寻思这话倒也有理，心意登平，问道："你为什么把双手缚在一起？"

周伯通道："这个山人自有道理，天机不可泄漏。"说着连连摇头，神色黯然。

原来当日周伯通困在洞中，数次忍耐不住，要冲出洞来与黄药师拚斗，但转念一想，总归不是他的敌手，若是给他打死或是点了穴道，洞中所藏的上半部《九阴真经》非给他搜去不可，是以始终隐忍，这日得郭靖提醒，才想到自己无意之中练就了分心合击的无上武功，黄药师武功再高，也打不过两个周伯通，一直不住盘算，要如何报复这一十五年中苦受折磨之仇。郭靖走后，他坐在洞中，过去数十年的恩怨爱憎，一幕幕在心中涌现，忽然远远听到玉箫、铁筝、长啸三般声音互斗，一时心猿意马，又是按勒不住，正自烦躁，斗然想起："我那把弟功夫远不及我，何以黄老邪的箫声引不动他？"

当日他想不通其中原因，现下与郭靖相处日子长了，明白了他的性情，这时稍加思索，立即恍然："是了，是了！他年纪幼小，不懂得男女之间那些又好玩、又麻烦的怪事，何况他天性纯朴，正所谓无欲则刚，乃是不失赤子之心的人。我这么一大把年纪，怎么还在苦思复仇？如此心地狭窄，想想也真好笑！"

他虽然不是全真道士，但自来深受全真教清静无为、淡泊玄默教旨的陶冶，这时豁然贯通，一声长笑，站起身来。只见洞外晴空万里，白云在天，心中一片空明，黄药师对他十五年的折磨，登时成为鸡虫之争般的小事，再也无所萦怀。

转念却想："我这一番振衣而去，桃花岛是永远不来的了，若不留一点东西给黄老邪，何以供他来日之思？"于是兴致勃勃的挖孔拉屎、吊罐撒尿，忙了一番之后，这才离洞而去。他走出数步，忽又想起："这桃花岛道路古怪，不知如何觅路出去。郭兄弟留在岛上，凶多吉少，我非带他同去不可。黄老邪若要阻拦，哈哈，黄老邪，若要打架，一个黄老邪可不是两个老顽童的敌手啦！"

想到得意之处，顺手挥出，喀喇一声，打折了路旁一株小树，蓦地惊觉："怎么我功力精进如此？这可与双手互搏的功夫无关。"手扶花树，呆呆想了一阵，两手连挥，喀喀喀喀，一连打断了七八株树，不由得心中大震："这是《九阴真经》中的功夫啊，我……我……我几时练过了？"霎时间只惊得全身冷汗，连叫："有鬼，有鬼！"

他牢牢记住师兄王重阳的遗训，决不敢修习经中所载武功，哪知为了教导郭靖，每日里口中解释、手上比划，不知不觉的已把经文深印脑中，睡梦之间，竟然意与神会，奇功自成，这时把拳脚施展出来，却是无不与经中所载的拳理法门相合。他武功深湛，武学上的悟心又是极高，兼之《九阴真经》中所载纯是道家之学，与他毕生所学本是一理相通，他不想学武功，武功却自行扑上身来。他纵声大叫："糟了，糟了，这叫做惹鬼上身，挥之不去了。我要开郭兄弟一个大大的玩笑，哪知道是搬起石头，砸了自己的脚。"

懊丧了半日，伸手连敲自己脑袋，忽发奇想，于是剥下几条树皮，搓成绳索，靠着牙齿之助，将双手缚在一起，喃喃念道："从今而后，若是我不能把经中武功忘得一干二净，只好终生不与人动武了。纵然黄老邪追到，我也决不出手，以免违了师兄遗训。唉，老顽童啊老顽童，你自作自受，这番可上了大当啦。"

黄药师哪猜得其中缘由，只道又是他一番顽皮古怪，说道："老顽童，这位欧阳兄你是见过的，这位……"他话未说完，周伯通已绕着众人转了个圈，在每人身边嗅了几下，笑道："这位必是老叫化洪七公，我猜也猜得出。他是好人。正是天网恢恢，臭尿就只淋了东邪西毒二人。欧阳锋，当年你打我一掌，今日我还你一泡尿，大家扯直，两不吃亏。"

欧阳锋微笑不答，在黄药师耳边低声道："药兄，此人身法快极，功夫确已在你我之上，还是别惹他为是。"黄药师心道："你我已二十年不见，你怎知我功夫就必不如他？"向周伯通道："伯通，我早说过，但教你把《九阴真经》留下，我焚烧了祭告先室，马上放你走路，现下你要到哪里去？"周伯通道："这岛上我住得腻了，要到外面逛逛去。"

黄药师伸手道："那么经呢？"周伯通道："我早给了你啦。"黄药师道："别瞎说八道，几时给过我？"周伯通笑道："郭靖是你女婿是不是？他的就是你的，是不是？我把《九阴真经》从头至尾传了给他，不就是传给了你？"

郭靖大吃一惊，叫道："大哥，这……这……你教我的当真便是《九阴真经》？"周伯通哈哈大笑，说道："难道还是假的么？"郭靖目瞪口呆，登时傻了。周伯通见到他这副呆样，心中直乐出来，他花了无数心力要郭靖背诵《九阴真经》，正是要见他于真相大白之际惊得晕头转向，此刻心愿得偿，如何不大喜若狂？

黄药师道："上卷经文原在你处，下卷经文你却从何处得来？"周伯通笑道："还不是你那个好女婿亲手交与我的。"郭靖道："我……我没有啊。"黄药师怒极，心道："郭靖你这小子竟敢对我弄鬼，那瞎子梅超风这时还在拼命的找寻呢。"怒目向郭靖横了一眼，转头对周伯通道："我要真经的原书。"

周伯通道："兄弟，你把我怀里那本书摸出来。"郭靖走上前去，探手到他怀中，拿出一本厚约半寸的册子。周伯通伸手接过，对黄药师道："这是真经的上卷，下卷经文也夹在其中，你有本事就来拿去。"黄药师道："要怎样的本事？"

周伯通双手夹住经书，侧过了头，道："待我想一想。"过了半晌，笑道："裱糊匠的本事。"黄药师道："什么？"周伯通双手高举过顶，往上一送，但见千千万万片碎纸斗然散开，有如成群蝴蝶，随着海风四下飞舞，霎时间东飘西扬，无可追寻。

黄药师又惊又怒，想不到他内功如此深湛，就在这片刻之间，把一部经书以内力压成了碎片，想起亡妻，心中又是一酸，怒喝："老顽童，你戏弄于我，今日休想出得岛去！"飞步上前，扑面就是一掌。周伯通身子微晃，接着左摇右摆，只听得风声飕飕，黄药师的掌影在他身旁飞舞，却始终扫不到他半点。这路"落英神剑掌"是黄药师的得意武功，岂知此刻连出二十余招，竟然无功。

　　黄药师见他并不还手，正待催动掌力，逼得他非招架不可，蓦地惊觉："我黄药师岂能与缚住双手之人过招。"当即跃后三步，叫道："老顽童，你腿伤已经好了，我可又要对你不起啦。快把手上的绳子崩断了，待我见识见识你《九阴真经》的功夫。"

　　周伯通愁眉苦脸，连连摇头，说道："不瞒你说，我是有苦难言。这手上的绳子，说什么都是不能崩断的。"黄药师道："我给你弄断了罢。"上前拿他手腕。周伯通大叫："啊哟，救命，救命！"翻身扑地，连滚几转。

　　郭靖吃了一惊，叫道："岳父！"待要上前劝阻，洪七公拉住他的手臂，低声道："别傻！"郭靖停步看时，只见周伯通在地下滚来滚去，灵便之极，黄药师手抓足踢，哪里碰得到他的身子？洪七公低声道："留神瞧他身法。"郭靖见周伯通这一路功夫正便是真经上所说的"蛇行狸翻"之术，当下凝神观看，看到精妙之处，情不自禁的叫了声："好！"

　　黄药师愈益恼怒，拳锋到处，犹如斧劈刀削一般，周伯通的衣袖袍角一块块的裂下，再斗片刻，他长须长发也一丛丛的被黄药师掌力震断。

　　周伯通虽未受伤，也知道再斗下去必然无幸，只要受了他一招半式，不死也得重伤，眼见黄药师左掌横扫过来，右掌同时斜劈，每一掌中都暗藏三招后继毒招，自己身法再快，也难躲闪，只得双膊运劲，蓬的一声，绳索崩断，左手架开了他袭来的攻势，右手却伸到自己背上去抓了抓痒，说道："啊哟，痒得我可受不了啦。"

　　黄药师见他在剧斗之际，居然还能好整以暇的抓痒，心中暗惊，猛发三招，都是生平绝学。周伯通道："我一只手是打你不过的，唉，不过没有法子。我说什么也不能对不起师哥。"右手运力抵挡，左手垂在身侧，他本身武功原不及黄药师精纯，右手上架，被黄药师内劲震开，一个跟跄，向后跌出数步。

黄药师飞身下扑，双掌起处，已把周伯通罩在掌力之下，叫道："双手齐上！一只手你挡不住。"周伯通道："不行，我还是一只手。"黄药师怒道："好，那你就试试。"双掌与他单掌一交，劲力送出，腾的一响，周伯通一交坐在地下，闭上双目。黄药师不再进击，只见周伯通哇的一声，吐出一口鲜血，脸色登时惨白如纸。

众人心中都感奇怪，他如好好与黄药师对敌，就算不胜，也决不致落败，何以坚决不肯双手齐用？

只见周伯通慢慢站起身来，说道："老顽童上了自己的大当，无意之中竟学到了九阴奇功，违背师兄遗训。若是双手齐上，黄老邪，你是打我不过的。"

黄药师知他所言非虚，默默不语，心想自己无缘无故将他在岛上囚了十五年，现下又将他打伤，实在说不过去，从怀里取出一只玉匣，揭开匣盖，取出三颗猩红如血的丹药，交给他道："伯通，天下伤药，只怕无出我桃花岛无常丹之右。每隔七天服一颗，你的内伤可以无碍。现下我送你出岛。"

周伯通点了点头，接过丹药，服下了一颗，自行调气护伤，过了一会，吐出一口瘀血，说道："黄老邪，你的丹药很灵，无怪你名字叫作'药师'。咦，奇怪，奇怪，我名叫'伯通'，那又是什么意思？"他凝思半晌，摇了摇头，说道："黄老邪，我要去了，你还留我不留？"黄药师道："不敢，任你自来自去。伯通兄此后如再有兴枉顾，兄弟倒履相迎。我这就派船送你离岛。"

郭靖蹲下地来，负起周伯通，跟着黄药师走到海旁，只见港湾中大大小小的停泊着六七艘船。

欧阳锋道："药兄，你不必另派船只送周大哥出岛，请他乘坐小弟的船去便了。"黄药师道："那么费锋兄的心了。"向船旁哑仆打了几个手势，那哑仆从一艘大船中托出一盘金元宝来。黄药师道："伯通，这点儿金子，你拿去顽皮胡用罢。你武功确比黄老邪强，我佩服得很。"周伯通眼睛一霎，做个顽皮的鬼脸。向欧阳锋那艘大船瞧去，见船头扯着一面大白旗，旗上绣着一条张口吐舌的双头怪蛇，当即皱眉摇头。

欧阳锋取出一管木笛，嘘溜溜的吹了几声，过不多时，林中异声大作。桃花岛上两名哑仆领了白驼山的蛇奴驱赶蛇群出来，顺着几条跳板，一排排的游入大船底舱。

周伯通道："我不坐西毒的船，我怕蛇！"黄药师微微一笑，道："那也好，你坐那艘船罢。"向一艘小船一指。周伯通摇头道："我不坐小船，我要坐那边那艘大船。"黄药师脸色微变，道："这船坏了没修好，坐不得的。"众人瞧那船船尾高耸，形相华美，船身漆得金碧辉煌，哪有丝毫破损之象？周伯通道："我非坐那艘新船不可！黄老邪，你干么这样小气？"黄药师道："这船不吉利，坐了的人非病即灾，是以停泊在这里向来不用的。我哪里是小气了？你若不信，我马上把船烧了给你看。"做了几个手势，四名哑仆点燃了柴片，奔过去就要烧船。

周伯通突然在地下一坐，乱扯胡子，放声大哭。众人都是一怔，只有郭靖知道他的脾气，肚里暗暗好笑。周伯通扯了一阵胡子，忽然乱翻乱滚，哭叫："我要坐新船，我要坐新船。"黄蓉奔上前去，阻住四名哑仆。

洪七公笑道："药兄，老叫化一生不吉利，就陪老顽童坐坐这艘凶船，咱们来个以毒攻毒，斗它一斗，瞧是老叫化的晦气重些呢，还是你这艘凶船厉害。"黄药师道："七兄，你再在岛上盘桓数日，何必这么快就去？"洪七公道："天下的大叫化、中叫化、小叫化不日要在湖南岳阳聚会，听老叫化指派丐帮头脑的继承人。哪一天老叫化有个三长两短要归位，不先派定谁继承，天下的叫化岂非无人统领？因此老叫化非赶着走不可。药兄厚意，兄弟甚是感激，待你的女儿女婿成婚，我再来叨扰罢。"黄药师叹道："七兄你真是热心人，一生就是为了旁人劳劳碌碌、马不停蹄的奔波。"洪七公笑道："老叫化不骑马，我这是脚不停蹄。啊哟，不对，你绕了弯子骂人，脚上生蹄，那可不成了牲口？"

黄蓉笑道："师父，这是您自己说的，我爹可没骂您。"洪七公道："究竟师父不如亲父，赶明儿我娶个叫化婆，也生个叫化女儿给你瞧瞧。"黄蓉拍手笑道："那再好也没有。我有个小叫化师妹，可不知有多好玩。"

欧阳克斜眼相望，只见日光淡淡的射在她脸颊之上，真是艳如春花，丽若朝霞，不禁看得痴了。但随即见她的眼光望向郭靖，脉脉之意，一见而知，又不禁怒气勃发，心下暗暗立誓："总有一日，非杀了这臭小子不可。"

洪七公伸手扶起周伯通，道："伯通，我陪你坐新船。黄老邪古怪最多，咱哥儿俩可不上他的当。"周伯通大喜，说道："老叫化，你人很好，咱俩拜个把子。"洪七公尚未回答，郭靖抢着道："周大哥，你我已拜了把子，你怎能和我师父结拜？"周伯通笑道："那有什么干系？你岳父若是肯给新船我坐，我心里一乐，也跟他拜个把子。"黄蓉笑道："那么我呢？"周伯通眼睛一瞪，道："我不上女娃子的当。美貌女人，多见一次便倒一分霉。"勾住洪七公的手臂，就往那艘新船走去。

黄药师快步抢在两人前面，伸开双手拦住，说道："黄某不敢相欺，坐这艘船实是凶多吉少。两位实不必干冒奇险。只是此中原由，不便明言。"

洪七公哈哈笑道："你已一再有言在先，老叫化若是晕船归天，仍是赞你药兄够朋友。"他虽行事说话十分滑稽，内心却颇精明，见黄药师三番两次的阻止，知道船上必有蹊跷，周伯通坚执要坐，眼见拗他不得，若是真有奇变，他孤掌难鸣，兼之身上有伤，只怕应付不来，是以决意陪他同乘。

黄药师哼了一声，道："两位功夫高强，想来必能逢凶化吉，黄某倒是多虑了。姓郭的小子，你也去罢。"郭靖听他认了自己为婿之后，本已称作"靖儿"，这时忽然改口，而且语气甚是严峻，望了他一眼，说道："岳父……"

黄药师厉声道："你这狡诈贪得的小子，谁是你的岳父？今后你再踏上桃花岛一步，休怪黄某无情。"反手一掌，击在一名哑仆的背心，喝道："这就是你的榜样!"那哑仆舌头早被割去，只是喉间发出一声低沉的嘶叫，身子直飞出去。他五脏已被黄药师一掌震碎，飞堕海心，没在波涛之中，霎时间无影无踪。众哑仆吓得心惊胆战，一齐跪下。

这些哑仆个个都是忘恩负义的奸恶之徒，黄药师事先查访确实，才一一擒至岛上，割哑刺聋，以供役使，他曾言道："黄某并非正人君子，江湖上号称'东邪'，自然也不屑与正人君子为伍。手下仆役，越是邪恶，越是称我心意。"那哑仆虽然死有余辜，但突然间无缘无故被他挥掌打入海心，众人心中都是暗叹："黄老邪确是邪得可以。"郭靖更是惊惧莫名，屈膝跪倒。

洪七公道："他什么事又不称你的心啦？"黄药师不答，厉声问郭靖道："那《九阴真经》的下卷，是不是你给周伯通的？"郭靖道："有一张东西是我交给周大哥的，不过我的确不知就是经文，若是知道……"

周伯通向来不理事情的轻重缓急，越见旁人疾言厉色，越爱大开玩笑，不等郭靖说完，抢着便道："你怎么不知？你说亲手从梅超风那里抢来，幸亏黄药师那老头儿不知道。你还说学通了经书之后，从此天下无敌。"郭靖大惊，颤声道："大哥，我……我几时说过？"周伯通霎霎眼睛，正色道："你当然说过。"

郭靖将经文背得烂熟而不知便是《九阴真经》，本就极难令人入信，这时周伯通又这般说，黄药师盛怒之下，哪想得到这是老顽童在开玩笑？只道周伯通一片童心，天真烂漫，不会替郭靖圆谎，信口吐露了真相。他狂怒不可抑制，生怕立时出手毙了郭靖，未免有失身份，拱手向周伯通、洪七公、欧阳锋道："请了!"牵着黄蓉的手，转身便走。

黄蓉待要和郭靖说几句话，只叫得一声："靖哥哥……"已被父亲牵着纵出数丈外，顷刻间没入了林中。

周伯通哈哈大笑，突觉胸口伤处剧痛，忙忍住了笑，但终于还是笑出声来，说道："黄老邪又上了我的当。我说顽话骗他，他老儿果然当了真。有趣，有趣！"洪七公惊道："那么靖儿事先当真不知？"周伯通笑道："他当然不知。他还说九阴奇功邪气呢，若是先知道了，怎肯跟着我学？兄弟，现下你已牢牢记住，忘也忘不了，是么？"说着又是捧腹狂笑，既须忍痛，又要大笑，神情尴尬无比。

洪七公跌足道："唉，老顽童，这玩笑也开得的？我跟药兄说去。"拔足奔向林边，却见林内道路纵横，不知黄药师去了何方。众哑仆见主人一走，早已尽数随去。

洪七公无人领路，只得废然而返，忽然想起欧阳克有桃花岛的详图，忙道："欧阳贤侄，桃花岛的图谱请借我一观。"欧阳克摇头道："未得黄伯父允可，小侄不敢借予旁人，洪伯父莫怪。"洪七公哼了一声，心中暗骂："我真老胡涂了，怎么向这小子借图？他是巴不得黄老邪恼恨我这傻徒儿。"

只见林中白衣闪动，欧阳锋那三十二名白衣舞女走了出来。当先一名女子走到欧阳锋面前，曲膝行礼道："黄老爷叫我们跟老爷回去。"欧阳锋向她们一眼不瞧，只摆摆手令她们上船，向洪七公与周伯通道："药兄这船中只怕真有什么巧妙机关。两位宽心，兄弟坐船紧跟在后，若有缓急，自当稍效微劳。"

周伯通怒道："谁要你讨好？我就是要试试黄老邪的船有什么古怪。你跟在后面，变成了有惊无险，那还有什么味儿？你跟我捣蛋，老顽童再淋你一头臭尿！"欧阳锋笑道："好，那么后会有期。"一拱手，径自带了侄儿上船。

郭靖望着黄蓉的去路，呆呆出神。周伯通笑道："兄弟，咱们上船去。瞧他一艘死船，能把咱们三个活人怎生奈何了？"左手牵着洪七公，右手牵着郭靖，奔上新船。只见船中已有七八名船夫侍仆站着侍候，都是默不作声。周伯通笑道："哪一日黄老邪邪气发作，把他宝贝女儿的舌头也割掉了，我才佩服他真有本事。"郭靖听了，不由得打个寒噤，周伯通哈哈笑道："你怕了么？"向船夫做了个手势。众船夫起锚扬帆，乘着南风驶出海去。

洪七公道："来，咱们瞧瞧船上到底有什么古怪。"三人从船首巡到船尾，又从甲板一路看到舱底，到处仔细查察，只见这船前后上下都油漆得晶光灿亮，舱中食水白米、酒肉蔬菜，贮备俱足，并无一件惹眼的异物。周伯通恨恨的道："黄老邪骗人！说有古怪，却没古怪，好没兴头。"

洪七公心中疑惑，跃上桅杆，将桅杆与帆布用力摇了几摇，亦无异状，放眼远望，但见鸥鸟翻飞，波涛接天，船上三帆吃饱了风，径向北驶。他披襟当风，胸怀为之一爽，回过头来，只见欧阳锋的坐船跟在约莫二里之后。

洪七公跃下桅杆，向舵夫打个手势，命他驾船偏向西北，过了一会，再向船尾望去，只见欧阳锋的船也转了方向，仍是跟在后面。洪七公心下嘀咕："他跟来干什么？难道当真还会安着好心？老毒物发善心，太阳可要从西边出来了。"他怕周伯通知道了乱发脾气，也不和他说知，吩咐转舵东驶。船上各帆齐侧，只吃到一半风，驶得慢了。果然不到半盏茶时分，欧阳锋的船也向东跟来。

洪七公心道："咱们在海里斗斗法也好。"走回舱内，只见郭靖郁郁不乐，呆坐出神。洪七公道："徒儿，我传你一个叫化子讨饭的法门：主人家不给，你在门口缠他三日三夜，瞧他给是不给？"周伯通笑道："若是主人家养有恶狗，你不走，他叫恶狗咬你，那怎么办？"洪七公笑道："这般为富不仁的人家，你晚上去大大偷他一笔，那也不伤阴骘。"周伯通向郭靖道："兄弟，懂得你师父的话么？那是叫你跟岳父缠到底，他若不把女儿给你，反要打人，你到晚上就去偷她出来。只不过你所要偷的，却是生脚的活宝，你只须叫道：'宝贝儿，来！'她自己就跟着你走了。"

郭靖听着，也不禁笑了。他见周伯通在舱中走来走去，没一刻安静，忽然想起了一件事，问道："大哥，现下你要到哪里去？"周伯通道："我没准儿，到处去闲逛散心。我在桃花岛这许多年，可闷也闷坏了。"郭靖道："我求大哥一件事。"周伯通摇手道："你要我回桃花岛帮你偷婆娘，我可不干。"

郭靖脸上一红，道："不是这个。我想烦劳大哥去太湖边上宜兴的归云庄走一遭。"周伯通道："那干什么？"郭靖道："归云庄的陆庄主陆乘风是一位豪杰，他原是我岳父的弟子，受了黑风双煞之累，双腿被我岳父打折了，不得复原。我见大哥的腿伤却好得十足，是以想请大哥传授他一点门道。"周伯通道："这个容易。黄老邪倘若再打断我两腿，我仍有本事复元。你如不信，不妨打断了我两条腿试试。"说着坐在椅上，伸出腿来，一副"不妨打而断之"的模样。郭靖笑道："那也不用试了，大哥自有这个本事。"

正说到此处，突然豁喇一声，舱门开处，一名船夫闯了进来，脸如土色，惊恐异常，指手划脚，就是说不出话。三人知道必有变故，跃起身来，奔出船舱。

黄蓉被父亲拉进屋内，临别时要和郭靖说一句话，也是不得其便，十分恼怒伤心，回到自己房中，关上了门，放声大哭。黄药师盛怒之下将郭靖赶走，这时知他已陷入死地，心中对女儿颇感歉仄，想去安慰她几句，但连敲了几次门，黄蓉不理不睬，尽不开门，到了晚饭时分，也不出来吃饭。黄药师命仆人将饭送去，却被她连菜带碗摔在地下，还将哑仆踢了几个筋斗。

黄蓉心想："爹爹说得出做得到，靖哥哥若是再来桃花岛，定会被他打死。我如偷出岛去寻他，留着爹爹孤零零一人，岂不寂寞难过？"左思右想，柔肠百结。数月之前，黄药师骂了她一场，她想也不想的就逃出岛去，后来再与父亲见面，见他鬓边白发骤增，数月之间犹如老了十年，心下甚是难过，发誓以后再不令老父伤心，哪知此刻又遇上了这等为难之事。

她伏在床上哭了一场，心想："若是妈妈在世，必能给我作主，哪会让我如此受苦？"一想到母亲，便起身出房，走到厅上。桃花岛上房屋的门户有如虚设，若无风雨，大门日夜洞开。黄蓉走出门来，繁星在天，花香沉沉，心想："靖哥哥这时早已在数十里之外了。不知何日再得重见。"叹了一口气，举袖抹抹眼泪，走入花树深处。

傍花拂叶，来到母亲墓前。佳木笼葱，异卉烂缦，那墓前四时鲜花常开，每本都是黄药师精选的天下名种，溶溶月色之下，各自分香吐艳。黄蓉将墓碑向左推了三下，又向右推三下，然后用力向前扳动，墓碑缓缓移开，露出一条石砌的地道。她走入地道，转了三个弯，又开了机括，打开一道石门，进入墓中圹室，亮火折把母亲灵前的琉璃灯点着了。

她独处地下斗室，望着父亲手绘的亡母遗像，心中思潮起伏："我从来没见过妈，我死了之后，是不是能见到她呢？她是不是还像画上这么年轻、这么美丽？她现下却在哪里？在天上，在地府，还是就在这圹室之中？我永远在这里陪着妈妈算了。"

圹室中壁间案头尽是古物珍玩、名画法书，没一件不是价值连城的精品。黄药师当年纵横湖海，不论是皇宫内院、巨宦富室，还是大盗山寨之中，只要有什么奇珍异宝，他不是明抢硬索，就是暗偷潜盗，必当取到手中方罢。他武功既强，眼力又高，搜罗的珍宝不计其数，这时都供在亡妻的圹室之中。黄蓉见那些明珠美玉、翡翠玛瑙之属在灯光下发出淡淡光芒，心想："这些珍宝虽无知觉，却是历千百年而不朽。今日我在这里看着它们，将来我身子化为尘土，珍珠宝玉却仍然好好的留在人间。世上之物，是不是愈有灵性，愈不长久？只因为我妈妈绝顶聪明，是以只活到二十岁就亡故了么？"

望着母亲的画像怔怔的出了一会神，吹熄灯火，走到毡帷后母亲的玉棺之旁，抚摸了一阵，坐在地下，靠着玉棺，心中自怜自伤，似乎是倚偎在母亲身上，有了些依靠。这日大喜大愁之余，到此时已疲累不堪，过不多时，竟自沉沉睡去。

她在睡梦之中忽觉是到了北京赵王府中，正在独斗群雄，却在塞北道上与郭靖邂逅相遇，刚说了几句话，忽尔见到了母亲，要想极目看她容颜，却总是瞧不明白。忽然之间，母亲向天空飞去，自己在地下急追，只见母亲渐飞渐高，心中惶急，突然父亲的声音响了起来，是在叫着母亲的名字，这声音愈来愈是明晰。

　　黄蓉从梦中醒来，却听得父亲的声音还是隔着毡帷在喃喃说话。她一定神间，才知并非做梦，父亲也已来到了圹室之中。她幼小之时，父亲常抱着她来到母亲灵前，絮絮述说父女俩的生活琐事，近年来虽较少来，但这时听到父亲声音，却也不以为怪。

　　她正与父亲赌气，不肯出去叫他，要等他走了方才出去，只听父亲说道："我向你许过心愿，要找了《九阴真经》来，烧了给你，好让你在天之灵知道，当年你苦思不得的经文到底是写着些什么。一十五年来始终无法可施，直到今日，才完了这番心愿。"

　　黄蓉大奇："爹爹从何处得了《九阴真经》？"只听他又道："我却不是故意要杀你女婿，这是他们自己强要坐那艘船的。"黄蓉猛吃一惊："妈妈的女婿？难道是说靖哥哥？坐了那船便怎样？"当下凝神倾听，黄药师却反来覆去述说妻子逝世之后，自己是怎样的孤寂难受。黄蓉听父亲吐露真情，不禁凄然，心想："靖哥哥和我都是十多岁的孩子，两情坚贞，将来何患无重见之日？我总是不离开爹爹的了。"正想到此处，却听父亲说道："老顽童把真经上下卷都用掌力毁了，我只道许给你的心愿再无得偿之日，哪知鬼使神差，他坚要乘坐我造来和你相会的花船……"黄蓉心想："每次我要到那船上去玩，爹爹总是厉色不许，怎么是他造来和妈妈相会的？"

　　原来黄药师对妻子情深义重，兼之爱妻为他而死，当时一意便要以死相殉。他自知武功深湛，上吊服毒，一时都不得便死，死了之后，尸身又不免受岛上哑仆糟蹋，于是去大陆捕拿造船巧匠，打造了这艘花船。这船的龙骨和寻常船只无异，但船底木材却并非用铁钉钉结，而是以生胶绳索胶缠在一起，泊在港中之时固是一艘极为华丽的花船，但如驶入大海，给浪涛一打，必致沉没。他本拟将妻子遗体放入船中，驾船出海，当波涌舟碎之际，按玉箫吹起"碧海潮生曲"，与妻子一齐葬身万丈洪涛之中，如此潇洒倜傥以终此一生，方不辱没了当世武学大宗匠的身份，但每次临到出海，总是既不忍携女同行，又不忍将她抛下不顾，终于造了墓室，先将妻子的棺木厝下。这艘船却是每年油漆，历时常新。要待女儿长大，有了妥善归宿，再行此事。

黄蓉不明其中原由，听了父亲的话茫然不解，只听他又道："老顽童把《九阴真经》记得滚瓜烂熟，姓郭的小子也背得一丝不错，我将这两人沉入大海，正如焚烧两部活的真经一般，你在天之灵，那也可以心安了。只是洪老叫化平白无端的陪送了老命，未免太冤。我在一日之中，为了你而杀死三个高手，偿了当日许你之愿，他日重逢，你必会说你丈夫言出必践，对爱妻答允下之事，可没一件不做，哈哈！"

黄蓉只听得毛骨悚然，一股凉意从心底直冒上来。她虽不明端的，但料知花船中必定安排着极奇妙极毒辣的机关，她素知父亲之能，只怕郭靖等三人这时都已遭了毒手，心中又惊又痛，立时就要抢出去求父亲搭救三人性命，只是吓得脚都软了，一时不能举步，口中也叫不出声来。只听得父亲凄然长笑，似歌似哭，出了墓道。

黄蓉定了定神，更无别念："我要去救靖哥哥，若是救他不得，就陪他死了。"她知父亲脾气古怪，对亡妻又已爱到发痴，求他必然无用，当下奔出墓道，直至海边，跳上小船，拍醒船中的哑船夫，命他们立时扬帆出海。忽听得马蹄声响，一匹马急驰而来，同时父亲的玉箫之声，也已隐隐响起。

黄蓉向岸上望去，只见郭靖那匹小红马正在月光下来回奔驰，想是它局处岛上，不得施展骏足，是以夜中出来驰骋。心想："这茫茫大海之中，哪里找靖哥哥去？小红马纵然神骏，一离陆地，却是全然无能为力的了。"

洪七公、周伯通、郭靖三人抢出船舱，都是脚下一软，水已没胫，不由得大惊，一齐跃上船桅，洪七公还顺手提上了两名哑子船夫，俯首看时，但见甲板上波涛汹涌，海水滚滚灌入船来。这变故突如其来，三人一时都感茫然失措。

周伯通道："老叫化，黄老邪真有几下子，这船他是怎么弄的？"洪七公道："我也不知道啊。靖儿，抱住桅杆，别放手……"郭靖还没答应，只听得豁喇喇几声响亮，船身从中裂为两半。两名船夫大惊，抱着帆桁的手一松，直跌入海中去了。

周伯通一个筋斗，倒跃入海。洪七公叫道："老顽童，你会水性不会？"周伯通从水中钻出头来，笑道："勉强对付着试试……"后面几句话被海风迎面一吹，已听不清楚。此时桅杆渐渐倾侧，眼见便要横堕入海。洪七公叫道："靖儿，桅杆与船身相连，合力震断它。来！"两人掌力齐发，同时击在主桅的腰心。桅杆虽然坚牢，却怎禁得起洪七公与郭靖合力齐施？只击得几掌，轰的一声，拦腰折断，两人抱住了桅杆，跌入海中。

当地离桃花岛已远，四下里波涛山立，没半点陆地的影子，洪七公暗暗叫苦，心想在这大海之中飘流，若是无人救援，无饮无食，武功再高，也支持不到十天半月，回头眺望，连欧阳锋的坐船也没了影踪。远远听得南边一人哈哈大笑，正是周伯通。

洪七公道："靖儿，咱们过去接他。"两人一手扶着断桅，一手划水，循声游去。海中浪头极高，划了数丈，又给波浪打了回来。洪七公朗声叫道："老顽童，我们在这里。"他内力深厚，虽是海风呼啸，浪声澎湃，但叫声还是远远传了出去。只听周伯通叫道："老顽童变了落水狗啦，这是咸汤泡老狗啊。"

郭靖忍不住好笑，心想在这危急当中他还有心情说笑，"老顽童"三字果是名不虚传。三人先后从船桅堕下，被波浪一送，片刻间已相隔数十丈之遥，这时拨水靠拢，过了良久，才好容易凑在一起。

洪七公与郭靖一见周伯通，都不禁失笑，只见他双足底下都用帆索缚着一块船板，正施展轻功在海面踏波而行。只是海浪太大，虽然身子随波起伏，似乎逍遥自在，但要前进后退，却也不易任意而行。他正玩得起劲，毫没理会眼前的危险。

郭靖放眼四望，坐船早为波涛吞没，众船夫自也已尽数葬身海底，忽听周伯通大声惊呼："啊哟，乖乖不得了！老顽童这一下可得粉身碎骨。"洪七公与郭靖听他叫声惶急，齐问："怎么？"周伯通手指远处，说道："鲨鱼，大队鲨鱼。"郭靖生长沙漠，不知鲨鱼的厉害，一回头，见洪七公神色有异，心想不知那鲨鱼是何等样的怪物，连师父和周大哥平素那样泰然自若之人，竟也不能镇定。

洪七公运起掌力，在桅杆尽头处连劈两掌，把桅杆劈下了半截，只见海面的白雾中忽喇一声，一个巴斗大的鱼头钻出水面，两排尖利如刀的白牙在阳光中一闪，鱼头又没入了水中。洪七公将木棒掷给郭靖，叫道："照准鱼头打！"郭靖探手入怀，摸出匕首，叫道："弟子有匕首。"将木棒远远掷去，周伯通伸手接住。

这时已有四五头虎鲨围住了周伯通团团兜圈，只是没看清情势，不敢攻击。周伯通弯下腰来，通的一声，挥棒将一条虎鲨打得脑浆迸裂。鲨群闻到血腥，纷纷涌上。

郭靖见海面上翻翻滚滚，不知有几千几万条鲨鱼，又见鲨鱼一口就把死鲨身上的肉扯下一大块来，牙齿尖利之极，不禁大感惶恐，突觉脚上有物微微碰撞，他疾忙缩脚，身底水波晃动，一条大鲨鱼猛窜上来。郭靖左手在桅杆上一推，身子借力向右，顺手挥匕首刺落。这匕首锋锐无比，嗤的一声轻响，已在鲨鱼头上刺了个窟窿，鲜血从海水中翻滚而上。群鲨围上，乱抢乱夺的咬啮。

三人武功卓绝，在群鲨围攻之中，东闪西避，身上竟未受伤，每次出手，总有一条鲨鱼或死或伤。那鲨鱼只要身上出血，转瞬间就给同伴扯食得剩下一堆白骨。饶是三人艺高人胆大，见了这情景也不禁栗栗危惧。眼见四周鲨鱼难计其数，杀之不尽，到得后来，总归无幸，但在酣斗之际，全力施为，也不暇想及其他。三人掌劈剑刺，拳打棒击，不到一个时辰，已打死二百余条鲨鱼，但见海上烟雾四起，太阳慢慢落向西方海面。

周伯通叫道："老叫化，郭兄弟，天一黑，咱三个就一块一块的钻到鲨鱼肚里去啦。咱们来个赌赛，瞧是谁先给鲨鱼吃了。"洪七公道："先给鱼吃了算输还是算赢？"周伯通道："当然算赢。"洪七公道："啊哟，这个我宁可认输。"反手一掌"神龙摆尾"，打在一条大鲨身侧，那条大鲨总有二百余斤，被他掌力带动，飞出海面，在空中翻了两个筋斗，这才落下，只震得海面水花四溅，那鱼白肚向天，已然毙命。

周伯通赞道："好掌法！我拜你为师，你教我这'降龙十八掌'。就可惜没时候学了。老叫化，你到底比是不比？"洪七公笑道："恕不奉陪。"周伯通哈哈一笑，问郭靖道："兄弟，你怕不怕？"郭靖心中实在极是害怕，但见两人越打越是宁定，生死大事，却也拿来说笑，精神为之一振，说道："先前很怕，现下好些啦。"忽见一条巨鲨张鳍鼓尾，猛然冲将过来。

他见那巨鲨来势凶恶，侧过身子，左手向上一引，这是个诱敌的虚招，那巨鲨果然上当，半身跃出水面，疾似飞梭般向他左手咬来。郭靖右手匕首刺去，插中巨鲨口下的咽喉之处。那巨鲨正向上跃，这急升之势，刚好使匕首在它腹上划了一条长缝，登时血如泉涌，脏腑都翻了出来。

这时周伯通和洪七公也各杀了一条鲨鱼。周伯通中了黄药师的掌力，原本未痊，酣斗良久，胸口又剧痛起来，他大笑叫道："老叫化、郭兄弟，我失陪了，要先走一步到鲨鱼肚子里去啦！唉，你们不肯赌赛，我虽然赢了，却也不算。"郭靖听他说话之时虽然大笑，语音中颇有失望之意，便道："好，我跟你赌！"

周伯通喜道："这才死得有趣！"转身避开两条鲨鱼的同时夹攻，忽见远处白帆高张，暮霭苍茫中一艘大船破浪而来。洪七公也即见到，正是欧阳锋所乘的座船。三人见有救援，尽皆大喜。郭靖靠近周伯通身边，助他抵挡鲨鱼。

只一顿饭功夫，大船驶近，放下两艘小舢舨，把三人救上船去。周伯通口中吐血，还在不断说笑，指着海中群鲨咒骂。

欧阳锋和欧阳克站在大船头上迎接，极目远望，见海上鼓鳍来去的尽是鲨鱼，心下也不禁骇然。周伯通不肯认输，说道："老毒物，是你来救我们的，我可没出声求救，因此不算你对我有救命之恩。"欧阳锋道："那自然不算。今日阻了三位海中杀鲨的雅兴，兄弟好生过意不去。"周伯通笑道："那也罢了，你阻了我们的雅兴，却免得我们钻入鲨鱼肚中玩耍，两下就此扯直，谁也没亏负了谁。"

欧阳克和蛇奴用大块牛肉作饵，挂在铁钩上垂钓，片刻之间，钓起了七八条大鲨。洪七公指着鲨鱼笑道："好，你吃不到我们，这可得让我们吃了。"欧阳克笑道："小侄有个法子，给洪伯父报仇。"命人削了几根两端尖利的粗木棍，用铁枪撬开鲨鱼嘴唇，将木棍撑在上下两唇之间，然后将一条条活鲨又抛入海里。周伯通笑道："这叫它永远吃不得东西，可是十天八日却又死不了。"

郭靖心道："如此毒计，亏他想得出来。这馋嘴之极的鲨鱼在海里活活饿死，那滋味可真够受的。"周伯通见他脸有不愉之色，笑道："兄弟，这恶毒的法子你瞧着不顺眼，是不是？这叫做毒叔自有毒侄啊！"

西毒欧阳锋听旁人说他手段毒辣，向来不以为忤，反有沾沾自喜之感，听周伯通如此说，微微一笑，说道："老顽童，这一点小小玩意儿，跟老毒物的本事比起来，可还差得远啦。你们三位给这些小小的鲨鱼困得上气不接下气，在区区看来，鲨鱼虽多，却也算不了什么。"说着伸出右手，朝着海面自左而右的在胸前划过，说道："海中鲨鱼就算再多上十倍，老毒物要一鼓将之歼灭，也不过举手之劳而已。"

周伯通道："啊，老毒物吹得好大的气，你若能大显神通，真把海上鲨鱼尽数杀了，老顽童向你磕头，叫你三百声亲爷爷。"欧阳锋道："那可不敢当。你若不信，咱俩不妨打个赌。"周伯通大叫："好好，赌人头也敢。"

洪七公心中起疑："凭他有天大本事，也不能把成千成万条鲨鱼尽皆杀了，只怕他另有异谋。"只听欧阳锋笑道："赌人头却也不必。倘若我胜了，我要请你做一件事，你可不能推辞。要是我输，也任凭你差遣做一件难事。你瞧好也不好？"周伯通大叫："任你爱赌什么就赌什么！"欧阳锋向洪七公道："这就相烦七兄做个中证。"洪七公点头道："好！但若胜方说出来的事，输了的人或是做不到，或是不愿做，却又怎地？"周伯通道："那就自己跳到海里喂鲨鱼。"

　　欧阳锋微微一笑，不再说话，命手下人拿过一只小酒杯。他右手伸出两指，捏住他杖头一条怪蛇的头颈，蛇口张开，牙齿尖端毒液登时涌出。欧阳锋将酒杯伸过去接住，片刻之间，黑如漆、浓如墨的毒液流了半杯。他放下怪蛇，抓起另一条蛇如法炮制，盛满了一杯毒液。两条怪蛇吐出毒液后盘在杖头，不再游动，似已筋疲力尽。

　　欧阳锋命人钓起一条鲨鱼，放在甲板之上，左手揪住鱼吻向上提起，右足踏在鲨鱼下唇，两下一分。那条鲨鱼几有两丈来长，给他这么一分，巨口不由得张了开来，露出两排匕首般的牙齿。欧阳锋将那杯毒液倒在鱼口被铁钩钩破之处，左手倏地变掌，在鱼腹下托起，随手挥出，一条两百来斤的鲨鱼登时飞起，水花四溅，落入海中。

　　周伯通笑道："啊哈，我懂啦，这是老和尚治臭虫的妙法。"郭靖道："大哥，什么老和尚治臭虫？"

　　周伯通道："从前有个老和尚，在汴梁街上叫卖杀臭虫的灵药，他道这药灵验无比，臭虫吃了必死，若不把臭虫杀得干干净净，就赔还买主十倍的钱。这样一叫，可就生意兴隆啦。买了灵药的主儿回去往床上一撒，嘿嘿，半夜里臭虫还是成群结队的出来，咬了他个半死。那人可就急了，第二天一早找到了老和尚，要他赔钱。那老和尚道：'我的药非灵不可，若是不灵，准是你的用法不对。'那人问道：'该怎么用？'"他说到这里，笑吟吟的只是摇头晃脑，却不再说下去。

郭靖问道："该怎么用才好？"周伯通一本正经的道："那老和尚道：'你把臭虫捉来，撬开嘴巴，把这药喂它这么几分几钱，倘若不死，你再来问老和尚。'那人恼了，说道：'要是我把臭虫捉到，这一捏不就死了，又何必再喂你的什么灵药？'老和尚道：'本来嘛，我又没说不许捏？'"

郭靖、洪七公和欧阳锋叔侄听了都哈哈大笑。

欧阳锋笑道："我的臭虫药跟那老和尚的可略略有些儿不同。"周伯通道："我看也差不多。"欧阳锋向海中一指，道："你瞧着罢。"

那条给喂过蛇毒的巨鲨一跌入海，肚腹向天，早已毙命，七八条鲨鱼围上来一阵咬啮，片刻之间，巨鲨变成一堆白骨，沉入海底。说也奇怪，吃了那巨鲨之肉的七八条鲨鱼，不到半盏茶时分，也都肚皮翻转，从海心浮了上来。群鲨一阵抢食，又尽皆中毒而死。一而十、十而百、百而千，只小半个时辰功夫，海面上尽是鲨鱼的浮尸，余下的活鲨鱼为数已经不多，仍在争食鱼尸，转瞬之间，眼见要尽数中毒。

洪七公、周伯通、郭靖三人见了这等异景，尽皆变色。

洪七公叹道："老毒物，老毒物，你这毒计固然毒极，这两条怪蛇的毒汁，可也忒厉害了些。"欧阳锋望着周伯通嘻嘻而笑，得意已极。周伯通搓手顿足，乱拉胡子。

众人放眼望去，满海翻转了肚皮的死鲨，随着波浪起伏上下。周伯通道："这许多大白肚子，瞧着叫人作呕。想到这许多鲨鱼都中了老毒物的毒，更加叫人作呕。老毒物，你小心着，海龙王这就点起巡海夜叉、虾兵蟹将，跟你算帐来啦。"欧阳锋只微笑不语。

洪七公道："锋兄，小弟有一事不明，倒要请教。"欧阳锋道："不敢当。"洪七公道："你这小小一杯毒汁，凭它毒性厉害无比，又怎能毒得死这成千成万条巨鲨？"欧阳锋笑道："这蛇毒甚是奇特，鲜血一遇上就化成毒药。毒液虽只小小一杯，但一条鲨鱼的伤口碰到之后，鱼身上成百斤的鲜血就都化成了毒汁，第二条鲨鱼碰上了，又多了百来斤毒汁，如此愈传愈广，永无止歇。"洪七公道："这就叫做流毒无穷了。"欧阳锋道："正是。兄弟既有了西毒这个名号，若非在这'毒'字功夫上稍有独得之秘，未免愧对诸贤。"

说话之间，大队鲨鱼已尽数死灭，其余的小鱼在鲨群到来时不是葬身鲨腹，便早逃得干干净净，海上一时静悄悄的无声无息。

洪七公道："快走，快走，这里毒气太重。"欧阳锋传下令去，船上前帆、主帆、三角帆一齐升起，乘着南风，向西北而行。

周伯通道："老毒物果然卖的好臭虫药。你要我做什么，说出来罢。"欧阳锋道："三位先请到舱中换了干衣，用食休息。赌赛之事，慢慢再说不迟。"

周伯通甚是性急，叫道："不成，不成，你得马上说出来。慢吞吞的又卖什么关子？你若把老顽童闷死了，那是你自己吃亏，可不关我事。"欧阳锋笑道："既是如此，伯通兄请随我来。"

那桅杆隔在二人之间，熊熊燃烧。欧阳锋蛇杖一摆，在桅杆上戳将过来。洪七公也从腰间拔出竹棒，挥棒还击。两人这时各使器械，攻拒拼斗，更是猛恶。

第二十回　窜改经文

　　洪七公与郭靖见欧阳锋叔侄领周伯通走入后舱，径行到前舱换衣。四名白衣少女过来服侍。洪七公笑道："老叫化可从来没享过这个福。"把上下衣服脱个精光，一名少女替他用干布揩拭。郭靖胀红了脸，不敢脱衣。洪七公笑道："怕什么？还能吃了你么？"两名少女上来要替他脱靴解带，郭靖忙除下靴袜外衫，钻入被窝，换了小衣。洪七公哈哈大笑，那四名少女也是格格直笑。

　　换衣方毕，两名少女走进舱来，手托盘子，盛着酒菜白饭，说道："请两位爷胡乱用些。"洪七公挥手道："你们出去罢，老叫化见了美貌的娘儿们吃不下饭。"众少女笑着走出，带上舱门。洪七公拿起酒菜在鼻边嗅了几嗅，轻声道："别吃的好。老毒物鬼计多端，只吃白饭无碍。"拔开背上葫芦的塞子，骨都骨都喝了两口酒，和郭靖各自扒了三大碗饭，把几碗菜都倒在船板之下。郭靖低声道："不知他要周大哥做什么事。"洪七公道："决不能是好事。这一下老顽童实在是大大的不妙。"

　　舱门缓缓推开，一名少女走到门口，说道："周老爷子请郭爷到后舱说话。"郭靖向师父望了一眼，随着那少女走出舱门，从左舷走到后梢。那少女在后舱门上轻击三下，待了片刻，推开舱门，轻声道："郭爷到。"

　　郭靖走进船舱，舱门就在他身后关了，舱内却是无人。他正觉奇怪，左边一扇小门忽地推开，欧阳锋叔侄走了进来。郭靖道：

"周大哥呢?"欧阳锋反手关上小门,踏上两步,一伸手,已抓住了郭靖左腕脉门。这一抓快捷无比,郭靖又万料不到他竟会突然动武,登时腕上就如上了一道铁箍,动弹不得。欧阳克袖中铁扇伸出,抵在郭靖后心要穴。

郭靖登时胡涂了,呆在当地,不知他叔侄是何用意。欧阳锋冷笑道:"老顽童跟我打赌输了,我叫他做事,他却不肯。"郭靖道:"嗯?"欧阳锋道:"我叫他把《九阴真经》默写出来给我瞧瞧,那老顽童竟然说话不算数。"郭靖心想:"周大哥怎肯把真经传给你?"问道:"周大哥呢?"欧阳锋冷笑一声,道:"他曾言道,若是不愿依我的话办事,这就跳在大海里喂鲨鱼。哼,总算他也是个响当当的人物,这句话倒是没赖。"郭靖大吃一惊,叫道:"他……他……"拔足要待奔向舱门。欧阳锋手上一紧,郭靖便即停步。欧阳克微微使劲,扇端触得郭靖背上"至阳穴"一阵酸麻。

欧阳锋向桌上的纸墨笔砚一指,说道:"当今之世,已只有你一人知道真经全文,快写下来罢。"郭靖摇了摇头。欧阳克笑道:"你和老叫化刚才所吃的酒菜之中,都已下了毒药,若不服我叔父的独门解药,六个时辰后毒性发作,就像海里的那些鲨鱼般死了。只要你好好写将出来,自然饶了你师徒二人性命。"郭靖暗暗心惊:"若非师父机警,已自着了他们道儿。"瞪眼瞧着欧阳锋,心想:"你是武学大宗师,竟使这些卑鄙勾当。"

欧阳锋见他仍是沉吟不语,说道:"你已把经文牢牢记在心中,写了出来,于你丝毫无损,又有什么迟疑?"郭靖凛然道:"你害了我义兄性命,我和你仇深似海!你要杀便杀,想要我屈从,那叫做痴心妄想!"欧阳锋哼了一声,道:"好小子,倒有骨气!你不怕死,连你师父的性命也不救么?"

郭靖尚未答话,忽听得身后舱门喀喇一声巨响,木板碎片纷飞。欧阳锋回过头来,只见洪七公双手各提木桶,正把两桶海水猛泼过来,眼见两股碧绿透明的水柱笔直飞至,劲力着实凌厉,欧阳锋双足一登,提了郭靖向左跃开,左手仍是紧紧握住他腕上脉门。

只听得劈劈两声，舱中水花四溅，欧阳克大声惊呼，已被洪七公抓住后领，提了过去。洪七公哈哈大笑，说道："老毒物，你千方百计要占我上风，老天爷总是不许！"欧阳锋见侄儿落入他手，当即笑道："七兄，又要来伸量兄弟的功夫么？咱们到了岸上再打不迟。"洪七公笑道："你跟我徒儿这般亲热干什么？拉着他的手不放。"

　　欧阳锋道："我跟老顽童赌赛，是我赢了不是？你是中证不是？老顽童不守约言，我只有唯你是问，可不是？"洪七公连连点头，道："那不错。老顽童呢？"郭靖心中甚是难受，抢着道："周大哥给他……给他逼着跳海死了。"洪七公一惊，提着欧阳克跃出船舱，四下眺望，海中波涛起伏，不见周伯通的踪影。

　　欧阳锋牵着郭靖的手，也一起走上甲板，松开了手，说道："郭贤侄，你功夫还差得远呢！人家这么一伸手，你就听人摆布。去跟师父练上十年，再出来闯江湖罢。"郭靖记挂周伯通的安危，也不理会他的讥嘲，爬上桅杆，四面瞭望。

　　洪七公提起欧阳克向欧阳锋掷去，喝道："老毒物，你逼死老顽童，自有全真教的人跟你算帐。你武功再强，也未必挡得了全真七子的围攻。"欧阳克不等身子落地，右手一撑，已站直身子，暗骂："臭叫化，明天这时刻，你身上毒发，就要在我跟前爬着叫救命啦。"欧阳锋微微一笑，道："那时你这中证可也脱不了干系。"洪七公道："好啊，到时候我打狗棒棒打落水狗。"欧阳锋双手一拱，进了船舱。

　　郭靖望了良久，一无所见，只得落到甲板，把欧阳锋逼他写经的事对师父说了。洪七公点了点头，并不言语，寻思："老毒物做事向来锲而不舍，不得真经，决计不肯罢休，我这徒儿可要给他缠上了。"郭靖想起周伯通丧命，放声大哭。洪七公也是心中凄然，眼见坐船向西疾驶，再过两天，就可望得到陆地。他怕欧阳锋又在饮食中下毒，径到厨房中去抢夺了一批饭菜，与郭靖饱餐一顿，倒头呼呼大睡。

欧阳锋叔侄守到次日下午，眼见已过了八九个时辰，洪七公师徒仍是并无动静。欧阳锋倒担心起来，只怕两人毒发之后要强不肯声张，毒死老叫化那是正合心意，毒死了郭靖可就糟了，《九阴真经》从此失传，到门缝中偷偷张望，只见两人好好地坐着闲谈，洪七公话声响亮，中气充沛，心道："定是老叫化机警，没中到毒。"他毒物虽然众多，但要只毒到洪七公而不及郭靖，一时倒也苦无善策。

洪七公正向郭靖谈论丐帮的所作所为，说到丐帮的帮众虽以乞讨为生，却是行侠仗义，救苦解难，为善决不后人，只是做了好事，却尽量不为人知。他又说到选立丐帮帮主继承人的规矩，说道："可惜你不爱做叫化，否则似你这般人品，我帮中倒还没人及得上，我这根打狗棒非传给你不可。"正说得高兴，忽听得船舱壁上铮铮铮铮，传来一阵斧凿之声。

洪七公跳起身来，叫道："不好，贼厮鸟要把船凿沉。"抢到舱口，向郭靖叫道："快抢船后的小舢舨。"一言甫毕，通的一声，板壁已被铁椎椎破，只听得嗤嗤嗤一阵响，涌进来的不是海水，却是数十条蝮蛇。洪七公笑骂："老毒物用蛇攻！"右手连扬，掷出钢针，数十条蝮蛇都被钉在船板之上，痛得吱吱乱叫，身子扭曲，却已游动不得。郭靖心想："蓉儿虽然也会这满天花雨掷金针之技，比起师父来，却是差得远了。"跟着缺口中又涌了数十条蝮蛇进来。洪七公射出钢针，进来的蝮蛇又尽数钉死在地。却听得驱蛇的木笛声嘘嘘不绝，蛇头晃动，愈来愈多。

洪七公杀得性起，大叫："老毒物给我这许多练功的靶子，真是再好也没有。"探手入囊，又抓了一把钢针，却觉所剩的钢针已寥寥无几，心中一惊，眼见毒蛇源源不绝，正自思索抵御之法，忽听喀喇猛响，两扇门板直跌进舱，一股掌风袭向后心。

郭靖站在师父身侧，但觉掌风凌厉，不及回身，先自双掌并拢，回了一招，只觉来势猛恶，竭尽平生之力，这才抵住。欧阳锋见这一掌居然推不倒他，咦了一声，微感惊讶，上步反掌横劈。郭靖知道再也难以硬架挡开，当下左掌引带，右手欺进，径攻欧阳锋的左胁。欧阳锋这掌不敢用老了，沉肩回掌，往他手腕斩落。郭靖眼见处境危急，只要给欧阳锋守住舱门，毒蛇便不断的涌进来，自己与师父必致无幸，于是左手奋力抵挡来招，右手着着抢攻。他左挡右进，左虚右实，使出周伯通所授的功夫来。欧阳锋从未见过这般左右分心搏击的拳路，不禁一呆，竟被郭靖连抢数招。讲到真实功夫，就是当真有两个郭靖，以二敌一，也不是欧阳锋的对手，只是他这套武功实在太奇，竟尔出敌不意，数招间居然占了上风。西毒欧阳锋享大名数十年，究是武学的大师，一怔之下，便已想到应付的法门，"咕"的一声大叫，双掌齐推而出。郭靖单凭左手，万万抵挡不住，眼见要被他逼得向后疾退，而身后蛇群已嘶嘶大至。

洪七公大叫："妙极，妙极！老毒物，你连我小徒儿也打不过，还逞什么英雄豪强？"纵身"飞龙在天"，从两人头顶飞跃而过，飞脚把挡在前面的欧阳克踢了个筋斗，回臂一个肘槌，撞向欧阳锋的后心。欧阳锋斜身还招，逼迫郭靖的掌力却因而消解。

郭靖心想："师父与他功力悉敌，他侄儿现下已非我对手，何况他伤势未愈，以二敌二，我方必赢无疑。"精神一振，拳脚如狂风暴雨般往欧阳锋攻去。洪七公激斗之际眼观六路，见十余条蝮蛇已游至郭靖身后，转瞬间就要跃上咬人，急叫："靖儿，快出来！"手上加紧，把欧阳锋的招数尽数接了过去。

欧阳锋腹背受敌，颇感吃力，侧过身子，放了郭靖出舱，与洪七公再拆数招，成百条蝮蛇已游上甲板。洪七公骂道："打架要畜生做帮手，不要脸。"可是见蝮蛇愈涌愈多，心中也是发毛，右手舞起打狗棒，打死了十余条蝮蛇，一拉郭靖，奔向主桅。

欧阳锋暗叫："不好！这两人跃上了桅杆，一时就奈何他们不得。"飞奔过去阻拦。洪七公猛劈两掌，风声虎虎，欧阳锋横拳接过。郭靖又待上前相助。洪七公叫道："快上桅杆。"郭靖道："我打死他侄儿，给周大哥报仇。"洪七公急道："蛇！蛇！"郭靖见前后左右都已有毒蛇游动，不敢恋战，反手接住欧阳克掷来的一枚飞燕银梭，高纵丈余，左手已抱住了桅杆，只听得身后暗器风响，顺手将接来的银梭掷出。当的一声，两枚银梭在空中相碰，飞出船舷，都落入海中去了。郭靖双手交互攀援，顷刻间已爬到了桅杆中段。

欧阳锋知道洪七公也要上桅，出招越来越紧。洪七公虽然仍是稳持平手，但要抽身上桅，却也不能。郭靖见蛇群已逼至师父脚下，情势已急，大叫一声，双足抱住桅杆，身子直溜下来。洪七公左足一点，人已跃起，右足踢向欧阳锋面门。郭靖抓住师父手中竹棒，向上力甩，洪七公的身子直飞起来，长笑声中，左手已抓住了帆桁，挂在半空，反而在郭靖之上。这一来，两人居高临下，颇占优势。欧阳锋眼见若是爬上仰攻，必定吃亏，大声叫道：“好呀，咱们耗上啦。转舵向东！”只见风帆侧过，座船向东而驶。主桅脚下放眼皆青，密密麻麻的都是毒蛇。

洪七公坐在帆桁之上，口里大声唱着乞儿讨钱的“莲花落”，神态甚是得意，心中却大为发愁：“在这桅杆之上又躲得几时？纵使老毒物不把桅杆砍倒，只要蛇阵不撤，就不能下去。他爷儿俩在下面饮酒睡觉，我爷儿俩却在这里喝风撒尿！不错！”他一想到撒尿，立时拉开裤子，往下直撒下去，口中还叫：“靖儿，淋尿给直娘贼喝个饱。”郭靖是小孩性子，正合心意，跟着师父大叫：“请啊，请啊！”师徒二人同时向下射尿。

欧阳锋急叫：“快将蛇撤开。”同时向后跃开数步。他身法快捷，洪郭二人的尿自然淋不到他。欧阳克听叔父语声甚急，一怔之际，脸上颈中却已溅着了数点。他最是爱洁，勃然大怒，猛地想到：“我们的蛇儿怕尿。”

木笛声中，蛇群缓缓后撤，但桅杆下已有数十条蝮蛇被尿淋到。这些蝮蛇都是在西域白驼山蛇谷中杂交培养而得，毒性猛烈，欧阳锋装在大竹篓中，用数百匹大骆驼万里迢迢的运来中原，原欲仗此威震武林，只是蝮蛇害怕人兽粪尿。旗杆下数十条毒蛇被淋到热尿，痛得乱翻乱滚，张口互咬，众蛇奴一时哪里约束得住。

洪七公和郭靖见诸人大为忙乱，乐得哈哈大笑。郭靖心想："若是周大哥在此，必定更加高兴。唉！他绝世武功，却丧生于大海之中。黄岛主和老毒物这般本事，周大哥的尿却能淋到他二人头上，我和师父的尿便淋不到老毒物了。"

过了两个时辰，天色渐黑。欧阳锋命船上众人都坐在甲板上欢呼畅饮，酒气肉香，一阵阵冲了上来。欧阳锋这记绝招当真厉害，洪七公是个极馋之人，如何抵受得了？片刻之间，就把背上葫芦里盛的酒都喝干了。当晚两人轮流守夜，但见甲板上数十人手执灯笼火把，押着蛇群将桅杆团团围住，实是无隙可乘，何况连尿也撒干了。洪七公把欧阳锋祖宗十八代骂了个遍，还凭空捏造无数丑事，加油添酱，骂得恶毒异常。欧阳锋却在舱中始终不出来。洪七公骂到后来，唇疲舌倦，也就合眼睡了。

次日清晨，欧阳锋派人在桅杆下大叫："洪帮主、郭小爷，欧阳老爷整治了上等酒席，请两位下来饮用。"洪七公叫道："你叫欧阳锋来，咱们请他吃尿。"过不多时，桅杆下开了一桌酒席，饭菜热腾腾的直冒热气。席边放了两张坐椅，似是专等洪郭二人下来食用。洪七公几次想要溜下桅杆去抢夺，但想酒食之中定有毒药，只得强自忍耐，无可奈何之余，又是"直娘贼，狗贼鸟"的胡骂一通。

到得第三日上，两人又饿又渴，头脑发晕。洪七公道："但教我那个女徒儿在此，她聪明伶俐，定有对付老毒物的法子。咱爷儿俩可只有干瞪眼、流馋涎的份儿。"郭靖叹了口气。挨到将近午时，阳光正烈，突见远处有两点白影。他只当是白云，也不以为意，哪知白影移近甚速，越飞越大，啾啾啼鸣，却是两头白雕。

郭靖大喜，曲了左手食指放在口中，连声长哨。两头白雕飞到船顶，打了两个盘旋，俯冲下来，停在郭靖肩上，正是他在大漠中养伏了的那两头猛禽。郭靖喜道："师父，莫非蓉儿也乘了船出来？"洪七公道："那妙极了。只可惜雕儿太小，负不起咱师徒二人。咱们困在这里无计可施，你快叫她来作个计较。"郭靖拔出匕首，割了两块五寸见方的船帆，用匕首在布上划了"有难"两字，下角划了一个葫芦的图形，每只白雕脚上缚了一块，对白雕说道："快快飞回，领蓉姑娘来此。"两头白雕在郭靖身上挨挤了一阵，齐声长鸣，振翼高飞，在空中盘旋一转，向西没入云中。

白雕飞走之后不到一个时辰，欧阳锋又在桅杆下布列酒菜，劝诱洪七公与郭靖下来享用。洪七公怒道："老叫化最爱的就是吃喝，老毒物偏生瞧准了来折磨人。我一生只练外功，定力可就差了一点。靖儿，咱们下去打他个落花流水再上来，好不好？"郭靖道："白雕既已带了信去，情势必致有变。您老人家且再等一等。"

洪七公一笑，过了一会，道："天下味道最不好的东西，你道是什么？"郭靖道："我不知道，是什么？"洪七公道："有一次我到极北苦寒之地，大雪中饿了八天，松鼠固然找不到，到后来连树皮也寻不着了。我在雪地泥中乱挖乱掘，忽然掘到了五条活的东西，老叫化幸亏这五条东西救了一命，多挨了一天。第二日就打到了一只黄狼，饱啖了一顿。"郭靖道："那五条东西是什么？"洪七公道："是蚯蚓，肥得很。生吞下肚，不敢咬嚼。"郭靖想起蚯蚓蠕蠕而动的情状，不禁一阵恶心。

洪七公哈哈大笑，尽拣天下最脏最臭的东西来说，要抵御桅杆底下喷上来的酒肉香气。他说一阵，骂一阵，最后道："靖儿，现下若有蚯蚓，我也吃了，但有一件最脏最臭之物，老叫化宁可吃自己的脚趾头，却也不肯吃它，你道是什么？"郭靖笑道："我知道啦，是臭屎！"洪七公摇头道："还要脏。"他听郭靖猜了几样，都未猜中，大声说道："我对你说，天下最脏的东西，是西毒欧阳锋。"郭靖大笑，连说："对，对！"

挨到傍晚，实在挨不下去了，只见欧阳克站在蛇群之中，笑道："洪伯父、郭世兄，家叔但求相借《九阴真经》一观，别无他意。"洪七公低声怒骂："直娘贼，就是不安好心！"急怒之中，忽生奇策，脸上不动声色，朗声骂道："小贼种，老子中了你狗叔父的诡计，认输便了。快拿酒肉来吃，明天再说。"欧阳克大喜，知他言出如山，当即撤去蛇阵。洪七公和郭靖溜下桅杆，走进舱中。欧阳克命人整治精美菜肴，送进船舱。

洪七公关上舱门，骨都骨都喝了半壶酒，撕了半只鸡便咬。郭靖低声道："这次酒菜里没毒么？"洪七公道："傻小子，那厮鸟要你写经与他，怎能害你性命？快吃得饱饱地，咱们另有计较。"郭靖心想不错，一口气扒了四大碗饭。

洪七公酒酣饭饱，伸袖抹了嘴上油腻，凑到郭靖耳边轻轻道："老毒物要《九阴真经》，你写一部九阴假经与他。"郭靖不解，低声问道："九阴假经？"洪七公笑道："是啊。当今之世，只有你一人知道真经的经文，你爱怎么写就怎么写，谁也不知是对是错。你把经中文句任意颠倒窜改，教他照着练功，那就练一百年只练成个屁！"郭靖心中一乐，暗道："这一着真损，老毒物要上大当。"但转念一想，说道："欧阳锋武学深湛，又机警狡猾，弟子胡书乱写，必定被他识破，这便如何？"

洪七公道："你可要写得似是而非，三句真话，夹半句假话，逢到练功的秘诀，却给他增增减减，经上说吐纳八次，你改成六次或是十次，老毒物再机灵，也决不能瞧出来。我宁可七日七夜不饮酒不吃饭，也要瞧瞧他老毒物练九阴假经的模样。"说到这里，不觉吃吃的笑了出来。郭靖笑道："他若是照着假经练功，不但虚耗时日，劳而无功，只怕反而身子受害。"洪七公笑道："你快好好想一下如何窜改，只要他起了丝毫疑心，那就大事不成了。"又道："那下卷经文的前几页，黄药师的老婆默写过的，欧阳克这小畜生在桃花岛上读过背过，那就不可多改。然而稍稍加上几个错字，谅那小畜生也分辨不出。"

郭靖默想真经的经文，思忖何处可以颠倒黑白，淆乱是非，何处又可以改静成动，移上为下，那也不是要他自作文章，只不过是依照师父所传的诀窍，将经文倒乱一番而已，经中说"手心向天"，他想可以改成"脚底向天"，"脚踏实地"不妨改为"手撑实地"，经中说是"气凝丹田"，心想大可改成"气凝胸口"，想到得意之处，不禁叹了一口长气，心道："这般捉弄人的事，蓉儿和周大哥都最是喜爱，只可惜一则生离，一则死别，和蓉儿尚有重聚之日，周大哥却永远听不到我这促狭之事了。"

次日早晨，洪七公大声对欧阳克道："老叫化武功自成一家，《九阴真经》就是放在面前，也不屑瞧它一眼。只有不成材的斯鸟，自己功夫不成，才巴巴的想偷什么真金真银，对你狗叔父说，真经就写与他，叫他去闭门苦练，练成后再来跟老叫化打架。真经自然是好东西，可是我就偏偏不放在眼里。瞧他得了真经，能不能奈何得了老叫化。他去苦练《九阴真经》上的武功，本门功夫自然便荒废了，一加一减，到头来还不是跟老叫化半斤八两？这叫作脱裤子放屁，多此一举。"

欧阳锋站在舱门之侧，这几句话听得清清楚楚，心中大喜，暗想："老叫化向来自负，果然不错，正因如此，才答允把经给我，否则以他宁死不屈的性儿，蛇阵虽毒，肚子虽饿，却也难以逼得他就范。"

欧阳克道："洪伯父此言错矣！家叔武功已至化境，洪伯父如此本领，却也赢不了家叔一招半式，他又何必再学《九阴真经》？家叔常对小侄言道，他深信《九阴真经》浪得虚名，哗众欺人，否则王重阳当年得了《九阴真经》，为什么又不见有什么惊世骇俗的武功显示出来？家叔发愿要指出经中的虚妄浮夸之处，好教天下武学之士尽皆知晓，这真经有名无实，谬误极多。这岂非造福武林的一件盛举么？"

洪七公哈哈大笑，道："你瞎吹什么牛皮！靖儿，把经文默写给他瞧。若是老毒物真能指得出《九阴真经》中有什么错处，老叫化给他磕头。"

郭靖应声而出。欧阳克将他带到大舱之中，取出纸笔，自己在旁研墨，供他默写。

郭靖没读过几年书，书法甚是拙劣，又须思索如何窜改经中文字，是以写得极为缓慢，时时不知一个字如何写法，要请欧阳克指点，写到午时，上卷经书还只写了一小半。欧阳锋始终没出来，郭靖写一张，欧阳克就拿一张去交给叔父。

欧阳锋看了，每一段文义都难以索解，但见经文言辞古朴，料知含意深远，日后回到西域去慢慢参研，以自己之聪明才智，必能推详透彻，数十年心愿一旦得偿，不由得心花怒放。他见郭靖傻头傻脑，写出来的字又是弯来扭去，十分拙劣，自然捏造不出如此深奥的经文；又听侄儿言道，有许多字郭靖只知其音，不知写法，还是侄儿教了他的，那自是真经无疑。却哪里想得到这傻小子受了师父之嘱，竟已把大部经文默得不是颠倒脱漏，就是胡改乱删。至于上卷经文中那段咒语般的怪文，郭靖更将之抖乱得不成模样。

郭靖笔不停挥的写到天黑，下卷经文已写了大半。欧阳锋不敢放他回舱，生怕洪七公忽尔改变主意，突起留难，纵然大半部经文已然到手，总是残缺不全，于是安排了丰盛酒饭，留郭靖继续书写。

洪七公等到戌末亥时，未见郭靖回来，颇不放心，生怕伪造经文被欧阳锋发觉，傻徒弟可要吃亏，这时甲板上的蛇阵早已撤去，他悄悄溜出舱门，见两名蛇奴站在门旁守望。洪七公向左虚劈一掌，呼的一响，掌风带动帆索。两名蛇奴齐向有声处张望，洪七公早已在右边窜出。他身法何等快捷，真是人不知，鬼不觉，早已扑向右舷。

大舱窗中隐隐透出灯光，洪七公到窗缝中张望，见郭靖正伏案书写，两名白衣少女在旁冲茶添香，研墨拂纸，服侍得甚是周至。

洪七公放下了心，只觉酒香扑鼻，定睛看时，见郭靖面前放着一杯琥珀色的陈酒，艳若胭脂，芳香袭人。洪七公暗骂："老毒物好不势利，我徒儿写经与他，他便以上佳美酒款待，给老叫化喝的却是寻常水酒。"他是天下第一馋人，世间无双酒徒，既见有此美酒，不饮岂肯罢休？心道："老毒物的美酒必是藏在舱底，我且去喝他个痛快，再在酒桶里撒一泡尿，叫他尝尝老叫化的臊味。就算我那傻徒儿惨受池鱼之殃，误饮了老叫化的臭尿，那也毒不死他。"

想到此处，不禁得意微笑。偷酒窃食，原是他的拿手本领，当年在临安皇宫御厨梁上一住三月，皇帝所吃的酒馔每一件都由他先行尝过。皇宫中警卫何等森严，他都来去自如，旁若无人，到舱底偷些酒吃，真是何足道哉。当下蹑步走到后甲板，眼望四下无人，轻轻揭开下舱的盖板，溜了下去，将舱板托回原位，嗅得几嗅，早知贮藏食物的所在。

船舱中一团漆黑，他凭着菜香肉气，摸进粮舱，晃亮火折，果见壁角竖立着六七只大木桶。洪七公大喜，找到一只缺口破碗，吹灭火折，放回怀里，这才走到桶前，伸手摇了摇，甚是沉重，桶中装得满满地。他左手拿住桶上木塞，右手伸碗去接，待要拔去塞子，忽听得脚步声响，有两人来到了粮舱之外。

那两人脚步轻捷，洪七公知道若非欧阳锋叔侄，别人无此功夫，心想他俩深夜到粮舱中来，必有鬼计，多半要在食物中下毒害人，当下缩在木桶之后，蜷成一团。只听得舱门轻轻开了，火光闪动，两人走了进来。

洪七公听两人走到木桶之前站定，心道："他们要在酒里下毒？"只听欧阳锋道："各处舱里的油柴硫磺都安排齐备了？"欧阳克笑道："都齐备了，只要一引火，这艘大船转眼就化灰烬，这次可要把臭叫化烤焦啦。"洪七公大吃一惊："他们要烧船？"只听欧阳锋又道："咱们再等片刻，待那姓郭的小子睡熟了，你先下小艇去，千万小心，别让老叫化知觉。我到这里来点火。"欧阳克道："那些姬人和蛇奴怎么安排？"欧阳锋冷冷的道："臭叫化是一代武学大师，总得有些人殉葬，才合他身份。"

两人说着即行动手，拔去桶上木塞，洪七公只觉油气冲鼻，原来桶里盛的都是桐油菜油。欧阳叔侄又从木箱里取出一包包硫磺，将木柴架在上面，大袋的木屑刨花，也都倒了出来。过不多时，舱中油已没胫，两人转身走，只听欧阳克笑道："叔叔，再过一个时辰，那姓郭的小子葬身海底，世上知晓《九阴真经》的，就只你老人家一个啦。"欧阳锋道："不，有两个。难道我不传你么？"欧阳克大喜，反手带上了舱门。

　　洪七公惊怒交集，心想若不是鬼使神差的下舱偷酒，怎能知晓这二人的毒计？烈火骤发，又怎能逃脱劫难？听得二人走远，于是悄悄摸出，回到自己舱中，见郭靖已经躺在床上睡着，正想叫醒他共商应付之策，忽听门外微微一响，知道欧阳锋来察看自己有否睡熟，便大声叫道："好酒啊好酒！再来十壶！"

　　欧阳锋一怔，心想老叫化还在饮酒，只听洪七公又叫："老毒物，你我再拆一千招，分个高下。唔，唔，好小子，行行！"欧阳锋站了一阵，听他胡言乱语，前后不贯，才知是说梦话，心道："臭叫化死到临头，还在梦中喝酒打架。"

　　洪七公嘴里瞎说八道，侧耳倾听舱外的动静，欧阳锋轻功虽高，但走向左舷的脚步声仍被他听了出来。他凑到郭靖耳边，轻推他肩膀，低声道："靖儿！"郭靖惊醒，"嗯"了一声。洪七公道："你跟着我行事，别问原因。现下悄悄出去，别让人瞧见。"

　　郭靖一骨碌爬起。洪七公缓缓推开舱门，一拉郭靖衣袖，走向右舷。他怕给欧阳锋发觉，不敢径往后梢，左手攀住船边，右手向郭靖招了招，身子挂到了船外。郭靖心中奇怪，不敢出声相询，也如他一般挂了出去。洪七公十指抓住船边，慢慢往下游动，眼注郭靖，只怕船边滑溜，他失手跌入海中，可就会发出声响。

　　船边本就油漆光滑，何况一来濡湿，二来向内倾侧，三来正在波涛之中起伏晃动，如此向下游动，实非易事。幸好郭靖曾跟马钰日夜上落悬崖，近来功力又已大进，手指抓住船边的铁钉木材，或是插入船身上填塞裂缝的油灰丝筋之中，竟然稳稳溜了下来。洪七公半身入水，慢慢摸向后梢，郭靖紧跟在后。

　　洪七公到了船梢，果见船后用绳索系着一艘小艇，对郭靖道："上小艇去！"手一松，身子已与大船分离。那船行驶正快，向前一冲，洪七公已抓住小艇的船边，翻身入艇，悄无声息，等到郭靖也入艇来，说道："割断绳索。"

郭靖拔出匕首一划，割断了艇头的系索，那小艇登时在海中乱兜圈子。洪七公扳桨稳住，只见大船渐渐没入前面黑暗之中。突然间大船船尾火光一闪，欧阳锋手中提灯，大叫了一声，发现小艇已自不见，喊声中又是愤怒，又是惊惧。洪七公气吐丹田，纵声长笑。

忽然间右舷处一艘轻舟冲浪而至，迅速异常的靠向大船，洪七公奇道："咦，那是什么船?"语声未毕，只见半空中两头白雕扑将下来，在大船的主帆边盘旋来去。轻舟中一个白衣人影一晃，已跃上大船。星光熹微中遥见那人头顶心的束发金环闪了两闪，郭靖低声惊呼："蓉儿!"

这轻舟中来的正是黄蓉。她将离桃花岛时见到小红马在林中奔驰来去，忽地想起："海中马匹无用，那对白雕却可助我找寻靖哥哥。"于是吹唇作声，召来了白雕。雕眼最是锐敏，飞行又极迅捷，在这茫茫大海之中，居然发现了郭靖的坐船。黄蓉在雕足上见到郭靖写的"有难"二字，又惊又喜，驾船由双雕高飞引路，鼓足了风帆赶来，但终究来迟了一步，洪七公与郭靖已然离船。

她心中念念不忘的是"有难"二字，只怕迟了相救不及，眼见双雕在大船顶上盘旋，等不及两船靠拢，但见相距不远，便手提蛾眉钢刺，跃上大船，正见欧阳克犹如热锅上蚂蚁般团团乱转。黄蓉喝道："郭靖呢? 你把他怎么了?"

欧阳锋已在舱底生了火，却发现船尾小艇影踪全无，不禁连珠价叫起苦来，只听得洪七公的笑声远远传来，心想这回害人不成反而害己，正自惶急无计，忽然见到黄蓉的轻舟，急忙抢出，叫道："快上那船!"岂知那轻舟上的哑巴船夫个个是奸恶之徒，当黄蓉在船之时，受她威慑，不敢不听差遣，一见她离船，正是天赐良机，立即转舵扬帆，远远逃开。

洪七公与郭靖望见黄蓉跃上大船，就在此时，大船后梢的火头已然冒起。郭靖尚未明白，惊叫："火，火!"洪七公道："不错，老毒物放火烧船，要烧死咱爷儿俩!"郭靖一呆，忙道:"快去救蓉儿。"洪七公道:"划近去!"郭靖猛力扳桨。那大船转舵追赶轻舟，与小艇也是近了，甲板上男女乱窜乱闯，一片喧扰之声。洪七公大声叫道:"蓉儿，我和靖儿都在这儿，游水过来! 游过来!"大海中波涛汹涌，又在黑夜，游水本极危险，但洪七公知道黄蓉水性甚好，事在紧急，不得不冒此险。

黄蓉听到师父声音，心中大喜，不再理会欧阳锋叔侄，转身奔向船舷，纵身往海中跃去。突觉手腕上一紧，身子本已跃出，却又被硬生生的拉了回来。黄蓉大惊回头，只见抓住自己右腕的正是欧阳锋，大叫:"放开我!"左手挥拳打出。欧阳锋出手如电，又是一把抓住。他眼见那轻舟驶得远了，再也追赶不上，座船大火冲天，船面上帆飞樯舞，乱成一团，转眼就要沉没，眼下唯一救星是那艘在洪七公掌握之中的小艇，高声叫道:"臭叫化，黄姑娘在我这里，你瞧见了么?"双手挺起，将黄蓉举在半空。

这时船上大火照得海面通红，洪七公与郭靖看得清清楚楚。洪七公怒道:"他以此要挟，想上咱们小艇，哼! 我去夺蓉儿回来。"郭靖见大船上火盛，道:"我也去。"洪七公道:"不，你守着小艇，莫让老毒物夺了去。"郭靖应道:"是!"用力扳桨，此时大船已自不动，不多时小艇划近。洪七公双足在艇首力登，向前飞出，左手探出，在大船边上插了五个指孔，借力翻身，跃上大船甲板。

欧阳锋抓着黄蓉双腕，狞笑道:"臭叫化，你待怎地?"洪七公骂道:"来来，再拆一千招。"飕飕飕三掌，向欧阳锋劈去。欧阳锋回过黄蓉的身子挡架，洪七公只得收招。欧阳锋顺手在黄蓉胁下穴道中一点。她登时身子软垂，动弹不得。洪七公喝道:"老毒物好不要脸，快把她放下艇去，我和你在这里决个胜负。"

当此之际，欧阳锋怎肯轻易放人，但见侄儿被火逼得不住退避，提起黄蓉向他抛去，叫道:"你们先下小艇!"欧阳克接住了黄蓉，见郭靖驾着小艇守候在下，心想小艇实在太小，自己手里又抱着一个人，这一跃下去，小艇非翻不可，于是扯了一根粗索缚住桅杆，左手抱着黄蓉，右手拉着绳索，溜入小艇。

郭靖见黄蓉落艇，心中大慰，却不知她已被点了穴道，但见火光中师父与欧阳锋打得激烈异常，挂念着师父安危，也不及与黄蓉说话，只是抬起了头凝神观斗。

洪七公与欧阳锋各自施展上乘武功，在烈焰中一面闪避纷纷跌落的木杆绳索，一面拆解对方来招。这中间洪七公却占了便宜，他曾入海游往小艇，全身湿透，不如欧阳锋那么衣发易于着火。二人武功本是难分轩轾，一方既占便宜，登处上风。欧阳锋不久便须发俱焦，衣角着火，被逼得一步步退向烈焰飞腾的船舱，他要待跃入海中，但被洪七公着着进迫，缓不出一步手脚，若是硬要入海，身上必至受招。洪七公的拳势掌风何等厉害，只要中了一招，受伤必然不轻，他奋力拆解，心下筹思脱身之策。

洪七公稳操胜算，愈打愈是得意，忽然想起："我若将他打入火窟，送了他的性命，却也无甚意味。他得了靖儿的九阴假经，若不修练一番，纵死也不甘心，这个大当岂可不让他上？"于是哈哈一笑，说道："老毒物，今日我就饶了你，上艇罢。"

欧阳锋怪眼一翻，飞身跃入海中。洪七公跟着正要跃下，忽听欧阳锋叫道："慢着，现下我身上也湿了，咱俩公公平平的决个胜败。"拉住船舷旁垂下的铁链，借力跃起，又上了甲板。洪七公道："妙极，妙极！今日这一战打得当真痛快。"拳来掌往，两人越斗越狠。

郭靖道："蓉儿，你瞧那西毒好凶。"黄蓉被点中了穴道，做声不得。郭靖又道："我去请师父下来，好不好？那船转眼便要沉啦。"黄蓉仍是不答。郭靖转过头来，却见欧阳克正抓住她手腕，心中大怒，喝道："放手！"

欧阳克好容易得以一握黄蓉的手腕，岂肯放下，笑道："你一动，我就一掌劈碎她脑袋。"郭靖不暇思索，横桨直挥过去。欧阳克低头避过。郭靖双掌齐发，呼呼两响，往他面门劈去。欧阳克只得放下黄蓉，摆头闪开来拳。郭靖双拳直上直下，没头没脑的打将过去。欧阳克见在小艇中施展不开手脚，敌人又是一味猛攻，当即站起，第一拳便是一招"灵蛇拳"，横臂扫去。郭靖伸左臂挡格，欧阳克手臂忽弯，腾的一拳，正打在郭靖面颊之上。这拳甚是沉重，郭靖眼前金星乱冒，心想这当儿刻刻都是危机，必当疾下杀手，眼见他第二拳跟着打到，仍是举左臂挡架。欧阳克依样葫芦，手臂又弯击过来，郭靖头向后仰，右臂猛地向前推出。本来他既向后避让，就不能同时施展攻击，但他得了周伯通传授，双手能分别搏击，左架右推，同时施为。欧阳克的右臂恰好夹在他双臂之中，被他左臂回收，右臂外推，这般急绞之下，喀的一声，臂骨登时折断。

欧阳克的武艺本不在马钰、王处一、沙通天等人之下，不论功力招数，都高出郭靖甚多，只是郭靖的双手分击功夫是武学中从所未见的异术，是以两次动手，都伤在这奇异招术之下。他一交跌在艇首，郭靖也不去理他死活，忙扶起黄蓉，见她身子软软的动弹不得，当即解开她被点中了的穴道。幸好欧阳锋点她穴道之时，洪七公正出招攻击，欧阳锋全力提防，点穴的手指上不敢运上内力，否则以西毒独门的点穴手法，郭靖无法解开。黄蓉叫道："快去帮师父！"

郭靖抬头仰望大船，只见师父与欧阳锋正在火焰中飞舞来去，肉搏而斗，木材焚烧的劈拍之声，挟着二人的拳风掌声，更显得声势惊人，猛听得喀喇喇一声巨响，大船龙骨烧断，折为两截，船尾给波涛冲得几下，慢慢沉入海中，激起了老大漩涡。眼见余下半截大船也将沉没，郭靖提起木桨，使力将小艇划近，要待上去相助。

洪七公落水在先，衣服已大半被火烤干，欧阳锋身上却尚湿淋淋地，这一来，西毒却又占了北丐的上风。洪七公奋力拒战，丝毫不让，斗然间一根着了火的桅杆从半空中堕将下来，二人急忙后跃。那桅杆隔在二人中间，熊熊燃烧。

欧阳锋蛇杖摆动，在桅杆上递了过来，洪七公也从腰间拔出竹棒，还了一招。二人初时空手相斗，这时各使器械，攻拒之间，更是猛恶。郭靖用力扳桨，心中挂怀师父的安危，但见到二人器械上神妙的家数，又不禁为之神往，赞叹不已。

武学中有言道："百日练刀、千日练枪、万日练剑"，剑法原最难精。武学之士功夫练至顶峰，往往精研剑术，那时各有各的绝招，不免难分轩轾。二十年前华山论剑，洪七公与欧阳锋对余人的武功都甚钦佩，知道若凭剑术，难以胜过旁人，此后便均舍剑不用。洪七公改用随身携带的竹棒，这是丐帮中历代帮主相传之物，质地柔韧，比单剑长了一尺。他是外家高手，武功纯走刚猛的路子，这兵器却是刚中有柔，使将出来威力更增。

欧阳锋那蛇杖含有棒法、棍法、杖法的路子，招数繁复，自不待言，杖头雕着个裂嘴而笑的人头，面目狰狞，口中两排利齿，上喂剧毒，舞动时宛如个见人即噬的厉鬼，只要一按杖上机括，人头中便有歹毒暗器激射而出。更厉害的是缠杖盘旋的两条毒蛇，吞吐伸缩，令人难防。

二人双杖相交，各展绝招。欧阳锋在兵刃上虽占便宜，但洪七公是天下乞丐之首，自是打蛇的好手，竹棒使将开来，攻敌之余，还乘隙击打杖上毒蛇的要害。欧阳锋蛇杖急舞，令对方无法取得准头，料知洪七公这等身手，杖头暗器也奈何他不得，不如不发，免惹耻笑。洪七公另有一套丐帮号称镇帮之宝的"打狗棒法"，变化精微奇妙，心想此时未落下风，却也不必便掏摸这份看家本领出来，免得他得窥棒法精要，明年华山二次论剑，便占不到出其不意之利。

郭靖站在艇首，数度要想跃上相助师父，但见二人越斗越紧，自己功力相差太远，决计难以近身，空自焦急，却是无法可施。